KB138867

포에닉시아

포에닉시아 1

초판 1쇄 찍은 날 | 2018년 5월 31일
초판 1쇄 펴낸 날 | 2018년 6월 15일

지은이 | 소하
펴낸이 | 예경원

편집 | 주승아

펴낸곳 | 예원북스
등록번호 | 제396-2012-000132호
등록일자 | 2012. 7. 25
YRN | 제1-0217호

주소 | 경기도 고양시 일산동구 호수로 646-24 위너스 21-Ⅱ 206A호. (우) 10401
전화 | 031-819-9431 팩스 | 031-817-9432
http://cafe.naver.com/yewonromance
E-mail | yewonbooks@naver.com

ⓒ 소하, 2018

ISBN 979-11-6098-966-3 04810
ISBN 979-11-6098-965-6 (세트)

Goldline
Romance
Story

포에닉시아

I

소하 장편 소설

C · O · N · T · E · N · T · S

❊ 제 1 장 ❊

황야

하늘이 부옇다.

옅은 연기 냄새에 마른 흙냄새가 섞여 풍겨 왔다.

마차 밖 풍광을 물끄러미 바라보는 소녀의 옆얼굴로 흐린 햇살이 번져 들었다.

짙은 흑갈색 머리카락의, 예쁘지만 표정은 없는 소녀였다. 머리는 하나로 땋아 내리고, 입고 있는 옷이 치마에 소매만 달아 놓아 투박했다. 이 옷을 입힌 사람은 어떻게든 초라한 꼴로 만들어 놓으려 했을 테지만, 소녀의 이목구비와 이마에는 어디에 놓아도 배어 나오는 섬세한 화려함이 있었다.

마차가 달리는 길은 포장되지 않아, 바퀴에 걸리는 자갈에 마차가 덜컹댔다. 곧 목적지에 도착할 텐데, 가면 갈수록 집들은 초라해지고 사람들이 입은 옷들도 초라해지기 시작했다. 도착할 곳은 정말로 가난하고 황폐한 장소일 것이다.

뭐, 어때.

소녀는 생각했다.

내게는 잿더미만 남았는걸.

이제 나에게는 아무것도 없어. 텅텅 비었다고. 가야 할 곳이 누추한 곳이든 편안한 곳이든, 무슨 상관일까.

"벌써 겨울이네."

소녀가 알던 소년이 말했었다.

그 소년은 창가에 기대, 눈을 반짝이며, 옅은 장밋빛 입술로 활짝 웃으며 말했다.

"브릴, 겨울 신이 가을바람을 따라 서리 돛을 단 배를 타고 온대. 그 신은 아주 심술궂어서 말이야, 배를 멈추자마자 찬바람을 허리에 두르고 눈을 뱉어 대."

너는 그렇게 말하곤 웃었어.

예쁘게, 꽃잎처럼.

너무 예뻐서, 보면 가슴 아플 정도였어.

"그래도 겨울은 때가 되면 가야 해. 아무리 무서운 신이라도 자기 시간이 지나면 가야 하거든. 그럼 다 살아나는 거야, 브릴."

"엘, 그게 아냐."

하지만 브릴은 더 말하지 못했다.

긴장하는 소년의 얼굴을 보자 마음이 약해졌다. 소년을 계속 웃게 해주고 싶었다. 기분이 상할 만한 말은 하고 싶지 않아서, 대신 귓가에 입술을 대고 속삭였다.

"그럼 곧 눈이 오겠지?"

소년의 눈이 브릴을 향했다. 푸르고 예쁜 눈이다.
아, 어쩌면 이렇게 예쁠까.

"기대해. 네 등에다가 눈덩이를 잔뜩 맞춰 줄 테니."

소년이 웃었다.
내 심장 속으로 쏟아지는 별의 비, 달콤하게 혀를 적시는 감로(甘露).
나는 네가 너무 좋아.
너무…….

"곧 도착합니다."
차가운 목소리가 들렸다.
브릴은 꿈같은 기억에서 깨어났다. 맞은편에는 적갈색 옷을 입은 여자가 브릴을 내려다보고 있었다. 누르께한 얼굴이 기분 나쁘게 웃는다.
브릴은 이 여자를 처음 봤을 때부터 싫어했고, 지금도 싫고, 아마도 앞으로는 더 싫어질 것 같았다.
"자, 이제 준비하세요, 셰어브릴 양."
여자는 기대에 찬 눈빛으로 브릴을 살폈다. 브릴이 기가 죽거나 겁먹기를 기대하는 것 같다. 이곳으로 끌려온 과정을 생각한다면, 이렇게 멀쩡하게 앉아 있는 것부터 신기할 노릇이긴 했다. 브릴은 대체 무슨 일이 벌어질지 알 바 아니라는 듯 마주 보기만 했다.

마차가 멈추었다.

"내리십시오. 도착했습니다."

마부가 문을 열어주며 말했다.

브릴은 먼저 내렸다.

바다처럼 판판한 벌판 앞이었다. 멀리, 자작나무 숲이 아주 넓게 우거져 있었다. 숲 옆에는 넓고 푸른 호수가 있어 하늘을 거울처럼 반사했다.

브릴은 돌아섰다. 이제부터 살아야 할 집은 그런 풍광을 바라보며 서 있었고, 돌로 만든 큰 저택이었다. 아니, 저택이라기보다는 요새나 성이라 불러야 할 모양이었다. 벽은 두껍고 투박했고, 창틀은 낡은 데다 바람이 불 때마다 덜컥덜컥 소리를 냈다. 제대로 맞지 않는 것이다.

예전에 이 지역의 총독이 쓰던 관저라고 했다. 근방 군 요새와 멀지 않으니, 예전에는 좀 나았을지도 모르지만 지금은 조잡하게 지어 놓은 본채 건물과 낡은 창고 몇 개, 텅 빈 가축우리가 다였다. 바람이라도 불면 벌판에 맨몸으로 있는 거나 다를 바 없이 추울 것 같았다.

이제부터 여기서 살 것이다.

아마도 영원히.

"봄이 되면 되살아나는 게 아니야, 엘."

그날 브릴은 소년에게 그렇게 말해 주고 싶었다.

"겨울을 견디고 살아남은 것들만 봄을 보는 거야, 사랑하는 나의 엘. 견디지 못하면 다 죽어 사라져. 겨울의 찬바람이 부는 동안."

성의 앞뜰에는 키 큰 소녀가 그들을 기다리고 있었다. 모직 치마에 두 툼한 윗도리를 입은 소녀는, 얼굴은 연한 갈색이고 눈은 먹처럼 검었다. 아무리 손을 모아 쥐고 얌전하게 보이려고 애써도 두 눈에 반짝대는 호기심은 어쩔 수 없었다.

"어서 오세요."

소녀는 얼른 브릴과 여자에게 인사를 했다.

여자가 먼저 말했다.

"너, 이곳의 하녀인가."

"그렇습니다. 일주일 전부터 여기 와 있었어요."

"생김새를 보니 듀카르니아 사람은 아닌데, 여기 출신인가?"

"네. 여기 출신이고, 또 부족 마을 출신이에요."

"그럼, 야만인이란 말이군. 이름이?"

"시하라라고 합니다."

여자는 시하라를 아래위로 훑었다.

"어떤 야만족이지?"

"반크족입니다."

"반크족이라면 그나마 사람 흉내는 낸다지만, 야만인인 건 매한가지지. 왜 듀카르니아 사람이 아닌 반크족을 보낸 거냐."

"하, 한 달 전에 여기서 사람을 뽑는다고, 이 지역 사람 중에서 뽑는다고 들었어요. 도시 사람들은 여기로 오려 하지 않으니, 부족민들 중에서 뽑았고요."

"도시 사람들은 왜 지원하지 않은 건데."

"그, 그야…… 이 성에서 마지막으로 사셨던 분이 행복하게 일을 마치

신 게 아니잖아요. 그래서 안 와요."

당돌한 말투라, 여자는 고약한 냄새라도 맡은 듯 얼굴을 찌푸렸다. 시하라는 당황하긴 했지만 수치스러워하지는 않았다.

"하지만 맞잖아요."

이곳 총독은 백 년 전에 이민족들의 폭동이 일어났을 때 목만 남아 은퇴했다. 그 폭동이 진압된 뒤, 이 지역은 버려져 '영토 외'로 선포되었고 듀카르니아 사람들은 근방 도시인 누하로 들어가 잘 나오지 않게 되었다.

서부 황야는 원래부터 이민족(異民族)의 땅이다. 가장 큰 부족은 반크족과 야하크라족으로, 이 황폐한 곳에서 복닥대고 살다 보니 원수보다 좀 나은 정도로 지내고 있다. 지난 총독은 그런 두 부족마저도 손을 잡고 폭동을 일으키게 한 것이다.

그리고 이 시하라는 그중 반크족 출신이었다.

"너는 누구의 보증으로 들어온 거야."

"아저씨가 소개해 주셨어요."

"아저씨?"

"네. 저희 부족 안에서 큰 책임을 많이 맡고 계시는 분이세요."

"야만족이라도 그 정도 흉내는 낼 테지. 알았다. 자, 이리 와요, 셰어브릴 양."

시하라의 눈이 더 반짝였다.

브릴은 시하라와 여자가 있는 곳으로 갔다.

"자, 이건 하녀입니다."

여자는 시하라를 가리켰다.

"그리고 하녀, 이분은 셰어브릴 엘리아 폰 듀카르니아 양이다. 보다시피, 혈통으로는 왕족이시지만 아직 성인이 아니라 내가 보호자이자 교육자이자 대리인으로 같이 왔다. 즉, 오늘부터 내가 이곳의 주인이자 책임자야."

시하라는 놀라 소녀를 보았다.

왕족?

브릴도 시하라를 마주 보았다.

눈매는 어린 암사자처럼 사나웠지만, 담담한 표정 탓에 방문지를 잘못 찾아온 요정 같아 보이기도 했다. 분위기도 아주 화려해, 주변에 누가 오든 흐릿하게 보이게 하며 저 혼자 선명하게 두드러지는 용모였다.

"자, 셰어브릴 양. 그렇게 멍청하게 서 있지 말고 와요. 타고난 천성대로 게으름을 피울 생각이라면, 각오하시는 게 좋습니다. 굼뜬 것, 느린 것, 요령 피우는 것, 이제부터는 안 됩니다. 사치도, 허영도, 모두 마음에서 몰아내세요. 셰어브릴 양은 여기서 완전히 새로 태어나실 겁니다. 이곳은 셰어브릴 양을 위한, 갱생의 터가 될 것입니다."

브릴은 대꾸하지 않았다.

저 자부심 넘치게 말하는 여자가 브릴을 찾아와 가장 먼저 한 일은 옷을 몽땅 빼앗고 지금 입고 있는 옷을 준 것이었다. 여자는 브릴이 가진 옷을 '음란한 옷', 즉 남자를 유혹하기 위해 만들어진 더러운 옷이라고 했다.

"자. 셰어브릴 양. 짐을 정리하고 청소하는 것부터 시작하죠. 우선, 가방 들고 와요."

브릴은 짐칸으로 가서 가방을 꺼냈다. 거의 브릴만 했다. 브릴의 짐이 아니라 여자의 짐이었다.

시하라가 도우려 했지만, 여자는 하지 말라고 했다.

"너는 가만히 있어라. 셰어브릴 양, 자기 일은 스스로 해야 한다는 걸 잊지 마세요. 남의 시중을 받는 데 익숙해지면, 게으름으로 영혼이 병듭니다. 하녀, 멋대로 이분이 해야 할 일을 도우면 벌을 받을 거다. 너는 네 일만 해라."

"그런데 저기, 저 짐은 너무 커 보이는데요."

"혼자 할 수 있다. 노력하면 되는 거야. 나태가 할 수 있는 일을 미루게 하는 법이지."

시하라는 브릴이 자기만 한 짐을 질질 끌고 가는 것을 보며 중얼거렸다.

"저러다 짐하고 같이 구르겠는데……."

"하녀. 내 방은 어디지?"

"아, 안내해 드리겠습니다, 부인."

"반누카."

여자가 말했다.

"반누카 부인이라 불러. 그리고 나는 나라에서 임명한 여관(女官)이자, 셰어브릴 양의 대리인이자 보호자로 같이 있는 것이니 예의를 갖추도록 해라."

"노력해 볼게요. 저, 그럼 아가씨도 제가 방으로……."

"아니. 그럴 필요 없다. 나중에 해도 되는 일이야. 그 일은 천천히 하고, 우선 나를 안내한 다음 저분에게는 앞으로 할 일을 가르쳐라."

"저분은 왕족이신데, 제가 저분이 할 일을 어떻게 알아요."

"말대꾸가 잦구나. 내 말은 청소, 빨래, 부엌일 등을 가르치라는 거야."

"그건 하녀의 일이잖아요."

"하녀의 일이라니? 저분은 하녀의 일을 하는 게 아니라 마음을 닦기 위해 근면한 습성을 들이는 것이다. 사람이란 자기 스스로 일하는 법부터 배워야 하는 거야. 그리고 근면이야 말로 마음을 닦는 데 가장 필요한 마음가짐이다. 저분은 여태 게으르고 사치스럽게 살아왔던 분이란다. 죄를 짓고 사셨다는 말이지."

반누카 부인은 문 옆에 가방을 세워 놓는 브릴을 불렀다.

"셰어브릴 양."

소녀가 오자, 부인은 손가락을 휘두르며 말했다.

"잘 들어요. 여기서는 뭐든 제 손으로 해야 합니다. 특히나 여자아이는 더욱 조심하고 마음을 다잡아 부지런해지려고 노력해야 합니다. 여자란 태생부터 게으르고 어리석은지라, 해야 할 일이 없으면 사치를 부리고 음란한 사념을 품어 타락하거든요. 그리고 그런 여자는 선량한 남자까지 타락시켜 세상을 망치지요. 유혹에 약한 여자아이들에게는 남자아이보다 훨씬 더 엄하고 혹독한 교육이 필요합니다."

그때 마부가 마부석에 앉아 채찍을 들었다. 브릴은 부인의 말이 끝나기 전에 마차로 달려가 자기 짐을 뺐다. 작은 가죽 가방이었다.

"가만."

반누카 부인이 말했다.

"그 가방 열어 봐요."

브릴은 작은 가방을 연 다음 내밀었다. 부인은 안을 뒤져 향수 비누를 찾아냈다.

"사치품은 안 된다고 했지요? 향기가 나는 건 악마의 물건입니다. 악마는 이런 향기로 어리석은 여자를 유혹하지요."

부인은 돌아서, 그 비누를 자기 가방 안에 넣었다. 브릴은 가죽 가방 옆에 있던 나무 가방을 꺼내 코트로 덮었다. 삯마차는 곧 출발했다. 브릴이 가방을 챙기는 것을 보지 못한 부인이 말했다.

"하녀, 이제 나를 안내해라. 방을 지정해야 하니까."

"네? 아, 네."

반누카 부인은 집 안을 둘러보았다.

1층은 넓었지만 오래된 먼지가 두툼하게 쌓여 있고, 낡은 가구와 쓰지 않는 벽난로가 있었다. 2층은 시하라가 치워 두어 좀 나았다. 좁은 복도를 따라 방문이 늘어져 있었다. 부인은 계단 쪽에 있는 방을 가리키며 말했다.

"셰어브릴 양에게는 저 방을 줘라."

"이 방은 추워요. 바람이 엄청나게 들어온다고요."

"몸이 편하면 마음을 단련할 수 없다. 마음을 단련하면 추위도 잊는 법이지."

"마음을 단련하기도 전에 감기 걸릴 텐데요? 추운 건 추운 거고 아픈 건 아픈 거잖아요. 마음가짐과는 상관없어요."

"노력이 부족해서 감기가 걸리는 거야. 그리고 셰어브릴 양에게, 조금 전 보았던 그 방에 내 짐을 가져다 놓으라고 해라. 정리도 하라 하고."

"네……?"

"어서."

부인이 말한 방은, 제일 크고 안락한 방이었다. 이치대로라면, 그 방을 써야 할 사람은 주인인 브릴이었다. 시하라는 그에 대해 말하려다, 마침 2층으로 가방을 들고 올라오는 소녀와 마주쳤다. 부인은 고개를 까딱여 가방을 그 방에 옮겨 놓으라고 신호를 보냈다. 소녀는 말없이 그 거대한 트렁크 가방을 방에 옮겨다 놓았다. 부인은 싱긋 웃고는 안으로 들어가 문을 쾅 닫았다.

브릴이 시하라를 돌아보았다. 자기 방이 어디냐는 표정이었다.

시하라는 미안해하며 고개를 저었다.

"부인은 아가씨에게 이 방을 드리라고 하는데, 다른 방에서 주무세요. 여기서는 못 자요. 침대도 없고 바람도 세서."

브릴은 듣기만 했다.

소녀의 표정 없는 얼굴에 시하라는 고개를 저었다.

"말이 없는 분인가 봐요. 알았어요. 말하지 않아도 돼요. 쉬세요."

그리고 싱긋 웃었다. 브릴은 시하라를 물끄러미 보았다.

다음 날, 시하라는 너무 일찍 일어났다. 아, 긴장해서 그런가. 다시 자야지. 그러며 이불 속으로 들어가려던 시하라는 침대 맡에 앉아 있는 브릴을 보자마자 벌떡 일어났다.

"아, 아가씨?"

"안녕."

"어, 말할 줄 아네요?"

"부인이 나를 벙어리라고 소개한 적은 없잖아."

"그, 그렇긴 하네요. 그런데 여기서 뭐 하세요? 필요한 거 있어요? 목말라요? 배고파요?"

"부인이 나더러 여기로 가라고 해서 왔어."

"어제 오후에 도착했잖아요. 더 자요! 피곤하지도 않으세요?

"부인이 말하길, 피곤을 느끼는 건 기분 탓이라던데."

"무슨 헛소리야! 피곤하면 피곤한 거지. 아가씨, 그분 정말 이상해요!"

"브릴."

브릴은 차분하게 말했다.

"브릴이라 불러."

시하라는 입을 벌렸다.

"세, 세상에! 이름을 부르라고요?"

"그래. 아가씨라 부르지 마."

시하라는 자기 턱을 가리켰다.

"제가 야만족인 건 아세요? 아가씨는 왕족이고, 저는 이 나라에서 말하는 가축 정도의 위치라고요."

"사람이면 다 사람이지, 그렇게까지 등급을 나눌 필요는 없어. 그리고 나는 왕족이라고 알려지지 않는 게 더 편해. 저 반누카 부인은 내 신분이 무엇인지 제대로 말하지도 않을 테고, 조금만 기다리면 이곳 사람들은 저 여자가 왕족이고 나는 그 왕족이 데리고 온 하녀라고 알게 될 거야. 시하라도 브릴이라고 불러. 그렇게 지내는 게 편하니까."

"알았어요. 그런데 부인은 아가씨를 왜 보낸 거래요?"

"내가 제대로 '갱생'을 하려면 아침 일찍 일을 시작해야 한다고 하더라고. 이 시간에 일어나 시하라를 깨운 다음, 아침 청소를 하고 식사 준비를 하래."

"모시는 분이라곤 고작 한 분인데, 그 한 분을 위해 이렇게 일찍 일어나라고요?"

"자기가 일어나기 전에 준비가 다 되어 있어야 한다고 하던데."

"아가씨가 저 여자의 주인 아닌가요?"

"아니. 저 여자는 내 담당자고, 나는 '올바른 성인'이 될 때까지 저 여자의 '교육'을 받아야 해. 시키는 대로 고분고분 따라 올바른 숙녀로 자라나야지."

"힘든 일을 한다고 단련이 될 리가 있어요? 힘든 건 힘든 것뿐이라고요. 게다가 이건 작정하고 괴롭히는 거잖아요. 저, 혹시 큰 잘못을 저지르고 오신 건가요? 아냐, 아냐. 그럴 리 없어요. 아가씨는 잘 봐도 열대여섯이라, 큰 잘못을 하기도 힘든 나이잖아요."

"그건……."

그러나 브릴은 말하지 않았다. 답을 기다리던 시하라는 고개를 저었다. 말을 하지 않으면 그럴 만한 사정이 있는 거다. 더 묻지 말자.

"무슨 일인지 지금 당장 말 안 해도 돼요. 내킬 때 하세요. 하고 싶은 말은 언젠가는 하게 되는 거니까. 그리고 하고 싶지 않은 말은, 애초에 굳이 들을 필요가 없는 말이니까요."

브릴과 시하라가 식당을 치우고 식사 준비하는 데는 별로 걸리지도 않았다. 대충 청소를 하고 기다렸더니, 부인은 오전 열 시가 다 되어서야 겨우 일어났다. 브릴과 시하라가 중간에 한숨 자고 난 뒤였다.

부인은 늦게 일어난 주제에 청소 점검부터 했다.

빗질이 제대로 안 되어 남은 먼지를 발견한 부인은 손가락을 까딱여 브릴을 불렀다.

"셰어브릴 양. 이리 와 봐요."

브릴이 오자, 부인은 브릴의 머리를 잡아 바닥을 향해 눌렀다. 브릴은 허리를 숙였지만, 부인은 더 세게 눌렀다. 브릴은 무릎을 꿇고 엎드려야 했다.

"자."

부인은 브릴의 이마가 바닥에 닿을 정도로 꾹 누른 다음 말했다.

"보세요, 참 지저분하지요?"

"……."

"먼지를 봐요. 하양군요. 항상 주변을 청결히 하고, 겸손한 마음을 가지고, 신께 봉사하는 마음가짐으로 노동하는 것이 바로 여성의 의무입니다."

브릴이 답이 없자, 부인이 목소리를 높였다.

"자, 셰어브릴 양. '네.' 하고 답해야 하는 겁니다."

부인이 더 힘을 주어 이마는 차가운 바닥에 짓눌렸지만, 브릴은 한 마디도 하지 않았다. 결국 팔이 아픈 부인이 먼저 손을 놓았다.

"그렇게 열심히 말씀드렸건만 '갱생 교육'의 기본을 이해하지 못한 것 같군요. 알겠습니다. 오늘 저녁은 없습니다. 배 속이 비면 사람의 마음이 겸손해지는 법이지요."

브릴은 바닥을 짚고 일어났다. 부인은 옷에 손을 닦은 뒤에 찬실로 들어갔다. 부인이 사라지자마자 시하라가 불렀다.

"아가씨."

"브릴이라 부르랬잖아."

"익숙해질 날이 오겠지요. 오늘 저녁은 저하고 먹어요."

"괜찮아? 저녁 식사는 한 사람분만 줄 텐데."

"한 번 정도 절반만 먹는다고 굶어 죽지는 않아요."

"그럼, 일곱 시."

"네?"

"저 여자는 일곱 시에 자. 그리고 항상 열 시에 깨. 그사이는 자유지만, 저 여자는 오늘이나 내일 심부름을 보내 자물쇠를 만들게 할 거야. 자물쇠가 완성되면 일곱 시에 나를 방에 가둔 뒤 문을 잠글 테지."

"아니, 노예예요?"

브릴의 청회색 눈이 씩씩대는 시하라를 보았다.

"그럼, 내가 시하라에게 부탁 하나 할게."

"하세요."

"대장간에서 자물쇠를 만들 때 열쇠를 하나 더 만들어서 나에게 줘. 비용은 내가 지불할게."

"아뇨, 아뇨. 그 정도는 그냥 해 드릴 수 있어요. 어차피 대장간 아저씨도 나하고 아는 사이고, 하나 정도는 더 만들어 줄 거예요."

그때 반누카가 브릴을 불렀다.

"셰어브릴 양! 나 혼자 돼지처럼 먹으라는 건가요. 시중을 들어야죠, 시중을! 식사 시중을 들어야 한다는 걸 알고 있잖아요!"

시하라는 어처구니가 없어 입을 벌리고 찬실을 가리켰다.

"시중, 시중이라니요? 스프랑 빵이랑 햄이잖아요! 입안에 넣기만 하면 되는데!"

브릴은 얼른 달려가 부인 옆에 섰다. 그리고 시하라의 말대로 시중을 들 필요는 없었다. 부인은 양파 스프를 한 숟가락 먹은 다음, 묘한 표정을 짓더니 얼른 숟가락을 놓고 입을 닦았다.

"요리사를……."

부인이 힘없이 말했다.

"요, 요리사를 찾으러 가야겠군요. 어차피 내일 외출을 해야 할 테니."

부인은 빵과 물만으로 식사를 마친 다음, 자기 방에 들어가 나오지 않았다. 브릴이 한 식사 시중은 물을 따라 준 것뿐이었다. 얼마 지나지 않아 부인이 그대로 잠들었기 때문에, 브릴을 굶기겠다는 선언은 실행되지 못했다.

브릴과 시하라는 남은 빵과 햄으로 저녁을 먹었다.

"되게 피곤했나 봐요. 내내 자네요, 아가씨."

"브릴이라 부르랬잖아."

"그게, 흠."

시하라는 빵을 삼킨 다음 말했다.

"좋아요, 브릴 님. 제대로 소개할게요. 제 이름은 시하라예요. 마을에서는 샤, 또는 샤라, 라고도 불리죠. 고아인데, 아버지 친구분이 거두어 주셔서 같이 살아요. 그 아저씨는 마을에서 높은 사람이고요, 덕택에 이곳에서 일하게 되었어요."

"아저씨라는 분은 뭐 하는 사람인데?"

"마을이나 부족의 공적인 일을 처리하세요. 마을 전사들의 대장이기도 하고요. 칼도 되게 잘 써요. 사냥도 잘하시고, 말도 잘 타요. 또 정말 좋은 분이고요. 아, 물론 아주머니도요. 저는 고아지만, 고아치고는 운이 좋았어요. 두 분 다 정말 착한 분들이시거든요."

"정말 좋은 사람인가 보네. 그분들 이야기를 하며 신나는 걸 보니."

시하라는 기분이 좋아져 히죽 웃었다.

"친아버지 같은 분이죠. 그리고 그분의 아이들도 제 친동생들이나 다를 바 없어요. 불행한 일은 있었지만요."

"불행한 일?"

"네. 그분 큰아들이자 저에게도 친구 같은 아이의 일인데, 그건 넘어가요. 외지 사람에게 설명하기는 힘들거든요. 브릴 님은요?"

"내 아버지는 마이언 왕자야. 내가 태어나기도 전에 돌아가셨지만."

푸흡, 하고 시하라는 마시던 물을 내뱉었다.

"왜 그래?"

"그럼…… 저기, 그, 그, 그럼 저 여자하고 비교도 안 되게 높은 신분이잖아요. 와, 왕자님 딸? 저, 정말요? 나는 그런 거, 꿈도 꿔 본 적이 없는데!"

"내 아버지는 어차피 둘째 왕자야. 첫째 왕자는 잘 살아 있고, 그분이 지금 왕세자 전하이자 섭정공인 아르노 각하지. 왕자란 직업은 왕세자 외에는 아무 짝에도 쓸모없는 데다, 우리 할아버지는 왕자가 아주 많아."

"몇 명인데요?"

"숙부가 넷. 고모는 셋."

"많긴 많았네요. 국왕 폐하가 편찮으셔서 왕세자 전하가 섭정을 맡고 계시니, 더 쓸모가 없네요."

시하라도 그것만은 아저씨로부터 들어서 알고 있었다. 치세가 온화했던 국왕이 병이 들어서 아무 일도 못 하게 되자, 장남이 섭정이 되어 나라를 다스리는 중이다. 그러나 왕세자는 그다지 평판이 좋은 통치자가 아닌 것 같았다.

"브릴 님은 형제가 없나요?"

"하나 있어. 남자. 같이 태어난 쌍둥이."

"그 형제분은 어디 있어요?"

"죽었어."

"네?"

시하라는 당황해 급히 사과했다.

"미안해요. 안되었어요."

"괜찮아. 몰랐잖아."

"그럼, 브릴 님은 여기 뭘 하시려고 온 거예요?"

"벌 받는 중이야."

"대체 무슨 죄로요?"

"왕족이 벌을 받을 일은 반역 외에는 없어. 그 외에는 무슨 잘못을 하든 재판을 받지 않고 수도에서 추방해 귀양 보내지. 나도 그런 거야. 저 여자는 내 감시관이야. 내가 사리 분별이 가능해질 때까지 교육시키는 일을 맡았고, 내 이름으로 여러 가지 일을 처리할 수도 있지. 저 여자는 그걸 '갱생'이라 부르더라."

"갱생?"

"창녀, 겁탈당한 소녀들, 부랑아 소녀, 빈민, 범죄자들의 수용소가 있지. 길 잃은 여성의 집이라던가. 그리고 그렇게 죄를 지은 자들이 뉘우치고 진정한 삶을 살도록 해 주는 게 바로 갱생이지."

"말씀하신 조건의 여자들은 돌봐 주고 도와주어야 할 대상이지 죄를 뉘우칠 사람들은 아닌데요?"

"왜?"

"자기가 잘못한 게 하나도 없잖아요. 그런데 왜 반성하고 봉사해야 해요?"

브릴이 다시 웃었다. 이번에는 솔직하고 환한 웃음이었다. 시하라는 해를 본 기분이었다. 정말 예쁘다, 웃는 얼굴.

"좋은 사람이구나, 시하라는."

시하라는 브릴의 어머니에 대해 궁금했지만 그 웃음을 보고 묻지 않기로 했다. 브릴의 어머니가 살아 계시다면, 이런 곳에 보낼 리 없다. 브릴의 남자 형제에 대해 물어본 것 같은 실수를 또 하고 싶지 않았다.

대신, 웃으며 말했다.

"저도 브릴 님이 마음에 들어요."

"왜?"

"예쁘고 좋은 분이잖아요. 그리고 저는 예쁜 사람 좋아요. 뭐, 좀 이상한 데는 있지만요."

그놈의 갱생인지 뭔지를 위해, 브릴은 매일 시하라와 함께 아침 일찍 일어나 청소를 하고 일을 해야 했다. 낡은 성은 치울 것도 많고 고칠 것도 많았다.

부인은 요리사 하나와 하인 몇, 그다음 경비로 세울 용병들도 구해 왔다. 그 하인들과 용병들이 시하라에게 찝쩍댔지만, 시하라가 대체 무슨 짓을 한 건지 어느 순간부터 싹 조용해졌다. 몇몇은 시하라가 나타나면 급히 피하기까지 했다.

브릴의 하녀로서의 실력은 조금도 늘지 않았다. 몇 달이 지나도 노력으로 성취를 기대할 만한 수준도 되지 못했다. 그나마 차 끓이는 솜씨는 좀 늘었다. 머리가 좋아 찻잎 양을 계산하는 법을 알게 된 거지, 솜씨가 좋아서는 아니었다. 바느질은 포기하는 게 나았고, 가죽 다듬는 일은 힘이 넘쳐도 너무 넘쳐 얼마 되지도 않아 너덜너덜해졌다.

"브릴 님은 그냥 장작이나 패요."

시하라는 포기하고 그렇게 말했다. 그리고 시하라가 발견한 브릴의 유일한 재능은 장작 패기였다.

퍽, 퍽.

끝내주게 잘 팼다.

"그건 잘하네요."

"사람 머리라고 생각하니 잘되던걸."

"……아, 네."

시하라는 차마 누구 머리인지 묻지는 않기로 했다.

반누카 부인은 아침의 점검이 끝나고 오후가 되면 일주일에 세 번 정도 외출했다. 부인이 없는 날이면 살 만했다. 트집을 잡지도 않고, 사람 조마조마하게 만들며 노려보지도 않기 때문이다.

"그래도 없는 날은 편하네요. 계속 바쁘면 좋겠어요."

반누카 부인이 외출한 날 시하라가 그리 말했다.

"그러지 않는 게 좋을 텐데."

"없으니까 좋지 않아요?"

"당장은 좋지만, 그 여자가 좋은 일을 부지런히 할 것 같지는 않아서 말이야."

"그 여자가 여기서 대체 무슨 일을 할 수 있는데요?"

"우선, '허가서' 사업."

"허가서 사업?"

"그 여자는 내 대리인이라 내 이름을 빌릴 수 있어. 그리고 이런 '영토 외' 지역에서는 왕족의 권한이 의외로 커."

"어떻게요?"

"왕족들에게는 점령권이란 게 있어. 타국의 영토를 점령해, 그곳을 자기 땅으로 삼아 행정권을 독점할 수 있어. 이곳 서부도 그 법률이 적용될 수 있어. 아까 말했듯, 이곳은 '영토 외' 거든."

"영토 외?"

"식민지나 점령지란 뜻이야."

"그럼, 원래는 브릴 님의 권한인데 그 부인이 대신 쓸 수 있다는 거죠? 브릴 님이 미성년자라."

"그래."

"듣고 보니 불안해지네."

"그런데 의외로 괜찮은 일일 수도 있으니, 일단 기다려 봐."

두 달이 지나자, 드디어 반누카 부인은 시하라에게 휴가를 주었다. 반누카 부인은 약속한 휴가가 있다는 것을 알아도 계속 모르는 척했다. 그래서 시하라가 화가 나서 자신에게 휴가를 갈 권리가 있다고 말했다. 부인은 게으르다느니, 놀 궁리를 하는 건 옳지 못하다느니, 너 말고 일할 사람 많다느니, 하며 거절하다가 마지못해 반나절 쉬라 했다. 시하라는 대번에 항의했다.

"한 달에 이틀 휴가를 주셔야 해요!"

"그럼 그만두든가!"

"아, 그래요? 그럼 한번 그래 볼까요?"

시하라가 도망가 버리면 일할 하녀도, 일하러 올 하녀도 없다는 것을 아는 부인은 결국 휴가로 이틀을 주었다.

시하라가 없는 동안, 브릴이 시하라의 일을 해야 했다. 부인은 없는 일도 만들어서 브릴에게 시켰다.

시하라는 다음 날 저녁에 성으로 돌아왔다. 도착해 보니 아홉 시가 넘어, 문이 다 잠겨 있었다. 밤새도록 밖에서 기다리게 되어 낙담하고 있을 때, 브릴이 문을 열어 주었다.

"브릴 님! 어떻게 나와 계세요?"

"시하라가 늦게 올 것 같아서 부인 스프에 약을 탔어. 여섯 시도 되기 전에 고꾸라졌지. 부인에게는 부인이 잠든 직후에 왔다고 할게. 왜 이리 늦은 거야?"

"브, 브릴 님 말이 맞았어요. 큰일, 큰일 났어요!"

"뭐가?"

"좋은 일이 아니었어요!"

어차피 그건 예상한 바였다.

어느 정도냐가 궁금할 뿐이었지.

"어느 정도로 안 좋은 일인데?"

"가니까 마을이 난리도 아니더라고요! 사, 상인들이 미쳤나 봐요."

"천천히 말해 봐."

야하크라족과 반크족은 원래는 훨씬 더 넓은 지역에 걸쳐 살고 있었다. 그러다 듀카르니아가 이 지역 절반을 점령하고 원주민들을 원 거주지에서 쫓아냈다.

거기에다, 시고야 섬에서 쫓아낸 보디아라족은 물론이요, 여기저기서 살던 다른 부족들도 보태어 보냈다. 외지 부족들은 제대로 적응을 하지 못해 계속 죽어 나갔다. 지역이 좁아져 당장 먹을 것도 없던 야하크라족과 반크족은 그들을 적대했다.

이 탓에 상황이 너무 나빠지자, 나라에서는 배급을 하기로 했다. 비참하고 굴욕적인 방침인 데다 배급도 제대로 되지 않아 여기저기서 소요(騷擾)가 일어났다. 당황한 정부는 방침을 바꾸어 표를 나누어 주고 그것으로 물건을 사게 했다. 암시장도 혹독하게 단속해, 일단 걸리면 처형으로 다스렸다. 주변 상인들에게는 이민족들에게는 돈을 받지도 주지도 말라고 명령을 내리고, 오로지 배급표로만 물건을 살 수 있게 해 놓았다.

주민들은 거래 상인들이 멋대로 가격을 올리거나 형편없는 물건을 주어도 참고 사야 했다. 그 분노가 쌓이고 쌓여 지난 폭동으로 이어졌던 것이다. 폭동 후 악명 높은 이민족 통제법은 아주 많이 개선되었지만, 가장 큰 문제인 배급표 거래는 듀카르니아가 양보하려 하지 않았다. 그 거래로 듀카르니아의 서부 자치 행정부가 벌어들이는 돈이 상당했기 때문이다.

그런데 그렇게 이민족들에게 표를 받고 물건을 팔던 상인들이, 이번에는 물건값을 엄청나게 올린 것이다. 붉은 표 하나에 고기 한 덩이던 것을, 붉은 표 다섯 개에 하나로 바꿨다. 살 수 있는 식량이 절반으로 줄어든 사람들은 항의했지만, 항의하러 간 사람들이 오히려 업무 방해로 감옥에 가야 했다.

그런데 사람들을 정말 격분시킨 일은 따로 있었다.

바로, 노예 사냥꾼이 나타난 것이다.

그들은 학교와 마을을 습격해 아이들을 끌고 갔다. 납치된 아이들이 남부 섬의 노예로 팔려 갔다는 소문이 퍼졌다. 마을 사람들은 노예 사냥꾼을 잡아 아이들을 어디로 보냈는지 알아내려 했지만, 이번에도 군인이 출동해 마을 사람을 체포해 갔다. 사냥꾼들이 하는 일은 합법이지만, 왕국의 시민을 붙잡아 협박하는 건 어마어마한 불법이란 것이다.

"노예를 들이는 건 듀카르니아에서 불법인데?"

"이들을 왕국 시민권자의 가정에서 교육시켜서 시민으로 만들기 위해 데리고 간 거지, 노예로 데리고 간 게 아니라 불법이 아니래요!"

시하라는 주먹을 쥐고 휘둘렀다.

"아저씨가 그러는데, 얼마 전에 의회에서 이민족 법을 개선하자는 말이 나와서 이 일을 내버려 두는 거래요!"

"어떻게 개선하자고 했는데?"

"의회에서 이민족들도 농산물과 상품을 직거래할 수 있고 보수도 현금으로 받도록 법을 바꿀 생각이었대요."

"보나마나 섭정공이 반대했겠네."

"어, 어떻게 알았어요?"

"원래 그런 분이거든. 그리고?"

"그런 와중에 서부에서 폭동이 일어나면, 의회가 추진하려는 정책을 수정할 수밖에 없어서 일부러 그러는 거래요. 이러다 정말 폭동이 나면 나는 어쩌죠?"

"마을 사람이 와도, 시하라는 괜찮을 거야. 아는 사이일 거 아냐?"

"그게 중요한 게 아니잖아요!"

"그럼 진정하고, 저길 봐."

브릴은 어슬렁거리는 남자들을 가리켰다. 부인이 경비로 고용한 용병들이었다. '교차로 교단' 이라는 조직에서 데리고 온 자들이다. 교차로 교단은 말이 좋아 교단이지, 실제로는 용병, 강도, 사기꾼들, 도둑들의 연락소 같은 곳이었다. '교차로의 신' 을 모시는 신전에 근거지를 둬서 '교차로 교단' 이라 불리는 것이다.

"저런 사람들을 고용할 돈이 어디서 나왔을까?"

"월급?"

"반누카 부인은 자기 월급은 물론이요, 내 앞으로 나오는 돈도 착복하고 있지만 내 연금 서열은 그다지 높은 편이 아니라 저자들을 고용할 만큼은 못 돼."

"그럼 무슨 돈으로 하는 거예요?"

"부인이 뇌물을 받고, 총독부의 관리들에게 이민족 거래 상인들을 바꾸게 했어. 원래 거래하던 상인들은 더 많은 뇌물을 바쳐서 거래권을 되찾아 왔고. 그러자 다른 상인은 더 많은 돈을 내겠다고 하면서 도로 찾아오려고 하는 거야. 부인은 그 과정에서 받은 뇌물을 누하의 관리들과 나누어 가지고 있는 중이야."

"에에?"

"부인이 그 '딱지 거래'에 상당한 이익을 남길 수 있다는 것을 알아내서 누하 관리들과 이야기를 했지. 그래서 요즘 외출이 잦은 거야. 요즘 누하에서는 꽤나 대접받는 중이지."

"노예 사냥꾼들도요?"

"돈을 받고 '교육자' 허가를 내줬어. 왕국 시민의 교육을 한 다음 왕국 시민과 동등한 일을 할 수 있게 해 준다는 거지. 물론 공장이나 배, 광산, 아르데나 농장의 노예로 살게 될 테지만."

"그게 말이 돼요?"

"그들 논리는, 야만인으로 사는 것보다 왕국의 시민으로서 개화되는 게 더 낫다는 거야. '문화 진화론'이라고 하던가."

"그걸 왜 자기들 마음대로 정해요! 개화가 되든 말든, 그건 우리가 정해요!"

시하라의 얼굴이 창백해졌다.

"우리 부족은요, 돈을 가질 수도 없고 거래를 할 수도 없어요! 그래서 가난하고 힘들어요. 그런데 이곳은 원래 우리 땅이었다고요. 더 넓은 곳에서 사냥을 하고 농사를 짓고 잘 살았다고요! 그런데 그곳을 다 빼앗기고 이곳에서 수치스럽고 비참하게 살고 있는데, 그 여자는 그마저도 못하게 만들잖아요! 아무리 돈이 중요해도 너무해요! 이렇게 괴롭히면 안 된다고요!"

시하라는 주먹을 쥐고 부들부들 떨었다. 그러다 너무 흥분했다고 생각해 사과하려 했지만, 브릴은 고개를 저은 다음 말했다.

"부인의 방, 침대 아래에 작은 비밀 금고가 있어. 바닥에 붙어 있지. 그 안에 부인이 모아 둔 돈이 다 있어."

"그걸 어떻게 아세요?"

"부인은 자기가 비밀스럽게 행동하고 있다고 생각하지만, 항상 내 눈에 뜨이거든. 바닥에 귀를 대고 있으면 금고를 열고 문을 여는 소리가 들려. 그 안에 돈을 넣는 소리도."

"그 돈을 대체 어디다 쓰려고 그런데요?"

"부인에게는 매주 편지를 보내는 곳이 있어. 아마 부인의 가족이나 친척일 거야. 돈을 모으는 이유는 거기에 있을 거야."

"자식 뒷바라지라도 하는 건가요? 아니, 아니지. 나는 말이죠, 그 여자에게 불치병 걸린 애가 있다고 해도 동정 안 해요."

"아닐 거야. 그렇다면 부인과 성이 같을 테지. 그리고 이유가 뭐든, 그 여자가 싫기는 나도 매한가지야."

브릴은 진절머리 난다는 표정을 지어 보였다. 그 표정을 본 시하라는 저도 모르게 픕 웃었다.

"왜 그래?"

"그 표정, 귀엽네요."

"뭐라고?"

"미안해요! 그런데 브릴 님은 질리는 것에 대해 말하면 혀를 내미네요."

"시하라—"

브릴이 눈살을 찌푸렸다. 그 표정도 귀여워, 시하라는 더 크게 웃었다.

몇 달 지나자 상황은 더 나빠졌다. 폭등한 물가에 다들 허리가 부러질 지경이라, 마을 사람들은 허가된 것 이상의 들소를 몰래 사냥하자고 했다. 암시장의 규모도 커졌다.

납치된 아이들의 숫자는 더 늘어났다. 시하라는 마을에 갈 때마다 우울해졌다. 이제 아이들만 위험한 게 아니라, 어른들도 위험해졌다. 마을을 지키기 위해 자경단을 조직해 순찰을 돌았는데, 갑자기 군인들이 나타나 다 잡아간 것이다. 피해를 입었다며 그들을 고발한 사람들은 다름 아닌 상인들이었다. 고발장에는 '셰어브릴 듀카르니아의 대리인 반누카'라고 서명이 되어 있었다. 이 모든 일이 몇 달 전 온 왕족이 벌이는 짓이란 소문이 온 마을에 퍼졌다.

"아니라고 말해도 소용없어요! 다들 머리끝까지 화가 났어요."

시하라는 한숨을 푹푹 내쉬었다. 브릴은 앉아서 듣기만 했다.

답답해진 시하라가 말했다.

"브릴 님, 뭐라 말 좀 해 줘요!"

"여기서 말을 한다고 달라지는 건 아니잖아. 하지만 시하라가 나 대신 화를 내 준 건 고마워."

"그러지 마세요. 허무하게. 하아."

본인이 억울해하고 분해하면 더 크게 떠들 텐데, 당사자가 이렇게 평화로우니 시하라도 맥이 빠졌다. 그래도 덕택에 마음이 가라앉고 차분해지기는 했다.

그날 외출에서 돌아온 부인은 브릴과 시하라를 불렀다. 시하라는 부인을 보자마자 입이 튀어나왔지만, 부인은 너무 들떠 있어서 눈치채지 못했다.

"내일 이곳에 아주 귀한 손님이 옵니다. 청소를 잘 해 둬요. 먼지 하나 없게. 알았지요?"

시하라는 대충대충 청소를 했다. 브릴도 따라서 대충대충 했지만, 부인은 두 다리가 바닥에 붙어 있지도 않을 정도로 들떠 있어서 두 사람이 빈둥댄다는 것도 몰랐다.

다음 날, 어마어마하게 화려한 임대 마차가 도착했다.

내내 문 앞에서 기다리던 부인은 마차가 멈추자마자 달려 나갔다.

"어서 오려무나!"

마차에서 젊은 남자가 내렸다. 늘씬한 몸에, 아주 비싼 옷을 입고 번쩍이는 구두를 신고 있었다.

"오, 이모님!"

그리고 남자와 부인이 인사를 나누는 광경을 보며, 시하라는 메스껍다는 표정으로 말했다.

"조카라고 했죠?"

"응, 조카."

부인은 조카를 얼싸안고 마구 입을 맞추고 몸을 더듬고 있었다. 누가 봐도 애인 사이다.

"저놈은 왜 온 거예요? 여기 주저앉아 살려고?"

"짐을 보니 그런 것 같네."

마차의 마부가 뜰에 산더미 같은 짐을 쌓고 있었다. 고급 옷, 고급 가방, 구두 등등.

"저런 건 왜 가지고 왔대요? 놓을 곳도 없는데."

"몰라."

조카는 이모와의 뜨거운 만남을 마친 뒤에 브릴과 시하라에게 왔다.

"여기에 아름다운 소녀들이 있군요. 반가워요."

조카는 브릴의 손을 잡아 손등에 입을 맞추려 했지만, 둘 다 얼른 손을 감추었다.

"몹시도 수줍어하는 소녀들이군요. 귀여워요, 너무나."

부인이 헛기침을 했다.

"물론 이모님이 제일 아름답습니다. 나날이 우아하고 지적인 분이 되어 가시는 것 같아요."

"과찬이구나."

부인은 지상에서 가장 잘생긴 남자를 보는 눈이었지만, 브릴과 시하라가 보기에는 잘생겼다는 느낌을 주려고 애쓰다 만 얼굴이었다. 눈은 덜 컸고, 코는 좀 크고, 입술은 미남이 되기에는 조금 얇았다. 잘생겼다고 판정할 만한 얼굴은 아님에도, 남자는 마음가짐만은 아주 잘생긴 남자였다. 자신의 소름 끼치도록 완벽한 잘생김이 두 소녀에게 감동을 줄 거라 기대하고 있다. 그러나 브릴도 시하라도 미남 보는 눈은 멀쩡했다.

부인이 브릴에게 손가락을 까딱였다.

"셰어브릴 양. 나 좀 볼까요?"

"보고 있습니다."

"말…… 으, 아니. 갱생이 제대로 되어 가니, 이제 아가씨는 한 여인이 될 준비가 되었습니다. 그리고 여성이 진정한 어른이 되려면 해야 할 일이 있지요. 바로, 부군을 맞이하는 거랍니다."

시하라는 기가 막혀 입을 떡 벌렸다.

저 여자, 미쳤어!

왕족을 자기 마음대로 결혼시킬 수 있는 사람은 왕뿐이다. 그건 시하라도 아는 사실이다. 시하라는 고개를 돌리다가, 갑자기 깨달음이 와서 청년을 향해 고개를 팩 돌렸다.

설마!

부인은 헛기침을 한 다음 말했다.

"셰어브릴 양, 제 조카는 아주 성실하고 훌륭한 청년입니다. 남편이자 주인이 된다면 아가씨를 잘 지도할 겁니다."

시하라는 심장을 부여잡았다.

어허, 맙소사! 역시나!

브릴은 담담하게 말했다.

"감사합니다. 아주 소중한 분을 제 남편으로 골라 주셔서."

부인의 표정이 묘해졌다. 웃고는 있었지만, 두 눈에는 분노와 증오가 차올랐다. 브릴은 부인을 똑바로 보며 말했다.

"쉽지 않은 선택이셨을 텐데요."

그리고는 생긋 웃었다.

"부인께 소중한 분인 만큼, 저 역시 이분을 아주 존경하겠습니다."

부인은 더 말하지 않고 집 안으로 들어갔다. 부인의 두 눈은 불타고 있었다. 브릴은 자신의 손을 잡으려는 청년의 손등을 찰싹 치고는 부엌으로 갔다.

"도망쳐요!"

시하라는 부엌에 들어오자마자 고함을 질렀다.

"어디로."

"반크족 마을로 가면, 일을 처리해 줄 수 있는 아저씨가 있어요. 내가 보냈다고 하고, 고아라고 해요. 보살펴 줄 거예요."

"진정해. 그러면 시하라의 아저씨가 유괴죄로 잡혀갈 거야. 나는 왕족이라, 들키면 벌이 꽤 커. 사형을 받을 수도 있다고."

"그럼 브릴 님은 대체 뭘 잘못했어요! 그, 그, 그 약혼이라니! 저 징그러운 놈하고!"

"나도 싫어. 하지만 내가 아무리 급해도 시하라의 마을을 희생시킬 수는 없어."

"도와줄게요! 도움을 받아요! 여긴 넓어요. 숨을 곳이 많다고요."

"시하라, 차분히 생각해."

"이게 차분해질 일이에요? 설마 그 남자하고 정말 결혼할 거예요?"

"그건 절대 아냐. 내가 알아서 할 테니, 시하라는 흥분 가라앉히고 진정하고 있어. 너무 화를 내면 오히려 부인이 신경 쓸 수 있으니 최대한 아무렇지도 않게 굴어."

시하라는 눈물을 흘리며 고개를 저었다.

"알아서 하지 마세요! 당장 도망가요! 아오, 화나!"

"왜 시하라가 더 화를 내는 거야."

"브릴 님이 가만히 있으니까요! 왜 화를 안 내요! 왜!"

"화를 내 봤자 아무 소용없으니까."

"아뇨, 소용 있어요! 화는 안에 뭉쳐 놓으면 안 된다고요. 고함을 지르고 으르렁대고, 내가 열 받았다는 것을 나 자신에게 알려 주는 거라고요! 내가 열 받을 자격이 있다는 것을 아는 거라고요!"

브릴은 눈을 깜빡였다.

"아. 그래?"

"브릴 님! 이건 심각한 일이라고요!"

"참신하네, 그거."

"네?"

"화내는 게, 나 자신에게 내가 열 받을 자격이 있다고 알리는 것이라고."

"제발! 이건 브릴 님 일이에요."

"조용, 조용. 그러다 부인에게 들켜서 시하라가 혼나면 어떻게 해."

"대체 왜 이런 일을 당하는 거예요? 저 여자는 브릴 님의 교도관이나 다를 바 없다고요. 게다가, 못된 짓은 죄다 아가씨 이름으로 하고 있고요! 브릴 님의 대리인이라는 이유로! 저 여자는 대체 왜 이러는 거예요! 왜 이렇게 괴롭혀요! 왜!"

시하라는 그대로 수증기로 변할 듯 씩씩댔다.

"시하라."

"네."

"보름이 언제였지?"

"그저께요."

"그럼 초승달은 열사흘 뒤에 뜨겠네."

"그런 셈이죠. 그건 왜요?"

"그냥, 알아야 할 것 같아서. 이만 쉬어, 시하라. 너무 걱정 말고. 그리고 말이야, 때가 되어야 하는 건 때가 되어야 할 수 있는 법이니까, 지금은 참아."

"무슨 소리예요, 그건."

"곧 알게 될 거야."

"기다리라니 기다리는데, 그 전에 그 남자 조심해요. 특히 밤에!"

"그건 걱정 마. 부인은 내 방 열쇠를 그 어느 때보다 소중하게 간직하고 있을 테니."

"왜요?"

"행여 감시가 소홀해지면 내가 그분의 소중한 남자를 유혹할 수도 있거든. 이 음탕하고 어린 육신으로 말이야."

시하라의 얼굴이 구겨졌다.

"으웩."

생각만 해도 매스껍다.

그런데 브릴의 말이 맞았다.

반누카 부인은 매일 저녁 브릴의 방문을 직접 잠갔다.

부인이 방문이 제대로 잠겼는지 몇 번이나 확인하는 것을 본 시하라는 구역질이 났다.

이제 시하라는 언제 폭동이 일어날지 몰라 조마조마한 것에 더해, 부인의 조카라는 놈이 소녀의 침실로 기어들어 가지나 않을지 안절부절못하며 감시해야 했다.

그렇게 며칠이 지났다.

쇠고기 구이와 스프로 저녁 식사를 마친 부인은 하품을 길게 했다.

"오늘은 유달리 졸리니, 일찍 자겠다."

그리고 부인은 비틀거리며 침실로 향했다. 같이 식사를 한 조카는 스프에는 숟가락 하나 대지 않았다.

브릴은 그릇을 치워 부엌으로 들어갔다. 저녁 설거지를 하러 들어온 시하라는 스프가 죄다 버려진 것을 발견했다.

"아깝게 왜 이래요."

"도저히 먹을 수가 없겠더라."

브릴은 부인이 남긴 와인을 시하라에게 주었다.

"대신 이거 마셔."

어차피 남은 와인은 항상 버렸으니, 시하라는 사양하지 않고 마셨다. 그러나 술에 약해서 금방 꾸벅꾸벅 졸았다.

"졸리네요. 부인이 문을 안 잠그고 갔으니 오늘은 저하고 자요. 하암— 그놈이 걱정돼서 말이죠."

"그래. 그러자. 이리 와."

브릴은 시하라를 방으로 데리고 가, 침대에 눕혔다.

시하라는 금방 잠들었다. 달이 뜨지 않은 까만 밤이었다.

와인 덕에 푹 잠들었던 시하라는 물건이 깨지는 소리와 고함에 벌떡 일어났다.

"헉!"

시하라는 브릴을 찾으려고 옆자리를 돌아보았지만, 없었다.

시하라가 가장 먼저 생각한 것은, 그 조카 놈이 브릴을 끌고 갔다는 것이다.

이 개자식이, 하고 욕을 하려는 순간, 문이 부서지는 요란한 소리가 났다.

"문 모두 열어!"

"잡아라!"

"그 여자 잡아!"

"얼굴 알아?"

"시내에서 봤어!"

고함과 위협하는 소리에, 여기저기 뒤지고 부수면서 돌아다니는 소리가 들렸다.

"침입자다!"

"야만족이야!"

"뭐야? 강도야?"

"폭동이야, 폭동! 어서 가!"

"젠장, 거기 막혔어?"

"가만, 그럼 조명탄이 터졌을 텐데?"

"조명탄이 다 젖었어! 젠장, 누구야, 여기다 물통을 가져다 놓은 놈이! 큰일 났다! 요새에 연락할 방법이 없어!"

"그걸 걷어찬 네가 잘못이잖아!"

"닥치고, 지금 몇 놈이 쳐들어온 거야?"

"굉장히 많아. 도망쳐! 야만족들에게 잡히면 죽어!"

"요새로 갈 거야?"

"미쳤어? 나 수배자야!"

뒷문 열리는 소리가 들리더니, 도망치는 발소리가 금방 멀어졌다. 부인이 고용한 하인들이나 경비원 중 누구도 이곳을 지키지 않고 도망친 것이다.

"브릴 님!"

답이 없다.

시하라는 브릴의 방으로 갔다. 그런데 그 방에서 브릴이 아닌 반누카 부인의 조카가 끌려 나오는 것을 보고 얼른 숨었다.

"놔, 이 야만인들! 다 고발할 거야! 너희들 다, 처형당할 거—"

조카가 마당에 내동댕이쳐지더니, 목에 검이 박혔다. 피가 콸콸 쏟아졌다.

"으악."

시하라는 놀랐다. 왕국 사람이 죽었으니, 이 폭동은 누구든 사형에 처해지는 것으로 끝날 것이다. 다들 각오하고 왔을 것이다. 그동안 벌어진 일은 용서할 수 없는 일들이었으니까. 하지만 군대가 오면 어떻게 하지? 잡히면 다 사형이다.

"브릴 님, 어디 있어요! 브릴 님!"

시하라는 들킬까 봐 작게 불렀다. 그런데 그때 반누카 부인이 끌려 나오는 것이 보였다.

시하라는 얼른 몸을 숙이고 창 너머로 눈만 내밀었다.

부인이 몸부림치며 외쳤다.

"내가, 내가 아니에요! 다, 다, 그 꼬마 계집애가 시킨 거야! 그게, 그 마귀 같은 계집애가 하라고 했어! 난 아니라니까!"

그때였다.

"시하라."

휙 고개를 돌리자, 벽 뒤에서 브릴의 머리가 쏙 나왔다. 손에는 나무 상자, 그러니까 첫날에 왔을 때 품에 안고 있던 그 상자가 들려 있었다.

"이리로 와."

브릴은 시하라의 팔을 잡아끌어 창고로 데리고 갔다.

"도망쳐요. 폭도들이 브릴 님을 잡으면 험한 꼴을 당할 거예요!"

"안 가."

브릴은 상자를 열었다. 안에는 검이 들어 있었다. 브릴은 검집을 잡아 비틀어 검을 뽑았다. 시하라는 기겁했다.

"싸우려고요? 그러지 말아요! 저기, 저 사람들 전사라고요! 섣불리 덤비지 말아요."

"섣불리 덤비는 게 아니야. 승산을 두고 하는 거지."

그때 창고 문이 열리고 사람들이 쏟아져 들어왔다.

"찾았다!"

"계집애 둘이야!"

"둘 다 하녀 같은데?"

"가만, 하녀라면— 시……."

시하라가 나서려 했지만, 브릴이 먼저 앞으로 나섰다. 시하라는 급히 브릴을 붙잡았다.

"가만히 있어요! 내가 말 잘 할게요!"

브릴은 입술에 손을 가져갔다.

이민족 여러 명이 창고 입구를 틀어막고 있었다.

브릴은 그들의 어두운 피부색과 가죽 옷을 보았다. 목덜미에 특이한 문신이 새겨져 있었다. 여러 겹의 동심원이다. 그리고 희미하게 빛나고 있다.

"뭐냐, 너는."

그들 중 하나가 물었다.

"당신들 대장을 만나게 해 줘."

"뭐냐고 물었어, 꼬마 아가씨."

"나는 이곳의 주인이야."

시하라는 브릴의 발목을 잡고 늘어지고 싶었다. 아닙니다, 아니에요.

"주인?"

"그래, 주인이야. 대장을 만나게 해 줘."

"그럼 그 검부터 내 놔라."

"이 검은 내가 당신들 대장을 만나면 내릴 거야. 내가 뭘 믿고 당신들에게 검을 줘?"

"그럼 우리는 뭘 믿고 검을 들고 가게 하지? 내 놔라. 어차피 너 혼자서는 못 싸운다."

남자가 다가오며 손을 뻗었다. 브릴은 검을 겨누었다.

"안 준다고 했고, 내 말에 동의하지 못할 거면 그냥 싸워서 가지고 가. 일단 이겨야 할 테지만 말이야."

사람들이 비웃었다.

"혼자서 뭘—"

다음 순간, 시하라는 작은 새가 나는 것을 본 것 같았다.

소녀의 몸은 가볍게 반란군의 가슴을 향해 날아갔다. 그리고 그대로 가슴을 걷어차고, 그가 비틀거리는 순간에 팔을 휘둘러 반란군의 턱을 갈겼다. 손에는 검을 쥐고 있었으나, 그 검의 칼자루가 회전하며 정확하게 턱을 강타했다. 회전을 통해 얻은 힘으로 단숨에 턱을 날린 것이다. 그리고 남자의 목을 다리로 감아 젖힌 뒤, 다른 반란군의 명치를 반대편 발로 내리찍었다.

단숨에 끝났다.

숨 몇 번 쉬는 동안 모두 검을 떨어뜨리고 무릎을 꿇고 있었다.

소녀는 그중 가장 어린 소년의 목에 검을 대며 말했다.

"이제 너희들 대장을 만나게 해 주는 게 어때? 나는 아직 아무도 베지 않았는데, 네가 말을 안 들으면 처음으로 너를 베게 될 거야."

"거, 건방진. 너, 너 말이야!"

소년은 급히 주변을 둘러보았다. 다들 신음을 삼키고 있거나, 아니면 기절했다.

소년은 떨며 말했다.

"나, 나, 나는 전사고, 아직 안 쓰러졌어!"

"네가 안 쓰러진 건 말이야, 내가 너를 골랐기 때문이야. 나하고 키가 비슷해서 목에 칼 대고 있기 좋거든. 네 실력 덕 아니니까, 자신감 버려."

브릴은 시하라에게 손짓을 보냈다.

"시하라."

"네?"

브릴은 소년을 가리켰다.

"이 꼬마하고 아는 사이라면 나 좀 도와줘. 설득할 시간이 없어."

"뭐라고 해요?"

"나는 무서운 사람이 아니라고."

"칼을 들고 그런 말을 하면 어떻게 해요! 무섭지는 않아도 위험한 상태 잖아요!"

"얼굴이나 확인해."

"알았어요."

다행히 시하라가 잘 아는 아이였다.

"로들, 나야. 이분이 시키는 대로 해."

"시하라 누나! 하, 하지만요, 저기."

"어서! 나를 믿어."

소년은 손을 내렸다.

"로들, 누가 앞장선 거야?"

"데일 아저씨요!"

"아, 다행이다. 데려다줘."

마을 사람들은 성의 홀에 모여 있었다.

황야에 혼자 서 있는 성을 습격하기에는 적은 편은 아니었다. 오십 명 정도 될까. 그들 가운데에 있던 대장이 시하라를 알아보았다.

"시하라!"

"아저씨."

"네가 나오지 않아 다치거나 죽은 줄 알고 걱정했잖니."

"아저씨가 직접 오실 줄은 몰랐네요."

"그만큼 큰일이거든. 내가 다 책임지려고 같이 온 거다. 가만, 혹시 이 분이 네가 말한 그 가련한 소녀니?"

그러며 시하라 옆의 브릴을 가리켰다.

브릴이 시하라에게 물었다.

"아는 사이야?"

"전에 말한 제 아저씨예요. 그나마 다행인 줄 아세요. 아저씨는 브릴 님이 잘못하지 않았단 건 아시니까."

대장이 웃으며 말했다.

"기대보다 팔팔한 아가씨군. 아기 새처럼 떨고 있을 줄 알았더니."

"그러는 게 맞기는 한데, 그러자니 좀 불안해서. 당신들이 얼마나 자비로운지 모르거든. 오히려 더 험한 꼴을 당할 수도 있고."

브릴은 검을 내리고 소년의 엉덩이를 걷어찼다. 소년은 대장 앞으로 혹 날아가 나동그라졌다. 대장은 소년의 뒷덜미를 잡아 일으켜 세운 뒤에 말했다.

"그런데 꼬마 아가씨."

"꼬마라고 하지 마. 벌써 열일곱이야."

"알았어. 하지만 저 여자 말로는 모두 아가씨가 시킨 일이라던데."

대장은 반누카 부인을 가리켰다. 부인이 급히 말했다.

"맞아요! 맞습니다! 저 음탕한 계집이 내 조카를 유혹하고 타락시키려 했어요! 이 모든 게 다 저 악독하고 교활한 계집애 짓입니다."

브릴은 반누카 부인에게 다가갔다.

"반누카, 여기서 내가 한 일이라고는 새벽에 일어나 청소를 하고 맛없는 걸 만든 것뿐이야. 그중에 이 지역을 도탄에 빠뜨릴 만한 일이 있나?"

"거짓말이야! 아니요! 다 이 계집애가 시킨 거예요! 믿어 주세요! 저는 시키는 대로 한 겁니다!"

"반누카."

반누카 부인이 브릴을 노려보았다.

"맞잖아! 이 교활한 계집애, 정말이잖아!"

브릴은 담담하게 말했다.

"조용히 해."

"네가 시킨 대로 한 건데, 나는 억울하다고!"

"반누카, 나는 사람을 때려서 조용하게 만드는 건 싫어. 하지만 지금은 사정이 급하고, 급한 만큼 당신을 빠르게 닥치게 하는 방법은 주먹 한 방뿐이란 건 인정하겠어."

부인이 비웃었다.

"네가? 과연 얼—"

브릴은 단숨에 반누카 부인의 뺨을 후려갈겼다.

짝—

얼굴이 획 하고 넘어간 부인이 경악해 고함을 지르려는 찰나, 반대편에서 반크족 여자의 주먹이 날아갔다. 부인은 날아가 그대로 뻗었다.

대장이 턱짓을 하자, 사람들은 기절한 부인을 질질 끌고 나갔다.

"하던 이야기마저 할까. 그래, 아가씨가 주인이긴 한데, 저 여자의 말은 거짓말이다? 증거가 있어야 할 것 같은데."

"당신들, 여기로 오며 이곳에 하녀 둘에 일꾼 셋, 경비 스물한 명이 있다고 하지 않았어? 정탐을 한 사람조차 하녀 둘이라고 생각할 정도라면, 내가 어떤 대접을 받고 있는지는 알 만하잖아."

분위기가 싸늘해졌다.

대체 누구에게 들었느냐는 말은 아무도 하지 못했다. 이곳을 기습하기 전, 길 입구에서 나눈 이야기였다.

"어디서 엿들은 거지?"

"덤불 숲 입구에서."

"어떻게 거기 있었던 거고?"

"오늘 당신들이 올 거라 알고 있어서."

"그건 어떻게 알았지?"

"며칠 전 염탐 온 사람들을 몇 봤어. 당신들이 우리들 자는 시간을 알아보러 온 것도 봤고. 하지만 시하라에게는 물어보지 않았겠지? 시하라가 위험해질 수도 있으니까. 분명, 달이 없을 때 올 거라 생각해서 물어보니 시하라는 정말 아무것도 모르는 것 같더라, 시하라는 시치미 떼는 능력이 없으니까."

"그럼 어떻게 거기까지 나왔어?"

소녀는 조카의 시체를 가리켰다.

"우선 저놈에게 단둘이 만나고 싶으니 오라고 했어. 당장 부인의 음식에 약을 타고 일찍 재우더라. 내 방에서 기다리고 있길래, 적당히 처리한 다음 문에 자물쇠 채우고 도망 나왔어. 덤불 숲 입구에서 당신들이 나타난 것을 확인한 뒤에 돌아와 조명탄에 물을 뿌렸고."

브릴은 자신의 가슴을 가리켰다.

"즉, 당신들을 이곳에 안전하게 들여보내 준 건 나야. 하지만 당신들, 곧 여기로 경비대가 올 거야. 그러면 다들 체포될 테지. 여기서 퇴각한다 하더라도, 당신들 마을로 쳐들어가서 어떻게든 색출해 낼 거야."

"각오하고 나온 거다. 그렇게 해야 우리들 사정을 탄원할 수 있게 될 테니 말이다."

"급한 일은 해결될 테지만, 당신들 중 몇은 도망자가 되거나 사형당할 거야."

"그것도 각오하고 왔어."

"내가 그걸 막아 줄 수 있어."

"뭐?"

모두 브릴을 보았다.

묘하게도, 이제 한 사람도 남김없이 브릴을 바라보고 있었다.

"그러니 나와 협상하자."

"협상?"

"당신들이 평화롭게 살 수 있도록 해 줄 테니, 오늘은 여기서 물러나고 내게 반년만 줘. 탄원을 한다 하더라도, 제대로 되지 못할 거야. 그리고 더 나쁠 수도 있어. 정부에서 토벌대를 보내기라도 하면, 그때는 얌전한 군사가 올 거라 기대하지 마. 나는 내 백부인 아르노 전하가 어떤 분인지 알아. 모두 몰살당할 수 있어. 당신들만이 아니라, 마을에 있는 사람들까지 위험해져."

"어떻게 하겠다는 거지?"

"우선, 군사가 오면 내가 아무 일도 없었다고 하겠어. 그러기 위해서는 당신들이 부인과 조카의 시체를 가지고 가야겠지. 부인은 당신들이 알아서 처리해. 당신들에게는 죽을죄를 지은 게 맞으니 당신들이 처리하는 게 공정하겠지."

대장이 물었다.

"반년?"

"그래, 반년. 단, 나 혼자 할 수는 없어. 당신들도 도와줘야 해."

"우리가 어떻게 너를 믿지?"

"내게는 아무것도 없어. 가족도 후견인도. 여기 외에는 갈 곳도 없어서, 어떻게든 버텨야만 해. 이곳이 내 끝이야. 그건 내가 뭐든 시작할 수 있는 것도 이곳뿐이란 말이기도 하지."

"왕족이지 않나."

"나는 왕족 중에서 가장 먼저 죽어 없어져야 하는 왕족이야. 하지만 오늘 내가 죽으면, 내 백부는 일단 축배를 든 다음 나를 야만적인 자들에게 희생된 고귀한 혈통의 소녀로 만들 거야. 그러면 백부이자 섭정공인 아르노가 파견할 군대의 규모는 더 커지겠지. 모든 신문이 당신들을 악마로 만들 거야. 부모 없는 어린 소녀를 참혹하게 살해한 자들로. 당신들을 토벌하는 건 쉬운 일이야. 게다가 명분까지 확실해지면 의회도 당신들을 막아 줄 수 없어."

다들 멍하니 있었다. 대장도 침울한 눈으로 브릴을 보았다.

이 소녀가 이 나라에서 어떤 위치인지는 아무도 몰랐다. 왕족은 왕족인데, 지금 치세에는 왕족이 많아도 너무 많다.

"정말 막아 줄 건가."

대장이 물었다.

"믿어."

"좋아. 그럼 오늘은 물러나지."

마을 사람들이 술렁였다.

"뭐예요, 대장."

"이대로 가? 정말?"

"데일, 이럴 수는 없어! 뭘 믿고! 기껏 어렵게 왔는데 그냥 가자고?"

데일은 고개를 저었다.

"더 있어 봤자 사형당할 놈들만 늘어날 거다. 오늘은 물러난다."

"하지만 이렇게 물러날 거면 그렇게 준비할 필요가 없었잖아요."

"우리는 준비한 게 아니야. 각오한 거지. 어이, 꼬마."

데일이 브릴을 불렀다.

"한번 믿어 보지. 하지만 우리를 절대 속이지 마. 그러면 우리는 상처받는 걸로 끝나지 않아. 아주…… 고통받게 된다. 아주 크게. 우리는 목숨과 생존을 다 내놔야 해."

"알았으니, 시체나 가지고 가."

그 담대한 말에 데일이 웃었다.

"좋다. 어이, 저거 들고 이거 들고 와라."

마을 사람들은 쉽게 믿지 못하면서도 데일의 말에 따랐다.

그들은 즉각 마당과 창고, 부엌을 치운 다음 반누카 부인의 조카라는 청년의 시체를 들고 갔다. 기절한 반누카 부인도 같이 들려 갔다.

둘만 남게 되자, 시하라는 숨을 내뿜으며 주저앉았다.

"우아, 이, 일단 살았는데, 정말 하실 건가요?"

"그래. 우선 이리로 와. 도와줘."

브릴은 부인의 방으로 갔다. 방은 사치품으로 가득했다. 화려한 꽃병, 레이스 단 커튼, 사치스러운 카펫 등. 이곳은 시하라가 청소한 적이 없어서 처음 보는 것이었다.

브릴은 침대를 밀어낸 뒤 카펫을 치웠다. 바닥에 붙은 문에 자물쇠가 채워져 있었다.

"도끼."

"여기요."

브릴은 도끼로 자물쇠를 내리쳤다. 자물쇠가 쩡하고 깨졌다.

바닥 문을 열자 안에 철제 금고가 있었다.

브릴은 비밀번호를 맞추었다.

"어떻게 비밀번호를 알아요?"

"부인은 비밀번호를 잊을까 봐 항상 적어 놓았거든."

"어디에?"

"부인이 주머니에 넣어 둔 이 수첩에."

브릴은 어디서 났는지 모를 수첩을 흔들고 있었다.

"그건 언제 챙기셨어요?"

"아까 뺨 때릴 때."

"……!"

철컥, 하고 금고 문이 열렸다.

"그런데 우리가 뇌물이나 배임으로 고발해 봤자, 관리들이 안 들어 주면 끝이잖아요."

"배임이나 뇌물은 왕실의 감찰부에서 관리하니 소용없지. 하지만 내가 고발할 건 탈세야. 의회 감사원에 고발하는 건데, 이건 금방 해결될걸?"

"어떻게요?"

"의회와 왕실은 아주 사이가 나빠. 반누카 부인은 왕실이 보낸 사람이고, 이런 사람을 의회에 고발하면 어떻게 될까?"

시하라는 감탄하다가, 갑자기 억울해졌다.

"아니, 그럼 왜 이렇게 오래 참았어요? 그 서류를 훔쳐다 고발해 버리면 되잖아요!"

"내가 단단히 밉보인 분이 계셔서. 내가 벌을 받고 있다는 확신이 없으면 더 괴롭힐 테니 적어도 반년은 견뎌야 했어. 그 사람이 안심할 만큼의 시간이 흘러야 했거든. 반누카 부인은 그 사람으로부터 나를 괴롭히라는 임무를 받고 온 거야. 아주 훌륭하게 했지. 꼬박꼬박 괴롭히고 꼬박꼬박 보고하고. 그래서 참아야 했어. 한동안은.”

브릴은 장부를 꺼내 쌓은 다음 필요한 것을 골라내기 시작했다.

“그럼, 왜 이야기 안 했어요.”

“부담될까 봐.”

“부담 안 될 정도는 알려 줄 수 있잖아요!”

시하라는 눈물이 글썽였다.

“무서웠다고요. 브릴 님이 잘못될까 봐!”

“시하라의 아저씨가 왔잖아.”

“아저씨가 오지 않을 수도 있어요! 그리고 그 사람들이 브릴 님을 죽였으면 어쩔 뻔했어요! 그건 저도 못 말려요!”

브릴은 눈만 깜빡였다.

“말해 봐요! 아가씨는 안 무서웠어요?”

“겁은 안 났어.”

“왜 겁이 안 나요!”

“겁이 난다 해도 달라지는 게 없잖아. 오히려 긴장해서 실수만 할 것 같아서, 겁을 안 먹었는데.”

“……그게 마음대로 돼요?”

“그런데.”

시하라는 눈물을 뚝뚝 흘렸다.

브릴이 놀라서 보았다.

“겁먹을 줄 알아야 해요. 그래야 위험한 걸 피하죠!”

“그 정도는 판단력만으로도 충분하잖아.”

"그런 말이 아니라니까!"

시하라는 브릴이 어떻게 살아왔는지 정말 궁금해졌다. 브릴이 말한 '그 사람'이 왜 브릴을 미워하는지도 모르겠다. 시하라가 보기에 브릴은 좋은 사람이고, 또 용감하고 영리했다. 그래서 더 분했다. 그렇게 굴욕적으로 살 사람이 아닌데.

"시하라, 다음부터는 이야기할게."

"정말요?"

"그래."

"정말이죠!"

시하라는 눈물을 닦았다.

브릴이 말했다.

"그래. 믿고 있는 사람이…… 자신이 괴롭고 힘들다고 말해 주지 않는 게 어떤 기분인지 나도 알아."

"네."

"그러니, 미안."

"네?"

"말 안 한 거, 미안하다고. 자, 이제 치우러 가자."

브릴은 장부를 덮고 옆의 검을 잡았다.

"그런데 그 검은 대체 뭐예요?"

"엘— 그러니까, 내 쌍둥이 형제의 유품이야."

"아아."

시하라는 검을 보았다. 칼날은 정말 훌륭했다. 날에는 날개 달린 뱀이 아름답게 새겨져 있었다. 그러나 칼자루는 대충 만들어 붙인 듯 조잡했다. 이런 물건이 왕족의 물건이라는 게 이상하다.

"참, 물어볼 게 있는데."

브릴이 말했다.

"네."

"저 숲, 자작나무 숲 말이야."

시하라는 흠칫 놀랐다. 브릴이 말하는 자작나무 숲은 이 성과 마주 보는 곳에 있는 숲이었다. 호수 근방에서 시작되어 서쪽 끝까지 이어진다.

"거긴 왜요?"

"좀 이상한 것 같아."

"네?"

"밤에 보니, 정말 이상했어."

"어떻게 이상한데요?"

"이상한 소리가 계속 들렸어. 그런데…… 마치 나를 부르는 듯 들렸어. 끌린다고 해야 할까? 그곳으로 가야 한다는 생각이 들었어. 바로 그때 시하라의 마을 사람들이 와서 정신이 들었고."

시하라의 얼굴이 하얗게 질렸다.

"그, 그것만이에요?"

"응."

"다음에 또 그런 소리가 들리면, 절대 답하지 말아요! 거긴 정령들의 숲이에요! 엄청 무서운 정령들이니까, 말을 걸거나 오라고 한다고 가면 안 된다고요!"

시하라는 불안한 듯 브릴을 살폈다.

"혹시 따라가거나 답한 건 아니죠?"

"무슨 의미인지 모르겠지만, 나는 멀쩡해."

"다, 다행이네요. 이상하다. 외지 사람은 절대 못 듣는데……. 그래도 듣기는 들었으니 절대, 절대! 귀 기울이지 말아요!"

"알았어. 그런데 그곳에 있는 정령이란 건 뭐야?"

"사람들 몸을 노리는 정령이에요. 그 숲으로 가면 그 정령들에게 몸을 빼앗기고 영원히 그곳에서 살아야 해요."

그리고 드디어 창밖이 밝아 왔다.

브릴은 눈을 가늘게 뜨며 반누카 부인이 사라진 첫 아침을 맞이했다. 얼굴에 닿는 햇살이 따갑고 맑았다.

엘, 봄이 될 거야.

어떨까. 이곳의 첫 봄이자, 너 없이 맞이하는 첫 번째 봄은.

그 날도 봄이었다.

어머니는 오후에 브릴과 엘리안을 불렀다.

왕자의 미망인과 유복자인 쌍둥이 남매는 서부 지방의 작은 도시에서 살았다. 어머니이자 마이언 왕자의 아내인 지스티아는 그곳 큰 저택에서 쌍둥이 남매를 키웠다. 앞뜰에 벚나무를 가득 심어 두어, 봄이 되면 하얗게 뒤덮이는 아름다운 저택이었다.

"브릴, 엘, 너희 둘은 왕족이란다."

네, 알아요.

브릴이 먼저 말했다.

무슨 대단한 출생의 비밀이라고.

누구나 알고 있다. 셰어브릴 엘리아 폰 듀카르니아와 엘리안 필파니온

폰 듀카르니아는 요절한 마이언 왕자, 왕의 둘째 아들이 남긴 유복자들이라고.

왕자의 미망인인 어머니는 아이들 몫으로 나오는 연금으로 생활하고 있었다. 브릴과 엘리안은 왕세자의 외동딸 에스델라보다 먼저 태어났다. 엘리안은 사내아이라 해석 여부에 따라 논쟁거리가 될 만한 서열이었다. 게다가 에스델라의 부모인 왕세자 부부는 별거 상태였다. 신문 지면과 공문서로 부부 싸움을 하는 그 부부가 이혼이라도 하면 에스델라의 서열은 더 불안해진다. 아버지가 재혼해 아들이 생기면 더 위급해지고.

그런 사정으로 엘리안의 서열은 상당히 높았고, 어머니가 받는 연금도 많았다. 욕심만 없으면 부유하게 살 만한 돈이었다.

어머니는 수도의 백화점과 사치품 가게에서 자주 물건을 주문했다. 어머니의 주문 목록이 수도로 갈 때마다 엘리안과 브릴은 그들이 원하는 물건 목록을 끼워 넣었다. 이 작은 고객들 앞으로는 백화점과 서점, 검과 총기 장인의 카탈로그는 물론이요, 학원 입학 요람까지 왔다.

브릴과 엘리안은 그중에서 뭐든 골라 목록을 만들 수 있었다.

한 달 정도 기다리면 원하는 것은 거의 다 도착했다. 어떤 것은 오래 가지고 놀았지만, 대체로 금세 싫증을 내고 버려두었다. 어머니는 쌍둥이 남매가 하고 싶은 건 뭐든 하게 내버려 두었고, 가지고 싶다는 건 뭐든 다 가지게 해 주었다. 가정교사들을 괴롭히는 것도, 하인 하녀들에게 제멋대로 굴며 심술을 부리는 것도, 다 내버려 두었다.

이렇게 제멋대로 방치되어 자라는 남매를 불러 앉혀 놓고 그리 말한 것이다.

자, 너희들은 왕족이야.

"올해는 수도로 가서 인사를 드려야 한단다. 왕이신 할아버지와 섭정 공이신 아르노 전하께."

"언제까지 거기 있어요?"

"금방 올 거야. 한 달이나 두 달 정도."

왕세자였던 아르노는 몇 년 전 섭정공이 되었다. 왕의 병이 심각해도, 의회에서 왕의 퇴위를 반대하고 각료들도 반대하여 왕세자는 아직 왕은 되지 못하고 섭정으로 만족해야 했다. 왕세자는 왕이나 다를 바 없는 지위를 누렸지만, '다를 바 없다'와 '그렇다' 사이에는 엄청난 차이가 있다.

의회는 왕세자를 그다지 좋아하지 않았다. 왕세자도 그들을 싫어했다. 의회는 제국에 있는 원로원이나 귀족원과는 달리, 평민들이 내전을 통해 이룩해 낸 의회였다. 브릴이 태어났을 때는 수십 년 전에 끝난 일이었지만, 당시에는 엄청난 내전이었다. 왕이 처형당하고 남부 국민들이 학살당했다. 내전이 휴전과 협상으로 끝났을 땐, 온 국토에 피 냄새가 진동했다.

"브릴, 우리가 왜 가야 하는 거야? 우리가 여기 있는 줄도 모를 텐데."

"에스델라 때문일 거야."

브릴은 서재 소파에 누워 책을 보며 말했다.

"에스델라?"

"우리 사촌 동생, 에스델라 공주는 후계자 인준이 아직 안 되었어. 자식이 있는 사람이 왕이 되면 바로 다음 달에 후계자의 승인식이 열려. 하지만 백부님은 아직 왕세자고 섭정공이니까."

"우리가 가야 하는 이유는 뭔데?"

"왕족들의 청원이 있으면 에스델라가 후계자가 되기 쉬우니 그렇지. 가장 좋은 건 할아버지의 절대권이지만, 할아버지는 편찮으시니까."

"에스델라는 왜 후계자가 못 되는 건데?"

"의회가 백부님을 압박하는 수단으로 공주의 후계권을 인정하지 않고 있으니까. 거기다 이 나라에서 왕실 다음으로 강한 권력자인 하일드의 왕자도 그 문제를 미루고 있으니 더 어렵지. 그러니 마지막 수단으로 왕족들의 청원, 그중에 엘리안의 청원이 필요한 거야."

"하일드의 왕자?"

엘리안은 고개를 갸웃했다.

브릴은 빙긋 웃었다.

"하일드의 군주이자 망명자들의 왕자."

엘리안은 그 왕자가 대체 뭐 하는 사람인지 몰랐다. 사실, 하일드가 어디 붙어 있는지도 몰랐다. 엘리안은 이런 일들은 항상 지겨워했다. 지금도 브릴이 이야기하니 들어 주고 있는 거지 다른 사람이 이야기했으면 벌써 딴전을 피우고 있을 것이다.

"그런데 그곳에 가면 좀 귀찮을 수 있어. 엘리안이 에스델라 공주보다 먼저 임금님이 되어야 한다고 주장하는 사람들이 나올 수 있거든. 아르노 각하를 싫어하는 사람들이 엘더러 왕이 돼라 할지도 몰라."

"누가 그러는데?"

"우선 숙부님들. 그다음…… 의회와 하일드의 왕자도 그렇게 생각할 수 있지."

"우리가 뭘 어떻게 해야 하는 거야?"

"무사히 이곳으로 돌아오려면, 우리들이 해야 하는 건 딱 하나야. 아주 쓸모없어 보이는 거지."

"어떻게 하면 쓸모없어 보이는데?"

"한번 궁리해 보자."

브릴은 엘리안의 얼굴에 자신의 얼굴을 가져다 댔다. 엘리안이 어깨를 움츠리며 웃었다.

엘리안은 금빛 머리에 흰 피부, 푸른 눈을 가진 소년이었다. 어린 영웅처럼 아름다웠다. 브릴은 이 소년을 보는 게 세상에서 제일 좋았다. 보기만 해도 웃음이 나오고 사방이 반짝이는 기분이었다.

"모든 사람이 고개를 흔들게 만든 다음 돌아오는 거야. 우리를 구제 불능이라 생각하게 만들자!"

브릴은 엘리안의 볼에 입을 맞췄다. 가슴이 두근댄다. 달콤하고 사랑스러운, 아름답게 반짝이는 나의 엘리안.

"하지만 엘이 임금님이 된다면 말이야, 장담하지. 엘리안은 세상에서 제일 예쁜 임금님일 거야."

"이제 그런 말 하지 마. 예쁘다는 거."

엘리안이 부루퉁하게 말했다. 몸도 마음도 아직 어린애지만 어른 대접은 받고 싶어 했다. 하지만 예쁜 걸 어쩌겠나. 소년이 금빛 고수머리를 브릴의 어깨에 기대면 예쁜 새가 옆에 앉는 것 같았다. 언제나 이렇게 하얗고 예쁘고 어리면 좋겠다. 이 소년이 다 커서 나이가 든다는 게, 남자가 된다는 게 싫다.

"엘이 에스델라 옆에 있으면 아주 잘 어울릴 거야."

"무슨 소리야, 그건. 싫어, 에스델라 옆에 있는 건."

"에스델라는 예쁘잖아."

사촌 동생이자 공주인 그 아이는 초상화로만 봤다. 달콤한 향기가 날 듯 물결치는 금빛 머리카락에 진주 같은 살결, 설렘을 담은 꽃잎 같은 입술까지. 정말 사랑스럽고 어여뻤다.

그런 소녀에게 이 소년은 참 잘 어울릴 테지.

"필요 없어."

"에스델라하고 결혼하면 왕이 될 수도 있는데?"

"정말 필요 없어."

엘리안이 속삭였다.

"나는 네 옆에 있을 거야. 영원히."

브릴은 활짝 웃었다.

엘리안이 그런 브릴의 웃음이 너무 좋다는 듯, 너무 눈부시다는 듯 눈을 가늘게 떴다. 예쁜 푸른 눈동자가 눈에 가득해진다.

"나는 브릴만 필요해. 영원히."

영원히.

그러나 그러지 못했지, 나의 엘.

너는 죽었어.

비바람 치던 날 마당에 진 꽃처럼 영원히 내 곁에서 떠났지.

사흘 뒤, 브릴은 의회의 세무감사원에 익명으로 부인의 장부를 보냈다.

브릴이 상인들을 고발한 죄목은 뇌물죄가 아닌, '탈세'였다. 뇌물을 감독하는 곳은 왕실이지만, 탈세 감독은 의회의 몫이다.

당장 감사원이 내려왔고, 상인들은 급히 도망쳤다. 그러나 시하라의 기대와는 달리 반누카 부인에 대한 조사는 이루어지지 않았다.

브릴이 부인이 기소될 만한 장부를 보내지 않았다는 것을 알게 된 시하라는 화를 냈다.

"그 여자야말로 제일 잘못한 사람이잖아요!"

"반누카 부인은 시하라의 부족이 처리했잖아. 부인을 처벌하려면 일단 찾아내야 하는데, 그 부인을 다시 살려 낼 수는 없잖아."

"그런 말을 그렇게 태연하게 하지 말아요!"

"죽은 거 맞지?"

"벌써 묻었을걸요."

"그럼 내 의견에 따르는 게 좋잖아. 도로 살려 내는 건 번거롭겠고."

"……브릴 님, 그건 애초에 불가능한 일이잖아요."

그렇게 정리가 끝나자, 브릴은 시하라와 함께 반크족의 마을로 향했다.

마을 사람들은 아직 긴장해 있었다. 언제 정부가 돌변해 사람들을 잡아갈지 모르기 때문이었다.

그래서 브릴은 마을로 들어갈 수는 없었고, 대신 마을 어귀에 데일이 나와 주었다. 데일 말고 다른 사람들도 꽤 많이 나와 기다리고 있었다.

데일이 말했다.

"일단, 정식 소개하지. 내 이름은 데일. 여긴 내 마누라, 저긴 내 아들, 아들 하나가 더 있는데 사정이 있어서 이 자리에 없으니 누가 내 장남 이야기 하면 무시해. 그리고 시하라는 내 친구 딸이다. 부부가 일찍 죽어서 내가 키웠으니 내 딸이나 다를 바 없지. 가만, 일은 잘하나? 항상 걱정되었는데."

"도움이 많이 되고 있어."

"다행이군. 그곳에서 접시나 깨고 있을 줄 알았는데."

"뭐, 깨긴 하지만."

시하라가 발끈했다.

"브릴 님!"

"내가 필요할 때 시하라 같은 사람이 있어 줘서 감사히 여기고 있으니, 접시 몇 개 정도는 감수할 수 있어."

데일은 체격이 아주 컸다. 옅은 금발과 갈색 얼굴, 연한 초록색 눈이 그가 이민족이라는 것을 잘 보여 주었다. 체격은 주먹으로 소도 때려잡을 듯했으나, 눈빛은 상냥하고 태도는 정중했다. 말투 역시 지적이었다. 목에는 하얀 동심원이 그려져 있었다. 특이한 문신이다.

"시하라에게 듣긴 했지만, 데일 당신이 어떤 위치인지는 모르겠어. 마을의 대표, 아니면 대표의 대행 비슷한 것 같긴 한데."

"대표는 족장님인데, 걷는 것도 힘드셔서 보통은 내가 대신하지. 자, 그러니 나하고 이야기해도 된다."

"좋아. 할게. 당신들, 나하고 계약을 하는 게 어때."

"무슨 계약?"

데일의 얼굴에 경계심이 보였다. 마을 사람들 역시 마찬가지였다.

이민족들은 정부가 내미는 계약서에 서명만 하면 농토를 빼앗기거나 거주지에서 쫓겨나거나 사냥이 금지되거나, 강제로 노역에 동원되었다. 브릴이 하필이면 '계약' 이야기를 하니, 경계심을 보이는 건 당연했다.

"내가 당신들을 고용한다는 계약. 당신들이 무슨 일을 하든 내가 명령해서 하는 거니, 불만 있으면 나에게 오라는 거지. 단, 월급 달라고는 하지 마. 나는 당신들이 하는 일을 수월하게 해 주기 위해 계약을 하는 거지, 무언가 시키기 위해서 하는 건 아니니까."

"어차피 우리는 돈은 못 받아. 그러면 우리에게 뭐가 이익이지?"

"지금 당신들은 무슨 일을 하든 불법 폭력이 되잖아? 하지만 내가 시켜서 하는 일이라면 달라지지. 자경단을 조직해, 노예 사냥꾼과 상인의 용병들을 마음껏 두들겨 잡아. 군대에서 나오면, 당신들은 내 재산을 훔쳐 간 자들을 응징한 거라고 하면 될 테지. 그리고 노예로 납치된 아이들도 되찾아야 하잖아. 숫자가 꽤 되던데, 그 아이들도 내 이름으로 찾아."

여자 하나가 울음을 터뜨렸다. 데일의 아내가 여자를 위로했다.

"즉, 편법으로 우리들의 자경권을 보장해 주겠다는 거군."

"그래. 어떻게 하겠어?"

"우리가 더 할 일은 없나."

"당신들도 나를 지켜 줘야 해. 상인들이나 노예 사냥꾼들이 나를 내버려 두지 않을 테니."

"언제까지 그래야 하지?"

"그들이 이곳을 포기할 때까지."

"그 정도 일이라면 나 혼자 정하기 어렵다."

"누가 정해 줘야 하는데?"

"대족장."

그때 갑자기 주변이 술렁였다. 브릴은 그쪽을 보았다. 사람들이 서둘러 비켰다. 사람들 사이로 노파가 걸어 나오고 있었다. 모피를 댄 낡은 망토에 가죽신을 신고 있었다. 목과 손에는 구슬을 꿰어 만든 장신구가 주렁주렁 걸려 있다. 노파의 목에도 데일과 같은 동심원의 문신이 새겨져 있었다.

"족장 어르신."

데일의 공손한 태도에 브릴은 긴장했다. 권위에 긴장한 것이 아닌, 존재감 자체에 긴장한 것이다. 자그만 노파인데, 보기만 해도 이마가 무거워지는 느낌이 들었다.

노파가 말했다.

"나 찾아올 필요 없다. 여기서 정하지. 각자 원하는 것이 있을 때 협조하는 게 좋아. 계산하는 것도 좋지만, 계산을 멈추고 모두 손을 잡아야 할 때도 있지. 이 아가씨가 없었다면 너희들 중 몇은 길가에 시체가 되어 걸렸을 거다. 너희들에게 은혜를 베푼 거야. 먼저 도와줬다고. 그러니 정령의 맹세를 걸고 이 아가씨와 약속을 지켜!"

조금 전까지 웅성대던 사람들이 조용해졌다.

"어서!"

데일이 급히 브릴에게 말했다.

"계약서를 가지고 왔으면 보여 줘."

브릴은 준비해 온 계약서를 주었다. 데일은 주머니에서 안경을 꺼내 코에 걸치고 계약서를 보았다.

"이 정도면 서명해도 괜찮겠군."

"변호사 없어도 괜찮아?"

"내가 이 마을 변호사야. 단, 공증은 네가 가서 해. 내가 그 권한은 없어서 말이야."

"변호사? 어떻게 된 거지?"

"변호사 자격증은 땄지만, 수임받아 돈을 벌 수 없어서 돌아온 거야. 법이 그렇게 되어 있더군. 좋아, 계약을 하기로 했으니 우선 이놈부터 데리고 가라."

데일은 옆에 있던 소년의 뒷덜미를 잡아 밀었다. 지난번 습격 때 브릴에게 얻어맞은 그 아이였다.

"헛간 치우고 마당 쓸고, 힘쓰는 일이 생기면 마음대로 마음껏 부려먹어. 일이 없으면 부엌에서 감자 껍질이라도 벗기라고 해."

"데일 아저씨!"

소년이 항의했다. 데일은 소년의 목덜미를 젖혔다. 목에 데일과 같은 동심원의 문신이 그려져 있었다.

"이건 전사의 문신이야. 전사의 표식은 모두의 마음을 연결시키니까 항상 데리고 있어. 너에게 위험한 일이 생기면, 이 아이를 통해 우리들도 알게 될 거야."

"텔레파시 같은 건가."

"그건 또 뭐야? 이능의 일종인가."

"그렇다고 봐야지. 그런 거야?"

"이능이 아니라, 반크족과 야하크라족의 주술이야. 너희들은 이걸 뭐라 부르는지 모르겠다만. 이능이라고 하자니 타고나는 건 아니라, 마법이라고 부르는 편이 낫겠군."

"마법?"

마법이라면 이능과는 다르다. 이능은 타고난 초월적 능력이지만, 마법은 이미 존재하는 힘을 부리고 쓰는 것이다. 다만, 이능을 가진 자는 기사단만 가면 볼 수 있는 반면 공식 인정된 마법사는 세상에 거의 없다.

소년이 애걸했다.

"하지만 아저씨, 저는 수련도 다 못 마쳤어요!"

"이것도 수련이다. 전사의 첫 번째 싸움에서 졌으니 대가를 치러야지!"

데일은 소년의 엉덩이를 걷어찼다. 소년은 데굴데굴 굴러왔다. 시하라는 소년을 잡아 세운 뒤 딱해하며 옷을 털어 주었다.

"이름이 음, 로들이었나?"

브릴이 물었다.

"네."

"시하라, 데리고 가자."

"브릴 님, 제가 애하고 아는 사이라 하는 말인데, 쓸모없을 거예요."

"밥 먹는 통신 장비라고 여기지, 뭐."

"그건 또 뭐래요……."

로들이 우는 동안, 데일이 말했다.

"다음은 없나."

"농사짓는 걸 도와줘. 씨감자나 종자 좀 나눠 주고, 키우는 법을 가르쳐 줘. 소나 돼지, 닭도 키워야 하니, 그것도. 내가 하나도 몰라서."

"돼지나 닭을 돌보는 건 시하라도 잘해. 하지만 소나 양을 돌보려면 목동이 필요하니 보내 주지. 그리고 꼬마, 검을 다루던데 어디서 배운 건가."

"펜싱은 숙녀라면 누구나 배워."

"그런 것치고는 검술이 거칠어서."

"어딜 가나 이상한 사람은 있잖아. 당신이 변호사이듯 말이야."

데일이 피식 웃었다.

"더 배워 볼 생각이 있나?"

"가르쳐 주면."

"좋아. 이번 보름에 한번 와 봐. 정령이 허락하면 너에게 우리들의 검을 전할 수 있을 테지."

"그래도 괜찮은 건가?"

"우리 부족의 전사들이 너를 위해 싸울 거야. 그러니 너도 우리들과 같아야 하지. 같이 싸우기 위해선, 우선 같은 검을 배운 전우가 되어야 한다."

동료로 받아들인다는 것이다. 거절할 이유가 없다.

"어차피 나도 나 하나뿐이니 당신들과 같이 지내는 방법을 알아야겠지."

"왕족이지 않나?"

"하지만 나는 이곳에 영원히 있어야 해."

"무슨 일이 있었던 건지, 들어 볼 수 있을까."

브릴은 잠시 고민했다.

말해도 될까.

낯선 사람들 앞에 있는데.

"왕족의 장점은 언제든 왕이 되는 대박이 날 수 있지만, 단점은 실패하면 독배를 사발로 들이켜는 처지가 된다는 거지."

며칠 전 시하라가 했던 말이 떠오른다.

말하지 그랬어요.

그래, 말하는 게 나아.

이제는 이들과 살아야 해. 그러려면, 이해를 받아야 해.

"내 쌍둥이 형제 엘리안은 아르노 왕세자 전하의 딸, 에스델라 공주와 후계자 자리를 다퉜어. 서열이 그랬거든. 아르노 전하의 딸인 에스델라는 이혼 직전인 아내에게서 태어났고, 엘리안은 안정된 결혼에서 태어난 남자였으니 에스델라보다 엘리안의 서열이 높을 수도 있다는 주장이 나오기 시작했어. 에스델라 공주의 심경은 불편해졌고, 공주의 심경이 불편해지니 섭정공 각하는 더 불편해졌지."

브릴은 모두의 얼굴이 자신을 향하는 것을 보았다.

"그런데 엘리안은 죽었어."

말하는 순간 브릴은 자신이 엘리안을 죽이는 기분이었다.

항상 죽어 있었는데, 드디어 죽인다.

"어머니는 엘의 장례를 치른 뒤 실종되셨고, 나는 혼자가 되었지. 엘리안과 어머니 몫의 원한을 모두 떠맡아야 하는 혼자가."

브릴은 데일의 젖어 드는 눈을 보았다.

진심으로 동정하고 안쓰러워하고 있다.

이상한 기분이다.

왜 당신이, 몇 번 만나지도 않은 당신이 나를 가엾게 여기지?

"그 후 나는 이곳으로 보내졌어. 에스델라 공주가 명령한 거지. 이곳으로 가, 반누카 부인의 감시를 받으며 지내라고. 부인은 에스델라 공주가 원하는 대로 나를 다루었어."

"그 공주는 어떻게 되었어요?"

로들이 물었다.

"엘리안이 죽고 한 달 뒤에 후계자로 인정되었어. 내 할아버지인 필파니온 2세가 절대권을 써서 직접 지명했으니, 의회의 동의는 필요 없었지. 하지만 의회도 동의했어. 하일드의 왕자도. 에스델라는 완벽한, 너무도 완벽한 후계자가 되었지."

"그럼…… 그럼 브릴 님에게 왜 그런 거예요. 이제 브릴 님은 아무것도 없잖아요."

시하라가 떨리는 목소리로 물었다.

"에스델라의 심기는 이미 불편해져 있었고, 권력자의 불편함은 뭐로든 보상을 받아야 하는 거니까."

에스델라는 모두에게 자신의 지위를 인정받자, 가장 먼저 브릴을 이곳으로 보냈다.

어머니와 형제를 모두 잃고 혼자 남은 사촌 언니를, 너라도 당해 보라고 보낸 것이다.

원래 왕이나 그 후계자가 정해지면, 경쟁자들은 치워진다. 이 나라의 구석구석에 있는 유배지는 항상 그런 역할을 해 왔다. 그들이 추방할 때마다 '왕실의 명령으로'라는 말이 붙었다. 그리고 그렇게 유배되면, 결코 돌아올 수 없다.

데일이 말했다.

"보름에 보도록 하지."

데일의 말에는 호의가 담겨 있다. 정 많은 남자다. 친절하기도 하고.

브릴은 호의를 받아 본 적이 없다 보니 어찌 답해야 할지 알 수가 없다.

고맙다고 해야 하나? 좋아해야 하나.

모르겠다.

"알았어."

갑자기 엘리안에게 말하고 싶어졌다.

봐, 이 사람들이 나를 도와준대.

무참하리만큼 쓸쓸하고 외로워진다.

이 이야기를 나눌 사람이 없어서, 엘리안이 없어서.

생각하면 그리워질까 봐, 너무 슬퍼서 감당하기 힘들어질까 봐 기억조차 돌이키지 않았다.

그런데 엘리안이 죽었다 말하고, 브릴의 상실감과 슬픔을 이해하는 사람들 앞에 있자 기억이 난다.

가장 먼저 작년 여름 연회가 생각난다.

엘, 너는 그곳에서 참 근사했지.

흰 연미복에 진주색 스톡 타이를 맸어. 모두가 너만 봤어. 에스텔라는 잊었지. 아름다운 너를 보느라, 다들 정신이 없었으니까.

그래서 엘, 나는 아직도 네가 어디선가 다시 나타날 것만 같아.

문을 열면 나를 기다리고 있거나, 응접실에 가면 그곳 소파에 잠들어 있거나, 어느 날 길을 걷다 보면 네가 있을 것 같아. 나는 너에게 달려가 네 허리를 안고 고함을 질러 댈 것만 같아.

보고 싶어.

죽도록 보고 싶어.

죽어서 너를 볼 수 있다면, 차라리 죽고 싶을 정도로.

허리에 찬, 엘리안의 유품인 검이 묵직하게 느껴졌다.

그곳에서 속삭임이 들려온다. 알아들을 수 없는 낯선 언어로 나지막하게 속삭인다.

슬픔의 언어, 분노의 언어, 온갖 감정들이 담긴 언어가.

기이할 정도로, 너무나 기이할 정도로 분명하다. 미친 할아버지의 말이 생각난다. 할아버지는 항상 무슨 소리가 들린다며 날뛰었다고 했는데.

그때 브릴은 자신의 손을 잡는 족장의 손길을 느꼈다.

그 순간 모든 것이 고요해졌다.

"천천히."

족장이 말했다.

"아무리 재능이 있고 운명이 닿았다 하더라도, 천천히 해야 할 때야."

무슨 말이지?

족장의 눈빛은 강했지만, 그래도 브릴을 감싸 주는 눈빛이었다.

그리고 이제, 브릴은 자신이 이곳에서 살게 되었음을 깨달았다. 브릴의 주변에 사람들이, 브릴을 믿어 주고 브릴의 자리를 마련해 준 사람들이 생겼다.

수도, 체자.

왕의 장남이자 섭정공인 아르노는 보고서를 받았다.

회의실로 향하기 직전 서부에서 온 것이었다.

—의회에서 보낸 조사관이 이곳에 왔습니다. 이곳에 있는 여관(女官) 반누카 부인이 각하와 아무 관련이 없는지 확인하고 싶습니다.

그 여자가 그곳에서 벌인 전횡(專橫)이 아르노의 책임이 아니냐고 묻고 있는 것이다. 의회에서 물고 늘어지면 골치 아플 거다. 왕실이 관련되기에는 너무 치졸하고 너저분한 죄목이기도 했다. 가난하고 무식한 이민족들을 갈취해서 돈을 벌다니. 새어 나간다면, 이건 망신에 가까운 일이 될 것이다.

그런데 무시할 수 없는 것이, 반누카 부인을 보낸 사람은 아르노가 아닌 딸인 에스델라였기 때문이다.

정식 후계자가 된 에스델라가 가장 먼저 '공식적'으로 한 일은 자신과 왕위를 다투었던 엘리안의 누이인 셰어브릴을 서부로 쫓아낸 것이다. 브릴에게 붙여 보낸 반누카라는 여관도 에스델라가 직접 골랐다.

그 여자가 서부에서 브릴을 괴롭히는 일만 한 게 아니라, 이민족들을 갈취하기까지 한 것이다.

아르노는 보고를 받아도 방치하라 명령했다. 서부에서 반란이 일어나면 곤란한 건 의회의 총리였으니까.

그런데 반란은 일어나지 않았고, 반누카 부인이란 존재만 위험 신호가 되고 있다. 에스델라에게 그 여자와의 교류를 끊으라고 해야 했다. 기껏 후계자가 되었는데, 되자마자 의회에 덜미가 잡히게 할 수는 없었다.

아르노는 보고서를 접어 품 안에 넣은 뒤, 회의실 앞의 시종에게 명령했다.

"문 열어라."

시종이 회의실 문을 열었다.

넓은 회의실 한가운데 커다란 적갈색 테이블이 놓여 있었다.

오늘 이곳에서 아르노가 만나야 하는 상대는, 싫어하는 의회 각료도 총리도 아니다. 아르노는 그들 모두를 싫어했지만, 지금 회의실에 앉아 있는 남자보다는 덜 싫어했다.

"오래 기다리게 했군. 미안하네. 처리할 일이 있어서 말이네."

"저도 조금 전에 도착했으니, 괜찮습니다."

"아, 이런. 자네도 늦은 건가?"

"워낙 자주 늦으셔서, 오늘은 알아서 조정했습니다. 각하께서 잠을 모든 약속은, 말씀하신 시간에서 한 시간 뒤인 게 아닙니까."

아르노의 턱에 힘이 들어갔다.

예의를 차리라 말하자니, 이 남자는 단 한 번도 지킨 적이 없고 앞으로도 안 지킬 것이다.

"다음에는 제시간에 오지, 레오닉스."

레오닉스의 눈이 아르노를 빤히 보았다.

과연? 설마.

잘생긴 건 맞다. 반듯한 콧날과 수려한 눈매에, 짙은 눈썹과 검은 머리까지. 그러나 이 남자의 아름다움은 야성적이고 위험한 분위기를 풍겼다. 우아한 맹수처럼 결코 가까이 가기 힘들다.

그리고 신분은 하일드의 왕자.

왕과 총리 다음에 위치하는 권력자이자 북부 하일드의 군주다.

듀카르니아 왕실을 이끄는 아르노, 혁명의 주체이자 의회의 대표인 총리, 그리고 이 하일드의 군주인 왕자까지. 셋은 이 나라의 가장 강력한 권력자들이며 세 축이었다.

아르노에게 있어, 총리는 평민이라 무시할 수 있지만 이 남자는 듀카르니아 왕실만큼이나 오래된 발카이드 왕가의 왕족이라 깔볼 수도 무시할 수도 없었다. 이 레오닉스는, 아르노를 제한 다른 왕자들보다 의전 서열이 높았다.

"그래, 할 말이 뭔가."

"시고야를 중심으로 해군 배치를 다시 할 예정입니다. 시고야 섬은 우리들의 전진 기지가 될 예정이라, 이에 대해 미리 말씀드리려고 왔습니다."

"우리 둘이서 이야기할 것치곤 광범위하군."

"마음의 준비를 해 달라는 의미입니다. 워낙 화들짝 잘 놀라셔야지."

뒤통수치지 말라는 말이다.

아르노는 우선 참은 뒤에, 간신히 차분하게 말했다.

"시고야와 관련된 일이라면, 너무 늦게 말하는 거다. 작년 초에 벌어진 일이 아닌가."

"각하 상황이 상황이었던지라."

레오닉스가 시고야 섬에 있는 요새를 점령한 건 작년 일이었다. 원래는 듀카르니아의 영토였던 곳으로, 제국에 점령당했다가 하일드의 손에 들어갔다. 상당히 요긴한 위치의 요새라, 하일드는 방어선을 재조정하게 되었다. 언제 제국이 건너올지 모르는 상황이니, 중요한 일이었다.

"걱정이 많았겠군. 내 후계자 자리가 제대로 해결되지 않아서."

"이해합니다. 다만, 아무리 딸 문제가 급하셨다 하더라도 저에게 청혼을 하신 건 너무 나가신 거지요."

아르노의 눈썹이 치솟아 올랐다.

"내가 자네에게 청혼한 적은 없네. 내 딸의 혼사였지."

"신부 자리에 각하가 있든 에스텔라가 있든 제 기분은 똑같습니다."

이러나저러나 몹시도 엿 같다는 의미다.

아르노가 일어나 고함을 질렀다.

"레오닉스!"

왕세자의 근위 기사들이 한 걸음 앞으로 나서고, 왕자의 기사들도 같이 나섰다.

왕자가 말했다.

"제게 걷어차여 자존심이 상하신 건 알지만, 그것을 부하의 칼로 해결하지 마십시오. 체면이란 게 있지 않습니까."

레오닉스는 팔을 들었다. 그의 기사들이 뒤로 물러났다.

"하지만 폐하, 그래도 후계자가 지정되어야 한다는 데는 저도 동의합니다. 에스델라는 그럴 자격이 있습니다. 폐하께 후계자 자체만이 중요했다면 벌써 몇 년 전에 이혼하시고 안전한 후계자를 만드셨을 테니."

"……."

"그래서 도와 드린 거지, 에스델라에게는 아무런 욕심도 마음도 없습니다. 에스델라 공주의 남편 자리는, 각하께서 현명하게 판단하길 믿습니다."

"자네는 아니란 거군."

"저와 각하가 결혼하면 하일드와 듀카르니아의 통합이라는 역사적인 일이 벌어질 테지만, 그만두시는 게 좋을 겁니다. 저와 각하의 정치 불화가 가정불화로 장르만 바뀔 테니."

"내 딸도 자네를 안 좋아해."

"저도 안 좋아하니, 서로에게 안전한 상태군요."

아르노는 짜증이 났지만 참았다.

이 남자와의 혼사를 공개적으로 꺼냈다가 딸에게 받은 원망과 분노는 어마어마했다. 딸은 아버지가 레오닉스를 싫어하고 레오닉스는 아버지를 혐오한다는 걸 알았다. 그리고 에스델라는 그 사이에서 중재자 역할을 할 만한 소녀는 아니었다. 고작 열네 살이다. 애지중지 키운 어린아이를 이렇게 세상 풍파를 온몸으로 견뎌 온 야수 같은 남자와 맞서게 하는 건 불공평한 일이다.

"가끔은."

아르노가 말했다.

"자네 형이 살아 있었으면 더 나았을 거란 생각을 하네."

'자네 대신'이라는 말이었다.

레오닉스의 검붉은 눈이 가늘어지며, 입술 끝이 올라갔다. 거칠고 위압적인 분위기와는 달리 감정적이 되는 일이 없는 레오닉스지만, 형의 이야기에 드러내는 감정은 사나웠다.

"하지만 각하께 안타깝게도, 제 고국인 발카니아가 망할 때 실종되셨지요."

"……."

"그래요, '저 대신' 말이지요."

레오닉스가 이끄는 망명자 기사단의 눈빛도 차가워졌다. 지금 레오닉스와 같이 있는 기사들은 최측근들이고, 사정을 아니 당연히 그러했다.

발카니아 왕국은 살데니아 제국의 침략으로 멸망했다. 레오닉스의 고향이자, 원래대로라면 그의 형이 왕위를 물려받았어야 할 곳이다. 이 발카니아의 존재는 듀카르니아 안에서 하일드의 위치를 애매하게 만들어 놓곤 했다. 하일드에서는 '왕자'의 지위지만, 발카니아에서는 엄연한 '왕'이었다. 다른 나라의 왕이, 이 나라에서는 신하라는 것이다. 이래서 레오닉스를 제한 선대왕들은 대체로 본거지를 발카니아로 여기고, 하일드는 부수적인 영지 취급을 했다. 훨씬 오래된 영토였음에도 불구하고 말이다.

이것이 문제가 된 건, 발카니아 옆에 있던 제국이 준동하면서였다. 새로 즉위한, 정확히는 황위를 찬탈한 황제는 주변 나라를 정복하기 시작했다. 발카니아는 가장 먼저 패망한 나라 중 하나였다. 그리고 발카니아를 시작으로, 엄청나게 많은 나라들이 점령되었다. 수백 년 간 건재하던 나라가 단 며칠 만에 수도가 넘어가고 왕궁이 점령되었다. 수천 년 굳건하던 남부 왕국도 무너졌다. 지금 제 형체가 남아 있는 나라는 듀카르니아와 울두스 정도다.

제국이 발카니아를 침공하자, 왕은 장남을 지키기 위해 차남인 레오닉스를 함대와 함께 출정시켰다. 그 틈에 장남은 다른 곳으로 도망시킬 예정이었다. 그러나 당시 제국군의 지휘를 맡았던 황제의 측근은 이 작전에 속지 않았다. 그는 우선 장남을 포로로 잡고, 그다음 왕궁을 점령하고 왕도 포로로 잡았다.

왕은 황제 앞으로 끌려갔고, 황제는 왕의 목을 톱으로 썰게 했다. 장남이자 후계자가 보는 앞에서.

바다에 있던 레오닉스는 그 모든 소식을 들었고, 황제의 동생이 사령관이 되어 이끄는 함대를 맞이했다.

다음 날 승전 소식을 기다리던 황제에게는 아무것도 전해지지 않았다. 그리고 함대를 끌고 바다로 나간 황제를 기다리는 것은 전멸한 제국 함대의 잔해와 동생의 목이었다. 동생의 목은 발카니아의 상징인 독수리가 새겨진 검에 뚫린 채 돛대에 박혀 있었다.

그 후, 발카니아가 멸망한 날은 십 년이 넘어가는 지금까지 흔들림 없는 두 이름이 탄생한 날이 되었다.

하나는 당시 발카니아를 멸망시킨 황제의 '마법사' 카니발라, 다른 하나는 이 앞에 있는 황제의 분노이자, 하일드의 망명자 기사단을 이끄는 단주 레오닉스 아르칸젤로.

"그래도 제 형님이라면 기쁜 마음으로 각하의 사위가 되었을 겁니다. 꽤 늙은 사위긴 하지만, 친구 같은 사위도 나쁠 건 없지요."

레오닉스와 나이 차 꽤 나던 형이라, 에스델라와는 스무 살 넘게 차이가 난다. 아르노의 이마에 힘줄이 돋았다.

"그럼, 저는 이만 일어나겠습니다."

"어디 몸이라도 상하면 내가 축복했다고 생각하게나."

"건강 걱정은 저보다는 각하가 하셔야 하지 않습니까."

일어나는 젊은 왕자는 마른 편인 아르노를 거의 덮을 듯 컸다. 무가(武家)의 전통을 가진 듀카르니아 왕실에서, 아르노는 검술과 전쟁에 재능이 없었다. 오히려 지적인 전통을 중시하는 발카니아 왕실 출신인 레오닉스가 무인의 재능을 타고났다. 이것은 아르노에게 열등감과 자격지심 비슷한 감정을 느끼게 했다.

"그런데 왕자, 가기 전에 내 귀로 들어온 게 좀 있네."

"무슨 부스러기가 들어갔습니까."

"'카니발의 왕'이던가."

아르노는 왕자의 얼굴을 살폈다. 레오닉스에게는 조금 전의 분노는 없이, 평소와 다를 바 없이 차갑기만 했다. 살짝 찌푸린 눈이 경멸을 담고 있기는 했다.

"각하, 그에게는 '카니발라'라는 이름이 있습니다."

"카니발라건 뭐건, 그게 본명인지 아닌지 누가 아나. '카니발의 왕'이란 별명으로 불리지. '황제의 마법사'라는 별명과 함께 말이야."

'황제의 마법사'라는 건 별명이지, 정말 대마법사라는 뜻은 아니었다. 그가 한 일 자체가 워낙 마법과도 같고, 거기에 황제도 그를 마법사라 불러 그리되었다.

"자네가 그자를 각별히 쫓고 있다고 들었네. 시고야를 점령한 것도 그곳에 그자가 있다는 소식을 듣고 간 거라지?"

"정확히 말하자면, 황제가 저에게 집착하고 있고 황제가 집착하니 그 측근이자 총신인 카니발라도 저를 쫓는 것입니다. 시고야 요새에서 그가 나타났다 하더라도 이상할 건 없지 않습니까."

"하지만 최근에는 그가 나타난 곳이 없더군."

"휴가라도 갔는지 감쪽같이 사라져 주긴 했는데, 놀랍군요. 각하는 모든 일을 몇 달 뒤에 아시거나 아예 모르는 분인데, 그런 일을 미리 알고 계시다니."

"그에 대해 더 할 말이 없나?"

"없습니다. 정식 보고할 일이 있으면 정식으로 하지만, 아직은 없습니다."

"정말인가."

"각하, 제가 한 나라의 국왕이 될 사람이 저지른 일치고는 꽤나 조잡스러운 일을 언급하지 않는 것을 염두에 두십시오."

"뭘 말하는 건가."

"엘리안 말입니다."

그 이름이 나오는 순간 아르노의 얼굴이 굳었다. 아무 말 하지 못하고, 눈을 크게 뜬 채로 책상을 치던 손을 멈추었다.

"이만 갑니다."

아르노는 레오닉스가 나가는 소리를 들어도 그 자리에 있어야 했다.

문이 닫히자, 아르노는 턱을 문지르고는 고함을 질렀다.

"레오닉스, 저 자식!"

하여간, 이 나라는 너도나도 왕실을 무시한다.

그래, 엘리안. 너라면 이런 나라에서 좋은 허수아비가 되었겠지. 모두가 사랑하는, 그러나 아무것도 아닌 왕이었을 것이다.

아르노는 그런 왕이 될 생각이 없었다.

나라는 왕의 것이고, 올바르게 이끌 수 있는 것도 왕뿐이다.

수십 년 전 반란을 일으켜 그의 증조부를 살해한 반란군들이 만든 의회는 없어야 한다. 감히 왕에게 덤벼드는 저 젊은 왕자 역시 없어지면 좋겠다.

회의실을 나오자, 레오닉스를 호위하던 하일드의 망명자 기사단은 어깨의 힘을 뺐다. 근위대와 기 싸움하느라, 그들도 피곤했던 것이다.

이 나라 주요 기사단은 서로 사이가 그다지 좋지 못해, 의회의 용 기사단, 왕실의 근위 기사단, 그리고 하일드의 망명자 기사단은 모두 원수지간이다. 군무총회의 때는 길거리에서 패싸움이 일어나고, 축제나 행사 때 어디서 만나든 결국은 주먹질이다. 게다가 요즘 왕실은 새로운 인재들을 기용하고 있어, 더 소란스럽다. 제국에 의해 나라를 잃고 망명 온 자들이 바로 그 주역이다. 왕실은 '의용부대'란 이름의 사설 부대를 만들어 그들을 기용했다. 그리고 그들이 주로 하는 일은, 용 기사단과 망명자 기사단에게 시비를 거는 일이었다. 왕국 법을 몰라 사고를 치는 거라 우겨 대지만, 그들이 하는 일은 어느 나라에서건 불법이었다.

레오닉스의 부관인 제레미가 물었다.

"왕자님, 각하께 대체 왜 그러셨습니까."

"내가 귀엽게 말해야 할 이유라도 있나."

"아니, 그건 아니고요. 정말 에스델라 공주에게 욕심 없으십니까."

"내가 미쳤나."

싸늘한 답에 제레미는 자신의 실수를 인정했다.

공주가 예쁘긴 하다만, 레오닉스 입장에서는 고작 열네 살 된 어린아이일 뿐이다. 여자로 욕심내라는 건 소름 끼치는 소리다.

"그…… 여자로 보라는 말은 아닙니다. 하지만 에스델라는 이제 공식 후계자입니다. 정략적으로 생각해 보십시오."

"정략적으로 생각한다면, 상대는 공주가 아닌 아르노다. 나는 공주와 결혼하는 게 아니라 아르노와 결혼하는 거지. 게다가 아르노는 내게 딸을 주지 않는다. 미끼로 가지고 놀기나 할 테지. 그리고 에스델라도 나를 아주 싫어해. 아르노의 장단에 맞춰 주지, 나에게 도움이 되진 않을 거다."

"어린아이잖습니까."

"이제는 후계자다. 취향이나 기분은 잠시 넣어 둬야 하는."

지난번, 아르노가 에스델라 공주의 남편 자리를 가지고 레오닉스를 낚으려 했던 것에, 레오닉스는 아르노를 비웃기만 했을 뿐이다. 공주의 남편 자리를 줄 테니 에스델라의 힘이 되어 달라는 듯 굴었지만, 계약서에 사인하기 전까지는 믿을 수 없거니와 에스델라와 결혼하기도 싫었다.

그런데 당사자인 공주는 가만히 있지 않았다. 궁전의 창을 다 깨며 분노했고, 그 소문이 여기저기 다 퍼졌다. 아이다운 분노긴 했지만, 상대가 왕자인 레오닉스인 이상 얼마든지 모욕으로 받아들일 수 있는 일이었다.

"따라와라. 갈 곳이 있으니."

"어디로요?"

"교차로 교단."

"아니, 거긴 왜요?"

제레미는 기가 막혔지만, 레오닉스가 제복 상의를 벗어 다른 기사에게 맡기는 것을 보고 급히 같이 제복 상의를 벗고 뒤따랐다. 궁을 나서자마자 제복 호위들은 뒤로 물러나고, 평복 호위가 따라붙었다.

'교차로 교단' 이란, 일종의 신전이다.

예로부터 듀카르니아는 물론이요, 전 대륙에서 교차로에 신전을 세웠다. 도둑들과 행운의 신을 위한 신전이다.

이름값은 해서, 범죄자들의 거점으로 활용되었다. 도둑, 강도, 사기꾼, 도박꾼, 포주, 온갖 범죄자들이 모여 그들 신의 가호를 빌었다. 구역 담당 사제들은 범죄자들의 중개인이자 수임자다. 법적으로는 성직자지만, 골목에서 가장 노련한 범죄자가 맡는 직책이다.

이미 제복이 아닌 사복 차림인 레오닉스는 들어가기도 전에 문지기로부터 인사를 받았다. 안에서 나온 하인이 레오닉스를 특별한 방으로 안내했다.

"어서 오십시오, 왕자님."

교차로의 사제가 레오닉스를 맞이했다. 목덜미와 팔에 흉터가 깊이 새겨져 있고, 얼굴에는 교활하게 살아온 삶이 고스란히 남아 있다. 그래도 하일드의 왕자를 맞이하는 태도는 공손했다.

"알아볼 게 있다."

"말씀하십시오. 최선을 다하겠습니다."

"최근 서부에 무슨 일이 있었지?"

"있기는 합니다만, 왜 그러십니까."

"오늘 아르노에게 보고된 것 중 하나라서 그렇다. 최근 의회에서 그곳으로 세무 감시관을 보냈지. 의회의 세무 감시관은 수사권과 체포권까지 다 있는 경찰이다."

"아르노 각하께서 왕자님과 내정을 상의할 수는 없지 않습니까."

"자네와 나는 몰래 하는 것만큼은 협조할 수 있지 않나. 지난번 일도 그렇고."

사제의 얼굴이 창백해졌다.

"그건—"

"그러니 기왕 이리된 거 말해 봐. 그곳에서 무슨 일이 있었던 건지."

"큰일은 아닙니다. 아르노 전하가 '이민족 통합 정책'인지 뭔지를 외주로 맡겼지요. 이민족 아이들을 부모와 격리한 다음, 야만족이 아닌 왕국 시민으로 개조한다는."

왕국 시민으로의 교육이라, 말은 번지르르하지만 실제로는 노예사냥이다.

의회는 당연히 기각시켰다. 그런데 아르노가 허가가 된 교육자들이면 괜찮다고 하며 특별법을 만들어 버렸고, 교육자 임명만 받으면 마음껏 노예사냥을 할 수 있게 되었다.

"그런데 신기하게도 그냥 끝났습니다. 누하의 교차로 교단으로는 노예로 팔려간 아이들을 다시 찾는다는 연락이 왔지요. 되살 수 있는 아이들은 되사고, 그럴 수 없다면 위치라도 알려 달라더군요. 이미 죽은 아이들을 제한 대부분의 아이들을 집으로 돌려보냈습니다. 돈도 꽤 들었을 텐데 그렇게 했어요."

"그런 일이 그냥 일어난 건가."

"물론 그럴 리 없죠. 노예사냥이 기승을 부릴 때, 반란이 아주 크게 날 거라고들 예상했습니다. 아르노 전하도 방치했지요. 그 반란을 핑계로 의회의 정책을 압박할 생각이었으니까. 그런데 그게, 아주 소소하게 끝난 거지요. 말다툼 정도로."

"그럴 리가."

"그런데 정말 그럴 리가 없는 일이 일어났습니다."

서부에서 폭동이 한번 일어나면 조용히 끝난 적이 없다.

정부군 시체가 벌판에 굴러다니고 정부군은 이민족 마을로 쳐들어가 더 잔인하게 학살한다. 백 년 전의 폭동이 일어났을 때는 서부 인구가 절반으로 줄어들었을 정도다.

사제 역시 얼마 전까지 서부에서 폭동이 일어날 거라 생각했는데, 놀랍게도 용서와 화합으로 평화롭게 끝난 것이다.

"어떻게 그 문제를 해결한 거지."

"간단한 방식이었습니다. 누군가가 이민족 전사들을 고용해 자신의 안전과 재산을 지킨다는 명목으로 자경권을 허락했습니다. 이민족들의 전사들은 상당히 강력합니다. 자경권만 가지면 노예 사냥꾼이나 상인들이 거느린 용병은 상대도 안 되지요. 그들을 고용하고 권한을 부여한 사람은 왕족이었습니다. 아시다시피 서부는 '영토 외'입니다. 법원과 경찰이 없는 변방에서는 왕족이 그 모든 권한을 가집니다. 즉, 법적으로 아무 문제가 없지요."

"그 일을 한 건 왕족인가, 아니면 왕족과 같이 간 관리인가."

"정황상 관리지요."

"왕실 소속이라면, 아르노의 선을 거쳐 간 인선일 텐데?"

"역시나, 정말 믿어지지 않게도 그렇습니다."

레오닉스는 오늘 본 아르노를 떠올렸다.

아르노가 자비를 베풀어 그랬을 리는 없지. 그 여관이 아르노의 의중을 거스르고 그런 일을 하자, 아르노는 직접 명령할 처지가 못 되니 묵인한 것이다. 의회에서 우르르 내려간 세무 감시관들이 그 증거다.

"왕자님?"

"그럼, 지금부터 서부에서 오는 모든 정보를 내게도 보낼 수 있겠나."

"그…… 그게 말입니다."

사제의 표정이 미묘했다.

"지속적으로 해 드리는 건 좀 힘듭니다."

"비용 문제인가."

"돈이 문제가…… 아닙니다."

"돈이 문제가 아니라면, 오히려 신경 써야 할 일이군. 내 수하들을 보내도록 하지. 직접 듣는 게 낫겠군."

"와, 왕자님. 저기, 그게 말입니다."

"뭘 숨기는지 모르겠지만, 계속 숨겨. 나중에 내가 알아내면, 그때 가서 자네를 찾아오지."

사제가 하얗게 질렸다.

애써 숨기려고 하지만, 겁먹은 게 확실했다.

레오닉스가 말했다.

"미리 묻지. 혹시 '그자'와 관련되어 있나."

"그, 그자라니요."

"카니발라."

사제가 침을 삼켰다.

"카니발라는……."

"시고야에서 내게 박살 나긴 했다만, 죽었는지 살았는지는 아직 몰라. 그런데 내가 아는 한, 자네를 그렇게 벌벌 떨게 만들 만한 존재는 카니발라뿐이군."

"너, 너무 예민하신 겁니다."

"카니발라에 관한 한, 예민해지는 편이 나아. 그리고—"

"네."

"그곳으로 갔지."

"누가?"

"엘리안의 누이."

"아십니까."

"얼굴만 안다. 작년 여름 연회 때 봤다."

"아아."

여름 연회는 왕족들과 고위 귀족들이 모이는 연중 주요 행사 중 하나였다.

그래서 그날 은둔하던 마이언 왕자의 미망인 지스티아도 아들딸과 함께 처음 공식 석상에 나타났다.

잠시나마 연회에 참석했던 레오닉스는 엘리안을 보게 되었다.

바다 거품이 빚어낸 듯 아름다운 소년이었다.

다들 에스델라와 닮았다고 했지만, 레오닉스는 동의할 수 없었다. 에스델라는 예쁘긴 해도 저렇게 다른 세상에서 온 것 같은 미모는 아니다. 미모의 층위와 격이 근본적으로 다르다. 주변 소녀들은 엘리안을 숭배의 눈으로 보았고, 친척인 왕족 소녀들 역시 마찬가지였다.

그런데 정작 엘리안은 그들에게 아무런 관심도 없이, 한군데만 바라보고 있었다.

대체 무엇을 저리 열렬히 쳐다보는 걸까.

레오닉스는 소년의 시선이 향하는 곳을 보았다.

그리고…….

레오닉스의 시선을 알아챈 사람이 말했다.

"쌍둥이 중 하나인 셰어브릴입니다."

데일이 브릴에게 보내 준 일꾼들은 모두 부지런하고 성실했다.

브릴은 돈으로 월급을 지불하고 싶었지만, 그럴 수 없다고 해서 결국 배급표를 샀다.

정말 바뀌어야 하는 악법이다. 이민족들이 영원히 경제적으로 자립할 수 없도록 만드는 법이 아닌가.

일꾼들은 가축을 돌보고 농장을 일구었다. 그들이 밭을 갈고 씨를 뿌리자, 황무지 같은 땅에서 밀과 옥수수가 자라났다. 채소밭에서도 순무, 당근, 감자 등이 자랐다. 소와 양, 닭들도 통통하게 살쪘다.

농장이 안정되자, 브릴은 가장 큰 부족 중 하나인 야하크라족에게 편지를 보냈다.

야하크라족은 협조에 동의하며, 자기들도 아이들이 잡혀갔으니 도와 달라고 했다.

시하라는 그 편지를 같이 보곤 화를 냈다.

"하여간, 걔들은 일이 다 해결되니까 온다니까요!"

"그래도 도와준다고 하잖아."

"야하크라족은 음흉해요. 정령사라고 하면서 잘난 체하는데, 우리들도 그런 건 할 줄 알거든요!"

"정령사?"

그건 또 뭔지. 듀카르니아인인 브릴은 들은 적조차 없다. 이능과 같은 건가.

"이 좁은 땅에서 제대로 된 부족은 두 개밖에 없는데도 서로 싫어하는 구나."

"사람은 말이죠, 열 명만 넘어가도 서로 헐뜯고 험담을 한다고요. 특히 나 야하크라족은 정말 심해요. 멀리하세요."

"그러면 내가 너희 부족만 싸고돈다는 험담이 돌 텐데."

"어차피 안 만나면 되는 거잖아요."

"야하크라족하고 반크족만 있는데, 굳이 그렇게 싸워야 하나."

"우리들만 있는 거 아니에요. 저기 저 강기슭 마을에 보디아라족이라 고 있는데, 그 부족은 딱 서른 명 있는 부족인데도 여기 사람들이 다 싫어 해요."

"보디아라?"

"네. 섬에서 왔대요. 시고야라는 섬이 본거지인데, 거기서 쫓겨났죠. 하지만 적응을 못 해서 계속 숫자가 줄었어요. 그럴 만해요. 적응할 생각 이 없거든요! 그러면서 자작나무 숲에는 얼마나 얼쩡대는지 몰라요. 거기 가 자기들 성지이기도 하다나? 아니, 섬에 있던 보디아라족의 성지가 왜 여기에 있는 거예요?"

브릴은 생각에 잠겼다. 자작나무 숲이라. 특별한 곳인가.

시하라는 페치카에 주전자를 얹고, 오븐에 빵을 넣으며 말했다.

"그러면서 만날 이상한 노래를 부르면서 이상한 신을 모셔요. 괴상한 기도도 올리고요. '모든 것의 우물'이라는데, 알 게 뭐야."

시하라는 냄비를 레인지에 걸었다.

옆에서 감자를 깎으며 보고 있던 로들의 얼굴이 창백해졌다. 눈치챈 브릴이 물었다.

"뭐 만들어?"

"아, 돼지고기 스프요."

"그……래?"

이번에도 분명 시하라가 주장하는 '전통 요리'일 것이다. 반크족 전통의 맛이라는데, 로들이 먹을 때마다 벌 받는 표정인 걸 보면 그건 아닌 것 같다.

"자작나무 숲……이라고 했지?"

"네."

"그게, 아, 아주 구우우웅그으으음하네."

그렇게 주의를 끄는 동안, 로들은 슬그머니 다가와 부적절한 맛을 낼 만한 재료를 가져갔다.

"궁금하더라도 가지 마세요! 안 가시는 게 좋아요. 위험하거든요."

시하라는 재료를 모두 넣고 끓이기 시작했다.

냄비 물이 달아오르며 이상한 냄새가 풍겨 오기 시작했다. 부적절한 재료가 다 빠지지 않은 것 같다. 이상한 냄새를 풍기는 레인지를 뒤로하고, 시하라는 수박을 꺼내 와 화채를 만들기 시작했다.

"그리고 데일 아저씨에게는 절대 그 숲에 대해 말하지 마세요."

"왜."

"마음 아픈 일이 있거든요."

"마음 아픈 일?"

"그분 장남과 관련된 일이에요. 자, 여기 화채 마셔요."

브릴은 시하라가 준 화채를 한 모금 마셨다. 역시나 맛이 없었다. 잘못 만든 건 알겠는데, 뭐가 이상한지 모르겠다. 그래도 먹을 만은 하니 그냥 먹기로 했다. 어차피 시하라의 요리는 간신히 식용 가능한 수준이니까. 시하라는 로들에게도 주려 했지만, 로들은 깎던 감자를 던지고 감쪽같이 사라지고 없었다.

"더 드릴까요?"

"아, 괜찮아."

브릴은 그리 답하며 아주 천천히 화채를 마셨다.

"그렇게 마시다간 내일까지 드시겠네요."

"원하는 바야."

"······?"

시하라는 자기 몫의 화채를 마시며 물었다.

"브릴 님의 어머니는 엄하신 분이었나요?"

"왜?"

"음, 자유롭게 키우신 것 같아서요."

브릴은 고개를 저었다.

"그냥 키우셨어."

"좋아하시는 건 뭐였어요?"

"좋아하는 것들을 사는 거였지. 보석, 드레스, 도자기 등등. 수도에 있을 때는 항상 최고급 제과점에서 과자와 케이크를 주문하셨어. 그리고 값비싼 접시에 담아 먹었지."

"그런 생활이 그립지 않아요?"

"그다지. 어차피 내 고향이랄 수 있는 곳은 이 근방인걸. 여섯 살부터 열다섯 살 때까지 살았어."

"그 전에는 어디 있었어요?"

"여기저기 여행을 다녔어. 주로 기차로 여행을 다녔지. 특실이라, 침대는 물론이요 놀이방도 있는."

"즐거웠겠네요."

"그다지."

당시는 살데니아와 듀카르니아가 사이가 좋아, 브릴 가족은 주로 살데니아 남부나 북부의 관광지를 돌아다녔다. 동대륙은 듀카르니아에 비해 재미있고 신기한 게 많았다. 사람들의 종류도 다양하고 나라들도 많다. 사람들은 괴팍하지만 더 재미있었다.

"재밌던 거 있어요?"

"서커스."

"서커스?"

"서커스를 본 건 아니고, 서커스단이 천막을 세운 곳만 구경했어. 그것만 봐도 신기했지. 금빛 천막, 아름다운 호랑이, 갈기가 근사한 사자."

"어디서 봤어요?"

"발카니아 왕국."

"발카니아는 뭔가요?"

"제국 서해안에 있던 왕국. 그다지 크지는 않지만 아름다운 곳이었지. 북부 하일드의 군주가 그곳을 정복해 왕이 되었어."

"왕자이면서 왕이라니. 아무것도 아닌 사람도 많은데. 왕위와 왕자 자리가 둘 다 있는 거네요."

"하지만 십여 년 전에 제국에 정복당하면서 발카니아란 나라는 없어졌어. 왕과 장남인 후계자는 죽고 둘째 아들만 남았지. 그래서 이제 발카이드 왕가에게 남은 건 하일드의 왕자 자리뿐이야."

그리고 그 아들이 이 나라의 바다를 지키는 망명자 기사단의 단주다. 바로, 하일드의 왕자 레오닉스.

생각해 보니, 하일드의 왕자와 만난 적은 없다. 그렇게 유명하고, 또 브릴과 엘리안이 수도에 있을 때 왕자 역시 드물게 오래 머무르는 중이었는데도 만나지 못했다.

"여행지로는 그 발카니아가 마지막이었네."

"어, 왜요?"

"그곳에서 엘을 잃어버릴 뻔했거든. 서커스단 창고에서 간신히 찾았어. 엘리안을 데리고 나와, 이곳으로 온 뒤로는 다시는 나가지 않았지."

브릴은 창밖을 보며 말했다.

"덥네."

"아, 네."

어느덧 여름이 와 신록은 푸르고 물은 새파랬다.

브릴은 눈을 감았다.

입술 사이에서 조용한 노래가 흘러나왔다.

"링, 링, 링―"

시하라가 귀를 기울였다.

"무슨 노래예요?"

"엘리안이 부르던 거."

"그래요……?"

브릴은 노래를 불렀다.

작은 새가 눈밭에 다녀갔어요.
링, 링, 링,
꽁지가 빨간 새였죠.
어디로 갔는지 아나요.
링, 링, 링―
링, 링, 링……
꽁지가 빨간 그 새.

작은 발자국이
총 총 총.

브릴은 노래를 부르다 멈추고 창밖을 보았다. 누운 의자 등받이가 푹 신하다. 하늘은 푸르고 맑다. 초록 풀로 덮인 넓은 대지는 그 하늘 아래 또 다른 녹색의 바다가 되어 펼쳐져 있다.

엘리안.

나, 기억나.

네가 창가에 앉아 짓던 미소, 책장을 넘기던 길고 예쁜 손가락, 너의 맑고 푸른 눈동자.

달콤하고 사랑스러운 것들로만 만들어진 네가.

그러나 어쩌겠어.

거짓을 말하는 자는 자신이 거짓을 말한다는 것을 알아야만 해.

거짓은 항상 배신하거든. 거짓은 자기를 믿는 사람의 발목을 가장 먼 저 잡아.

엘, 나의 엘. 그래서 우리들은 파멸한 거야.

우리의 거짓은 말이야, 결코 먹을 수 없는 달콤하고 예쁜 케이크였지. 먹고 싶지만, 먹으면 죽는 케이크.

그런데 먹어야만 하는, 이 예쁘고 빨간 케이크.

우리는 그것을 먹어 버렸어.

이게 진짜라 믿고.

그래서 우리들의 세상은 죽었어.

"한참 찾았잖아. 어디 숨어 있었던 거야, 엘?"

"엘?"

"너는 엘이잖아."

그날 우리들의 접시 위에 놓였지.
독이 든 케이크가.

❖ 제 2 장 ❖

정림(靜林)

작은 새가 눈밭에 다녀갔어요.

링, 링, 링,

꽁지가 빨간 새였죠.

어디로 갔는지 아나요.

아이는 웅크려 앉아, 그 노래를 흥얼거렸다.

멍든 볼과 어깨가 욱신댄다.

아이는 동물 우리가 가득한 창고에서 살았다. 그 구석에서 낡은 담요를 덮고 자다가, 새벽에 깨어 동물들에게 먹이를 나누어 주고 우리와 그 주변을 청소를 했다. 우리 안에는 호랑이, 곰, 사자, 코끼리, 기린 등 크고 사나운 짐승들이 살았다.

호랑이가 철창 가까이 다가왔다. 아이는 창살 사이로 손을 넣었다. 호랑이는 눈을 가늘게 뜨더니 아이가 손으로 쓸기 좋도록 이마를 가져다 댔다. 호랑이가 사랑을 받자, 다른 동물들이 조바심 내기 시작했다. 침팬지는 우리 창살을 잡아 흔들어 대고, 표범은 가르랑대며 관심을 구걸했다. 코끼리는 안절부절못하며 울었다.

"쉿, 얘들아. 소란 피우지 마."

동물들이 시끄러워지면 사육사가 달려온다. 그 사육사는 아이를 보면 일단 때리기부터 했다. 얼굴을 주먹으로 치고, 쓰러지거나 넘어지면 걷어찼다. 신나게 두들겨 패다, 아이가 꼼짝도 못하면 그제야 침을 뱉으며 말한다.

더러운 노예 새끼.

이름도 없다.

그냥 그거다.

노예 새끼.

그래도 서커스단의 짐승들에게 아이는 작은 신이었다. 아이의 슬픔과 고통이 그들의 슬픔과 고통이었고, 아이의 사랑이 세상의 가장 기쁜 일 중 하나였다.

그들은 신의 애정을 구하듯, 아이만 보면 서로 자기를 사랑해 달라 애걸했다.

지금도, 동물들은 호랑이가 아이에게 사랑받는 것을 질투하며 서로 자기에게 애정을 달라 울부짖고 으르렁댔다.

그때였다.

"이것들 당장 조용히 시켜! 잠 다 깼잖아."

사육사다. 잘 씻지 않는 남자의 몸에서는 고약한 냄새가 풍겨 왔다. 남자는 주변 사람들이 눈살을 찌푸리고 피하는 것을 즐겼다. 그리 혐오를 받는 것 자체가 자신이 누리는 권력이라도 되는 듯.

아이는 사육사가 싫지만 무서웠다. 이 사육사는 항상 때리고 굶겼다.

숨 쉬듯 욕하고 비웃었다. 맞으면 아프고, 비웃음당하거나 욕을 먹으면 비참했다.

아이의 두려움은 곧 동물들에게 전염되었다. 호랑이가 얼굴을 찡그리며 으르렁거리고, 침팬지는 비명을 지르며 창살을 두드렸다. 사자가 낮게 울며 앞발로 바닥을 치고, 코끼리는 발을 묶은 쇠사슬을 잡아당겼다.

사육사가 말했다.

"조용히 시켜."

그러나 아이는 아무것도 하지 않았다. 순간, 퍽— 하며 턱이 획 돌아갔다. 남자의 손에 맞은 몸이 허공에서 한 바퀴 돌아 나동그라졌다.

동물들이 모두 화가 나서 울부짖고 날뛰었다. 침팬지가 송곳니를 드러내고 사자와 호랑이도 송곳니를 모두 드러내며 으르렁거렸다. 울부짖는 코끼리를 묶은 쇠사슬이 철렁이며 팽팽해졌다.

"조용히 시키라고 했지?"

사육사는 엎드려 헐떡이는 아이에게 말했다.

"나는 너를 한 대 더 때릴 수 있고, 내일까지 굶길 수도 있어. 자, 그러니 당장 조용히 시켜."

남자의 발이 소년의 턱에 닿았다. 역한 냄새가 풍겨 온다. 발에 힘이 꾹 들어가며 작은 턱이 부서질 듯 아파 왔다.

"어서!"

곧 짐승들이 하나둘 울음을 멈추더니 조용해졌다. 사육사가 발을 치웠다. 아이는 얼른 일어났다.

순간, 남자의 손바닥이 다시 아이의 머리를 후려갈겼다. 철썩, 소리가 나며 세상이 흔들렸다. 다시 반대편으로 충격이 왔다. 세상이 까맣게 꺼졌다.

정신을 차리니 바닥에 쓰러져 있었다. 부어오른 볼이 아파 왔다.

"한 마리도."

남자가 킬킬 비웃었다.

"한 마리도 소리 내게 하면 안 된다. 알겠지?"

사육사는 숨죽인 채 노려보는 동물들의 우리 사이를 우쭐대며 걸어 나갔다. 마치 자기가 이들을 겁먹게 하고 복종시키기라도 한 듯이.

왜 온 걸까. 정말 시끄러워서? 아니면 심심해서?

모르겠다.

사육사의 감정은 항상 뒤죽박죽이었다.

일단 기분이 나빠지고 그다음 이유를 찾았다.

괜찮아, 어차피 오늘만 이러는 것도 아니니까.

맞기만 하고 끝나면 괜찮지, 묶이기라도 하면 그날은 정말 견디기 힘들었다.

그때 호랑이가 갑자기 얌전한 표정을 지었다. 다른 야수들도 '우리가 몹시 크고 사나워 보이지만 사실은 순합니다.' 라는 시늉을 시작했다.

곧 날카로운 여자 목소리가 들렸다.

"여기 있다고 했잖아! 기껏 왔더니, 무슨 소리야!"

"거래하기 힘들다 보니. 아시잖습니까. 왕국에서 노예 거래를 금지했고, 발카니아도 같이 금지했습니다."

"그래도 여긴 대륙이잖아."

"지금 우리가 있는 곳은 발카니아 땅입니다. 못 할 건 없지만, 여기서는 불법인 데다가 수요는 또 많아서."

노예 거래 중이구나.

이 서커스단은 공연만 하는 게 아니다. 제국 귀족들이나 부유층을 위한 밀실에 넣을 특별하고 값비싼 아이들도 거래한다.

오늘은 누구를 팔까. 한 달 전에 잡혀 와 철창 안에 있는 연한 머리색의 여자아이일까, 아니면 피부가 무척 곱던 녹색 머리의 남자아이일까.

그때 문을 박박 긁는 소리가 들렸다.

아이는 일어나 문을 열었다. 노란 미어캣이 창고 안으로 폴짝 뛰어들었다.

"너구나."

미어캣은 아이의 발목을 오고 가며 애교를 피웠다.

독특하고 귀엽게 생긴 이 녀석은 공연 때 입구에서 손님들을 끌어들이는 역할을 했다. 목에는 '신비로운 카니발의 명랑한 안내자'라는 이름표가 걸려 있다.

아이는 문을 닫으려 했다. 그런데 그때, 작은 몸집이 안으로 불쑥 들어와 문을 닫지 못하게 했다.

아이는 놀라 뒤로 물러났다.

비슷한 또래로 보이는 어린 소녀였다.

소녀의 얼굴을 보며, 아이는 얼마 전에 서커스단에 온 젊은 암사자를 떠올렸다. 암사자의 눈은 황금색이고 이 아이의 눈 색은 옅은 회색이 섞인 푸른빛이기는 하다. 그러나 그 젊은 암사자가 풍기던 화려한 위엄이 닮았다.

소녀가 활짝 웃었다.

"여기 있었네."

무슨 말이냐고 묻고 싶다.

소녀가 아는 사람과 착각한 것 같았다. 그런데 아니라고 말하고 싶지 않았다. 소녀가 실망하고 돌아서는 게 더 싫었다. 줄 수 있는 거라면 뭐든 다 주고, 할 수 있는 일이라면 뭐든 다 하고 싶었다.

"한참 찾았잖아. 어디 숨어 있었던 거야, 엘?"

"……응?"

"엘. 너는 엘이잖아."

엘? 소녀가 쾌활하게 말했다.

"너는 엘이야. 그렇지?"

아이는 홀린 것 같았다.

주문에 걸린 것 같기도 했다.

도저히 풀 수 없는 주문에.

소녀를 기분 좋게 해 주고 싶었다.

엘이냐고? 네가 엘이라면 나는 엘인 거야.

내가 엘이라서 네가 기쁘다면, 나는 엘이 되어야 하는 게 맞아.

"응, 그래."

아이는 웃으며 말했다.

"나는 엘이야."

멀리서 소녀를 부르는 소리가 들린다.

"브릴, 브릴! 어디 갔니, 브릴!"

"어머니, 엘을 찾았어! 여기 있었지 뭐야!"

듀카르니아는 세 지역에 기반한 세 권력자가 이끄는 연방제 국가였다.

중부와 남동부는 듀카르니아 왕이 직접 통치하는 지역이었다. 농업 지대로, 나라의 식량은 거의 그곳에서 생산되었다. 남서부의 대규모 공업 지역과 무역 도시들은 의회가 다스렸다. 내전 당시 수도 체자를 빼앗긴 의회는 이 남부를 근거지로 왕당파와 싸웠다. 내전이 끝난 뒤에도 그곳의 자치권은 보장되었고, 지역 통치권은 의회에 있었다.

그리고 마지막, 북부는 하일드 왕실의 것이었다. 조선소와 무역항, 견고한 해군기지까지 갖추고 있어 듀카르니아의 모든 해역이 하일드 세력권이라 봐도 되었다.

그중에 서부라고 불리는 이곳은 서부의 전반적인 지역을 뜻한다. '영토 외'로 분류되며, 듀카르니아나 하일드와는 민족 자체가 달랐다. 섞이기 힘든 데다 차별도 많이 받아 왔기 때문에, 이곳 주민들은 경제적으로 자립할 수 있고 정치적으로도 인정받는 자치구를 원했다. 의회는 이에 동의하고, 아르노는 반대한다.

그런 사정을 아는 브릴은 반누카 부인이 살아 있는 듯 보여야 했다. 보고서는 상상력을 동원하거나 소설책을 베껴서 보냈고, 소재가 동나자 시하라나 로들에게 과제를 내 주어 작성하도록 했다. 시하라는 잘 지어냈지만, 로들은 성의가 없었다. 시하라의 상상력도 바닥날 무렵, 다행히 더 이상 보고서를 올리지 말라는 통보가 왔다.

브릴은 한바탕 휩쓸고 간 세무 감시관들 때문일 거라 짐작했다. 반누카 부인 뒤에는 아르노가 아닌 에스델라가 있다. 어린 공주, 그것도 얼마 전에 후계자가 된 공주에게는 부담스러운 스캔들이 될 수 있으니 급히 연락을 끊고 덮으려는 것이다.

브릴은 같이 덮어 주기로 했다. 에스델라가 수도에서 즐겁고 바쁘게 지내기를 진심으로 바랐다. 그래야 사촌 언니를 잊을 테니.

서부 생활에는 금방 익숙해졌다. 브릴은 검술뿐만 아니라 사격도 익혔다. 이곳 사람들이 사냥에 쓰는 머스킷은 왕국군이 버리고 간 것을 개조한 것으로, 들소도 한 방에 죽이는 강력한 총포였다. 그만큼 반동력도 강해서, 브릴은 한 방 쏘고 뒤로 날아간 뒤로는 그냥 암시장에서 중고 머스킷을 사서 애용했다.

어느새 에스델라의 열일곱 생일이 돌아왔다. 누하 시청에 걸린 공주의 초상화도 바뀌었다. 푸른 드레스를 입고 왕관을 쥔 소녀는 정말로 예

뺐다.

같이 구경 온 시하라가 감탄했다.

"진짜 예쁘네요."

계속 감탄하다, 슬그머니 브릴을 보았다.

"안 닮은 거 알거든?"

뒤에서 수군거리는 말을 들어 보니, 여러 구혼자들이 줄줄 따라다닌다고 한다. 당연한 일이다. 공주이자 여왕이 될 소녀의 남편이 될 뿐만 아니라, 이 나라 최고 미인의 남편이 되는 것이다.

"저분은 어떤 분과 결혼하게 될까요?"

"후보야 많겠지. 제국 황제가 그렇게 많은 나라들을 멸망시키지 않았다면 더 많았겠지만."

황제는 즉위 후부터 계속 세계를 정복하고 있는 중이다. 그가 일으킨 전쟁으로 많은 왕과 왕자들이 실직자가 되었다.

옆에는 아르노의 초상화가 걸려 있었지만, 왕세자비 초상화는 없다. 죽은 건 아니다. 왕세자 부부는 에스델라가 태어난 지 한 해 만에 별거로 들어갔고, 왕세자비는 모든 왕실 건물의 출입이 금지된 채 쫓겨났다. 그 후 왕세자비는 철저하게 없는 사람 취급당하고 있다.

시청을 나온 브릴은 총포상에서 탄환을 구입하고 대장간으로 갔다. 헐거워진 칼자루를 수선할 생각이었다. 엘리안이 주인일 때는 그 아이가 검술을 배우기는커녕 쥐지도 않아서 아무런 문제가 되지 않았지만, 브릴이 쓰기 시작하자 처음부터 조잡하던 칼자루는 곧 빠질 듯 덜컹댔다.

대장장이는 칼자루 상태에 한숨을 내쉬었다가, 칼을 뽑아 보고 놀랐다.

"손님의 검입니까."

"원래 내 건 아니고, 물려받은 검이야."

"검과 칼자루가 아예 다른 시대에 만들어진 겁니다. 칼자루는 너무 허술한데, 이 칼날…… 대체 뭐로 만들어졌는지 모르겠군요. 혹시 아십니까? 철은 아니거든요."

"모르겠는데."

그렇게 두들겨 댔어도 이 한 번 빠지지 않고, 갈거나 기름칠하지 않아도 항상 윤기가 흐르고 예리했다. 이것을 신기하게만 생각했지, 재료부터 특별할 줄은 몰랐다.

"검이 철로 만들지 않았다면 대체 뭐로 만들어진 거지."

"아, 철은 철이지만 보통 철은 아니란 겁니다. 이러니 갈 수도, 두드릴 수도 없어요. 처음부터 완벽하고 앞으로도 계속 완벽한 겁니다. 그러니 어떤 방식으로 주조한 건지도 모르겠고, 어떻게 갈아 낸 건지도 모르겠습니다. 하지만 날 자체는 아주 완벽합니다. 가볍기도 하고요. 물론 이 칼자루는 워낙 형편없어 우리 집 식칼 자루만도 못하지만요."

"그 칼자루, 고쳐 줄 수 있나."

"오래 걸릴 겁니다. 보다시피, 칼날이 워낙 특이해서요. 맡기고 가셔야 합니다."

브릴은 검을 다른 사람 손에 오래 맡기는 것이 싫었다. 그래서 고개를 저었다.

"그럼, 괜찮으니 다른 검을 보여 줘."

적당한 검을 사서 나오니, 멀리 기차가 떠나는 것이 보였다.

이곳 기차는 일주일에 한 번 정도 들어오는데, 오늘은 공주의 초상화가 걸리는 날이라 특별편이 온 것이다.

그때 브릴은 누군가가 따라붙는 기분이 들었다. 착각이 아닌 것이, 브릴이 돌아볼 때마다 지켜보는 남자가 있었다.

혹시 세무 감시관인가?

반누카 부인의 사건 후, 세무 감시관이 브릴의 뒤를 밟은 적이 있었다. 그러나 브릴이 아무 일도 하지 않자 더 이상 조사하지 않았다.

상인들이 고용한 용병은 아닐 것 같다. 몇 달 전 또 습격을 했었는데, 데일이 이대로는 안 되겠다며 포로가 된 용병들을 데리고 갔다. 대체 뭘한 건지, 다시는 용병들이 오지 않았다.

상황을 모르는 다른 지역 용병일 수 있으니, 브릴은 상대하는 대신 골목길을 나와 큰길로 들어섰다. 교차로 교단의 사원이 있는 사거리였다. 신전 입구에 머스킷과 검으로 무장한 자들이 보였다. 브릴은 그들 중 하나와 눈이 마주쳤다. 사냥개들이 으르렁대기 시작했다. 브릴은 등에 맨머스킷을 잡았다. 사냥개들이 짖었다. 브릴은 머스킷을 앞으로 당기고 장전했다. 철컥—

그때 크고 하얀 그림자가 성큼 걸어와 지나갔다. 덮치듯 눈앞을 덮었고, 늘씬한 몸을 휘감은 흰 케이프가 펄럭이며 브릴의 이마를 스쳐 지나갔다. 옷에 스며든 장미 향이 옅게 풍겨 왔다.

누하에 보기 드문 신사다. 케이프에 덮인 각진 어깨와 넓고 판판한 등이 보였다. 남자가 쓴 짙은 남색 톱햇 아래로 금빛 머리와 흰 목덜미가 드러났다.

브릴은 저도 모르게 생각나는 사람이 있었다.

금발에 피부가 흰 사람은 많다. 엘리안이 아니란 걸 알아도, 브릴은 그 남자에게서 시선을 돌릴 수 없었다. 그러나 남자는 엘리안보다 컸다. 엘리안은 저보다 더 작고 가늘었다. 그리고 엘리안은 열여섯에 죽어, 더 이상 자라지 못한다.

그런데, 엘리안을 생각나게 한다.

남자는 교차로 교단의 신전으로 들어갔다. 교차로 교단 소속 사냥꾼들이 얼른 모자를 벗고 남자에게 고개를 숙였다.

순간, 교차로 교단의 지붕 위로 비둘기 떼가 앉았다. 고양이들이 야옹 거리며 고개를 내밀었다. 떠돌이 개들이 코를 벌름대며 나타났다. 참새와 박새, 찌르레기와 까마귀까지 신전 주변으로 모여들었다.

"……."

익숙한 광경이다.

"동물들은 항상 엘리안을 쫓아다니네."

"마음이 통하거든."

개, 고양이, 새, 다람쥐, 생쥐 등등. 어디서든 동물이 나타나 엘리안 곁 으로 와서 애교를 부렸다. 그러니 엘리안이 어디 있는지 궁금하면 동물들 이 나오는 곳으로 가면 되었다.

아냐, 아냐, 그럴 리 없어.

브릴은 고개를 저었다.

한심하다. 아직도 그 아이가 죽은 걸 받아들이지 못하니.

차가운 이마에 입을 맞췄잖아. 심장이 멈춘 것을 확인했고. 숨이 멎은 것도 다 확인했어.

무엇보다, 그날 네가 살아 있었다면 깨어났을 거야.

내가 그렇게 울었는데, 그렇게 너를 불렀는데, 네가 일어나지 못할 리 없지. 너는 내가 부르면 어디서든 오잖아. 내가 우는데, 혼자 놓아뒀을 리 없지.

결코 돌아올 수 없는 곳에 가지만 않았다면.

브릴은 시하라와 로들이 마차에 앉아 기다리고 있는 곳으로 갔다. 시 하라가 브릴의 짐을 받으며 말했다.

"늦었네요?"

"들를 곳이 많아서."

브릴은 마차에 훌쩍 올라탔다.

"가자."

시하라는 채찍을 휘둘러 말을 출발시켰다.

마차는 도시의 문을 통과해 금방 벌판 사이를 가로질렀다.

브릴은 마차의 짐 위에 누워 흘러가는 하늘을 보았다.

곧 지평선 너머로 호수와 자작나무 숲이 보이기 시작했다. 브릴은 돌아누워 그 숲을 보았다. 숲이 가까워지며, 나무 둥치 사이로 붉은 그림자가 얼핏 보였다.

곰인가.

그림자는 금방 숲속으로 사라졌다.

이상한 소리가 들려오기 시작한다.

이번에는 위급한 느낌이 들었다. 그들은 아주 위험에 처해 있고, 브릴에게 도움을 요청하고 있는 것 같았다. 너무 다급하게 절규하고 있어, 제발 도와 달라고 애걸하는 듯 들려, 브릴은 그들을 돕고 싶어졌다. 그런데 그러고 싶어도 어디로 가야 그들을 도울 수 있는지, 또 간다 하더라도 무엇을 해야 할지 모른다.

브릴은 그 남자를 생각했다.

흰 목, 금빛 머리, 그리고 장미 향이 풍기는.

그만하자. 내가 미쳐 가는 걸지도 모르잖아. 할아버지처럼. 또는, 듀카르니아 왕가 집안에서 종종 나오는 광인들처럼.

그날 밤, 브릴은 예상했던 대로 악몽을 꾸었다.

그날의 꿈이었다.

저녁이었다. 하늘은 검푸르고, 주변은 서늘하고 창백했다.

어머니는 외출했다. 저택에는 고용인들을 제하고는 브릴과 엘리안만 남아 있었다.

당시 엘리안은 며칠 전부터 해쓱해지고 있었다. 잠도 못 자고 식사도 제대로 못 했다. 무슨 일이냐 물어도 답하지 않았다.

초인종이 울렸다. 집사가 문을 열었다가, 놀라 뒤로 물러나 깊이 허리를 숙였다.

방문한 사람들은 제복 기사들과 백부 아르노였다.

엘리안 대신 브릴이 물었다.

"어머니는 안 계세요."

"지스티아를 만나러 온 게 아니다, 셰어브릴. 나는 엘리안을 만나러 왔단다."

엘리안이 일어났다.

왕세자, 백부, 섭정공.

연약한 엘리안이 결코 감당할 수 없는 상대다.

아르노가 말했다.

"나하고 이야기 좀 나누자, 엘리안."

"같이—"

브릴이 말했다.

"같이 들으면 안 될까요?"

"안 된다, 셰어브릴. 와라, 엘리안. 둘이서 이야기하자꾸나."

아르노는 엘리안을 데리고 서재로 들어갔다.

브릴은 서재 문을 노려보았다. 엘리안은 열 살 아이도 상대하지 못한다. 왕세자를 대체 어떻게 상대해.

오랫동안 이야기를 한 아르노는 서재를 나왔다. 브릴은 아르노가 나가든 말든 상관하지 않고 서재로 뛰어 들어갔다

"엘."

엘리안은 시체처럼 창백했다. 눈은 초점이 없었고, 덜덜 떨리는 손으로 옷자락을 꽉 쥐고 있었다.

"엘, 백부님이 뭐라고 한 거야."

순간 엘리안은 흠칫 놀라 움츠러들었다.

"엘!"

"혼자 있게 해 줘."

"거울로 네 얼굴 좀 봐!"

"내 얼굴이 어떤데."

"죽을 것 같은 얼굴이잖아."

엘리안은 고개를 숙이고 두 손으로 얼굴을 감쌌다.

"부탁이야, 내버려 둬. 혼자 있고 싶어!"

브릴은 그 말을 들어준 것을 아직도 후회한다. 옆에 있어 줄 것을, 가라고 하든 말든 붙들고 늘어질 것을.

다음 날 아침, 브릴은 잠든 듯 죽어 있는 엘리안을 발견했다.

엘리안의 머리맡에는 속이 빈 작은 병이 놓여 있었다. 브릴은 그 병을 미친 듯이 흔들었다.

한 방울도, 한 방울도 남아 있지 않았다.

결국, 엘리안은 도망쳐 버린 것이다.

곧 닥쳐올 부자비한 싱벌을 피해서.

일순 슬픔과 고통이 온몸으로 쏟아져 들어왔다.

엄청난 충격이 왔다. 바위나 강철 덩어리인 듯 아프고 거세게 브릴을 때린다. 비명을 질렀다. 몸이 빨려 들어가는 것 같았다. 훅, 하고 날아가 바닥에 내리꽂힌 것 같았다.

눈앞이 새카매졌다가, 갑자기 확 뜨였다.

자작나무 숲이다. 새벽인 듯, 하늘은 푸릇하고 주변은 어둑어둑했다. 얇은 회색 베일이 드리워진 것 같았다.

숲 그늘에서 불이 타오르는 듯 붉은색이 번지기 시작했다. 처음에는 붉은 얼룩이나 연기 덩어리처럼 보이던 그것이 차츰 진해지더니 곰으로 변했다.

곰의 눈이 브릴을 향했다. 눈이 반짝였다.

오늘 마차를 타고 오며 들렸던 괴상하고 괴로운 소리가 다시 들려왔다.

그런데 이번에는 좀 더 분명한, 알아들을 만한 소리 같았다.

그때, 고함이 들렸다.

"저깁니다, 저기예요!"

사람 목소리였다.

곰이 그 목소리가 들린 쪽을 노려보았다. 브릴도 돌아보았다.

사냥꾼들이었다. 오늘 골목길에서 본 자들이다. 그들은 곰을 경계하며 밧줄을 준비했다.

사냥꾼들 앞으로 흰 정장 차림의 신사가 나타났다.

그 남자야.

브릴은 뒷모습만 봐도 알 수 있었다.

오늘 본, 엘리안과 닮은 그 남자다.

남자가 밧줄을 꺼냈다. 금으로 만든 듯 금빛 금속성 윤기가 흐르는 밧줄이었다. 그것을 본 곰이 으르렁거리며 노려보았다. 올가미는 살아 있는 뱀처럼 휙 날아올라, 나무 뒤에 숨어 있던 소년의 목을 감아 밖으로 내던졌다.

"아악!"

아이가 비명을 질렀다. 아이의 붉은 머리가 흩어졌다. 아이는 엎드린 채 목을 감은 밧줄을 잡아당겼다. 아이의 목에 그려진 문신이 드러났다. 동심원이다. 반크족은 아니다. 동심원 중심에 있는 그림이 다르다. 반크족은 달의 모양인데, 아이의 목에 있는 건 별 모양이었다.

남자는 버둥거리는 아이의 턱과 목 사이로 손을 넣더니, 꽉 힘을 주었다. 아이가 축 늘어졌다. 남자가 손가락으로 딱— 하고 소리를 내자, 밧줄이 저절로 아이의 팔다리를 휘감았다.

남자가 고개를 돌렸다. 브릴은 얼굴을 자세히 보고 싶었지만, 잘 보이지 않고 흐릿했다. 유리로 된 가면을 쓰고 있는 것이다.

지평선 너머로 횃불이 보이기 시작했다.

여러 개였다.

사냥꾼 하나가 외쳤다.

"야하크라족입니다! 도망쳐야 해요!"

그 순간 브릴은 잠에서 깼다.

"……!"

새벽이었다. 창밖은 어둡고 방 안은 추웠다.

브릴은 일어나 앉았다.

이상한 꿈이네.

아니야, 아니야.

꿈이 아니라 내가 그곳으로 가서 보고 들은 기분이야. 또, 정말 다녀오기라도 한 듯 피곤하다.

브릴은 이마를 문지르다, 세수를 하고 부츠를 챙겨 신은 다음 밖으로 나갔다. 아직 아무도 깨지 않은 듯, 농장은 조용했다.

브릴은 마구간으로 가 말에게 마구를 채운 다음 벌판으로 나갔다. 잠시 달리자, 하늘이 밝아 오고 주변이 환해져서 바닥의 흔적을 볼 수 있었다. 말발굽 자국이 여럿 나 있었다. 발굽 모양으로 보아, 이민족들의 말은 아니다. 금속 편자를 댄 발굽이다. 도시에서 나온 말이다.

브릴은 그 흔적을 따라갔다. 곧 지평선 너머로 자작나무 숲이 나타났다. 흔적은 그 숲으로 이어졌다.

그때 숲속에서 붉은 그림자가 보였다. 숲을 삼킬 듯 커다랬다. 브릴이 지켜보자, 그림자가 숲에서 나오며 모습이 드러났다. 둥근 귀와 언덕처럼 큰 등이 보였다.

곰이었다. 말이 불안해하며 푸륵댔다.

"혹시, 그 꿈. 네가 보여 준 거야?"

브릴이 말했다.

순간, 엄청난 소리가 들렸다.

무언가를 말해야 한다는 압박감이 느껴지고, 허기처럼 고통스러운 탐욕을 불러일으켰다.

아주 예전에 있었던 경험을 떠올리게 했다. 그때도 이 허기 같은 탐욕이 너무나 강해서 주체할 수가 없었다.

브릴은 주변을 둘러보았다. 여기저기 피가 튀어 있었다. 사람이 질질 끌려간 자국도 보인다. 육식동물 떼가 덮친 것 같다. 하지만 남은 게 없어, 무슨 일이 있었는지는 알 수가 없었다.

브릴은 숲을 돌아보았다. 그러나 이제 곰은 보이지 않았다. 조금 전의 그 굉장한 소리도 더 들리지 않는다.

브릴은 성으로 돌아갔다. 시하라가 브릴이 들어오는 소리를 듣고 달려나왔다.

"브릴 님, 대체 어디 갔었어요?"

"자작나무 숲."

"자작나무 숲? 정령의 숲 말이죠? 거긴 왜요."

"근방에 말발굽 흔적이 있었어. 그 흔적을 따라가다 보니, 숲에 도착한 거야. 그곳에서 이상한 걸 봤어."

"이상한 거라뇨?"

"곰."

시하라가 놀라 신음을 흘렸다.

"왜 그래?"

"그, 그거 미친 정령이에요."

"미친 정령?"

"네. 미친 정령이요! 그곳에는 말이죠, 정령 중에 미친 정령들이 살아요. 조심해요. 그 근처로 갔다가 미친 정령에게 사로잡히면요, 그 정령들이 사람 몸으로 들어가 그 몸을 차지해요. 몸을 도둑맞아요! 그러니 가까이 가지 마세요!"

"뭐야, 그건."

"산 것도 죽은 것도 아닌 상태가 된다고요! 그렇게 되면 아무도 브릴 님을 도와줄 수 없어요!"

"처음 듣는데, 왜 아무도 이야기해 주지 않은 거지?"

"그야, 브릴 님은 외지 사람이거든요."

"혹시 데일과도 관련된 거야?"

시하라가 움찔했다.

"어디서 들었어요?"

"들은 건 아니고, 짐작만."

"맞아요. 브릴 님 앞에서 말하지 않는 건, 금기라서 그래요. 우리들끼리도 말 안 해요. 말을 잘못하면 미친 정령이 들러붙는다고 해서."

"대체 무슨 일인데 그래."

"데일…… 아저씨네 큰아들이 미친 정령에게 몸을 도둑맞았어요. 정말 좋은 아이였는데. 브릴 님이 오기 얼마 전의 일이었어요. 아저씨는 그 아이를 가둬 두고 어떻게든 치료해 보려고 했는데, 마을 사람들이 모두 반대해서 별수 없이 숲으로 보냈어요."

"그곳에서 혼자 살라고 들여보낸 거야?"

"별수 없어요. 그건 규칙이에요. 정령이 그 아이의 몸을 택한 거니까, 그 아이는 거부할 수 없어요. 정령에게 바쳐지는 거예요."

말이 좋아 바치는 거지, 이건 순전히 강탈이나 약탈이잖아.

남의 몸을 그런 식으로 훔쳐서 이용하다니.

"일단 들어가면 사람들과는 만날 수 없는 건가?"

"만나도 이야기할 수가 없어요. 사람이 아닌 상태가 되거든요. 야하크라족 정령사들은 이야기는 할 수 있다고 하는데, 정령의 힘이 워낙 강하니까 오히려 영혼을 다칠 수 있기 때문에 하지 않아요. 야하크라족의 정령사 꼬마가 아저씨네 아들과 만났다면서 찾아온 적이 있긴 해요. 그런데 마을 사람들이 하지 말라고, 무엇보다 대족장님이 하지 말라고 했어요. 위험하다고요."

"미친 정령이란 게 대체 뭐라서 그러는 거지?"

"그 숲은 다른 세상과, 그러니까 저승과 통한대요. 저승에서 나온 정령들이 육신을 찾아 돌아다니다 적당한 사람을 찾으면 들러붙는 거예요."

"미신 아니고?"

"미신이라니요! 정말 있으니 있는 거죠."

시하라가 자존심 상해하며 화를 냈다.

"그런 일이라면, 우리나라에서도 비슷한 일이 있어. 우리들은 그런 사람을 부마자(付魔者)라고 부르지."

"어떤데요?"

"본 적은 없지만, 엄청난 힘을 가지게 된다더라. 어떤 부마자는 마을 하나를 통째로 불태웠다고 해."

"비슷하네요. 우리도 그 미친 정령이 들리면 아주 위험해지거든요."

시하라의 얼굴이 침울해졌다.

데일의 아이들 나이로 추측해 보면, 숲으로 들어가기 전까지 데일의 장남은 시하라와 같이 자랐을 것이다. 그렇다면 친한 사이인 게 당연하다.

"그만 이야기할게."

"죄송해요."

"아냐."

그때 로들이 달려왔다.

"브릴 님! 여기 계셨네요. 시하라! 시하라도 찾았어!"

눈치 없는 놈답게, 브릴과 시하라의 표정은 전혀 눈여겨보지 않았다.

"브릴 님, 제가 부탁이 있습니다!"

"해 봐."

부탁 내용은, 자신이 이번 축제 때 군무단의 일원으로 춤과 노래를 하게 되었으니 한번 봐 달라는 것이다. 너무 허탈할 정도의 요구 사항이라, 브릴은 조금 전의 심각한 상황이 비현실적으로 느껴졌다. 이놈이 너무 바보 같아서.

축제에 전사들의 춤을 춘다는데, 남자들의 성인 통과 의례 행사라 했다. 여자들은 가만히만 있어도 성인이 되는데, 남자들은 푸닥거리가 한 번 더 필요했다. 예전에는 곰 사냥을 갔다고 했다. 그런데 곰 잡다가 애 잡고 사람 잡는 일이 많아, 춤을 추며 곰 사냥 퍼포먼스를 하는 것으로 대체되었다 한다. 삼 년마다 한 번씩 돌아오는 이 군무의 밤은 남자아이들에게 아주 중요한 행사였다.

"춤을 제일 잘 추는 남자가 되면 여자애들에게 가장 인기가 좋은 남자가 돼요!"

브릴은 춤을 제일 잘 추는 남자가 되는 것보다는 잘생긴 남자가 되는 편이 인기를 얻는 비결이라 말하고 싶었지만 참았다. 그건 로들로서는 그 어떤 노력으로도 성취 불가능한 일이었으니.

"그리고?"

"통과하면 성년이 되는 거죠. 그러니까 봐 주세요. 잘하는 건지 아닌지 잘 모르겠어요."

"알았어."

"좋아요. 시히라 누나도……."

시하라가 냉큼 말했다.

"점심 준비할게요."

"시하라, 아직 아침인데?"

시하라는 귀를 막고 들어갔다.

"저녁도 준비할게요!"

로들은 실망했지만, 브릴이라도 있으니 마음을 가다듬고 춤을 추기 시작했다.

잠시 뒤 브릴도 후회했다. 저녁 먹을 준비하러 들어간다고 할걸.

"어때요?"

"……."

세상이 아름다워 보일 것 같다. 이걸 보고 나면 뭘 보든 아름답지 않겠는가.

그런 생각이 브릴의 얼굴에 고스란히 드러나자, 로들이 갑자기 활짝 웃었다.

"왜 웃어?"

"웃는 얼굴에는 험한 말을 못 한다고 해서요."

"누가 그래?"

"……."

"흉해. 그리고 너, 정말 못해."

"저기, 그건 관점 차이 아닐까요."

"어느 관점에서 보든 못하는 게 맞을걸?"

로들은 축 늘어졌다. 애초에 자기가 못한다는 것을 알고 온 것이다. 못해도 잘한다고 칭찬해 주기를 바라며. 그러나 브릴은 상대방의 용기나 기살려 주기에는 전혀 관심이 없었다.

"그냥 다음에 하지 그래? 하루 이틀 노력하는 걸로 해결되지 않을 것 같은데."

"이걸 해야 어른 대접을 받아요."

"어른 대접은 내년에 받아도 되잖아. 너는 어리고, 급할 거 없어 보이는데."

"아뇨, 올해는 해야 해요! 다들 저를 반편이 취급 한다고요! 외지인한테 져서 머슴살이를 한다고! 이게 다 주인님 탓이잖아요! 책임져야지!"

"내가 왜."

"그날 나 말고 제대로 된 전사 아저씨들도 다 당했는데! 왜, 왜 나만! 이렇게 된 거죠? 왜! 갈 때마다 놀려요!"

"그야……."

생각해 보니, 불공평한 건 맞다.

"네 말이 맞는 것 같다."

"그렇게 쉽게 동감하지 말아 줄래요?"

"맞는 말이잖아. 억울한 게 당연해."

로들이 슬그머니 물었다.

"억울함을 풀어 주실 생각은 없죠?"

"억울한 일인 건 맞지만, 내 책임일 리는 없잖아. 네가 못하는 게 문제일 뿐이지. 검이든 춤이든."

"……."

로들과 같이 당한 전사들은 슬그머니 입을 씻음으로써, 그런 일 자체를 없는 일로 만들었다. 그러나 로들은 저주받을 데일이 마을 광장에서 '쟤가 애한테 졌단다.' 하고 인증을 해 버렸으니, 숨길 수도 없다. 로들은 마을에 갈 때마다 치욕스러워하고, 돌아올 때마다 성질을 부리다가 시하라에게 맞았고, 브릴에게 한 번 더 싸우자고 하다가 다시 맞았으며, 도망쳤다가 데일에게 붙들려 온 뒤에 또 맞았다.

브릴 역시 이 반편이보다는 쓸 만한 일꾼을 데려오고 싶었지만, 위험 징후가 보이면 바로바로 마을로 구조 요청을 할 수 있는 간편한 통신 장비는 포기할 수 없었다. 통신 기능을 갖춘 쓸 만한 일꾼이면 더 좋지만, 사람이 너무 욕심을 부리면 안 된다.

"저는 그날 목숨을 걸고 간 거라고요! 목숨을 걸고!"

"살았으면 된 거 아냐. 그리고 네가 목숨을 걸든 말든, 못하는 건 못하는 거야. 네 비장함과 네 실력은 아무 관련이 없어."

비장한 죽음을 각오하고 왔더니 치욕스러운 머슴살이를 시작하여 하찮은 날을 살고 있다. 공명심 불타던 어린 소년에게 만족스러운 상황은 아니다. 브릴은 아무리 생각해도 자기 잘못은 아닌 것 같았지만, 로들이 불쌍해서 조금 배려해 주기로 했다.

"휴가 줄까?"

"정말요?"

"오늘부터 축제 끝날 때까지 보름 동안. 군무를 추게 된다면, 시간 알려 줘. 시간 맞춰 안 갈게."

"감사합니다!"

어차피 시하라도 곧 휴가를 갈 테고, 브릴은 매해 축제 때마다 그랬듯 마을로 따라갈 생각이었다. 로들은 평소보다 일주일 정도 더 휴가를 받는 셈이다.

그때, 로들이 눈살을 찌푸리더니 목에 손을 얹었다.

"왜 그래?"

"마을에서 연락이 와서요. 잠깐."

표정을 보니, 올 때 감자 사 오라는 말은 아닌 것 같았다.

브릴은 볼 때마다 신기했다. 훈련과 단련으로 만들어 낸 인위적인 텔레파시이자 이능인 셈인데, 편리하긴 하지만 거의 하루 종일 서로를 호출하고 말을 걸 수 있으면 성가실 것 같기도 했다.

"마을에 급한 일이 있나 봐요. 어서 오라는데요."

"같이 가자."

"네?"

"같이 가자고."

브릴은 숲을 가리켰다.

"아침에 일어나서 정찰을 가니, 저쪽으로 발굽 자국이 깊게 나 있었어. 야하크라나 반크족의 말이 아닌, 듀카르니아의 말발굽 자국이었어. 단단하고 선명했으니까. 타지 사람, 즉 듀카르니아 사람이 관련되면 내가 있어야 할 테니 같이 가자."

로들이 감탄했다.

"브릴 님은 우리들보다 눈이 좋은 것 같아요. 감도 좋고. 보고 있다 보면, 저보다 더 오래 여기서 살아온 것 같다니까요."

"닥치고 어서 가기나 해."

브릴은 로들과 함께 마을로 갔다.

마을 입구에 데일이 나와 있었다. 마을 전사들도 나와 출발할 준비를 하고 있었다. 로들은 데일에게 달려가 물었다.

"무슨 일이에요, 아저씨?"

"이방인이 대정령의 숲으로 들어갔다. 야하크라족 아이 하나가 납치되었다고 해."

로들은 정말 놀라며 물었다.

"야하크라? 누구예요?"

"라바이 룬."

"걔?"

브릴이 물었다.

"라바이가 누군데?"

"야하크라족 정령사 아이예요. 메…… 아, 아니. 하여간, 그런 애가 있어요."

브릴은 꿈에서 본 붉은 머리 아이가 생각났다. 물어볼까? 하지만 어떻게 그런 꿈을 꾸었느냐고 묻는다면, 그냥 꾸었다고밖에 답할 수가 없다. 시하라가 듣는다면 브릴에게 정령이 붙으려고 한다며 날뛸 테고, 이 사람들은 의심쩍게 볼 테지. 브릴은 아직도 이 지역 사람들이 말하는, 사람에게 들러붙는다는 정령이 뭘 의미하는지 이해하지 못했다.

"할 말 있어, 브릴?"

데일이 눈치채고 물었다.

"데일, 혹시 그 숲에 아는 사람이 있어?"

시하라가 가르쳐 주긴 했지만, 데일에게 직접 듣는 편이 나을 것 같아 물어보는 것이다. 사람들의 얼굴이 데일을 향했다. 데일은 머뭇대다 더듬더듬 답했다.

"그, 그래. 맞아. 우, 우리 집 장남이…… 미친 정령에 잡혔어. 나는 미친 정령이 아닌, '미친' 거라고 하며 치료를 받게 하려 했는데 그 아이 스스로 들어갔지. 일단 미친 정령이 들리면, 그곳에 가는 수밖에 없다며. 또, 자기는 미친 게 아니라 정령에 붙들린 거라며."

"미친 정령이란 건, 악마나 악령 같은 건가?"

"따지자면 비슷하지. 하지만 그보다는 정결해. 순수하지만 사납지. 그런 정령이 몸을 차지하면, 사람이 아닌 상태가 되며 변해."

"미친 것처럼?"

데일은 고개를 저었다.

"달리 표현할 바가 없어 미친 정령이라 부르는 거지, 광기 들린 사람과는 완전히 달라. 미친 게 아니란 거야."

브릴의 할아버지도 미쳤다. 개인적으로도 불행한 일이고, 하필 직업이 이 나라에서 하나뿐인 왕이라서 문제였다. 그러나 할아버지에게 필요한 건 격리실과 약이지, 신앙과 성수가 아니다. 다만, 브릴은 할아버지가 미치면서 보인 증상과 요즘 자신의 증상을 비교해 보곤 했다.

데일이 말했다.

"일단 숲에 가 봐야겠어."

"나도 같이 가."

브릴은 손을 들었다.

"범인이 듀카르니아 출신이라면 내가 있어야 할 테니."

"좋아. 그럼 로들도 같이 갈 건지 정해."

"로들은 왜?"

"내가 소환했으니 이건 전사의 의무고, 이 일을 수행하면 로들의 책임 기간을 끝낼 수 있어. 하지만 네가 허락하지 않으면 갈 수 없지. 로들은 네 하인이니까."

"아."

로들이 아쉽지 않다면 거짓말이지만, 이런 일이 벌어질 때 로들을 보내지 않으면 로들에게 미안한 일일 것 같다.

아깝다, 통신 장비.

"좋아. 로들, 같이 갈래?"

"네!"

로들의 얼굴이 환해졌다. 너무 과하게 환한 얼굴이라, 데일이 역정을 냈다.

"너 좋으라고 이러는 게 아니다."

"아, 알아요! 자제, 자제하겠습니다. 감사합니다! 보내 주셔서!"

"네가 무능하면 아무 소용없는 거, 알지?"

그러나 로들은 듣고 있지 않았다. 이미 춤을 추며 말에 타고 있었다. 브릴도 나갈 준비를 하기 위해 말을 점검했다. 그때 데일의 아내가 다가와 말안장 끈을 당겨 주며 말했다.

"조심하고, 혹시 그 아이를 보게 되거든 우린 잘 살고 있다고 전해 줘."

"그 아이라면, 아들?"

"금방 알아볼 수 있을 거야. 데일과 많이 닮았으니까. 그리고 남편도 부탁할게. 지금 제정신이 아니야."

브릴이 보기에도 데일은 허둥대고 있었다. 안색은 하얗고, 계속 딴생각을 하느라 사람들이 불러도 제때 답하지 못하고 있다.

"알았어."

마을 전사들은 모두 준비를 마치자 곧 출발했다.

곧 평원 너머로 자작나무 숲이 보였다. 정오가 지나 해가 기울며, 하늘도 숲도 주변도 어두워지고 있다.

호숫가에는 먼저 도착한 야하크라족이 모여 있었다. 반크족에 옅은 금발이 많다면 저쪽은 검은 머리나 붉은 머리들이 많았다.

선두에는 야하크라족 정령사들의 수장이 있었다. 데일과 비슷한 연배의 여자였다. 데일은 여자에게 말을 몰아 달려가 물었다.

"케일라, 라바이가 없어졌다며."

"오늘 새벽, 메즈가 부른다면서 나갔어. 그때 다리를 걸어 넘어뜨렸어야 했는데."

"메즈……가?"

내내 긴장해 있던 데일은 이제 손발을 제대로 붙이고 있을 수나 있는지 모를 정도로 허둥댔다. 감정 기복이 별로 없고 주의 깊은 남자가, 지금은 두 발도 제대로 제자리에 세우질 못하고 안절부절못하고 있다.

"메, 메즈하고 아직도……."

"희망 버려. 이건 라바이가 정령사 교육을 받아서 그런 거고, 그 녀석이 위험한 짓을 하는 거지 희망이 있어서 그런 건 아니야. 하여간, 그 말썽쟁이 녀석이 숲에 위험한 일이 있을 거라며 나간 거야. 우리들은 되바라진 녀석이 자다 깨서 그런 거라 생각했어. 그런데 얼마 지나지 않아 심상치 않은 일이 벌어졌지. 정령사들이 죄다 일어났어. 라바이가 숲의 정령이 위험하다고, 도와 달라 연락한 게 마지막이었어. 달려와 보니 싸운 흔적만 있고 애는 없어졌더군."

"그리고?"

"근방을 뒤져 듀카르니아인 사냥꾼들은 찾아냈어. 두들겨 패고는 있는데, 아무 말도 하려 하지 않아. 그래서 언니가 정신 나갔어. 예전에 노예 사냥꾼들 생각이 안 나려야 안 날 수가 없으니."

"그럼, 일단 숲속으로 들어가 보자."

케일라가 브릴을 가리켰다.

"그런데 저 듀카르니아 사람도 들어가는 거야?"

"이제 외부인이랄 수도 없어, 케일라."

"하지만 정령의 숲이야. 인간들 사정을 이해할 리 없어. 낯선 사람이

들어오면 분노할 거야."

"성지인 것도 아니잖아. 성격 더러운 정령들이 살뿐이지. 그들은 외부 인인지 아닌지도 몰라."

"네가 정령의 숲을 싫어한다는 건 나도 알아. 하지만 말이 좀 험하네?"

"인간 기준으로는 이 말이 예의 없는 거지만, 정령들까지 그런 걸 따진 다고는 생각되지 않아. 가자고, 어서!"

그때 야하크라 쪽에서 호루라기 소리가 들렸다.

"케일라!"

다들 검과 총에 손을 얹었다.

케일라는 허리에 맨 밧줄을 잡았다.

어둑어둑한 숲속에서 시커멓고 거대한 그림자가 나타났다. 워낙 커서 주변이 그 그림자에 다 먹힌 것 같았다.

그림자가 숲 밖으로 나오며 모습이 서서히 드러났다. 곰이었다. 털은 연한 붉은빛을 머금어 반짝였다.

브릴은 곰을 알아보았다. 맞아, 꿈에서 본 그 녀석이야.

정령사들 몇이 손에 쥔 긴 장총을 당겨 사격 자세를 취했다. 푸슝— 하 는 공기 가르는 소리가 들리더니 곰 옆의 나무가 쾅, 하고 터졌다. 곰이 뒤로 주춤 물러났다. 케일라가 외쳤다.

"숲속으로 들어가게 해!"

데일과 케일라가 앞장서 달려갔다. 케일라는 올가미를 던져 곰의 목과 다리, 허리를 붙잡았다. 올가미는 가늘어 보였지만 곰의 목을 단단하게 조여 넘어뜨렸다.

"데일!"

케일라가 외쳤다.

"어서!"

데일이 검을 잡았지만 손은 허둥댔고 몸도 흔들렸다. 데일이 주춤한 순간, 곰이 갑자기 방향을 바꾸어 앞으로 내달렸다. 급작스럽게 힘의 방향이 바뀌자 케일라도 밧줄을 놓쳤다. 곰은 데일을 향해 돌진했다.

"데일!"

브릴이 데일에게 달려가 말의 고삐를 잡아당겼다. 겁에 질린 말이 브릴이 잡아끄는 대로 도망쳤다. 곰은 데일과 말이 있던 곳으로 달려들었다. 얼마나 몸집이 크고 무거운지, 바닥이 거의 사람 다리 깊이만큼 파였다.

브릴은 검을 뽑아 겨누었다. 곰의 눈이 타올랐다. 그리고 브릴이 가진 검을 똑바로 보고는 갑자기 뒤로 물러나 몸을 뒤틀었다.

몸집이 줄어들고 팔다리가 순식간에 가늘어지며 모습이 변했다.

사람이었다. 맨 어깨와 가슴이 드러났다. 허리 아래로는 가죽 바지와 부츠를 신고 있었다. 아주 키가 크고 머리카락은 옅은 금빛인 청년이었다.

데일이 말에서 퉁기듯 뛰어내렸다.

"메즈?"

청년이 외쳤다.

"위험합니다! 아버지, 오지 말아요!"

반크족 전사가 달려와 데일을 붙잡았다.

"가지 말아요, 데일! 그만둬요!"

"하지만! 놔, 놓으라고! 메즈, 제정신이니? 괜찮아?"

브릴은 검을 겨눈 채 청년을 보았다. 얼굴 윤곽이 확실히 익숙하다. 한눈에 알아볼 수 있을 거라던 데일의 아내 말이 맞았다. 정말로 한눈에 알아볼 수 있었다. 데일과 많이 닮았다. 누구라도 데일의 아들이라 생각할 것이다.

"역시 너구나. 메즈! 맞지? 나 알아보는 거지?"

데일의 눈이 젖어 들었다. 반크족 전사들이 더 필사적으로 매달리고 케일라도 고함을 질렀다.

"멍청아, 가지 마!"

"놔!"

"가까이 가지 마, 데일! 메즈는 저 안에 있어야 한다는 거, 알잖아."

"내, 내가 해 볼게! 봐, 제정신이잖아! 삼 년이라고! 삼 년이 지나도 제정신이라고!"

케일라가 신음을 삼키며 으르렁거렸다.

"지금 그럴 때가 아니잖아!"

데일은 고개를 저었다.

"그럴 때가 아니긴 뭐가 아니야! 지금밖에 없어! 저기, 저, 메즈."

청년은 데일을 안타깝다는 듯 보고 있었다. 다가오지 않기를 가장 간절히 바라는 건 청년이었다.

"라바이가, 라바이가 없어졌다고 다들 왔단다. 도, 도울 수 있어. 피하지 말고 말해 주려무나. 응?"

데일의 눈이 욕망으로 이글거렸다.

당장 아들을 붙들고 달려가고 싶어서 안절부절못하고 있었다.

청년이 손을 들었다. 주변에 붉은 기운이 떠돌고 있었다. 그것이 서서히 뭉치며 커다란 곰으로 변했다. 곰은 조금 전과는 달리 형체가 분명하지 않았다. 안개처럼 너울거리는 반투명한 몸 너머로 자작나무 숲이 비쳤다. '정령'이라면, 지금 이 곰이야말로 그것에 가까웠다.

청년이 말했다.

"오늘 새벽, 이 숲으로 침입자들이 나타났습니다. 라바이는 침입자를 막다가 잡혀갔고요."

"그리고?"

데일이 가까이 다가오자, 메즈는 뒤로 물러났다.

"아버지, 더 가까이 오지 마세요. 제가 어떻게 될지 몰라요."

아버지라고 부르자 데일은 벼랑 끝에 있는 아이를 보듯 초조해했다. 브릴이 보기에, 금방이라도 고함을 지르며 아들에게 매달려 다시는 못 가게 만들 것 같았다.

"알았다. 그럼 그 침입자들은?"

"아직…… 아직 여기 있어요."

"케일라가 붙잡았다고 하는데."

"더 위험한 자가 여기 있어요. 그러니 아버지, 떠나요. 어서!"

"하지만 메즈, 가만. 괜찮니? 이제 안 아픈 거야?"

"어서요!"

그때였다.

사르르—, 탁탁, 소리가 들려오기 시작했다.

브릴은 주변을 둘러보았다. 다른 사람들도 살피기 시작했다.

사르르, 탁, 타다— 계속 들린다. 따닥, 소리가 들린다. 돌멩이가 나무 둥치를 치는 소리다.

"뭐야?"

순간, 딱— 하며 소리가 나더니 전사 하나가 몸을 움츠렸다. 어깨에서 피가 나왔다.

"아야—"

곧 여기저기서 돌이 날아왔다. 개수도 빠르게 많아지고, 속도도 돌풍처럼 빨라졌다. 돌은 바닥을 휩쓸고 벌떼처럼 허공을 날아올랐다. 우두둑, 두둑, 하며 날아올라 나무를 때리고 사람들을 후려쳤다. 딱, 따닥— 하며 사람의 옷과 머리, 등에 돌이 부딪히는 소리가 들렸다.

"악!"

"돌이! 누가 던지는 거야!"

"저절로, 저절로 그래!"

"정령이야?"

브릴의 볼 옆으로 돌이 스쳐 지나갔다. 아야, 하고 신음을 흘리는 순간 돌조각이 등을 세게 쳤다. 곧, 더 세고 강하게 어깨를 쳤다. 이번에는 뼈가 뻐근하게 아팠다.

메즈가 아버지 데일을 옆으로 밀치곤, 돌이 몰아치는 한가운데로 달려들었다. 불덩이 같은 곰이 메즈를 향해 달려갔고, 둘의 모습이 부닥치더니 메즈가 다시 곰으로 변했다. 콰아— 하고 불꽃이 터졌다. 불덩이를 인 곰은 몸을 휘저어 돌들을 모두 퉁겨 냈다. 돌이 바닥으로 뚝뚝 떨어졌다.

사람들은 간신히 정신을 차리고 뭉쳤다.

"이리 와!"

"데일, 어서!"

브릴은 그 틈에 주변을 둘러보았다.

자작나무 둥치 너머로 흰 그림자를 발견했다.

흰 케이프.

브릴은 그쪽으로 달려갔다.

곰이 옆으로 따라붙었다. 거의 집 하나 크기였다. 브릴은 다리에 힘을 주고 빠르게 달렸다. 남자가 돌아보았다. 브릴은 검을 뽑으려 했다. 순간, 나무 둥치들이 갑자기 부러져 브릴을 향해 쓰러졌다.

"……!"

둥치 너머로 흰 그림자가 보였다. 희고 거대했다. 그 그림자가 나무를 내리쳤다. 나무가 또 브릴을 향해 쓰러졌다. 브릴은 발을 박차고 몸을 날렸다. 나무가 브릴이 있던 곳으로 쓰러지며, 쿵— 하고 먼지와 흙이 튀어

올랐다. 튀어 오른 나무 파편 너머로 금속으로 된 얼굴과 몸이 보였다. 껍질을 이루는 금속판 사이로 정교한 구리선과 철사가 보였다. 동물도 인간도 아니다. 기계다.

"젠장."

브릴은 일어나서 검을 뽑았다. 그러나 뽑는 순간, 불길할 정도로 검이 덜컹대는 것을 느꼈다. 기계 거인이 그런 브릴을 보더니, 바닥에 쓰러진 나무 둥치를 두 팔로 잡아 들었다. 우두둑— 하며 나무 둥치가 위로 올라갔다가, 브릴을 향해 엄청난 속도와 힘으로 날아왔다. 기계 거인이 뿜어내는 붉은 안광이 보였다.

순간 곰이 날아와 그 둥치와 부딪혔다. 나무 둥치는 뒤로 튕겨 나가 밖으로 떨어졌다. 우지끈— 하는 굉음이 들렸다. 나무 둥치가 기계 거인을 향해 날아가 부딪혔다. 거인이 뒤로 밀려나며 나무 둥치와 함께 나동그라졌다. 금속이 바닥과 부딪히고 긁히는 소리가 났다. 찌컹— 컹, 캉, 캉—

브릴은 곰을 보며 손짓했다.

"와, 이리!"

그때 나무 더미에서 기계의 팔이 솟구치며 나무 조각이 튀어 올랐다. 그 팔이 브릴을 내리쳤다. 곰이 그 팔을 물어뜯었다. 이에 물린 기계 팔이 찌그러졌다. 곰은 머리를 흔들어 팔을 뽑아 버렸다. 구리와 철사 줄이 뽑힌 팔과 함께 뜯겨 나왔다. 기계 거인이 몸을 뒤틀더니 남은 팔로 몸을 일으켰다.

브릴의 생각보다 더 거대했다. 금속들이 비벼 대는 끽끽, 소리가 났다. 안광이 빛을 뿜어냈다. 그리고 주먹을 쥐곤, 브릴을 내리쳤다. 브릴은 피했다. 팔이 다시 날아오자, 검으로 날려 버렸다. 검에 맞은 팔이 튕겨 나갔다. 브릴은 다시 검을 위로 올려쳤다. 검날에 기계 거인의 손이 잘렸다. 잘린 팔이 땅에 떨어졌다. 그러나 불길한 찌적— 소리가 나더니, 브릴이 쥐고 있던 칼자루가 쪼개지며 칼날이 바닥으로 떨어졌다.

"언제고 이럴 줄 알았지."

브릴은 허리에 찬 올가미를 풀어, 검을 집어 들고 칼자루 부분을 밧줄로 돌돌 만 다음 매듭을 맸다. 그때, 돌멩이가 볼을 스치고 지나갔다.

브릴은 몸을 돌렸다.

흰 케이프의 남자가 바로 앞에 있었다. 브릴은 바닥을 박차고 남자를 향해 몸을 날렸다.

기계 거인이 브릴을 붙잡으려 했다. 그러나 양손이 다 뜯겨 나가거나 잘려 나가 잡을 수 없었다. 곰이 기계 거인의 목을 물고 몸을 뒤틀었다. 기계 거인의 몸이 바닥으로 다시 쓰러졌다. 곰이 으르렁거리며 기계 거인의 등판을 잡아 뜯었다.

그 틈에 브릴은 남자의 멱살을 낚아챘다. 남자의 얼굴은 가면으로 덮여 있었다. 남자는 브릴의 팔을 잡아 내던졌다. 몸이 날아가 바위에 부딪혔다.

"윽!"

곰이 기계 거인을 이로 물어 내동댕이쳤다. 기계 거인이 완전히 박살났다. 곰은 남자를 향해 달려왔다. 그러나 바닥이 파도처럼 출렁이더니, 바위와 돌이 튀어나와 곰을 뒤덮었다.

브릴은 욕이 나왔다.

차라리 주먹 쥐고 싸우는 게 낫지, 이게 뭐야.

이능(異能)인가.

곰이 줄어들어 메즈의 몸으로 변한 다음, 바위틈에서 날쌔게 빠져나왔다. 메즈는 브릴에게 달려와 브릴의 팔을 잡아당겼다.

"이리로—"

그러나 메즈가 말을 채 끝내기도 전에, 메즈의 몸이 보이지 않는 손에 잡힌 듯 날아가 내동댕이쳐졌다. 메즈가 통증을 참기 위해 몸을 움츠렸다.

"메즈!"

브릴이 고함을 질렀다. 그런데 그때, 허공에서 불덩어리가 만들어지더니 곰으로 변했다. 반투명한 그 곰의 정령이 브릴을 덮치듯 달려왔다.

뭐 하는 거야! 곰의 눈은 브릴의 몸이 아닌, 브릴이 밧줄로 간신히 묶고 있는 검을 향했다.

순식간에 일어난 일이었다. 곰이 검 안으로 빨려 들어갔다. 좁은 구멍으로 빨려 들어가는 액체 같았다. 곰이 완전히 사라진 동시에 검에서 붉은 기운이 터져 올랐다. 붉은빛이 좁은 틈에서 쏟아지는 것 같았다. 그 붉은 기운이 주변을 뒤덮었다. 메즈를 향해 쓰러지는 나무를 불살라 버리고, 그 주변을 둘러싸 보호했다.

브릴은 검을 당겼다. 검이 움직이자, 궤적을 따라 엄청난 불길이 치솟아 올라 주변을 휩쓸었다. 불길은 메즈를 감쌌다가, 위로 치솟아 올라 둥글게 뭉쳐 이번에는 케이프의 남자를 덮쳤다. 케이프의 남자는 소매로 얼굴을 가리며 뒤로 물러났다. 펑— 하며 불덩어리가 터졌다. 붉은 불길이 남자의 몸을 핥듯이 휘감았다 사라졌다. 그 붉은 기운은 상대를 다치게 하지 못하자, 다시 브릴의 검으로 휘몰아쳐 들어갔다. 검을 쥔 브릴은 그 강한 힘에 뒤로 밀려났다.

브릴은 즉각 검을 들어 상대를 겨누었다. 칼날에서 붉은빛이 은은하게 번져 나왔다.

"누구야, 너는?"

브릴이 물었다. 남자가 불길을 막은 케이프 자락을 내렸다.

숲을 떠도는 아름다운 유령 같은 남자였다. 흰 케이프, 반쯤 가려진 흰 바지와 구두까지. 지나치게 하얗고 깨끗하다.

게다가 저 등이고 얼굴 윤곽이고, 제대로 보이지도 않는 주제에 왜 엘리안과 닮은 거지?

브릴은 검을 쥔 채로 노려보았다. 칼날은 뜨겁다. 하지만 못 쥘 정도는 아니었다.

남자는 말이 없었다.

그때 남자가 등진 숲 너머에서 흰빛이 흘러나오기 시작했다. 죽은 달이 그곳에서 은빛 피를 흘리는 듯 보였다.

남자가 손을 비틀자, 검이 허공으로 치솟았다. 남자는 검을 향해 손을 뻗었다. 이대로 놓아두면 검을 빼앗긴다. 브릴은 몸을 날려 남자를 덮쳤다. 예상치 못했던 상황인 듯 남자가 신음을 삼켰다. 브릴은 남자의 품으로 파고들며 팔을 잡았다. 몸도 팔도 대리석을 잡는 듯 차고 단단했다. 브릴은 남자의 겨드랑이 쪽을 후려치고, 다리를 걸어 넘어뜨렸다. 남자는 허리를 숙여 충격을 줄였다. 그러나 워낙 세게 넘어진지라, 아픈 건 어쩔 수 없는지 신음을 흘렸다.

사람이 맞기는 맞네. 브릴은 남자의 가면을 벗기려 했지만, 손목이 잡히는 바람에 실패했다. 브릴은 팔을 비틀었다. 사슬처럼 단단한 손은 브릴을 놓아주지 않는다.

그 순간 남자의 눈과 마주쳤다. 가면 너머에 있는 남자의 눈이 웃는 듯 느껴졌다. 가면 아래의 입술은 분명 웃었다. 입술 끝이 올라가 있다.

"이봐, 사람을 유혹하려면 최소한 가면은 벗고 해야지."

브릴은 팔에 힘을 주었지만 좀 들썩이기만 할 뿐 꿈쩍도 할 수 없었다. 순간, 차갑고 묵직한 것이 브릴을 덮쳤다. 물리적 힘이 아니다. 축축한 유령이 몸으로 파고드는 것 같았다. 의식이 흩어졌다. 세상으로부터 떨어져 나가는 듯 아찔해지며, 주변이 회색으로 변했다. 나무와 돌은 검게 타올랐다.

끝장이다.

팔을 잡은 손에 힘이 더 들어간다. 숨이 막히는 것 같다.

그런데 바로 그때, 강한 손이 브릴의 몸을 휘감아 싸고 반대편 팔로 브릴을 덮친 남자를 내리쳤다. 엄청난 힘이 남자를 날려 버렸다. 남자가 신음과 함께 나동그라졌다.

브릴의 눈앞을 검푸른빛 제복이 덮었다. 브릴은 이를 악물고 제복을 입은 몸에 기댔다가, 팔에 힘을 주고 몸을 젖혔다.

검은 머리가 보였다. 얼굴은 잘 보이지 않았지만, 검은 머리카락 사이로 번득이는 검붉은 눈을 본 것 같았다. 그 검붉은 눈이 브릴을 향했다가 다시 허공을 향했다. 갑자기 바위와 돌, 나무 조각이 공중에서 우박처럼 쏟아졌다. 강한 팔이 브릴의 어깨를 잡아 안으로 당겼다. 몸이 큰 팔에 감싸이며, 볼과 이마가 남자의 품에 묻혔다. 동시에, 주변이 갑자기 조용해졌다. 브릴은 살짝 드러난 틈으로 벌어지는 엄청난 광경을 보았다. 나무, 바위, 돌, 엄청나게 쏟아지던 그 모든 것이 일시에 가루가 되어 허공에 떠 있었다. 공중에서 분쇄가 된 것이다. 그것들이 주변에 부옇게 떠 있었다. 허공에 멈추어 있던 그 부연 파괴의 잔해가 파아— 하며 흩어졌다.

이 기사가 파멸을 관장하는 신인 듯, 그들을 중심으로, 나무고 바위고 돌이고 원을 그리며 사라지고 없었다.

이능(異能)인가.

그것 외에는 설명이 되지 않는다.

기사를 중심으로, 모든 게 삽시간에 분쇄되었다. 안으로 들어온 건 모두 가루가 되어 사라졌다.

브릴은 기사의 검푸른 제복과 소매에 수놓아진 독수리의 문장을 보았다.

망명자 기사단의 제복이다.

순간, 갑자기 눈앞이 캄캄해졌다.

브릴은 저도 모르게 남자를 잡았다. 남자가 신음을 흘리더니, 브릴의 어깨를 더 꽉 잡아 안으로 당겼다. 피가 굳는 느낌이었다. 사악한 주술에 걸린 것 같았다. 검고 탁한 것이 몸속을 꽉 채운 것 같았다. 브릴은 이를 악물고 몸을 젖혔다. 남자의 손이 볼을 감쌌다. 손은 불타는 듯 뜨거웠다.

브릴은 입술을 물고 고통을 참으며 몸을 움츠렸다. 머리가 뽑힐 듯 아파져 오며 눈앞이 캄캄해졌다. 공포와 고통이 브릴을 쥐어짜는 것 같았다. 결국 비명을 터뜨렸다.

"아악!"

남자는 더 깊이 브릴의 머리를 감싸 안았다. 남자의 가슴이 귀에 바싹 닿았다.

심장 소리가 들린다.

쿵— 쿵—

묵직하다. 크다.

의식이 헝클어지며 사라졌다.

회색 비가 쏟아지는 듯, 눈앞이 회색의 빗금으로 뒤덮였다.

언덕과 벌판이 빠르게 뒤로 넘어간다. 규칙적인 소리가 들린다. 기차 달리는 소리다.

브릴은 지금, 초록색 천으로 덮인 기차 의자에 앉아 있었다.

아주 어린 소녀로 돌아가 있었다.

"가만히 있어, 브릴."

앞에 앉은 어머니가 성가시다는 목소리로 말했다.

4인실에 단둘만 앉아 마주 보고 있다.

어머니는 기차에 타면 항상 귀빈실만 이용했다. 저택을 축소해 기차

칸에 담아 놓은 것 같은 그 귀빈실에는, 화려하고 아늑한 침실은 물론이요 아이들을 위한 놀이방도 있었다. 브릴은 그 놀이방에서 엘리안과 함께 놀았다. 놀다 지겨워지면 창밖을 보기도 했다. 어머니는 남매가 들어가면 놀이방 문을 잠근 다음 자기에게 아이들이 있다는 사실을 잊었다.

그런 어머니가 지금은 브릴만 데리고 다닌다. 대신 객실 좌석 네 개를 모두 샀다. 아무도 들어오지 못하게 하려고 그러는 것이다.

"엘은 어디 있어요?"

브릴이 물었다.

어머니 배 속에서부터 같이 있던 형제가 없으니 몸의 절반이 사라진 것 같았다.

"보고 싶어요."

어머니의 얼굴로 긴장과 공포가 번졌다.

"브, 브릴. 우리 놀이를 해 보자."

"무슨 놀이요?"

"엘을 찾는 놀이. 지금 그 아이는 어딘가 숨어 있어. 네가 한번 찾아보렴. 찾으면 엄마가 상을 줄게."

어머니의 목소리는 소름 끼치게 친절했다.

브릴은 어머니가 아양을 떠는 듯 느껴졌다.

어머니는 브릴을 그다지 좋아하지 않았다. 누군가가 억지로 떠넘긴 아이를 마지못해 키우는 듯했다. 사람들에게는 브릴이 엘리안처럼 귀여움을 떨지 않기 때문에 엄하게 대하는 것이라 했다.

브릴은 어머니가 원하는 '귀여운 아이'가 될 수 없었다. 어떻게 해야 하는지도 모르겠다. 프릴 달린 원피스를 입고 앙증맞게 걸어와 생글생글 웃으면 되나? 절대 울거나 화내지 않고, 어머니가 뭘 하든 얌전하게 앉아 웃기만 하면 되나? 그럴 거면, 그냥 인형을 데리고 다니면 되잖아.

종종 어머니는 한숨을 내 쉬며 사람들에게 말하곤 했다.

"나는 말이야, 쟤가 도무지 사랑스럽지가 않아. 수월하지도 않고, 태도는 항상 배은망덕하지. 종종 낯모르는 어른을 상대하는 것 같아."

그러면 사람들은 '그 아이가 원래 그런 구석이 있다.' 며 동의했다.

브릴은 어머니나 어른들에게 사랑받거나 인정받아야 한다고 생각하지 않았다. '저 아이는 귀엽지 않으니 차갑게 대해도 된다.' 라고, 미리들 결론을 내려 놓는 사람들이다. 그들이 생각하기 귀찮아서 그들 멋대로 내린 결론에, 왜 서운해한단 말인가. 내 잘못도 아닌데. 그리고 '배은망덕' 이라니. 대체 무엇이 은혜이며 갚아야 할 일이란 건지도 모르겠다.

그런 상황에 엘리안마저 사라지니, 외롭다는 게 이리 비참한 감정인 줄 처음으로 알게 되었다.

기차가 멈추었다.

어머니는 표를 들고 내렸다. 브릴도 뒤따라 내려 플랫폼 위에 섰다.

바깥 공기는 아주 청량했다. 바다를 바라보는 비탈에는 커다란 성이 서 있었다. 아름다운 성이었다. 옥빛 지붕은 바다와 잘 어울렸다. 성이 내려다보는 항구 도시도 근사했다. 흰 벽에 붉은 지붕을 얹은 집들로 가득하고, 집집마다 붉고 노란 꽃들로 창가를 장식했다.

"여기 어디죠?"

"발카니아야."

아, 발카니아.

대륙 동부 해안에 있는 작은 왕국이다. 듀카르니아 북부를 다스리는 하일드의 왕족이 이 지역을 점령하여 자기들 왕국을 만들었다. 하일드의 군주는 이곳의 왕이기도 한 것이다. 하일드만이 아니다. 여러 나라의 왕족들이 어느 지역에서는 왕위를 갖고, 어느 지역에서는 대공위를, 어느 지역에서는 백작위를 가졌다.

"이리 와라. 여기 오래 머물지는 않을 거야. 자, 저기로 가야 해."

어머니가 가리키는 언덕에는 알록달록한 천막이 여러 개 세워져 있었다. 짐을 실은 마차와 말들이 그 옆에서 쉬고 있었다.

"이곳에는 이맘때 즈음 카니발이 열린단다. 그것을 위해 서커스단이 와 있어. 같이 가자."

또 아양 떠는 목소리였다.

원래 어머니는 이렇게 친절하게 제안하지 않았다.

마지못해 한 번 말하고, 두 번 말해야 하면 항상 짜증을 냈다.

브릴이 답 없이 보고만 있자, 어머니의 얼굴이 굳어 갔다.

브릴이 어머니와 이야기를 나누다 보면 어김없이 이런 어색한 순간이 왔다. 엘리안이 있을 때는 덜했으나, 그 아이 없이 단둘이 마주해야 하는 날이 계속되니 더 어색해지고 불편해지기만 했다.

그때 플랫폼이 소란스러워졌다.

브릴이 타고 온 기차에 귀빈이 같이 탔던 것 같다. 플랫폼 위에 제복 차림의 군인들이 대기하고 있었다. 기차 안에서 키 큰 청년이 나왔다. 청년을 본 장교들은 경례를 올려붙였다.

사람들이 말하는 소리가 들렸다.

"왕자님이다."

"왕자님?"

"큰 왕자님."

"아, 큰 왕자님."

"제국에 다녀오신다더니."

"제국 내전은 가라앉았나 보더군."

"맞아. 곧 황제가 즉위할 거라던데."

"어느 황제? 지난번에 반란이 일어났다더니."

"그 반란을 일으킨 장군이 황제가 되었대."

"아하."

"다행이야. 그곳 황족들은 정말 쓸모도 없고 무식하잖아. 전쟁이나 일으키고. 그런데 새로 즉위한 황제는 어마어마한 전쟁의 천재래. 진 전쟁이 없대."

"굉장한걸? 왕족도 아니지?"

"그래, 대단하지. 그런 사람이 황제가 되다니."

"기대가 되네."

왕자는 장교들과 이야기하다, 활짝 미소를 지으며 계단을 보았다. 소년이 달려 올라왔다.

검은 머리에 검붉은 눈을 가진 소년이다. 나이는 분명 어렸지만 분위기는 아주 어른스러웠다. 반듯하게 선 콧날과 선명하고 예리한 눈매 탓에 제 또래다운 천진한 분위기가 없다. 소년은 세상의 처음과 끝을 모두 아는 어린 신처럼 사람들 앞을 지나갔다.

브릴의 시선을 느낀 소년이 고개를 돌렸다. 잠깐이었지만, 소년의 검붉은 눈이 브릴의 얼굴을 똑바로 보았다. 특이한 것을 인식한 반짝임이 소년의 눈에 보였다.

"이리 와, 브릴."

어머니가 브릴의 손을 잡아 급히 당겼다. 어머니의 손이 땀에 젖어 있었다.

역을 나온 두 사람은 서커스단이 천막들을 세운 언덕에 도착했다. 아직 영업을 하지 않아 천막은 다 닫혀 있었다.

어머니가 손을 놓고 말했다.

"자, 이제부터 우리는 엘을 찾을 거야."

어머니는 허리를 숙이고 눈을 맞추었다.

"그런데 엘이 우리들하고 너무 오래 떨어져 있어서 얼굴이 좀 변했을지도 몰라. 하지만 너도 알지? 우리 엘이 얼마나 예쁜지. 금빛 머리에 흰 얼굴이었지. 푸른 눈은 너무너무 예뻤어."

어머니는 울 것 같았다.

제발, 제발, 애야. 그렇다고 말해 줘.

그러나 브릴은 어머니에게 말하고 싶었다.

어머니, 포기해요. 엘은 죽었어.

두 달 전이었어요. 갑자기 열이 나고 배가 아프다고 했죠.

어머니는 의사를 불렀지만, 엘은 버티지 못했어요. 마침, 하녀도 없던 시간이었죠. 나는 알아요. 사람이 더 이상 움직이지 않게 되면, 그 몸에서 무엇이 떠난 건지.

전염성 열병이었고, 소년은 의사가 오기도 전에 숨을 거두었다. 작은 소년은 작은 만큼 쉽게 죽어 버렸다. 의사를 문 앞에서 돌려보낸 어머니는 아들의 몸을 안고 울었다.

"차라리!"

어머니가 고함을 질렀다.

"차라리 계집애가 죽었으면. 차라리!"

브릴도 엘리안의 가치가 얼마나 되는지 알았다.

어머니 수입의 대부분은 엘리안의 이름으로 나오는 상당한 연금이었다. 아들의 죽음도 죽음이지만, 그 죽음이 거두어 갈 것이 너무도 많아 어머니는 두려웠다.

어머니는 아이가 아직 잠에서 깨지 않은 척 안고 나와 체크아웃을 한 뒤 브릴과 함께 도시를 떠났다.

어딘가의 숲에 엘리안을 몰래 묻은 뒤, 어머니는 엘리안과 닮은 아이를 찾기 시작했다. 어떻게든 비슷한 소년을 찾아, 엘리안이 살아 있는 것으로 보여야 했다.

처음 어머니는 제국의 노예상을 통해 비슷한 소년을 구하려 했다. 제국은 내전 중이라 혼란했다. 소년 하나 얼렁뚱땅 구하는 건 어려운 일이 아니었으나, 금발에 푸른 눈이란 조건을 맞추는 게 어려웠다.

몇 달이 흘렀다. 조바심 내던 어머니에게 며칠 전 연락이 왔다.

—발다니아, 카니발라 서커스단.

어머니가 받은 쪽지에는 그렇게 적혀 있었다.

어머니는 브릴이 글을 읽는다는 것도 몰라, 그 편지를 브릴 앞에 놓았다.

브릴은 읽지 못하는 척하며 어머니가 받은 편지를 읽었다.

—부인이 찾는 조건의 아이는 그 서커스단에서 구하실 수 있습니다. **라는 사람을 찾아 말씀하십시오.

어머니 이름으로 온 편지도 아니었다. 어머니는 가명을 써서 엘리안과 비슷한 소년을 찾고 있던 것이다.

서커스 천막에 도착한 어머니는 편지에서 말한 사람을 찾았다. 사람들은 그 남자에게 어머니를 데려다주었다. 남자는 그런 모습의 아이는 비싸고 귀하다는 말만 되풀이했다. 똑같은 말을 계속 떠드는 이유는 간단했다. 돈을 더 달라는 것이다.

어머니가 다시 중얼거렸다.

"계집애가 죽었으면 아무 일도 없었을 텐데. 이게 무슨 고생이람."

브릴은 어머니의 손에서 자신의 손을 뺐다.

차라리 네가 죽지.

너는 위안도 안 되는 아이, 마주하면 징그럽고 싫기만 한 아이. 쓸모도 없으면서 불쾌하기까지 한 아이인데.

차라리 네가 죽었다면, 나는 이 고생 하지 않았을 거야.

브릴은 어머니를 빤히 보았다. 어머니가 돌아보았다.

"그게 내 잘못은 아니잖아요, 어머니."

어머니는 충격을 받은 얼굴로 브릴을 보았다.

"엄마는 이렇게 슬픈데, 너는 어쩜 그렇게 매정하게 말하니?"

"어머니가 슬픈 건 알아요. 하지만 내가 그걸 책임질 이유는 없잖아요."

"그게 애가 할 말이니? 어서 사과해! 못된 녀석. 너는 엘리안이 보고 싶지 않아? 슬프지도 않아? 아니, 울지도 않았지! 너는 심장 한쪽이 덜 만들어진 아이 같아!"

브릴도 누군가를 좋아할 수 있었고, 아낄 수 있었다. 단지 공정하지 못하거나 억울한 일을 받아들이지 못할 뿐이었다.

"잘못이야."

어머니가 말했다.

"너를 낳은 것 자체가 잘못이야."

"……."

항상 이런 식이다.

낳은 것은 엘리안뿐이고, 브릴은 악마가 같이 넣어 준 덤이었다.

당장 고함을 지르고 싶다.

어머니, 난 어머니가 엘리안을 묻고 왔다는 걸 알아요. 포기해. 엘리안은 죽었어! 그냥 가난하게, 주어진 대로 살라고! 내가 엘리안 대신 죽지 않았다고 원망하지 말고!

그때 작은 미어캣이 지나갔다. 브릴은 발목을 스치는 느낌에 놀라 내려다보았다. 미어캣의 목에는 명찰이 달려 있었다.

─신비로운 카니발의 명랑한 안내자

미어캣은 멈추어 브릴을 돌아보더니 이리 좀 와 보라는 듯 꼬리를 흔들었다.

가자고?

웃음이 나왔다.

뭐야, 너는.

이상한 나라의 안내자라면, 어디로든 나를 데려가 봐.

여기서 길을 잃으면 이 서커스단 안을 영원히 방황하는 유령이 될지도 모르겠지.

그런데 차라리 그 편이 나을 것 같아.

이곳에서 아무도 나를 찾지 않고, 나 역시 아무도 찾지 않을 테지. 아무도 나더러 이상하다고 하지 않을 거야.

브릴은 미어캣을 따라 달렸다. 미어캣은 잽싸게 이리저리 돌아다니더니, 어느 문 앞에 멈추어 그 문을 박박 긁었다.

곧 문이 열렸다.

"너구나."

아이 목소리가 들렸다.

미어캣은 쏙 들어가 문을 열어 준 아이의 발에 몸을 감고 애교를 떨었다. 아이는 문을 닫으려 했다. 브릴은 얼른 안으로 들어가, 문을 닫으려는 것을 막았다.

아이가 놀라 브릴을 보았다.

아이는 금빛 머리카락에, 파란 눈이었다.

엘의 색이다!

아이는 장미 봉오리 속에서 나온 듯 향긋하고 아름다웠다.

꽃잎 같은 입술에 고운 볼, 짙은 갈색 속눈썹 아래 맑게 빛나는 푸른 눈동자. 오뚝하게 솟은 콧날과 부드러운 턱이 아이를 작은 사랑의 요정처럼 보이게 했다. 옷은 허름하고 턱과 볼에 멍이 들었는데도, 너무나 사랑스럽다.

브릴은 소년을 가지고 싶었다.

이제부터 이 아이가 없는 곳이 다 싫어질 것 같았고, 이 아이가 있는 곳이라면 어디든 사랑스러울 것 같았다.

속삭임이, 탐욕을 부추기는 속삭임이 들려온다.

자, 이 아름다운 소년의 이마에 입을 맞추고 너는 내 것이라 말해 보렴. 그러면 이 아이는 네 거야. 데리고 가라고.

자, 이 아이는 엘이야.

그래.

이 아이는 엘이야.

내가 찾던, 어머니가 찾아오라던 엘.

강력한 소유욕이 느껴진다.

나, 이 아이를 가지고 싶어.
영원히 내 옆에 두고 싶어. 이 아이는 내 거야. 내 것이어야만 해.

"여기 있었네."

이제부터 주문을 거는 거다.
그래, 이 아이를 엘리안으로 만들자.

"한참 찾았잖아. 어디 숨어 있었던 거야, 엘?"

브릴은 아이를 데리고 어머니에게 갔다.
"엄마, 봐! 여기 엘리안이 있어요!"
어머니는 놀랐다가, 곧 가식적으로 웃었다.
"세상에나, 내 아들, 엘리안! 엄마는 네가 너무 보고 싶었단다."
어머니는 엘리안의 볼에 입을 맞추었다.
"놀라지 말렴. 너는 원래 내 아들이란다. 그런데 그만, 못된 사람들이 너를 납치해 이곳에 팔았지 뭐니. 나는 브릴과 함께 너를 찾으러 온 세상을 다 돌아다녔단다. 이제 가족을 찾았으니, 어서 집으로 돌아가자."
동화에 나오는 일 같다.
서커스단에서 학대받던 아이가 고귀한 신분의 친부모를 찾았어. 여기, 호화로운 방과 안락한 침대가 있어. 좋은 옷과 신발도 있어. 모두 다 네 거야. 영원히, 영원히.

요정이 우리들의 소원을 들어준 것 같았어.

어머니는 서부에 저택을 사고, 귀족들과 완벽히 격리되어 몇 년을 살았지.

어머니는 어디로든 데리고 가지 않는 대신, 하고 싶은 대로 다 하게 해 주었지. 사 달라는 건 다 사 주고, 해 달라는 건 다 해 주고.

어머니가 수도로 간다고 했을 때 크게 고민하지 않았어.

언제고 얼굴은 보여야 한다는 건 알았으니까. 하지만 엘리안의 진짜 얼굴은 아무도 모를 테고, 어머니도 무리하지 않으리라. 한 달 정도 지낸 뒤, 돌아와 아무 일도 없었던 듯 똑같이 살게 될 거야. 체자의 극장에서 공연된다는 오페라는 보고 싶다.

그러나 세상은 그렇지 않았다.

왕세자 아르노, 아르노를 흔들고자 하는 왕자들, 그리고 아르노가 더 강한 권력을 얻는 것을 두려워한 의회와 총리. 그 폭풍에 휘말린 어머니는 오래전에 저지른 거짓말을 잊었다.

형인 아르노를 미워하던 숙부 로버트가 가장 문제였다. 그는 매일같이 저택을 오고 가며 어머니를 부추겼다. 엘리안이 왕이 될 수도 있다며.

처음에는 말도 안 된다, 그럴 생각은 조금도 없다고 하던 어머니의 눈빛이 서서히 변하기 시작했다.

엘리안이 왕이 될 수 있을지도 몰라.

브릴은 말하고 싶었다.

이만 가요, 어머니. 도망칠 수 있는 마지막 기회야.

우리들의 비밀이 폭로되면, 모두 파멸할 거야. 마법은 끝나고 우리들 모두 끔찍한 대가를 치르게 될 테지.

우리의 엘리안이 가짜라는 것이, 우리가 거짓말을 하고 있다는 것이 들통나면.

그리고 치르고 말았다.

아르노가 다녀간 다음 날 엘리안은 죽었으니까.

순간 뜨거운 것이 목을 뒤덮었다.

네가 없는 세상이니, 나도 죽어 버리고 싶더라.

다 후회했어. 그날 너를 방에 혼자 둔 것도, 차라리 너와 함께 도망쳐 버리지 않은 것도.

미안, 엘.

내 잘못이야. 너를 데려와 놓고, 지켜 주지 못했어.

오른쪽 손으로 스며든 붉고 뜨거운 물결이 브릴의 몸으로 퍼졌다. 회색으로 굳은 심장을 덥히고, 꽉 막혔던 목을 부드럽게 풀어 주었다. 그리고 더운물에 탄 꿀처럼 달콤하고 향긋하게 볼과 이마로 번진다.

눈에 흐릿한 윤곽의 곰이 보였다. 거대한 곰은 어서 눈을 뜨라는 듯 나지막이 으르렁거렸다.

징— 그 소리가 다시 들린다.

엘리안을 보았을 때 들었고, 이곳에 온 뒤로 내내 들었던 소리다.

속삭임이 이어진다.

자, 불러. 어서 불러.

엘리안을 처음 보았을 때만큼 강력하진 않아도 비슷한 욕심이 든다.

소유욕과 탐심(貪心).

가져야 해. 하지만 가지기 위해서는 말해야 하는 것이 있지. 자, 그걸 말해 봐. 너는 알아. 본질적으로 알아. 사자가 영양의 목을 물어뜯듯, 새가 날고 사슴이 달리듯, 너는 무엇을 해야 하는지 알아.

그러나 눈이 떠졌다.

차가운 바람이 볼에 닿았다.

검푸른 제복이 보였다. 강철빛 바다를 닮은 제복이었다.

검회색으로 타오르던 시야가 맑아졌다. 볼에 얹힌 손도 느껴졌다. 브릴은 신음을 삼키며 머리를 들었다. 무겁고 어지럽다. 그러나 기대고 있는 팔과 가슴은 단단하고 편했다.

브릴은 천천히 고개를 들고 상대를 보았다. 날카롭고 예리한 얼굴이지만 그린 듯 자리 잡은 콧날과 섬세한 눈이 남자를 아름다운 독수리처럼 보이게 했다.

또, 현실의 사람이다.

"괜찮나."

"그 남자는?"

"갔다."

혹시…….

당신, 혹시 그 케이프의 신사를 쫓아왔나.

그럼 왜 쫓아가지 않은 걸까.

"설 수 있나."

"당연히."

그렇게 답했는데도, 남자는 브릴의 팔을 잡아 일으켜 세워 주었다. 브릴은 두 다리에 힘이 잘 들어가지 않아 몸을 세우는 것이 힘들었다. 남자가 잡아 주었지만, 다리 힘은 브릴의 생각만큼 금방 돌아오지 않았다. 가늘게 떨린다. 차라리 업혀 가는 게 나을 꼴이었다.

"가만."

남자는 브릴의 목덜미에 손을 얹고 꾹 눌렀다. 약간 개운해지며 어지럼증도 나아졌다. 남자의 얼굴이 가까워졌다. 검은 눈썹 아래 날카롭지만 섬세하고 잘생긴 눈이 브릴을 보았다. 거칠고 센 인상을 풍기는 남자다.

그때 브릴을 부르는 목소리가 들렸다.

"브릴—!"

데일이다.

남자가 손을 뗐다.

손끝이 턱과 머리카락 위를 스치고 지나가며, 브릴을 이상할 정도로 떨리게 했다.

브릴은 저도 모르게 눈을 들어 남자의 검붉은 눈동자를 똑바로 보았다. 남자가 눈살을 찌푸리더니, 입술을 살짝 벌리며 한숨을 내쉬었다.

"너를 찾는군."

브릴은 잊었던 것을 깨달았다.

"메즈."

브릴은 메즈를 찾았다.

메즈는 멀지 않은 곳에 쓰러져 있었다. 브릴은 옆에 놓인 검을 집어 들었다.

"저기, 이봐."

그런데 남자에게 말하기도 전에 데일이 나타났다.

"브릴!"

"데일. 잠깐."

브릴은 남자 쪽을 돌아보았다. 그러나 그 기사는 이미 사라지고 없었다. 브릴은 쓰러져 있는 메즈에게 다가가, 목에 손을 얹었다. 맥박이 뛰고 있다.

데일이 물었다.

"괜찮아?"

"나도 괜찮고, 당신 아들도 괜찮아."

데일은 급하게 달려와 청년을 안아 들고 품에 꽉 안았다. 두툼한 그의 손으로 청년의 볼을 쓸다가, 갑자기 울기 시작했다. 아들을 품에 꽉 안고, 누구에게도 보여 주지도 내주지도 않겠다는 듯 안고는 엉엉 울었다.

브릴은 부드러운 기분이 온몸을 감싸는 것을 느꼈다.

욱신거리고 어지럽고 매슥거리던 느낌은 씻은 듯 사라졌다.

브릴은 손에 쥔 검을 내려다보았다.

붉은 기운이 검을 적시듯 흘러나오고 있었다.

조금 전에 느껴지던 소유욕, 즉 가지고야 말겠다는 그 욕망이 좀 더 부드럽고 편안한 결로 바뀌어 있다. 옆에 머물면 좋겠다는, 같이 있으면 좋겠다는 정도로 가라앉는다.

엘리안을 닮은 그 남자는 뭐였을까.

또, 망명자 기사단의 기사는 왜 엘리안을 닮은 남자를 찾아온 걸까.

브릴은 기사가 사라진 숲 쪽을 보았다.

말발굽 소리가 들린다. 아무것도 보이지는 않았지만, 브릴은 검푸른 제복을 입은 남자가 멀리 사라지는 것을 보고 있는 것 같은 기분이었다.

쓸쓸한 기분이 든다.

❋ 제 3 장 ❋

끝과 시작

서부의 주요 도시 누하의 교차로 교단 지부를 맡은 사제는 하필이면 자신이 여기 있을 때 이런 일이 벌어진 것이 너무 억울했다.

'영토 외'라는 조건을 이용하여, 이곳 누하의 교차로 교단은 주로 도망 온 범죄자들을 숨겨 주는 일을 했다. 그들을 협박해 일을 시키기도 하고, 밀거래나 밀수, 밀렵, 불법 인신매매도 했다.

고작 그런 일이나 하던 곳에 이 남자가 나타난 것이다.

"이곳 담당 사제를 만나러 왔다."

남자를 모르는 문지기는 이 처음 보는 자가 왜 이리 자신감이 넘치는지 좀 생각해 봐야 했다.

키는 엄청나게 컸다. 어깨도 넓었고, 망토로 덮고는 있었지만 체구나 체격이나 상당하다는 건 알겠다. 하지만 그 정도로 이렇게 나올 수는 없다.

"용무를 말하십시오."

"그건 내가 직접 말할 테니, 사제를 만나러 왔다는 것만 알린다. 고분고분 부르든, 몇 대 맞고 안내하든 알아서 해라."

이봐요, 하고 말을 하기도 전에 남자는 안으로 들어갔다. 남자의 등 뒤로 키 큰 남자들이 따라붙었다.

"멈춰! 젠장, 멈추라고!"

문지기가 붙잡으려 하자, 남자의 수하들은 일제히 허리의 칼자루와 총을 쥐었다.

남자가 말했다.

"가서 레오닉스 아르칸젤로가 왔다고 전해라."

"네?"

"하일드의 왕자, 레오닉스 아르칸젤로가 왔다고 전하라는 거다."

정말? 정말이야? 남자는 문지기가 쥐고 있는 총을 낚아챘다. 총이 파스스— 먼지가 되어 흩어졌다. 문지기는 입을 떡 벌리고 코앞에서 쇳가루가 되어 사라지는 총을 보아야 했다.

"너희들 따위에게 나를 증명해야 하나."

전몰의 이능.

망명자 기사단주 레오닉스의 상징과도 같은 능력이다. 일정 거리 안에 있는 것은 무엇이든 가루로 분쇄해 버리는 힘이다.

문지기는 남자의 오만함을 이해했다. 아니, 취소다. 오만방자하다 못해 엎드려 빌어야 할 만큼 건방졌던 건 오히려 이 문지기다.

"기, 기다리십시오!"

"기다릴 생각 없으니 안내해."

"네. 알겠습니다."

내실 문이 열리자, 레오닉스는 손을 들어 수하들을 멈추게 한 뒤에 혼자서 안으로 들어갔다.

문이 닫히자마자 사제는 나는 듯 달려와 레오닉스 앞에 몸을 던졌다.

"어서 오십시오, 왕자님! 여, 여기는 무슨 일입니까."

교차로 교단은 누가 이 왕자를 건드린 건지 궁금하면서도 두려웠다. 의회는 집요하고 왕실은 탐욕스럽지만, 이 하일드는 그들 모두를 합친 것보다 더 골치 아픈 상대였다. 때릴 것 같지만 때리지는 않는 의회나 왕실과는 달리, 이들은 진짜 때리기 때문이다.

"어제 너희들이 소개한 사냥꾼들과 함께 간 자가 누구지."

"네?"

사제는 올 것이 왔단 생각이 들었다.

모두가 '그 고객'으로 부르는 분이셨다.

'그 고객'의 경우, 전임사제부터 시작해서 전임의 전임까지, 결코 신분을 묻지 않고 무조건 시키는 대로 해 왔다.

"물었다. 누구냐."

"아, 아주 오래된 고객이십니다."

레오닉스의 검붉은 눈이 사제를 노려보았다.

헛소리하거나 답이 시원찮으면 죽여 버릴 것 같다.

"어느 정도로 오래된 자냐."

"제 전임의 전임의…… 하여간, 아주 오래되었습니다. 이 누하에 도시가 생기기도 전에 있었던 고객이지요."

"한 사람이라고 하기에는 지나치게 오래되었군."

"그, 그렇긴 합니다. 하지만 모두가 '그 고객'이라고 부르게 된 지는 꽤 되었고, 올 때마다 다른 사람이긴 했습니다. 두어 번 정도는 같은 사람이지만, 대체로 다른 사람이죠."

"그자는 무슨 일로 오는 건가."

"이곳으로 와, 자작나무 숲까지 안내하라고만 합니다. 그 숲은 이민족들이 지키는지라, 사냥꾼들이 이민족을 상대해야 하거든요."

"그자는 그 숲에서 뭘 하지?"

"모릅니다, 그건. 원하는 것이 있다며 계속 오기는 하는데, 그가 대체 뭘 가지고 가는지는 아무도 모르죠. 전통대로, 아무것도 묻지 않습니다. 그리고 이게 최선입니다. 교차로 교단의 규칙을 아시지 않습니까. 의뢰자들에 대해서는 묻지도 않고 알려 하지도 않습니다."

"안다. 그리고 그 규칙이 뭐든, 나는 존중할 생각이 없다. 내가 물으면, 너희들은 아는 대로 답하고, 모르는 게 있으면 알아내 와서 답하는 거다."

레오닉스는 주머니 안에서 로켓 목걸이를 꺼냈다. 달칵, 소리와 함께 뚜껑이 열렸다. 청년의 초상화가 들어 있었다.

"이 남자가 온 적이 있나."

사제는 잠깐 들여다보고는 고개를 끄덕였다.

"있습니다. 이 남자가 '그 고객'이라고 온 건, 음, 그러니까 한 십 년 전이군요."

레오닉스는 로켓 뚜껑을 닫았다.

사제의 눈에, 뚜껑에 그려진 독수리의 문장이 보였다. 발카니아 왕실 문양이다. 즉, 저 초상화는 왕족의 초상화다.

"그다음에 온 적은?"

"없습니다. 다른 사람과는 달리, 정말로 딱 한 번만 왔습니다. 이번에 온 '그 고객'은 다른 사람이었습니다. 정말로 젊더군요. 소년에 가까웠습니다. 깜짝 놀랐죠. 그렇게 젊은 사람이 온 건 처음이니까."

"어떻게 생겼던가."

"턱과 이마, 손을 보고 소년이란 것을 짐작한 겁니다. 얼굴을 가면으로 가리고 있어 보지 못했습니다. 금발 머리에 눈이 파랗다는 것 정도는 알아볼 수 있었습니다."

"자작나무 숲의 의뢰만 했나."

"아니요. 이것저것 물어보고 갔습니다. 이민족들 이야기라든가, 몇 년 전 이곳으로 온 여관(女官)에 대한 이야기라든가."

"여관?"

"네. 몇 년 전 왕실이 내려보낸 여자 관리가 있었습니다. 왕족 소녀를 보호하고 교육시키는 일을 맡았다던데, 이런 곳으로 오면 뻔하지요. 귀양이지. 그에 관한 이야기를 좀 나눈 뒤 나갔습니다."

레오닉스는 그에 대해서는 더 묻지 않았다. 사제는 왕자가 관심이 없거나 이미 알고 있는 거라 판단해서 더 이상 이야기하지 않기로 했다. 그러다, 초상화의 남자와 이 젊은 왕자가 어딘지 닮았다는 것을 깨달았다. 검은 머리라든가, 콧날이라든가, 꽤 흡사하다.

설마? 아니, 아니. 말하지 말자. 저 레오닉스는 북부 하일드의 군주이자 강력한 권력자다. 말 잘못하면 끝장이다. 그리고 사제는 그것을 구분할 능력이 없었다.

"그런데 그…… 무슨 일이기에 직접 오신 겁니까."

"'그 고객'이 아무래도 내가 아주 관심을 두는 자일 것 같아서 그렇다."

"흠, 그건 누굽니까."

"카니발의 왕."

사제는 움찔했다.

"그리고 여기는 왕국이고, 너희들이 법에 관심이 없다는 건 알겠지만 황제의 측근이자 이 나라의 적이 얼쩡대도록 도와주면 벌이 꽤 혹독할 거란 사실은 알겠지."

"그, 그— 아, 알고 도운 건 아닙니다! 어제 우리들이 만난 자가 카니발의 왕이 거느린 수하인지 아닌지 저희가 어떻게 압니까."

"짐작은 해도 철저하게 모르는 척하는 게 너희들 일이지."

레오닉스는 테이블에 손을 얹고 몸을 일으켰다.

사제는 레오닉스가 '나라의 적이 얼쩡대도록'이라 말했다는 사실을 깨달았다. 그런데 당사자일 리는 없잖은가. 카니발라가 나타난 지 이십 년이 넘었다. 어제 그 청년은 잘 해야 스무 살, 그보다 어렸으면 어렸지 더 나이 들어 보이진 않았다.

사제가 급히 말했다.

"정말 몰랐습니다."

"상관없다. 하던 대로 해라. 나도 하던 대로 할 테니."

레오닉스는 앞의 문을 두드렸다. 문이 열리며 수하들이 레오닉스를 맞이했다. 레오닉스는 그들 앞을 지나며 말했다.

"수도로 출발한다. 머레이 경이 남아 내 명령을 수행하고, 신년에 보고하러 올라와라."

"네."

"또— 수도에 있는 제레미 경에게 전해라. '그가 아직 살아 있다.'라고. 그렇게만 전하면 알아서 할 거다."

"네."

"그리고……."

레오닉스는 다음 명령을 하려다 고개를 저었다.

굳이 알아보지 않아도 안다.

흑갈색 머리카락에 청회색 눈동자, 맞다.

사람 얼굴을 잘 구분 못 하는 자신이 놀랄 정도로 한눈에 알아보았다.

셰어브릴, 엘리안의 쌍둥이 누이이자 마이언 왕자의 유복녀인 바로 그 왕족이다.

인상은 변했다. 더 강하고 차가워졌다. 하지만 그 대범한 눈빛은 그대로다.

다만, 나는 왜 그렇게 놀란 건지, 또 왜 당황한 건지.

아주 강력한 인상이긴 하다. 거대한, 아주 거대하게 불타오르는 존재를 본 것 같았다.

시선을 사로잡고 심장을 움켜잡는다. 찰나지만, 모든 것을 단숨에 흐트러뜨려 놓고 사라진다. 다만, 이 정도 인상이 된다는 것이 놀랍다.

너는 대체 무엇인가. 또, 내게 무엇인가.

"글렀어."
한 달 만에 데일이 힘없이 찾아와 말했다.
수색대가 온 벌판을 휩쓸고 다녔지만 라바이는 찾을 수 없었다.
"그때 잡은 사냥꾼들에게서 알아낸 건 없고?"
"알아내기 전에 다 죽었다는군."
"저런, 어쩌다가."
"마음이 급해서 서둘러 고문하다가. 과다출혈, 쇼크, 탈수 등등이 와서 그만."
데일은 고개를 저었다. 알아내기도 전에 죽은 것만 안타까운 것이다.
브릴도 그 사냥꾼들이 딱하지는 않았다. 그래서 그들의 일은 곧 브릴의 우주에서 소멸해 사라졌다.

"메즈는 잘 지내?"

"그, 그건 왜 물어?"

데일이 황급히 되묻는다.

데일은 야하크라족과 반크족이 정신없는 틈에 메즈를 집으로 데려갔다. 그리고 지난 한 달 내내 아들 옆에 붙어 간호했다.

"메즈는 그날 나타난 하얀 신사분에 대해 알지 않을까."

각오했던 질문이 아니라, 데일은 안도하며 답했다.

"물어는 봤다."

"뭐라고 해?"

"이 근방에, 옛날부터 전해 내려오는 말이 있지. 정령의 숲으로 순례자처럼 찾아오는 자가 있고, '다른 사람이지만 같은 사람'이라 불러. 메즈는 바로 그 사람이 찾아온 거라 했다."

브릴은 곱씹듯 중얼거렸다.

"마법사—"

"응?"

"내가 보기에 마법사 같았어, 데일. 이능이라기에는 쓸 줄 아는 게 너무 많아서."

"그래, 그런 것 같다."

이능이란 몇몇 사람이 가지고 태어나는 초인적 능력이다.

물건을 띄우거나 먼 거리에 있는 사람에게 의사를 전달하는 작은 능력에서부터, 불을 만들어 내거나 근방을 얼음판으로 만드는 능력도 있다.

이것이 전투에 쓰일 만하면 기사가 되어 '이능 기사'라 불린다. 망명자 기사단의 단주인 레오닉스 역시 이능 기사다.

"우리들은 예로부터 그를 만령의 마법사, 또는 순례의 마법사라 불렀다. 시간이 지나면 반드시 한 번은 찾아오거든."

"왜 찾아오는 거지?"

"정령의 숲은 다른 세상으로 이어져 있어. 정령들은 다른 세상에서 오는 거야. 마법사는 때가 되면 숲으로 와서 그 정령 중 하나를 사냥해 가는 거야."

"그럼, 이번에는 왜 라바이를 잡아간 거야?"

"그게 문제지. 산 사람을 잡아간 적은 없거든."

"망명자 기사단의 기사는 그 마법사를 쫓아온 것 같은데, 이에 대해 아는 거 있어?"

"몰라. 망명자 기사단이 이 근처에 나타난 경우는 거의 없어서."

그 기사는 제복을 입고 왔다. 신분을 감출 생각도 없거니와 법적인 시비도 피하겠다는 의미다. 공적인 일로 왔다는 건데, 무슨 일일까.

아르노와 레오닉스 아르칸젤로 사이를 생각한다면 아르노의 일은 아니다.

생각해 보니 아르노가 엘리안 때문에 난처한 상황일 때, 아르노와 사이가 나빴던 레오닉스는 꿈쩍도 하지 않았다. 총리 역시 마찬가지였다. 숙부인 왕자들만 분주했다.

특히나 로버트 숙부가 제일 시끄러웠고, 엘리안이 그렇게 크게 문제가 된 것도 숙부가 설쳐서다. 하지만 정작, 진짜 권력자인 그 둘은 엘리안이 왕이 된다는 것을 터무니없는 헛소리로 덮어 두었다.

그때 초인종이 울렸다. 시하라가 부엌에서 나와 문을 열어 주었다.

"로들! 떠난 줄 알았는데."

시하라가 반갑게 외쳤다.

로들은 모자를 벗어 가슴에 대고 인사를 했다.

"제가 뭐…… 그렇게 뒤도 안 돌아보고 갈 수야 있나요. 안녕하세요. 아, 브릴 님. 계셨군요!"

브릴은 고개를 까딱였다.

"그토록 간절히 원하던 해방 머슴이 되었는데, 자유를 즐기지 왜 왔어?"

"하하…… 그, 그게 정이 있잖아요."

"나는 없는데."

"……제, 제가 떠나서 서운하지 않으셨어요?"

"전혀. 원래 너는 있어도 없는 거나 다를 바 없었잖아. 하는 일이 있어야지."

"……."

로들은 드디어 해방되었다.

한 일은 없고, 라바이는 여전히 실종 상태였지만, 브릴은 관대한 주인이었다. 로들은 그렇게 해방되었다.

"정말로 왜 온 거야."

"데일 아저씨가 시켜서 온 겁니다."

"나는 너 오라고 한 적 없는데?"

데일이 말했다. 로들은 당황하며 손을 저었다.

"그, 그렇긴 합니다만 어떻게 혼자 보냅니까. 아직 회복도 덜 되었는데!"

"누구 말하는 거야."

그리고 로들은 물러나, 같이 온 사람을 그들에게 보여 주었다.

데일의 아들인 메즈가 뒤에 서 있었다.

메즈는 꾸벅 인사를 했다.

"들어와."

신이 난 시하라가 차를 끓여 우유와 설탕과 함께 테이블 위에 놓았다. 모두, 시하라가 차를 따라 주었을 때는 한 모금씩 마시다가 시하라가 돌아가자 그 차를 일제히 창밖으로 버렸다.

브릴이 물었다.

"네 아들은 왜 부른 거지, 데일?"

"저기, 이놈이 로들의 빈자리를 채우게 해 줘."

"어차피 로들은 하던 일이 없어서 빈자리도 없어."

"정말 없어?"

"응. 아무짝에도 쓸모없었어."

데일은 한숨을 내쉬고는 말했다.

"미친 정령이 들렸던 아이라며, 마을 사람들이 피해. 내색은 안 하는데, 다들 내심 메즈를 밖으로 내보내길 바라고 있다."

"그 정도면 내색을 안 하는 게 아니잖아. 말만 안 하고 있다 뿐이지, 당장 내쫓으라고 압박을 주고 있는 것으로 보이는데?"

"아냐, 이해해 줘야 한다. 나도 이해해."

정령이 들리면 짧게는 며칠, 길게는 몇 달간 불안정한 상태가 된다고 했다. 이때 몹시 폭력적으로 변해, 집을 부순다거나 사람들을 해칠 때도 있다고 한다. 이런 사람들을 숲으로 들여보내면, 반쯤 짐승인 채로 숲에서 살게 된다.

브릴은 '미친 정령이 들린 상태'를 본 적이 없다 보니, 겁이 나지는 않았다. 미친 정령이라고 배척하고 싫어하는 것도 부당해 보였다. 메즈 몸에 붙었던 정령은 분명 마을 사람들을 지켜 주고, 브릴을 도와주기도 했다. 그리고 곰…… 귀엽게 생겼는데.

"내가 아무것도 모른다는 걸 이용해 떠미는 것 같은데."

데일의 표정이 몹시도 다정해졌다. 얼마나 다정한지, 브릴은 이 남자가 자신에게 목숨이라도 빚진 기분이었다.

"브릴, 메즈는 정말 안전하다. 내가 보증하지."

"담보 없는 보증을 어떻게 믿으란 건지?"

"내 양심을 담보로 할게."

"차라리 집을 담보로 잡아. 절박하게 믿을 테니."

데일은 이를 한 번 물었다 떼고는 말했다.

"메즈는 일을 아주 잘해."

"어느 정도로?"

"경비, 농사, 농기구 수리, 소몰이나 양치기, 다. 정말 뛰어난 농사꾼이다."

솔깃하다.

"혼자서 열 사람 몫을 할 수 있어."

더 솔깃하다.

"그 정도로 필요한 건 아니지만."

브릴은 앞에 있는 로들을 가리켰다.

"그럼 너는 왜 온 거야. 정말 올 필요가 없는 일인데."

"너, 너무 갑자기 일을 시작하면 안 되잖아요. 제가 가르쳐 줄게요."

"하던 일도 없던 네가, 대체 뭘 인수인계한다는 거야."

로들은 정말 게으른 일꾼이었다. 뭘 시키든 대부분의 시간을 숨 쉬면서 보냈다. 풀을 베라고 하면 손바닥만큼 베어 놓고 지쳤다 하고, 청소를 시키면 해질 때까지 빗자루만 제자리에서 흔들었다.

로들이 급히 말했다.

"시하라는 바쁘잖아요. 아, 일당은 필요 없어요. 진짜로! 메즈 형을 위한 거예요!"

그러나 데일도 브릴도, 의심 어린 눈으로 로들을 볼 수밖에 없었다.

그럴 리가 없잖아. 다른 사람도 아닌, 바로 네가.

"로들, 메즈가 할 일이 뭔지 알기는 해?"

"압니다, 알아요!"

"그럴 리 없는데. 넌 네 할 일도 모르잖아."

"……."

브릴은 시하라에게 말했다.

"시하라, 방 안내해 줘. 일단 같이 지내자."

데일이 크게 안도했다.

시하라도 활짝 웃으며 메즈의 팔을 잡았다.

"가자, 메즈."

시하라와 메즈가 2층으로 올라가자마자 로들이 뒤따라갔다. 로들이 따라가는 이유는 브릴도 데일도 모르겠다.

"로들이 메즈를 무척 따르나 봐?"

"그럴 리가 없는데? 항상 싫어했는데? 갑자기 왜 저래?"

"그런데 괜찮아? 오랜만에 만난 아들인데 좀 더 데리고 있지."

"좀 생각해 봤는데, 저 녀석과 다시 만난 건 덤이라고 생각하기로 했다. 욕심 안 부리려고. 마을에 둘 수는 없으니, 어디서든 편하게 지냈으면 해."

데일이 미소를 지었다.

브릴은 정말 귀중한 존재를 맡은 기분이었다.

데일은 좋은 사람이다. 선량하고 공정하며 너그럽다. 브릴도 이 정도 품격 있는 사람이 드물다는 것을 알았다. 그런 데일이 브릴을 믿고 아들을 맡긴다는데, 마다할 수가 없다.

"데일, 나는 당신을 만난 인연을 고맙게 생각해. 그러니 메즈도 귀중하게 여길게."

"고마워, 정말. 그리고 나도 네가 온 걸 다행으로 여겨. 신세 진 게 많아서."

"신세랄 것까지야."

"네가 없었으면, 나는 그 사건 이후 처형당했어. 메즈를 다시 만나지도 못했을 거야. 네가 여기로 와서, 또 네게 도움을 받아서, 나는 정말 행운이라 생각해."

브릴은 이상한 느낌이었다.

가슴이 흔들린다. 물렁물렁해지고 약해진 기분이다.

고맙다고. 내가 한 일이.

데일이 조용히 말했다.

"생일 축하해."

"……음?"

"왕실연감에서 봤어. 오늘 생일이더군. 축하한다."

브릴은 생년월일이 연감에 기록되는 왕족이다. 생일 정도는, 알려 하면 누구나 알 수 있다. 그런데 어머니조차 브릴의 생일을 축하한 적은 없었다. 어머니가 축하하는 건 엘리안의 생일뿐이었다. 생일이 같아 분명 같은 날 축하를 받는데도, 어느 것 하나 브릴을 위한 것이 없었다. 이번이 처음이다.

한번 축하받고 나자, 내년에 축하받지 못할까 봐 걱정된다.

약해지고, 약해진 만큼 브릴은 자신의 손에 쥔 것들이 귀중하게 느껴졌다.

숨 쉬는 공기도, 딛고 있는 땅도, 밤벌레 소리와 들짐승 소리도, 브릴이 듣고 보았던 모든 것이 귀중해지며 더욱 약해진 기분이 든다.

"고마워."

순간, 눈물이 맺히더니 갑자기 울음이 터졌다.

"브릴?"

브릴은 눈물을 멈출 수 없었다.

이제야 엘리안을 잃은 게 너무도 슬펐다.

너무 슬퍼, 정말 너무도 슬퍼, 차라리 숲에서 만난 남자가 정말 엘리안이었으면 좋겠다.

죽도록 슬프다고 고함을 칠 수가 없었다.

죽도록 아프다고 울부짖을 수도 없었다.

보고 싶어 죽겠다고, 차라리 나도 죽고 싶다고 말할 수가 없었다.

시하라의 말이 맞았다. 소리치고 화를 내고 울부짖어야, 내가 얼마나 슬프고 화가 나는지 안다.

보고 싶어, 엘리안.

네가 죽은 게 너무 슬퍼. 네가 없어서, 불러도 네가 답하지 않아서, 손을 뻗어도 너를 잡을 수 없어서, 슬퍼 죽겠어.

매일매일 보고 싶고, 지금도 보고 싶어.

너만 돌아온다면 뭐든 할 수 있을 것 같아.

네 볼에 다시 입 맞출 수 있다면, 나는 뭐든 바칠 수 있어.

며칠 뒤 브릴은 메즈가 엄청난 일꾼이란 것을 알게 되었다.

로들은 자기가 인계를 해야 한다고 좋알댔지만, 그럴 필요가 없었다. 메즈는 로들 따위에게 가르침을 받을 만한 수준이 아니었다. 너무 잘 알았다.

아침 일찍 일어나 소와 돼지들에게 여물을 주고, 소와 양을 끌어내 목동에게 넘겼다. 쟁기를 끌고 나가 밭을 갈고 가을 모종을 하며 고구마와 감자를 캤다. 남는 시간에는 지붕과 창틀을 고쳤다. 엄청나던 외풍은 상자를 닫은 듯 감쪽같이 사라졌다. 비가 내려도 물이 새지 않았다. 어디서

난 건지 모르지만 고양이 한 마리를 가지고 와서 쥐도 잡게 했다.

　그럭저럭 돌아가던 농장은 메즈가 오자 아주 잘 돌아가는 농장이 되었고, 브릴은 메즈에게 한 사람 몫의 월급을 주는 것이 미안할 지경이었다. 게다가 가끔 토끼나 꿩, 뇌조나 메추리를 잡아 와 저녁 식단에 보태기도 했다. 브릴은 그것들이 시하라의 손에 숯 덩어리가 되거나 너무 덜 익은 채로 식탁에서 올라올 때마다 아까웠다.

　어느 날 아침에는 뜰에 곰이 누워 있었다. 브릴은 세수를 하고 나왔다가 흠칫 놀랐다.

　"여기서 자살한 것 같지는 않은데."

　"새벽에 농장에 들어온 것을 보고 잡았습니다. 순순히 나갈 것 같지 않아서요."

　아직도 가지 않은 로들이 그걸 혼자서 잡았느냐고 물었다.

　"밤이라 총을 쏠 수는 없어서."

　"왜?"

　"다들 깨잖아. 그래서 목을 조르고 때려잡았다."

　참 쉬운 일을 설명하듯 말한다.

　그래, 누구나 알겠지. 곰을 세게 때리면 죽는다는 거.

　"브릴 님, 오늘 저녁에는 곰 고기를 먹도록 하지요. 남은 고기는 저장하고요."

　"곰도 먹나?"

　"네, 맛있습니다."

　그날 아침, 메즈는 곰의 살을 발라내 일부는 훈연실로 보내고 나머지는 부엌에 가져다 놓았다. 곰 가죽은 지붕에 널었다.

　시하라는 곰 고기로 전골을 만들었다. 결과는 모두가 예상한 대로였다. 브릴은 어찌어찌 먹었고, 로들은 얼굴을 구기면서도 꾸역꾸역 먹었다. 그런데 메즈는 한 숟가락 맛을 본 다음 놓았다.

"시하라."

"응."

"맛없다."

로들은 전골을 없애 버리겠다는 기세로 퍼먹었다.

"정말 맛없다."

로들이 급히 끼어들었다.

"나, 난 괜찮아, 시하라 누나! 정말 괜찮아요! 맛있어요!"

메즈는 차분하게 말했다.

"시하라, 로들이 저렇게 맛이 있다고 우기는 이유는 두 가지가 있다고 본다. 하나는 입맛이 이상한 건데, 표정을 보니 맛없다는 것을 분명히 알고 있어."

"아냐, 아니라고! 나 원래 그렇게 먹잖아! 시하라 누나, 정말, 정말 맛있어!"

그리고 더 열심히 먹었다.

"다른 이유는."

로들이 숟가락을 멈추고 긴장했다. 브릴도 빵을 뜯던 손을 놓았다.

"로들이 너를 좋아해서 그러는 거겠지."

"……!"

"그 외의 이유는 없다."

로들의 얼굴이 시뻘게지더니, 갑자기 벌떡 일어나 뛰쳐나갔다.

시하라는 기가 막혀 입을 떡 벌렸다.

브릴은 메즈를 빤히 보았다.

"왜 그러십니까."

"네가 숲으로 쫓겨난 게 정령 탓만은 아닐 것 같다는 생각이 들어서."

"……?"

브릴은 고스란히 남은 곰 고기 스튜를 옆으로 밀었다.

"그리고 메즈."

"네."

"너, 혹시 요리 하는 법 알아?"

"제가 요리를 할까요."

"아냐. 굳이…… 그럴 필요는 없고. 아니, 할 수 있다면 일단 시하라를 설득해 보자. 아니, 아니야. 네가 하지는 마."

분명 싸움 난다. 메즈에게 사람 설득하는 걸 시키다니.

그때 마당 안으로 마차가 들어왔다.

브릴은 얼른 그릇을 던지고 나갔다. 마당에는 주문한 식품, 농기구 등이 도착해 있었다. 저녁 식사를 마친 일꾼들이 그것을 받았다. 마차에 탄 배달원이 메즈에게 나무 상자를 건넸다. 메즈는 송장을 확인한 다음 브릴에게 가지고 왔다.

"뭐지, 그건??"

"브릴 님 앞으로 온 것이군요."

송장에는 정말 셰어브릴 엘리아 폰 듀카르니아라고 적혀 있었다. 두 달 전에 보낸 것이다. 예정대로 왔다면 한 달 정도 전에 도착했어야 한다. 한 달 전이라면 브릴의 생일이었을 때였다. 생일 선물이라 생각한다면 합당하다.

출발지는 수도였고, 브릴에게 선물을 줄 만한 사람이라면 에스델라뿐이다. 그런데 에스델라 공주가 생일 선물로 보냈다면 그것대로 문제다. 아직 에스델라가 브릴을 신경 쓰고 있다는 말이니.

브릴은 상자를 열었다. 그런데 안에 든 것은 의외의 물건이었다.

칼자루였다. 아주 아름답고 훌륭했다.

손으로 잡는 부분에는 밧줄 모양이 섬세하게 새겨져 있었고, 보호울에는 장미와 나뭇잎, 깃털이 화려하게 뒤엉켜 있었다. 장미는 브릴이 가장 좋아하는 꽃이었다. 그러나 칼자루뿐이었다. 검날은 없다.

이걸 왜 보낸 거지?

브릴은 설마, 하며 집 안으로 뛰어 들어가 방으로 갔다. 그리고 상자 안에 넣어 두었던 칼날을 꺼내 칼자루에 끼웠다. 칼자루와 칼날은 꼭 맞게 맞물렸다. 브릴은 검을 돌려 잡았다. 처음부터 그 칼날과 함께 만들어진 칼자루인 듯 아주 균형이 잘 맞았다.

누가 이걸 보낸 걸까.

혹시, 그 망명자 기사단의 기사인가.

그 사람이 보낸 거라면, 브릴이 누구인지 알아보았다는 뜻이 된다. 그러니 왕실연감만 봐도 알 수 있는 브릴의 생일에 맞춰 보낸 거겠지.

누굴까.

당시 수도에서 만난 사람 중, 망명자 기사단과 관련된 사람은 없다. 그 단주인 레오닉스도 만난 적이 없다. 브릴은 검을 돌려 잡은 뒤 칼집에 꽂아 넣었다.

당신이 누군지는 모르지만, 생일 선물은 고마워.

브릴은 방 밖으로 나갔다.

"맞습니까?"

"그래."

브릴은 검을 두드렸다.

"메즈. 부탁이 있는데. 나중에 정령의 숲으로 같이 가 줄 수 있어?"

"알겠습니다."

"위험하지는 않아?"

"제게 깃들었던 정령은 지금, 브릴 님의 검에 머물고 있습니다. 검의 정체는 모르지만, 제가 보기에 그 검은 아주 오래된 검인 동시에 정령을 담을 수 있는 능력이 있습니다. 그러니 이제 저는 안전합니다. 정확히 말하자면, 정령은 제 몸을 버렸습니다."

"왜 그런 일이 벌어진 건지, 그 이유는 알아?"

"모릅니다."

메즈는 단번에 말했다.

"미친 정령에 들린 후, 저는 마치 긴 잠을 자다가 드문드문 깨어나는 것 같았습니다. 저와 정령이 대면하거나 직접 이야기를 나눈 적은 없습니다."

"그렇다면, 그 미친 정령이 메즈의 몸을 가지는 건 완전 훔쳐가거나 강탈하는 거네."

"그렇지요."

"화 안 나?"

"저는 그걸, 그저 병이라고 생각합니다."

"병?"

"네. 병. 걸리지 않으면 좋겠지만, 걸린다 하더라도 그 병 자체를 미워할 수는 없지요. 치료법이 있으면 좋지만, 없다 하더라도 병에게 잘못이 있는 건 아닙니다. 그런 거라 생각합니다."

"합리적이긴 한데……."

"합리적이면 되는 문제 아닙니까?"

화가 안 나면 이상하다는 거지. 저거, 사람 맞나?

브릴은 며칠 뒤 숲으로 갔다.

숲은 물속처럼 고요했다. 새소리만 들릴 뿐, 늦가을의 숲에 남은 것은 차갑고 맑은 공기뿐이었다. 볼이 금방 차갑게 식었다. 호수 위로 감도는 바람은 잔잔했고, 하늘이 맑고 파래서 호수도 깊고 푸른빛이었다. 흰 새 몇 마리가 호숫가에 앉아 물고기를 사냥했다.

브릴은 숲으로 들어갔다. 하얗게 다져진 길을 따라 한참 가자, 지난번에 보았던 빈터가 나왔다. 그리고 아주 커다란 웅덩이가 있었다. 그 둘레에는 허리 높이 정도로 돌을 쌓아 난간을 만들었다. 돌은 엉성하게 쌓여 있는 듯 보였으나, 가까이 가서 건드려 보니 꿈쩍도 하지 않았다.

기이한 분위기가 감도는 공간이었다. 주변은 너무 조용했고, 또 이질적이었다. 숨 쉬는 공기의 결이 달라지고, 브릴을 내려다보는 하늘이 다른 세상의 하늘로 변하고, 딛고 있는 땅마저도 완전히 다른 느낌이었다.

브릴은 숨을 몰아쉬었다. 오고 싶어서 온 것임에도, 그래도 이 숲이 브릴을 노려보는 것만 같았다. 당장 돌아서 도망치고 싶은 기분마저 들었다.

브릴은 잠시 숨을 고른 뒤에 웅덩이로 다가갔다. 가까이 가서 보니, 웅덩이는 생각보다 얕고 안에는 아무것도 없었다. 맨흙이 드러나 있었다. 하얀 자갈이 굴러다녔다.

뭐야, 이거. 아무것도 아니잖아.

브릴은 난간에 손을 짚고 안을 내려다보았다. 그리고 바로 그 순간, 눈앞의 웅덩이가 변했다. 갑자기 시커멓게 물들더니 엄청난 깊이로 내려앉았다. 깊은, 너무도 깊어서 아찔한 암흑을 향해 뚫린 구멍 같았다.

"……!"

브릴은 눈을 뗄 수 없었다.

그 시커먼 암흑 속에서, 마치 섬광처럼 번뜩이는 광경이 있었다.

하늘이 보인다. 별이 보인다. 그 하늘을 헤치고 날아가는 거대한 용을 본 것 같았다. 바다로 변한다. 깊고도 깊은 바다였다. 그 아래로 고래가 헤엄치고 그 주변으로 사람만큼 커다란 은빛 물고기들이 떼 지어 나아간다. 곧 주변이 변한다. 다시 하늘 위였다. 바닥으로 엄청난 길이의 강이 흘러가는 것이 보였다. 그 위로 흰 돛을 단 배가 떠다닌다. 푸른 벌판이 보인다. 그 위로 작은 집들이 늘어져 있었다. 갑자기, 엄청난 속도로 바닥으로 가까워지더니 숲으로 들어왔다. 나무둥치가 위로 솟구쳐 올랐다. 솟구쳐 오른 둥치 위로 나뭇가지가 뻗었다. 하늘을 뒤덮었다. 나뭇잎이 부풀어 올랐다. 숲이 된다.

셰어브릴.

부른다.

자, 셰어브릴.
이리로 와.

여기로 온 이후로, 내내 브릴의 귓가로 속삭이던 목소리들이 분명해진다.
셰어브릴, 어서 와.
온몸이 분해되는 기분이었다. 가루가 되어 하늘로 날아오르는 것 같았다. 날개를 펼치고 높이, 높이 솟구치는 것 같았다. 그러다 강인한 팔로 물을 헤치는 것 같았다. 온 세상으로 향하고, 온 세상에서 나오는 것 같다.
이마에 뜨거운 기운이, 볼과 목덜미와 손에 다시 열기가 감돈다.
그것들이 입을 맞추듯 브릴을 건드리며, 다시 말을 걸어왔다.
셰어브릴.
소원을 빌 수 있으면 좋겠다.

엘을 다시 돌려줘.

순간, 허공에서 불길이 일었다. 노을빛 불꽃이었다. 그 불꽃이 흐릿하게 타오르다 곧 진해지며 곰의 형상을 만들어 냈다.

곰의 눈이 브릴을 똑바로 향했다.

소리가 들린다. 아주 분명한, 너무도 분명해서 도저히 잘못 들을 수 없는 소리가. 그리고 그 소리와 함께, 가슴 안에서 열망이 일었다. 거부할 수 없는 열망이.

이것을 받아들여야 한다, 이것을 삼켜야 한다, 내가 짊어진 의무이자 힘이다.

엘리안을 만났을 때도 이랬다. 홀린 듯 바라보고, 도저히 거부할 수 없는 욕망과 함께 아이의 손을 잡았다. 그 아이가 사라지자 너무도 고통스러웠다.

그리고 지금도, 가슴에 불길이 느껴진다.

온 세상이 속삭인다.

메즈의 눈이 커졌다.

브릴은 입술을 열었다.

"우르가나."

브릴은 곰의 눈을 보았다. 마주하자, 텅 비고 커진 느낌이었다. 동시에, 브릴은 저 곰과 함께 일체가 된 느낌이 들었다. 온 숲을 보는 것 같았다. 숲속에 숨어 있는 작은 정령들이 눈을 깜빡이고 숨을 죽이는 것을 본 것 같았다. 숲의 구석구석을 모두 본 것 같았다. 숨이 터진다. 그리고 불꽃이, 세상의 모든 불이 들어오는 것 같았다.

"우르가나—"

그래, 그거야.

계속 말하고 있다. 그 이름을 부르라고, 불러야 한다고.

그것이 너의 이름.

브릴은 검을 뽑았다. 검의 궤적을 따라 불길이 일었다. 깊은 붉은빛, 피와 빛이 어우러지는 듯 붉고 깊은 빛이었다. 그 빛이 검날을 따라 올라가, 주변으로 번져 든다.

이 빛, 언제부터 존재했는지 모를 정도로 오래된 빛이자 힘은 이제 브릴과 함께하고 있었다. 빛이 브릴을 감쌌다. 새로 태어난 기분이었다. 손발을 새로 얻는 기분이었다.

더 커지고 더 강해진 느낌이다.

알을 깨고 나와 껍질을 벗고 새로운 신이 된 것 같다.

그래, 신이 된 기분이었다.

홀로 존재하고 홀로 경배하는 신이.

내 자신이 믿는 신이며, 나 자신을 믿는 신이.

동시에 내내 브릴을 불길하게 감싸던 기이한 소리가 사라졌다. 할아버지가 가지고 있던 광증이 물려 내려오는 건 아닌지 싶었던, 그 소리들이 모두 없다.

세상은 조용하고 평화로웠다. 또한, 이 세상을 이끄는 것은 브릴 자신이 된 기분이기도 했다.

이겨 낸 기분이었다.

그리고 그렇게 브릴이 거쳐 온 세상이 잿더미처럼 쓰러지는 가운데, 그 두꺼운 잿더미 아래에서 불길이 이는 것 같다.

곧 불타는 날개가 뚫고 나올 것이다.

돌의 뼈와 강철의 발톱을 가지고.

안녕, 엘리안.

이제 나 혼자 살 수 있을 거야. 너를 잊지는 못하지. 하지만, 네가 없어도 견딜 수 있게 될 것 같아.

수도 체자는 신년 분위기에 들떠 있었다.

고작 앞자리 숫자 하나 바뀌는 것이라도, 그 하나만 바뀌어도 굉장한 일이 벌어질 거라 믿고 싶어지는 게 사람이다. 괜히 들뜨고 괜히 즐거워지고 괜히 바보짓도 한다.

제국 살데니아의 관심이 듀카르니아에 집중되고 있긴 하지만, 아직 전쟁은 바다에서만 일어나고 있었다. 사람들은 불안해하면서도 즐기려고 애썼다.

서부에서 돌아온 레오닉스는, 한동안 본국인 하일드에 있는 세피아라 궁에 머물렀다. 그곳에서 몇 달 지내며 공무를 처리하던 레오닉스가 체자로 돌아온 것은 신년 일주일 전이었다.

지금 제국은 해군을 모으고 있었다. 척후선들이 그들의 투묘지와 묘박지를 알아냈다. 그 지역들이 가진 의미는 노골적이고 구체적이었다. 누가 봐도 침략 준비 중이다.

제국은 빠르면 올해 봄, 늦어도 가을에 전쟁을 치르려 하고 있다.

레오닉스는 1월 중순까지 하일드에서 보낼 예정이었지만, 이 일 때문에 한 달 일찍 체자에 왔다. 그 덕에 신년 만찬부터 무도회까지 앉아 있어야 했다.

레오닉스가 나타나자, 역시나 사람들이 몰려들었다. 만찬장에서는 주변에 있는 사람들만 상대하면 되었지만, 무도회가 시작되자 사방에서 모여들었다.

그들은 전쟁에는 관심이 없고, 에스텔라 공주의 남편이 누가 될 것인지에 대해서만 떠들어 대고 있었다. 하일드의 왕자이자 독신인 레오닉스도 그 후보로 올라 있었다.

레오닉스와 공주가 결혼하면 하일드와 듀카르니아의 군사가 합쳐진다. 여태 유지되던, 세 연방 축의 균형이 무너진다. 그리된다면 의회는 대항도 견제도 할 수 없을 것이다. 제국은 언제 쳐들어올지 모르고, 그런 상황에서 권한 다툼은 시간 낭비였다.

그런데 정작 공주는 세상 남자가 모두 멸족해도 레오닉스와 결혼하지는 않겠다고 공공연히 말하고 다니는 중이다. 에스델라는 나이는 어리지만 권력욕과 자존심은 대단했다. 그 소녀에게 남편은 권력의 경쟁자일뿐, 사랑하고 순종하는 대가로 자신을 보호해 주는 존재가 아니었다. 권력은 오로지 여왕이 될 자신의 것이지, 남편과 나누거나 맡겨서는 안 되는 것이었다. 에스델라에게 레오닉스는 그야말로 최악의 상대였다.

상황이 이런데, 이 멍청한 놈들은 지금 레오닉스를 앞에 두고 천하제일 군사 전문가 대회를 열고 있는 중이었다.

레오닉스의 입술이 올라갈 때마다 제레미가 눈빛으로 애걸했다.

제발, 왕자님! 참아요!

"왕자님은 언제 혼인하실 겁니까. 소문이 자자한데."

레오닉스는 눈살을 찌푸렸다.

"무슨 소문."

"공주님과의 소문 말입니다."

그 말과 함께 순식간에 대화 종목이 바뀌었다.

천하제일 군사 전문가 대회에서 천하제일 아무 말 대회로.

"공주님은 올해 열여덟이 되십니다. 가장 어여쁠 나이가 되셨지요. 다들 기대하고 있답니다. 아르노 전하 다음의 자리가 레오닉스 왕자님 아니니까."

걔가 어여쁠 나이가 되든 말든 상관이 없다니까. 게다가 앞으로 열여덟이 되든 말든 지금은 열일곱인 어린애를 여자로 상대하라니.

"어리다."

"하하, 원래 여자는 어릴수록 좋은 겁니다."

그런데 여자가 어릴수록 좋다는 이놈은 열아홉 살짜리 애송이다.

너보다 어리면 대체 몇 살이란 이야기냐.

"옳은 말입니다. 남자는 나이가 들수록 그 깊이와 매력이 더해지는 법입니다. 여자는 반대로 싱그러움이 시들지요."

그런데 이리 말하는 놈은 올해 마흔이 넘었다. 스무 살 때나 마흔일 때나 일관되게 매력 없는 놈이다. 이 남자와 결혼할 결심을 하려면 취향을 포기하는 게 아니라 인생을 포기해야 한다.

"그런 남자가 있긴 할 테지만, 설마 자네가 그 경우에 해당된다고 생각하는 건 아니겠지?"

"남자의 매력이 얼굴뿐인 건 아니죠."

이놈의 경우엔, 얼굴부터 포기해야 한다.

"넘겨짚지 마라. 어차피 나와 공주 사이에는 아무 일도 없다. 있다 해도 안 좋은 것뿐이지."

"소녀의 변덕은 어디로 향할지 모릅니다. 오늘 왕자님을 싫다 해도, 내일 좋다고 할지 모르지요."

또 그 애송이다.

너를 싫다고 하는 여자는 오늘 변덕이 생겨서 싫다는 게 아니라, 네가 태어나는 그 순간부터 싫었을 거다.

"소녀가 변덕을 부리든 말든 내가 일관되게 싫다."

"그러지 마시고, 올해는 공주님과의 첫 춤에 도전해 보십시오. 모두가 기대하고 있습니다. 왕자와 공주가 사랑에 빠지는 것만큼 보기 좋은 것도 없지요. 이 도시 모든 여자들이 떠들어 댈 겁니다."

이놈들은, 아까부터 내가 에스델라는 싫다고 하는데 왜 그것부터 무시하는 건가.

레오닉스는 청년을 노려보았다.

첫 춤은 모르겠고, 올해 처음으로 처맞을 사람은 너다.

눈치챈 제레미가 고개를 세차게 저었다.

참아요, 참아. 참아 주십시오, 왕자님!

제레미가 보기에, 레오닉스는 다른 것도 문제가 많긴 하지만 성격은 유달리 문제였다.

물론 그런 인간이니 보통 사람이라면 정신쇠약에 걸려 시름시름 앓을 만한 처지에서 왕국의 실세가 된 것이지만 말이다.

어지간하면 아버지 목이 톱에 썰린 뒤 효수되고 형은 실종되고 나라까지 망한 그 시점에서 정신 놓는다. 그런데 이 레오닉스는 바로 다음 해 하일드의 해군을 재조직하고, 이어 쳐들어오는 제국군을 두 번째로 박살 냈다. 망명 왕자가 나이 열여섯에 바다의 군신(軍神)이자 제국의 주적이 된 것이다.

그때 축포 소리가 들렸다. 포성이 열다섯 번 울린 뒤에 불꽃놀이가 시작된다. 그 불꽃놀이는 이곳에 있는 모든 사람이 기다리는 장관이다.

눈치 빠른 해군성 장관 누파사 제독이 말했다.

"모두 불꽃놀이를 보러 가지요. 전망 좋은 곳을 미리 확보해 두었습니다."

다들 좋다고 일어났다.

"왕자님도 가시겠습니까?"

"아니, 제독이나 즐기게."

누파사 제독은 더 권하지 않고 남자 귀족들을 테라스로 몰고 갔다.

레오닉스는 드디어 자유로워졌다.

한숨 돌리기도 전에, 검은 제복 차림의 청년이 레오닉스에게 왔다.

"누구냐."

"죄송합니다만 시간 좀 내 주실 수 있겠습니까. 각하께서 뵙고자 하십니다."

레오닉스는 청년이 누구인지 알고 있었다. 총리 경호실의 가스파르 경이다. 그리고 이 기사가 '각하'라 칭하는 상관은 이 나라에 하나뿐이다.

"좋다."

제레미가 놀랐다.

"왕자님이 웬 일이십니까."

"헛소리하던 놈들보다야 만날 만하다. 그리고 어차피 총리와 이야기를 나누기 위해 여기까지 온 것 아닌가. 이리 만나면 오히려 낫지. 가스파르, 총리는 어디 있지?"

"궁 안에 계십니다. 제가 모시겠습니다."

총리는 궁의 내실 중 하나에서 기다리고 있었다. 궁에서 만남의 장소로 제공하는 곳이었다. 불꽃놀이가 열리고 있어, 평소라면 몇 사람이라도 있을 이 구역은 지금은 조용했다.

좁고 긴 내실에는 의자 몇 개와 작은 테이블이 놓여 있었다. 그 의자에 나이 든 여자가 앉아 있었다. 의자 손잡이를 잡은 손은 멀쩡했지만, 코트 아래로 늘어진 팔은 은빛 의수였다. 하얀 머리카락은 남자처럼 짧았고, 친절해 보이는 갈색 눈동자를 가지고 있었다.

여자가 웃으며 말했다.

"새해 복 많이 받게, 레오닉스 아르칸젤로."

"감사합니다. 총리 각하도 좋은 한 해가 되십시오."

"신년 초부터 잘생긴 젊은이를 보니 좋군. 벌써 복 받은 기분이네."

"과분한 말씀입니다."

율리아 칸토르카, 의회를 이끄는 이 나라의 총리. 그리고 혁명전쟁 때 마지막 전쟁을 승리로 이끌고 협상을 이끌어 냈던 주역이기도 했다. 당시에는 가장 젊은 지도자였는데, 지금은 가장 늙은 지도자 중 하나가 되었다.

의회는 1차 내전에서 이겨 공화정을 세웠지만, 곧 이어진 내분을 다스리지 못하고 다시 왕당파에게 수도와 변절자를 내주고 남쪽으로 도망쳐야 했다. 남쪽은 왕의 명령을 거부하고 의회의 근거지가 되었다.

그 후 몇 년간 내전이 계속되었다. 왕은 죽어도 자기가 이겨서 절대왕정을 복구시킬 거라 외쳤지만, 잇따른 패전으로 남부를 장악하지 못하게 되자 결국 휴전 협상을 해야 했다. 왕은 의회 지도자의 사면과 의회의 권한을 인정하는 협상안에 서명하고 자신을 도와준 하일드에게도 독립된 군사와 정부를 허락했다. 그 후, 이 나라는 아직은 불안한 연방 체제로 이어지고 있는 것이다.

그 주역 중 하나인 총리는 레오닉스가 존댓말을 쓰는 극소수의 사람 중 하나였다. 이룩한 업적부터 무시 못 한다. 내전 당시 총리가 보여 준 전술은 산악전의 교본이라 할 만큼 완벽했다. 우─ 몰려가 와─ 하고 싸우는 것밖에 모르던 당시 왕실 군대에 비하면, 그야말로 혁명적이었다. 또, 의회가 다시는 내분하지 않도록 이끌어 온 것도 이 총리의 업적이다.

"하고 싶은 말씀이 있으면 하십시오. 들어 드리려고 왔으니."

"자네의 최근 행적에 대해 물어볼 게 있어서 그렇다네."

"혹시, 저를 만나러 일부러 오신 겁니까?"

"아니네. 섭정공과 새해 인사를 하고 돌아가는 길이라고 해 두지. 불쾌한 사람과 만났는데, 기분 좋은 사람하고도 만나야지. 안 그래?"

요즘 총리와 섭정공 아르노는 무슨 문제로 싸우나.

세금? 뇌물? 그건 항상 싸우던 문제다.

"자네. 최근에 서부로 가지 않았나."

"어떻게 아셨습니까."

"말 전해 주는 사람이 있네. 게다가 자네, 대놓고 갔잖은가."

"별일 아닙니다."

"관광이나 쇼핑은 아닌 것 같아 보이던데?"

"비밀리에 움직인 적은 없습니다."

"공무라 적혀 있지. 하지만 자넨, 공무가 있어서 간 건 아닐 거야. 무슨 일이 벌어지든 공무로 처리할 생각으로 간 거겠지. 안 그런가?"

"맞습니다."

몰래 갔다가 들키느니, 그냥 공무 때문에 가는 거라 대놓고 드러내는 편이 나았다. '공무'라는 말 앞에서는 레오닉스는 천하무적이니.

"어떤 일이 벌어진 건지 궁금하네."

"정보 공유를 하자는 겁니까."

"그렇다네."

총리는, 무슨 일을 벌일지 짐작도 안 되는 아르노와는 달리 원칙도 기준도 분명한 사람이다. 일단, 권력을 자기 것이라 생각하지도 않는다. 어려운 상대이긴 해도 기분 더러운 상대는 아니다. 레오닉스는 받아들이기로 했다.

"하지만 각하, 제가 오늘 이런 이야기를 하게 될 줄은 몰랐던지라 무엇을 이야기하고 무엇을 하지 말아야 할지 저 혼자 판단하는 데는 어려움이 있습니다."

"다른 날 이야기하자는 건가?"

"아닙니다. 모두 내보내십시오. 저도 그럴 테니."

"왜 그러나."

"준비가 안 된 상황이라, 지금 나올 이야기가 어디까지 알려져도 되는 건지 모릅니다. 차라리 모두 내보내십시오. 측근이든, 경호든, 조카든, 친구든. 제 실수나 판단 착오로 잘못된 사실이 새어 나갈 일 자체를 차단하고 싶습니다."

"받아들이지. 가스파르 경, 나가 있게나."

"하지만 각하, 오늘의 제 임무는 각하를 지키는 것입니다."

"가스파르, 왕자가 나를 죽일 생각이라면 자네가 열 명이 있어도 죽일 수 있어. 아니, 백 명쯤 더 있어도 죽일 수 있지. 즉, 오늘 내가 죽을 날이면 아무도 못 막으니까 나가 있게."

"이건 예의 문제입니다."

"어이, 가스파르 경."

레오닉스가 말했다.

"나는 하일드의 왕자고, 하일드군의 총사령관이다. 또 하일드는 내 통치 아래에 있지, 의회의 통치를 받지는 않는다. 즉, 나와 총리는 공평하게 무례해도 되고, 예의가 없다면 기분만 나빠하고 끝낼 수 있는 사이다."

"그—"

가스파르는 할 말이 없었다. 너무나 맞는 말이다. 의회의 법령은 왕국까지, 즉 듀카르니아 왕실의 통치권 안에서만 유효하다. 하일드는 하일드의 군주가 왕실에 충성을 맹세하고 왕국의 대법령을 따른다는 것으로 끝난다. 하일드의 국민은 하일드 왕자의 국민이지, 의회의 국민도 아니고 듀카르니아 왕실의 국민도 아니다.

"그러니 나가라."

"그, 그렇다 하더라도 왕자님께는 저에게 명령할 권리가 없습니다."

"멱살을 잡아 밖으로 던질 힘은 있지."

레오닉스는 제레미를 가리켰다.

"그리고 나는 내 수하를 내보낼 거다. 자네도 가야 하지 않을까."

제레미는 벌써 나갈 준비를 하는 중이었다. 형평성 탓에 가스파르도 뒤따라 나가야 했다.

둘만 남게 된 뒤에 레오닉스가 말했다.

"자, 이제 물어보십시오."

"좋아. 왜 간 건가."

"좀 더 구체적으로 물어보십시오."

"무엇이 있길래 간 거지?"

"……."

이 사람은 무엇을 원하고, 어디까지 원하는 걸까.

이걸 세세히 계산하자니, 이 노인네는 너무 노회했다. 뭘 하든, 젊은 놈의 잔머리로 귀엽게나 보일 것이다.

"발카니아에는 전설이 있습니다. 아니, 전 대륙의 전설이라 봐야지요. '카니발의 왕' 이라는."

"하일드의 왕자와 나누기에는 낭만적인 시작이군. 전설이라니. 하지만 그 '카니발의 왕' 은 전설일 뿐만 아니라, 황제의 총신이자 황제의 마법사가 가진 별명이 아니던가."

"그렇긴 하지요."

바로 그 카니발의 왕이 아버지를 죽이고 형을 포로로 잡았다. 그 후 이 카니발의 왕은 황제가 가장 아끼는 양익(兩翼) 중 하나가 되었다. 다른 하나는 황후가 재혼할 때 데리고 온 양자인 트레빌란 공작이다.

"'카니발의 왕' 은 원래는 동대륙의 전설입니다. 어느 나라나 하나씩은 있는 마귀의 전설이지요. 강력한 힘을 가진 존재라기보다는 모사꾼, 즉 트릭스터입니다. 악마나 악신으로도 불리지요."

카니발의 왕은 수많은 전래동화에서 난처한 상황에 처한 주인공들 앞에 나타난다.

하는 말은 하나같이 같다.

자, 네 소원을 들어줄게, 내가 바라는 것을 좀 해 다오.

어떤 주인공은 파멸하고 어떤 주인공은 도리어 그 트릭스터를 속여 위기를 모면한다.

"지난번, 시고야의 요새를 탈환할 때였습니다."

시고야 섬은 원래 이민족인 보디아라족이 살던 섬이었다. 왕국은 그섬을 점령한 뒤 요새를 만들어 해군기지로 삼았다. 제국이 하일드와 대치하면서 그 섬을 점령했고, 당시 레오닉스는 다시 그 섬을 되찾기로 했다.

"그곳의 제국군과 교전할 때 저는 바로 그 카니발의 왕을 만났습니다. 스스로 그렇다고 하니, 일단 믿어 줬습니다."

"그리고?"

"상식적으로 말하자면, 카니발의 왕은 그때 죽었어야 옳습니다. 또한, 그가 정말 카니발의 왕인지 아닌지는, 나중에 제국에 카니발라가 다시 나타나느냐 마느냐로 판가름하면 되는 문제였습니다."

"그래서 어찌 되었나."

"얼마 전 '카니발의 왕'이라 자칭하는 자가 나타났다는 보고가 들어왔고, 그자가 서부로 올 거란 정보를 듣고 저도 서부로 향했습니다. 나중에 어떤 상황이 벌어지든 공무로 처리할 생각이었기에, 공식 일정에 넣었던 겁니다. 마주치기는 했습니다만, 금방 도망쳐 버리는 바람에 놓쳤습니다."

"카니발의 왕이 맞던가?"

"거의 확실합니다. 마법사인 그가 주로 쓰는 이능이 모조리 나왔으니."

"그럼, 왜 죽지 않았던 건가."

"죽었지만 다시 살아난 겁니다."

"죽이지 못한 건가, 아니면 정말 다시 살아난 건가."

"믿어지지 않게도, 후자입니다. 그는 분명 죽었지만, 분명 다시 살아난 것이기도 합니다."

"섭정공에게는 말했나?"

"말하지 않을 생각입니다. 비웃음만 당하고 끝날 테니. 자신이 이해 못 하는 모든 것을, 상대방을 비웃는 데 쓰는 자입니다. 그러니 각하께만 말씀드리는 겁니다. 당신이라면 저와 공감할 여지도 있고, 제 입장을 이해하시기도 할 테니."

"어떤 면에서?"

"저는 나라를 잃었습니다. 그리고 각하도 나라를 잃어버린 적이 있으니, 서로 동지가 될 근거는 있겠지요. 근거지를 잃은 기분, 가장 믿었던 기반을 상실한 기분이 무엇인지 아니까. 또, 그것을 지키기 위해 얼마나 절박해야 하는지도 아니까."

"왕자, 듀카르니아가 멸망한 적은 없네."

"당신들이 세운 나라는 무너지지 않았습니까."

담담하던 총리의 눈이 커졌다. 레오닉스는 바로 몇 년간 있었던 공화정부를 말하고 있는 것이다.

공화정부에 대해 이런 식으로 말하는 귀족은, 총리가 알기로는 하나도 없었다. 귀족들은 항상 '반란을 제압하고 질서를 찾았다.'고 하지, 공화파가 나라를 잃었다고는 하지 않는다. 그들에게 공화국은 반란도당이 세우고 반란 수괴가 이끌던 반정부(反政府)였을 뿐이다. 공화국을 '나라'로 인정하는 귀족은, 총리에게는 이 남자가 처음이었다. 아니다. 이 남자는 귀족도 높은 왕족, 왕관을 받을 권리가 있는 몇 안 되는 가문의 후손이다.

"자네는 항상 신기한 기분이 들게 하는군. 놀랍게도 하고, 인상적이게도 하고, 기분 나쁘게도 하고."

어린 시절 처음 망명 왔을 때부터 저러긴 했다.

이 왕자가 도착하자, 아르노는 한 달 넘게 온 체자가 보는 곳에 발카니아 함대가 서 있도록 했다. 모멸감을 느낄 수밖에 없는 박대였다. 그래도 왕자는 참아 냈고, 이렇게 있다. 어지간한 인내력과 판단력으로는 불가능한 일이다.

"왕자, 나는 자네를 내 편이라 생각했던 적이 없네. 이번 역시 그래. 자네는 내 편이라 그런 정보를 내게 주는 게 아니겠지. 나와 아르노가 적대적이기에 이러는 것일 테지. 즉, 자네는 이 일에 있어서 아르노를 같은 편으로 생각하지 않아."

"아르노가 먼저 저를 적으로 여기고 있으니, 당연한 게 아닙니까."

"지난 엘리안의 일이 생각나는군. 그때도 이랬지……. 자네가 직접 왔을 때는 놀랐고, 자네가 말한 것에는 더 놀랐네."

당시 레오닉스는 가장 신임하는 브룬델카 경과 제레미 경도 거치지 않고 직접 총리를 찾아왔다. 그리고 그가 말한 건, 총리를 놀라게 했다.

"엘리안이 가짜라고 했었지."

당시 아르노는 엘리안이 가짜라는 것을 알면서도 레오닉스나 총리가 지지하기를 기다리며 잠자코 있었다. 동생인 로버트 왕자는 설치든 말든 상관없다. 그 멍청한 왕자가 떠드는 것에 관심을 기울이는 사람은 없으니까.

그러나 아르노가 기대했던 일은 벌어지지 않았다. 레오닉스와 총리는 오히려 에스델라 공주를 지지하고 승인할 의사를 보였고, 그러자 아르노는 이제는 엘리안을 치울 때라 판단했을 것이다. 그 일은 엘리안의 석연찮은 죽음으로 마무리되었다. 엘리안이 가짜였다는 것은, 들쑤시면 오히려 왕실의 수치가 될 만한 일이었다.

"이유가 뭐든, 그때의 도움은 감사하고 있네. 이번에도 자네를 믿겠어."

"다행입니다."

"알려 줘서 고맙네."

"그럼 더 하실 말씀은 없으십니까."

"그것만 알면 되네."

"이만 나가 보도록 하지요."

"잘 가게."

레오닉스가 나오자 밖에서 기다리던 가스파르 경이 들어갔다. 제레미는 술이라도 마시러 갔는지 없다.

레오닉스는 복도를 걸었다.

복도의 벽을 따라 늘어선 창밖으로 신년 축하 불꽃이 터지고 있었다. 펑, 펑— 소리와 함께 하늘 가득 불꽃이 터진다. 그 복도 끝의 문과 이어진 홀에서는 왕실의 행진곡이 연주되고 있었다. 유명한 작곡가가 왕실에 바친 곡으로, 새해 첫날마다 꼬박꼬박 연주되어 왔다.

그 곡이 끝나자, 같은 작곡가가 작곡한 왈츠가 시작되었다. 홀의 중심으로 연미복의 신사와 화려한 드레스를 입은 숙녀가 짝을 지어 들어와 춤을 추기 시작했다. 그 사람들 사이로 아르노가 보였다. 연분홍색 드레스를 입고 자그마한 다이아몬드 왕관을 쓴 에스델라가 아르노의 춤 상대였다. 신년의 춤은 남녀의 춤이 아니라 다 함께 즐겁게 추는 군무다. 부녀지간, 모자지간, 심지어 자매나 형제들, 친구들끼리도 출 수 있다.

딸을 보는 아르노의 표정은 아주 다정했다. 아르노는 치사하고 더러운 인간이지만, 딸과 그의 정부(情婦)에게만은 진심이었다. 이 여자들이야말로 아르노가 사랑을 바치고 진심으로 보호하는 '그의 여자들'이다.

레오닉스는 홀을 보며 몇 년 전 있었던 여름 연회를 회상했다.

그것은 엘리안이 생전에 처음이자 마지막으로 참석했던 연회였다. 레오닉스는 처음부터 가고 싶지 않았다. 왕자들이 큰형인 아르노를 흔들어 대느라 아버지가 없는 조카를 이용하는 것을 거들고 싶지 않았다. 참석하지 않을 수는 없어, 레오닉스는 얼굴만 비치고 나올 생각으로 갔다.

왕의 생일 연회였지만 왕은 여전히 병중이라 그 자리에 없었다. 왕자들과 공주들은 아버지의 쾌유를 바라지 않았다. 왕은 좋은 왕이자 남편이었지만 좋은 아버지는 아니었다. 아이들 모두 유모와 가정교사들에게 맡긴 뒤에 알아서 크게 했다.

알아서 큰 아이들은 알아서 아버지를 무시했고, 왕자와 공주들에게 있어 아버지는 아버지라기보다는 그들의 왕위 계승권의 법적 근거일 뿐이었다. 각자의 수준도 참담해, 골고루 못났다. 아르노에게 견제받는 시늉이라도 당한 것은 요절한 마이언 왕자뿐이다. 아르노는 나머지 동생들은 벌레 취급 했고, 실제 벌레 이상의 일을 해낼 수도 없는 자들이었다.

그날 본 엘리안은 그림에서 나온 듯 아름다운 소년이었다.

소년은 자기가 어떤 마법을 부리는지 전혀 모르는 채 한 상대에만 열중하고 있었다. 소년이 바라보는 상대는 흑갈색 머리에 청회색 눈의 소녀였다. 아이답지 않게 화려한 얼굴에, 천적이 없는 숲에 사는 야생 짐승처럼 야생적이고 싱싱하고 아름다웠다. 평범한 어머니가 감당할 수준이 아니란 건 분위기만 봐도 알겠다.

소녀는 주변 사람에 아무런 관심이 없었다. 멋대로 큰 아이 특유의 오만함을 가진 데다 영민하기까지 해, 온건한 것에 익숙한 자들을 끝없이 불편하게 했다. 이런 소녀가 멋대로 굴어도 되는 데는, 엘리안이 한몫하고 있었다. 무슨 말을 걸어도 들어 주고, 무엇을 하든 다 들어주며 옆을 떠나는 법이 없었다. 자기들만 아는 다른 세상에서 온 소년 소녀 같았다. 자정이 되면 단둘만 아는 세상으로 사라져 버릴 준비를 하는.

짧지만 긴 시간이었다.

레오닉스가 타인을 그렇게 오래 지켜본 건 처음이었다. 그때 소년의 시선이 느껴졌다. 레오닉스는 소년을 돌아보았다. 마주치자, 소년은 놀랐다가 곧 불편하고 힘들어하는 표정을 지었다.

소년의 기분 변화를 알아챈 소녀가 소년을 잡았다. 소년은 소녀의 어깨를 돌려 레오닉스를 보지 못하게 하고는 자신의 숙부를 찾았다. 레오닉스가 누구냐고 묻는 것 같았다. 소년의 과한 경계심은 또 한 번 레오닉스의 주의를 끌었다. 레오닉스는 제복 차림이었고, 주변 태도는 그에게 공손했다. 왜 저렇게 경계하는 건지 모를 일이다.

로버트는 레오닉스를 흘끔 본 다음 소년에게 답해 주었다. 그런 중에도 소년은 소녀의 볼에 손을 얹어 소녀가 절대 레오닉스를 보지 못하도록 했다.

누구인지 듣게 된 소년의 얼굴이 창백해졌다. 레오닉스는 자리를 뜨려고 돌아섰다가, 좀 궁금해져서 다시 돌아보았다. 이제 소년은 제 어머니를 찾아가고 있었다.

왕자비는 멀지 않은 곳에 있다가 돌아보았다. 예쁘장하지만 평범한 표정과 분위기의 여자였다. 천사 같은 아들과 악마 같은 딸을 둔 어머니라고는 믿어지지 않는다.

그 순간, 레오닉스는 여자를 알아보았다.

발카니아가 멸망하기 전, 제국에서 돌아오는 형을 마중 나갔을 때였다.

봄 카니발을 앞두고 있어 역은 번잡했다. 그때 저도 모르게 고개를 들었다가, 어린 여자아이가 그를 보는 것을 발견했다. 어린 얼굴이지만 눈매 때문에 금방 눈에 뜨였다. 그리고 그날, 그 아이와 같이 있던 저 여자를 봤다. 여자는 급히 어린 딸의 손을 잡고 사라졌다.

그래, '어린 딸.'

딸 하나뿐이었다.

저리 붙어 다니는 쌍둥이가 그날은 하나만 있었다.

아들을 어디다 두고 온 걸까, 아니면…….

아니면…….

레오닉스는 지스티아의 몇 년 전 행적에 대해 알아봐야겠다는 생각이 들었다. 지스티아는 어딜 가든 자기가 간다는 걸 알려서 쉽게 추적할 수 있었지만, 딱 반년 가량의 일정이 사라져 있었다.

사라지기 직전의 마지막 일정은 어느 호텔이었고, 그 호텔에서 한 마지막 부탁은 '의사를 불러 달라'는 것이었다. 그녀의 일정이 다시 적히기 시작한 것은 발카니아를 방문한 다음이었다. 그렇게나 여기저기 여행을 다니던 여자가, 발카니아에서 돌아온 뒤에는 서부의 저택을 사서 꼼짝도 하지 않았다.

그러니까, 딸과 단둘이 왔던 발카니아를 떠난 후로는.

그런데 이상한 건, 발카니아를 떠날 때 구입한 여객선의 표는 세 장이었다.

특등석이라 구매자 이름을 남겨야 했으니 쉽게 추적할 수 있었다.

"레오닉스 왕자."

아르노였다.

레오닉스는 그를 보자마자 기분이 나빠졌다.

아르노의 딸은 아버지가 어디로 향할지 알자마자 바로 팔을 빼고 자기 친구들과 구혼자들에게 가 버렸다. 그 꼬마 공주는 자기가 레오닉스를 싫어한다고 어찌나 떠들어 대는지, 모를 수가 없다. 그렇게 나대는 이유는 간단하다. 자기가 죽어라 싫어하니, 레오닉스가 자기에게 관심을 가지든 말든 상관이 없다는 것이다. 저 소녀는 레오닉스를 자신이 거느린 구혼자 중 하나로 격을 낮추려 했다. 경솔한 행동이나, 레오닉스는 꼬마 여자애 상대로 신경전 벌이기는 하찮고 귀찮아서 무시하고 있었다.

"주변에서 이야기하는 건 귀담아듣지 말게. 말 좋아하는 자들의 헛소리니."

"각하와의 혼담에 대한 소문이 도는 건, 저도 압니다."

소문낸 당사자가 아르노라는 건 레오닉스도 알았다. 이번에는 어떻게 반응하나, 또 밑밥을 까는 것이다.

그것을 모를 레오닉스가 아니었다. 레오닉스의 아내 자리가 비어 있는 건 맞지만, 에스델라더러 앉으라고 비워 둔 게 아니다. 아르노가 이렇게 굴 때마다 레오닉스는 불쾌하기만 했다.

"조금도 신경 쓰지 않으니, 행여 제가 따님을 달라 할까 봐 걱정하지는 마십시오."

내가 언제 네 딸 달라고 했느냐는 말이다.

아르노는 눈썹이 꿈틀 움직이긴 했지만, 애써 웃으며 말했다.

"딸아이가 자네를 싫어하긴 하지. 하지만 아직 어리잖나. 자네가 관대하게 여기지."

"따님과 저의 나이 차이를 생각한다면, 따님이 불공평한 위치인 건 맞지요. 그러니 따님께서 성년이 되면, 그때 따님에게 공식적으로 말하지요."

레오닉스는 차분하게 말했다.

"싫다고."

"……."

나라에서 가장 아름다운 공주의 아버지가 들을 거라 상상도 못 한 말이긴 했다. 딸에 관한 한 온갖 아첨과 칭찬만 받아 온 아르노라, 자신이 차인 얼굴이 되었다.

"레, 레오닉스."

"이만 가 보겠습니다."

"너무 일찍 가는 거 아닌가."

"오늘 할 일은 다 끝났습니다."

더 있으면 에스델라 공주와 얽힌다. 잘못 걸리면 춤이라도 춰야 할지 모른다. 신년 첫날부터 재수 더럽고 싶지는 않았다.

에스델라도 자신이 본격적으로 혼담을 논의해야 하는 나이가 되었다는 건 안다. 또, 얻는 게 가장 많은 결혼이 레오닉스와의 결혼임을 모르지도 않았다.

레오닉스와 에스델라는 남자와 여자이기 이전에 왕자와 공주다. 그것도 한 나라의 우두머리인. 레오닉스는 하일드의 군주이고 에스델라는 여왕이 될 몸이다. 서로의 자존심과 권위를 건드리는 행동이나 언사는 금물이다. 열 몇 살 어린아이라는 핑계는, 후계자의 관을 쓴 그 직후부터 댈 수 없다. 길거리 꼬마와 왕이 될지도 모르는 꼬마는 격이 다르다. 해야 할 일도, 하지 말아야 할 일도 다르다.

엘리안이 걸려 있던 문제도 그러했다. 순진한 어린아이였지만, 그 전에 엄청난 일을 해 버린 당사자였다. 나이가 어리다는 개인 사정은 넣어 둬야 했다. 아무도 상관하지 않을 테고, 아무도 그 이유로 관대해지지 않을 것이다.

그런데 그 소년은 영리하지도 뻔뻔하지도 못했다.

누이의 사악해 보이기까지 하는 영특함을 닮지 못한 건 당연한 일일 것이다.

친. 남. 매. 가. 아니었으니까.

총리에게 엘리안이 가짜란 것을 알린 뒤, 레오닉스는 부하에게 엘리안을 데리고 오도록 했다. 거의 납치당하다시피 끌려와 하일드의 요새에 내던져진 소년은 겁에 질려 있었다.

"왜…… 부르신 겁니까."

레오닉스 정도 되는 낯선 상대와 마주한 적도 없는 아이였다. 하긴, 누가 이런 소년 앞에서 위압감과 적대감을 드러내겠는가. 귀여움받는 강아지처럼 아무나 믿고 아무에게나 안겨 왔을 테지.

레오닉스는 문 쪽을 보며 말했다.

"들여보내라."

들어온 남자를 본 소년은 하얗게 질렸다. 그 남자는 황송해하느라 고개도 들지 못했다.

"먼저 처리할 일이 있으니, 이걸로 끝내지."

레오닉스는 남자에게 돈을 주었다. 남자는 돈을 받은 뒤 방을 나갔다.

소년이 떨기 시작했다.

레오닉스가 말했다.

"저 남자는 십여 년 전 서커스단에 있었다고 한다."

"……."

"맹수들을 사육하는 일을 했다는데, 당시 조수들 중 꽤 인상적인 아이가 있었다고 하더군. 그 아이에겐 이능(異能)이 있어, 동물들과 이야기를 나눌 수 있었고, 그 덕에 그 아이가 조수로 있을 때는 정말 편했다지."

"……."

"그런데 어느 귀부인이 그 소년을 노예로 사 갔다고 했다. 상당한 거금(巨金)을 주고. 그 후, 발카니아가 멸망하고 온 대륙이 제국 황제가 일으킨 전쟁에 휘말려서 서커스단도 해체되었다고 한다. 그래서 일감을 찾아 이 듀카르니아까지 온 거다."

"그게―"

"저 남자는 너에 대해 모른다. 내가 맡긴 일을 하고 돈을 받으려고 온 것뿐이지."

소년의 눈이 두려움과 절망으로 새카맣게 굳었다.

진짜 엘리안은 죽었고 이 소년이 엘리안의 대행을 하고 있었던 것이다.

지스티아는 이 소년을 서커스단에서 사 와 엘리안으로 감쪽같이 꾸몄다. 수도에 잠깐 인사만 하고 청원을 마친 뒤 자기 집으로 돌아갔다면 아무 일도 없었을 것이다. 왕실도 알아챈다 해도 넘어갔을 것이다. 수치스러운 스캔들에 휘말리느니, 그냥 돈을 주는 편이 나았으니.

"일단, 너는 발각되면 가벼운 벌로 끝나지 않을 거다. 왕실 모독, 사기, 왕족 사칭. 이 모든 것이 중죄다. 지스티아도 마찬가지. 그녀의 경우, 네가 미성년자임을 감안하면 죄가 더 크다. 지위 박탈은 당연하고, 종신형과 처형도 생각해야 한다."

"왕이 될 생각은 없습니다. 어머니께도 떠나자고 말씀드렸고요."

"지스티아가 그러겠다고 하던가?"

"……."

아마도 그 지스티아는 이 소년이 처음부터 자기 아들이었다고 우기고 있을 것이다. 그러나 아르노는 바보가 아니다. 갓 태어난 엘리안을 알고 있고, 또 두어 살 되었을 때의 엘리안도 본 적이 있다. 아이가 자라면서 달라진다는 것을 감안해도, 도저히 넘어갈 수 없는 만큼 다르다는 것을 이미 알아챘을 것이다. 아르노의 비밀경찰 몇이 움직이고 있다는 게 그 증거다. 레오닉스가 할 일은, 아르노가 직접 움직이기 전에 이 일을 처리하는 것이다.

"내가 네 어머니에게 말하지. 귀머거리라도 그게 협박이라는 건 알 거다."

"……."

"하지만 이것으로 끝낼 수는 없다. 네가 엘리안의 이름을 가지고 있는 한, 누구든 너를 왕위에 앉히고 싶어 할 거다."

"숨어 살겠습니다."

"그것으로는 부족해. 이렇게 수도로 온 이상, 너는 계속 왕위와 얽히게 될 것이다. 그리고 아르노는 그걸 내버려 두지 않을 테지."

소년의 얼굴이 더 하얗게 질려 갔다. 죽음의 선고가 내려질 거라고 두려워하고 있는 것이다. 그러나 레오닉스는 그 정도까지는 필요 없다고 생각했다.

"거래를 하지. 너는 요양을 위해 시골로 가는 거다. 너의 병은 그 어떤 공식적인 일정도 수행할 수 없는 중병이다. 다시는 수도로 돌아오지 마."

"……네."

"네가 떠난 직후 왕세자의 딸 에스델라는 후계자가 될 거다. 나와 총리가 청원을 할 것이고, 왕이 받아들이는 형식으로. 그리되면 아르노는 더 이상 너에게 신경 쓰지 않을 테지."

"그렇게 되길 바랍니다."

"하지만 조건이 있다."

"뭡니까."

"에스델라가 후계자가 되면, 나는 꽤 귀찮은 제안을 받기 시작할 거다. 모두가 예상하듯, 나와 에스델라의 결혼이지."

에스델라, 결혼.

말만 해도 지긋지긋하다. 아르노의 사위가 된다는 것도, 매력도 흥미도 느끼지 못하는 아이의 남편감이 된다는 것도, 다.

하지만, 지금 다른 소녀가 있다. 화려한 분위기, 되바라지게 느껴질 만큼 상대방을 똑바로 보는 눈동자에 상대방이 당황하면 짓는 오만한 미소까지.

소녀에게는 태어나면서부터 가지고 나온 권위가 있었다. 핏줄과 환경이 만든 게 아닌, 그 자체가 가진 힘이다. 지금이야 맹수처럼 사납고 방자하지만, 자기 재능을 제대로 쓰는 법을 익힌다면 아주 대단해질 것이다.

그 소녀를 보며, 레오닉스는 하일드 역사 이래 가장 지겨운 문제 중 하나를 생각했다. 독립국이나 다를 바 없는 하일드를 듀카르니아와 병합시킬 수 있는 가장 평화로운 방법은 결혼이다.

발카니아가 있을 때야 연방 체제로 지낼 수 있었지만, 하일드만 남은 지금은 아니다. 합치는 게 낫다. 하일드의 직계가 레오닉스 하나만 남고 발카니아가 멸망한 지금이 다들 적기라 생각할 것이다.

그래, 하필이면 하나 남은 게 나다. 이런 상황에서, 하필이면 딱 하나 남은 게.

"내가 할 선택은 그래서 두 가지다. 에스델라와 결혼해 아르노의 부하나 다를 바 없는 사위가 되든가, 다른 왕족과 결혼해 듀카르니아 왕실과의 관계를 유지하든가. 후자 쪽이 내 귀찮은 문제를 모두 해결하면서도 하일드의 독립성을 지킬 수 있는 더 나은 선택이 될 테지."

소년이 떨리는 목소리로 말했다.

"설마, 브릴을…… 달라는 겁니까?"

"거래다."

순간, 소년이 흥분해서 고함을 질렀다.

"브, 브릴이 좋은 상대이긴 하군요! 아버지는 돌아가신 지 오래고, 약점이 있는 왕족이니까. 아니, 인질이 잡혀 있는 왕족이군요. 바로 나……라는!"

"굳이 그렇게 생각하겠다면."

너무 격한 반응이라 레오닉스는 소년을 다시 보았고, 소년의 얼굴에 놀랐다. 극심하게 고통받는 표정이었다. 그제야 소년이 열여섯 어린아이고, 심지어 또래보다 더 순진하고 상처 받기 쉬운 성품이란 것을 깨달았다.

하지만 레오닉스는 이 소년이 저지른 죄가 얼마나 큰 것인지도 알았다. 듀카르니아 왕실을 모독했고, 듀카르니아 자체를 모독했다. 왕위까지 넘보았다. 이건 반역에 준하는 엄청난 죄다. 순진한 소년과 어리석은 어른 하나가 저지른 사기로 넘어갈 수가 없다.

"너와 지스티아는 조만간 떠나라. 일은 내가 다 진행하겠다. 아무것도 하지 않아도 된다."

"브릴은요?"

"지금 말고, 나중에 생각해 봐라."

"브릴은 물건이 아니에요. 내 비밀을 지키기 위해 지불할 수 있는 것도 아니고!"

"그건 네 어머니가 결정할 문제지. 네 어머니가 지불하기로 하면, 지불되는 거다. 지금 가장 곤경에 처하게 될 건 네 어머니기 때문이지!"

레오닉스는 덤벼 대는 소년이 성가셨다.

모든 왕족들이 정략결혼을 한다. 타의와 자의에 의해. 운에 따라 좋거나 나쁘다. 왕세자 부부는 제외하는 게 좋다. 그야말로 최악의 경우니까.

"그럼, 브릴은, 브릴의 생각은요? 행복은! 마음은—"

"누구든 원하는 대로 원하는 것을 얻으며 살 수 없고, 얻는다 하더라도 행복하다는 보장도 없다. 그리고 엘리안, 네 원래 이름이 뭔지는 모르겠다만, 네가 상관할 문제도 아니거니와 권리도 없다. 너는 왕자의 아들이 아니니."

커지는 소년의 눈을 보며 말했다.

"제국 출신의 노예일 뿐이지!"

소년의 눈에 이루 말할 수 없는 절망이 보였다. 눈에 눈물이 맺혔다. 바르르— 턱이 떨리더니, 덜덜 떨리는 목소리로 말했다.

"오만하군요, 당신은."

"엘리안."

"당신 같은 사람을 하나 더 압니다, 나는."

"……"

"사람들이 이렇게 불렀죠, 카니발의 왕이라고."

순간, 레오닉스는 한 대 맞은 기분이었다. 세상이 갑자기 확 사라져 버리고, 눈앞의 소년만 남아 버린다. 이런 느닷없는 순간을 각오한 적은 한 번도 없었다. 어째서 그 이름이 여기서 나온단 말인가.

"당신 말대로, 저는 태어나자마자 버려졌어요. 부모가 누군지도, 제 출신지가 어디인지도 모릅니다. 아기이던 시절에 서커스단이 나를 사 갔고, 나를 키운 건 서커스단의 원숭이들이었으니. 단장은 카니발라, 즉 카니발의 왕이 제 주인이라고 말했지요. 그가 직접 저를 사 와서 서커스단에 맡겼다고."

"……"

"자기 물건을 간수할 만큼 철이 들자, 단장은 저에게 작은 병을 주었습니다. 저 말고도 많은 아이들이 그 선물을 받아요. 안에는 입술에 대기만 해도 숨이 끊어질 수 있는 독이 있습니다. 단장이 말했지요. 카니발의 왕은 악령이라, 사람의 육신이 필요하다. 그러나 아무 육신이나 고르는 건 아니다……"

레오닉스는 빨려 들어가는 기분이었다.

가슴 안에 구멍이 뚫린 것 같고, 그 속으로 영혼이 빨려 들어가 사라지는 것 같다.

"세 가지 소원을 말할 수 있는 자, 왕이 들어주고 싶은 세 가지 소원을 말한 자를 고른다고요. 육신을 다 줘서라도 이루고 싶은 세 가지 소원을 가지고 있으되, 왕의 마음에 드는…… 소원이 있으면, 죽어도 이루고 싶은 소원이 있으면, 그러면 그 약을 마시라고 했어요."

그리고?

그래서! 그래서 뭐냐고.

좀 더, 좀 더 이야기해 봐.

"소원이 마음에 들면 왕은 아이의 몸을 가지고, 마음에 들지 않으면 죽는 거지요."

소년의 푸른 눈이 레오닉스를 노려보았다. 증오와 분노로 시퍼렇게 타올랐다. 그러나 레오닉스는 소년을 바라보며 아무 생각도 할 수 없었다.

고통이 레오닉스의 가슴 속으로 밀려들고 있었다.

숨이 막힌다는 게, 몸이 사라질 만큼 슬프다는 게 이런 거였다.

이어 푸드덕 소리가 들렸다. 창가로 새들이 날아들고 있었다. 수십 마리의 새들이 몰려와 창문에 부닥쳐 댔다. 창에 금이 가고 깃털이 휘날렸다. 사람들이 비명을 질렀다. 깃털에 피와 살점이 섞여 튀었다. 새 떼가 소년의 분노와 교감하며 날뛰고 있다.

"엘리안―"

레오닉스는 일어났다.

"엘리안!"

그리고 쿵―

레오닉스가 벽을 치는 순간, 망치로 내리친 듯 급작스런 정적이 왔다.

새들이 일제히 도망쳤다. 깃털이 날렸다. 금간 유리창이 쪼개진 하늘을 비추었다.

'짐승을 부리는 소년'이라는 말은, 비유나 칭찬의 의미가 아닌, 정순(正順)하게 사실만 전달한 것이었다.

"일주일."

레오닉스가 말했다.

"······."

"일주일 주겠다."

"저, 저는······."

"선택이 아니다. 명령이자 협박이고, 협박이자 강요다! 너는 그 무엇도 고를 수 없고, 내가 원하는 것은 절대 가져갈 수 없다. 내가 원하는 건 내려놓고, 허락한 것만 가지고 간다. 아무것도, 아무것도 없었던 것처럼."

"······."

"나가서 생각해라."

"······."

"당장!"

그러나 소년은 노려보고 있었다.

가짜라는 것이 들켰을 때 얼굴에 비친 것은 고작 죄책감과 두려움이었다. 그런데 '결혼' 이야기가 나오는 순간에 소년이 보이는 분노는 엄청났다. 앞에 있는 남자가 하일드의 왕자란 것도, 절대 상대할 수 없는 강자란 것도 잊어버린 듯 보였다.

소년은 돌아갔고, 일주일 뒤 죽었다.

소년의 시체는 그날로 치워졌다. 다음 날 왕자비 지스티아도 실종되었다. 에스텔라는 한 달 뒤 후계자가 되었지만, 남은 소녀는 아르노의 명령에 의해 서부로 보내졌다.

한 가족이, 왕이 될지도 모른다던 소년의 가족이, 하룻밤 새 감쪽같이 치워진 것이다.

그리고 레오닉스는 서부 숲에서 카니발라를 다시 만났다.

금빛 머리카락과 흰 얼굴에 호리호리한 몸의 청년으로 되살아난.

아닐 거다, 라고 생각하면서도 흐릿하게 본 그 모습에서 누군가를 연상하지 않을 수가 없다.

"왕의 마음에 든 세 가지 소원."

"소원을 빌고 약을 마십니다."

"소원이 마음에 들면 왕은 아이의 몸을 가지고, 마음에 들지 않으면 죽는 거지요."

레오닉스의 장점 중 하나는, 나쁜 상황은 절대 부정하지 않고 빨리 받아들인다는 것이다.

그래, 카니발의 왕이 돌아왔다.

시고야의 요새에서 죽인, 바로 그 황제의 마법사는 결국 불멸이다. 이번에는 엘리안의 몸으로 되살아난 것이다. 세 가지 소원과 독약으로 카니발라를 불러 육신으로 거래를 해, 그 몸을 가지는 것이다.

핑—

쏘아져 오른 불꽃이 허공을 할퀴고 올라간다.

레오닉스는 창밖을 보았다.

당시 그 제안을 했을 때, 엘리안은 자신이 인질이라 했다. 그러나 레오닉스에게는 굳이 인질을 잡지 않아도 고분고분 자기 딸들을 내놓을 왕자들은 많았다.

엘리안의 존재는 오히려 폭탄에 가까웠다. 언제라도 아르노에게 붙잡힐 트집거리이자 협박거리였다.

그럼에도, 레오닉스는 말은 그렇게 했다.

원한다는 말이 아닌, 필요하다는 말을 했다.

"……."

깨달음이 깔려 온다.

발을 적시고 세상을 물들이는 깨달음이.

단순하고도 분명한 이유다.

서부로 수하를 보낼 때도, 굳이 보낼 필요는 없었다. 직접 간 것도, 굳이 직접 할 필요는 없었다.

그런데 레오닉스는 계속 '굳이' 무언가를 하고 있다.

이유가 있으니까.

이 모든 것을 '굳이' 하게 만드는 이유가.

여름 연회, 뜨거운 햇살, 이계에서 온 짐승 같던 소녀가 그 이유다.

그건, 인상적이면서도 강력하고 순수한 체험이었다.

같은 순간, 같은 시간, 같은 공간이 공유되는 순간 질감이 달라졌다. 세상이 바뀐다. 그 안에 있는 레오닉스가 바뀌었으니 그런 거다.

다시 만나고, 소녀가 그를 인식하고 돌진하듯 달려와 붙잡고, 말을 걸자 피는 휘몰아쳤다. 목을 적시는 갈망이 몸을 덮었다. 저 아래에서 울려오는 북소리 같은 울림과 함께.

그것은 마치 기둥과도 같았다.

박힌 그 순간, 온 세상에서 그것을 보게 된다.

그 암사자 같은 두 눈동자를 어디에서도 보고 어디에서도 느낀다. 가슴을 당기는 갈망과 함께.

왜 그리도, 내가 왜 그리도 멍청한 짓들을 했던 건지.

네가 적당하다 생각한 게 아니다.

원했다.

이것뿐.

이 외에는 없다.

이걸 언제 또 보겠는가. 위력적인 불꽃을 품은 눈과 온 세상과 마주해도 보이는 위엄을, 그 누가 보여 주겠는가.

그러니, 설렘이 함께한다. 진귀하고 아름다워서, 가슴이 뛰어서.

불꽃이 다시 올라간다. 어둑어둑한 복도 너머로 그 불길은 검은 하늘을 할퀴고 펑— 터진다. 찬란한 빛이 세상을 밝혔다.

곧 어두워진다.

더 깊은 어둠이다.

❖

"아버지."

아르노가 오자 공주는 웃으며 일어났다.

"에스디."

아르노도 딸이 내미는 손을 잡았다.

에스텔라는 장미꽃 속에서 꺼내 온 듯 아름다운 소녀였다. 세상 어느 소녀보다 아름답다.

희고 예쁜 어깨를 드러낸 드레스에, 금빛 머리카락을 틀어 올리고 다이아몬드 왕관으로 장식했다. 그 중앙에 박힌 진하고 큼직한 에메랄드가 공주의 푸른 눈과 어울렸다.

"이만 들어갈 시간이구나."

에스텔라는 아쉽다는 듯 말했다.

"저는 언제쯤 밤새 연회장에 있을 수 있을까요."

"나 말고 다른 남자가 너를 네 방까지 인도할 수 있게 되면 그리될 거다. 물론, 나는 속상할 테지만."

"그리 말씀하시는 걸 보니, 올해 제가 할 일은 약혼자 찾기인가 봐요?"

"굳이 올해 할 필요는 없단다. 사실, 나는 영원히 그럴 날이 없었으면 좋겠다. 세상의 모든 젊은 남자가 너를 원해 전쟁이라도 벌일 테지만, 나는 누가 오든 반대할 것 같아. 누가 오든, 너에게 보내기에는 너무 한심하거든."

딸의 얼굴은 밝지 않았다.

"시집가기 싫어요. 남편이 생긴다는 건 항상 싫어요."

"내가 좋은 모범을 보이진 못했지."

"그것 때문이 아니에요. 저는 어머니 일로 아버지를 원망하지 않아요."

에스델라는 제 친모를 경멸했다. 그러면서도 어머니와 같은 운명이 되는 건 두려워했다. 어머니가 쫓겨나다시피 한 것이 자업자득이라 생각하지만, 자기도 그리 될까 봐 두려워하는 것이다.

"레오닉스 왕자와는 무슨 이야기를 하셨나요."

"결혼 이야기는 아니니, 걱정 마라."

"그 남자는 제 약혼자 후보에 넣지 말아요. 아시죠?"

"안다. 안 해."

딸이 레오닉스를 싫어한다는 건 이미 소문날 대로 났다.

에스델라는 레오닉스가 다른 여자들에게는 선망의 대상이지만 자신은 결코 탐내지 않는 것을 공공연하게 보이고 있다. 에스델라는 나이는 어리지만 분수를 알았다. 자신이 다룰 수 없는 남자와 있는 남자를 잘 구분했다. 레오닉스는 정말로 다룰 수 없는 상대였고, 그런 사람에게 에스델라는 항상 분노를 보였다. 질투이자 경쟁심이었다.

"그런데 아버지, 할 말이 있어요."

"하려무나."

"셰어브릴. 제 사촌 언니 말이에요. 아시죠?"

"내가 모를 것 같으냐."

관심 없다는 듯 말했지만, 아르노는 브릴이라는 이름만 나오면 항상 미신적인 불길함을 느꼈다. 지금도 그러하다. 저 멀리 치워 두고 싶고, 이런 식으로 언급되면 아주 나쁜 일이 벌어질 것만 같다.

"하지만 소식 끊어진 지 한참 되지 않았더냐."

"그렇긴 하죠. 그런데 말이에요, 아버지. 마리안느가 자기 친척이 서부로 여행을 갔다 왔다는 이야기를 하는 바람에 기억이 났지 뭔가요. 셰어브릴은 서부에서 잘 지내고 있을까요?"

"모르겠구나."

"그래서 생각난 김에 올 봄에 셰어브릴을 초대하고 싶어요. 몇 년 만인가요. 사 년 만인가, 오 년 만인가?"

아르노는 딸의 얼굴을 살폈다. 우연히 들었을 리는 없다.

아르노는 마리안느란 친구가 누군지도 모르고, 아마도 딸도 모를 것이다.

아버지인 아르노가 죄책감을 가질 수밖에 없는 이야기를 꺼낸 뒤에 이런 부탁을 하는 이유가 뭘까.

셰어브릴이 무엇을 하겠나. 부모도 없고 재산도 없거니와 시골 수녀원에서 몇 년 사느라 변변하게 컸을 리도 없다. 그런 사촌 언니를 이곳으로 불러들여, 괴롭히거나 망신을 주는 건 일도 아니다.

활짝 웃는 딸의 눈에 잔인함이 비쳤다. 브릴은 성년이 되었다. 감시자로 붙여 보낸 반누카 부인을 돌려보낼 핑계가 생겼다. 사촌 언니에 대해 잊은 줄 알았더니, 이미 그날을 대비하고 있던 것이다.

에스델라는 원하는 건 반드시 해야 직성이 풀린다. 아르노가 반대한다

하더라도 무슨 수를 동원해서라도 하고 싶은 대로 해 버리고 말 것이다. 그러나 아르노는 딸의 소원을 들어줄 수가 없었다. 지난 반누카 부인의 일이 얼마나 아슬아슬했는지, 딸은 아직 모른다. 조금만 잘못되어도 사람들 입에 오르내릴 테고, 그러면 아르노의 정부(情婦)는 반드시 언급되었다. 아르노의 정부는 아무 상관도 없는 모든 왕실 여자들의 명예를 대표해야 했다.

"지금은 들어가자. 늦었구나."

"셰어브릴을 초대하는 건 허락해 주시는 건가요?"

"사람을 보내도록 하마."

"고맙습니다, 아버지."

에스델라는 아버지의 손을 놓고 연회장을 나섰다. 사람들이 에스델라의 뒷모습을 선망을 담아 바라보았다.

에스델라는 어디서든 인기가 좋았다. 에스델라의 옷, 모자, 마차, 말, 모든 것이 항상 신문에 실렸다. 에스델라가 입거나 신거나 쓰는 모든 것이 유행했다. 에스델라는 이 체자가 숭배하는 동화 속 공주님이었다. 이 모든 것을, 아르노는 딸이 후계자가 되자마자 완벽하게 준비시켰다. 모두가 공주의 안목을 칭찬하나, 아르노가 붙여 준 전문가들의 솜씨였다. 공주의 호위 기사들도 그런 목적으로 골라 붙였다. 공주가 잘생긴 호위 기사들과 행사에 나가면, 그야말로 그림 같은 행차였다. 에스델라가 그런 대접을 받으면 받을수록, 왕실은 신비롭고 숭고하지만 실체를 가질 필요는 없는 존재가 될 수 있었다.

그리 노력한 것을, 허튼 스캔들로 날려 보낼 수 없다.

셰어브릴, 그 계집애는 굉장히 멀리 보내는 게 나을 것 같다. 에스델라가 찾지 못하는 곳으로. 내일 아침이 되자마자 시작해야겠다. 당장 서부로 전령을 보내, 셰어브릴을 더 먼 곳으로 추방하라 해야겠다.

"지겨워."

에스델라는 방으로 돌아오자마자 투덜댔다.

구혼자들은 다 형편없다. 못생기거나 지저분하고, 지저분하거나 주접스러웠다. 재미도 없고 재치도 없다. 그들이 굽실거리면 기분이 좋아지는 게 아니라 모독당하는 기분이었다. 이놈들은 자기 주제도 모르나. 저런 얼굴로, 저런 태도로 내가 매력을 느낄 거라 생각하다니. 에스델라는 남자들, 특히 눈을 번들대며 자신을 탐내는 남자는 다 싫어했다. 혼자서도 여왕 노릇을 할 수 있는데, 어째서 그리 정떨어지는 남자들과 결혼해야 한다는 거야.

시녀들이 공주의 보석을 떼어 보석함에 넣자, 에스델라는 모두에게 명령했다.

"잠깐 혼자 있을래. 나가 있어 봐라. 필요하면 부를 테니."

"네, 공주님."

시녀들이 물러나자, 에스델라는 하품을 하고는 발코니를 돌아보았다.

불꽃놀이 중이다. 펑— 펑— 큰 소리가 울리며, 하늘이 번쩍인다.

찬바람이 불어와 커튼이 부풀어 오르고, 동시에 커튼 너머로 그림자가 비쳤다.

낯선 청년이 난간에 손을 얹고 정원을 보고 있었다. 흰 연미복 차림이었다. 몸매는 근사하다. 어깨는 잘 빠지고 다리도 길었다. 연회장 안에서 봤다면 저 청년이 누구냐고 물어봤겠지만, 이곳은 공주의 개인 공간이었다. 에스델라는 이렇게 개인 공간으로 불쑥 들어오는 것을 남자의 낭만으로 넘어가 줄 생각이 없었다.

"이봐, 당신. 당장 나가지 않으면 호위를 부르겠다. 바로 체포되어 감옥으로 갈 테고, 결코 가볍게 끝나지 않을 거야."

청년이 고개를 돌렸다. 얼굴 절반이 하얀 유리 가면에 덮여 있었다.

남자가 얼굴을 가리고 있다는 것이 에스델라를 몹시 불쾌하게 했다.

구혼자도 구애자도 아니다. 침입자다.

"……마지막 춤."

남자가 달콤한 어조로 말했다.

"저는 당신과 마지막 춤을 추러 왔습니다."

청년은 가면을 벗었다. 하얀 유리 가면은 청년의 얼굴을 떠나자 가루가 되어 부서져 흩어졌다.

에스델라는 드러난 청년의 얼굴을 멍하니 바라보았다.

나이는 스물이나 되었을까. 그러나 너무나 아름다웠다.

우윳빛 흰 피부와 콧날이, 금빛 머리카락이 물결치는 이마가, 신비롭고 진귀한 보석을 녹인 듯 맑고 푸른 눈이, 너무 아름답다.

공주는 감탄했지만, 곧 섬뜩한 사실이 기억났다.

이 얼굴, 분명 본 적이 있어.

그때는 이런 표정도 눈빛도 아니어서 순간이나마 몰라본 것이다. 게다가 그 당사자는 열여섯에 죽었다. 그 이후에 대해 생각해 본 적이 없었다. 하지만 이 청년은 훨씬 나이를 먹었다.

"엘리안?"

청년이 웃었다. 비웃음이기에 에스델라는 오싹했다.

"그래, 엘리안. 이 몸의 이름이었겠지. 엘리안."

에스델라는 겁에 질려 물러났다. 손발이 덜덜 떨렸다.

악령!

그래, 악령이야.

"어떻게……!"

"세 가지 소원."

청년은 손가락 세 개를 펼쳤다.

"그 아이가 내 마음에 드는 세 가지 소원을 말했으니까."

"무슨 소리야!"

"그게 뭔지 가르쳐 주지. 어차피 너는 다른 사람에게 말 못 할 테니."

청년은 에스델라의 손을 잡아당겼다.

에스델라는 그가 이끄는 대로 가야 했다.

마법에 걸린 듯 몸이 춤을 추고 있었다. 무서워서 비명을 지르고 싶었지만, 입이 열리지 않았다. 남자가 이끄는 대로 백조처럼 춤을 출 수밖에 없었다.

"하나는, 지스티아가 침묵하고 아무 일도 하지 못하게 되는 것."

청년은 에스델라의 허리를 감싸듯 잡은 다음 몸을 숙였다. 하얀 장미처럼 향긋하고 아름다운 얼굴이 에스델라의 얼굴 앞에 있다.

"자, 그건 들어줬어. 깨어나자마자."

그리고 싱긋 웃었다. 차갑고 잔인한 미소, 뱀이 웃는 것 같은 미소다.

"다음은 아르노의 절망."

청년은 에스델라의 볼에 입을 맞추었다.

"아!"

일순, 가슴에 돌이라도 박힌 것 같은 끔찍한 고통이 와서 에스델라는 비명을 지르며 무릎을 굽혔다.

"여기까지는 시시하지. 내가 미워 죽는 사람을 처리해 달라니, 이 무슨 시시한 소원이야. 그런 소원을 비는 사람은 너무도 많아. 죽도록 사랑하기도 쉬운데 죽도록 미워하는 건 더 쉽거든."

에스델라는 심장이 아파 왔다. 숨을 몰아쉬며, 너무 무서워서 발버둥치며 몸을 움츠렸다.

"하지만 마지막 소원은—"

남자의 차가운 손가락이 에스텔라의 턱을 건드리고 목덜미를 쓸어내렸다.

"마지막 소원이 너무나 마음에 들어서 이 몸의 소원을 들어주기로 했어."

"이러지……!"

에스텔라는 심장이 쇠처럼 묵직해지는 것을 느꼈다.

온몸이 얼음 덩어리로 변하는 것 같다.

"그건 바로……."

남자가 귓가에 속삭였다.

"레오닉스, 그 젊은 흑사자의 심장."

에스텔라의 눈이 멎었다.

"그건 나도 가지고 싶던 거였거든. 그래서 소원을 들어주기로 했어."

청년은 소녀의 이마에 입을 맞추고 허리를 잡은 손을 놓았다. 소녀의 몸은 침대 위로 흐르듯 쓰러졌다. 밤바람이 이마에 드리워진 금빛 머리카락을 흔들었다.

"잘 가, 에스텔라."

소녀는 금빛 머리카락을 치렁치렁 늘어뜨린 채 허공을 바라보고 있었다. 아, 어여쁘지만, 그저 어여쁠 뿐이지.

백합처럼 어여쁘지만 세상에 흔한 백합.

원하는 느낌은 이런 게 아니다. 좀 더 서늘한 눈을 가진, 좀 더 긴 목과 곧은 어깨를 가진, 오만하고 대범한 표정을 지닌 그 얼굴이 좋겠군.

여자의 얼굴과 눈빛은 불꽃이 감긴 낙인이 되어 그의 두 눈과 하나의 심장 안에 박혔다.

아. 그래. 이렇게 불러 주지.

차가운 밤의 공주님.

밤의 어둠처럼 우아한 영혼, 겨울 달을 닮은 눈동자, 가식적인 미소는 지을 줄 모르지만 한번 웃어 주면 햇살처럼 진솔하지.

그 웃음을 보면 누구도 잊을 수가 없어, 금방 사랑에 빠져 버리지. 가엾은 엘리안처럼 말이야.

너, 엘리안.

너는 문을 열고 들어온 그 소녀를 본 순간 사랑에 빠져 버렸어.

가슴이 두근거렸지? 너무나 눈부셨지?

마법사는 손바닥에 입술을 댔다.

가엾은 엘리안. 너는 그날 너를 잃어버렸지. 사랑에 빠졌다는 말로도 부족할 거야. 세상이 새로 열려 버렸거든.

그녀가 존재하는 세상이, 엄청난 세상이 새로 시작되었어.

마법사의 입술에 미소가 나타났다.

열기가 심장으로 번져 든다.

그래, 밤의 공주님.

바로 이 느낌이야.

멀리서 시녀의 비명이 터졌다.

"공주님, 공주님이!"

"세상에, 공주님!"

공포의 비명과 고함이 들린다.

"누가 좀!"

"의사를!"

"공주님이!"

불꽃이 화살처럼 날아오른다.

자, 펑—

청년은 밤하늘을 향해 팔을 뻗고 손을 활짝 펼쳤다.

불꽃이 검은 하늘에 붉은 날개처럼 펼쳐진다.

세상이 찬란해진다. 하늘이 빛난다.

이제 별을 삼킨 듯, 온몸이 벅차오른다. 별빛이 심장에 가득하다. 달빛이 피에 섞인다.

어둡고 비열한 정적이 끝나면, 두툼한 잿더미 아래에서 불길이 치솟을 거야. 그 날개에 모든 것이 화려하게 불타오를 거야.

그리고 세상이 움직일 테지.

쿵, 쿵 뛰는 심장의 소리에 맞추어.

자, 나는 카니발의 왕.

이 세상은 붉고 찬란한 카니발.

왕이 없는 세상이니, 사람들은 그 축제를 찾아가 거짓 왕을 경배하지.

이건 헛된 카니발, 나는 카니발의 왕이자 세상의 거짓 왕.

세상의 진짜 왕이 올 때까진, 내가 왕이지.

❊ 제 4 장 ❊

소환

연말이 되자 서부 평원을 휩쓰는 바람이 엄청나졌다. 매일매일 용이 날개라도 치는 듯 엄청난 소리가 들려왔다. 지붕은 잡아 뜯겨나갈 것 같았고, 문도 창문도 날아갈 듯 들썩댔다.

메즈는 밧줄로 지붕을 고정하고 창의 경첩도 손보았다. 로들은 여전히 아무 일도 안 했으며, 시하라는 바람막이 천을 만들어 창에 댔다.

그렇게 추워도 신년은 왔다.

브릴은 모두에게 새해 복 많이 받으라고 하며 돌아다녔다. 메즈는 그런 건 기원한다고 되는 게 아니라고 말했고, 로들은 심드렁했다. 반크족과 야하크라족의 신년은 열흘이나 더 남았기 때문에, 듀카르니아가 따르는 세계력의 새해 첫날에 신날 이유는 없다는 것이다. 그런 로들을 보며, 브릴은 이 녀석은 왜 아직도 안 가는 건지 아주 궁금했다.

그나마 사람의 예의를 아는 시하라는 신년 기분을 내 주겠다며 명절 요리를 배워 왔다. 새해 푸딩, 오븐에 오래 구운 쇠고기, 양념과 함께 푹

끓인 닭고기 스튜, 계피와 꿀에 재운 사과라고 주장하는 요리가 나왔다.

그러니까, 주장하는.

푸딩은 모래 섞은 것 같고, 쇠고기는 질겼고, 스튜는 양념이 잘못 들어갔고, 사과는 질퍽거렸다. 로들은 꾹 참고 씹기 시작했지만 메즈는 바로 포크를 놓았다. 메즈가 무슨 말을 할지 뻔해, 브릴은 재빨리 말했다.

"메즈, 원래 이런 맛이야. 먹던 것과 아주 똑같아."

"왕국에는 신년 초에 음식으로 저주를 하는 풍습이 있는 겁니까? 아니면 몸을 학대하며 새로운 다짐을 하거나."

"……메즈."

"굳이 이런 음식을 먹는 거라면, 그 이유 외에는 없어 보입니다. 맛이 없으니까요."

"……그렇게 말하지 말라고 했지."

"브릴 님에게 말한 겁니다. 충고하신 대로 시하라에게 직접 말하지는 않았습니다."

"……잘 들리는 거리에서 그러면 아무 소용없잖아."

시하라는 바로 그 메즈의 등 뒤에서 노려보고 있었다.

두어 달 전 브릴은 차라리 아무 일도 안 하는 로들에게 음식을 맡겨 보자 했지만, 시하라가 로들이라는 인간 자체를 경멸해서 그럴 수 없었다. 브릴이 보기에 로들이 유일하게 할 수 있고 즐기기도 하는 일은 요리뿐이었다. 아무 쓸모도 없어서 그나마 쓸모 있는 걸 시키고 싶은 거였으나, 시하라의 고집으로 안 되었다.

"그리고 왕국 음식은 원래 맛이 없어."

"하지만 이 정도로 맛이 없—"

"응. 맛없어. 이게 정상이야."

메즈의 얼굴에 브릴이 보기 탐탁잖은 표정이 떠올랐다.

바로, 연민.

뭐야, 저건.

물론 왕국 음식이 맛이 이상한 건 사실이다. 소위 '음식 전문가'들은 기름진 음식은 인간의 정신을 나태하게 한다고 하며 이상한 요리법만 전파했다. 그러나 인간의 본성은 나태한 쪽을 선호하게 되어 있다. 그래서 왕국 음식은 이제 왕국에서조차 안 먹는 음식이었다.

그 후, 시하라가 준비한 신년 음식은 아무거나 먹는 브릴과 어떻게든 견디고 먹는 로들이 먹긴 했다. 싫은 일은 죽어도 안 하는 메즈는 자신이 직접 구운 감자만 먹었다. 나중에 브릴과 로들도 그 감자를 얻어 가, 치즈와 버터를 뿌려 먹었다. 정말 맛있었다.

마을은 아직 라바이를 찾지 못해서 분위기가 침울했다. 야하크라족은 포기했다. 라바이의 어머니는 받아는 들였지만, 사람들이 너무 빨리 포기한 것에 실망하고 원망도 하고 있다고 했다. 메즈를 마을로 데리고 온 데일이 듣는 비난은 이루 말할 수가 없었다. 이 일에 대해서 메즈도 시하라도 말하지 않았지만, 로들은 입이 버들잎처럼 팔락대는지라 감자를 먹으며 다 이야기했다.

다음 날, 브릴은 누하에 가서 교차로 교단의 문을 걷어찼다. 그들은 브릴을 들여보내 주지도, 나와 보지도 않았다. 브릴이 판단하기로, 이들이 이러는 이유는 두 가지였다. 하나는 그 마법사가 말도 못 하게 무서운 사람이든가, 다른 하나는 망명자 기사단에서 휩쓸고 갔든가. 브릴은 몰랐지만, 둘 다였다.

그런데 이 일에 있어 브릴이 가장 만만한 상대라 판단한 교차로 교단은 브릴이 돌아가는 길에 기습했다. 그들 중 일부는 브릴에게 얻어맞아 나가떨어졌고, 나머지는 메즈가 마침 들고 있던 감자 자루에 맞아 반 죽었다. 반만 죽은 이유는, 브릴의 눈빛—그거 먹는 거잖아—을 보고 얼른 감자 부대를 놓고 발로 걷어찼기 때문이다. 맞는 입장에선, 앉은 자리에서 감자 자루로 맞는 것과 걷어차여 날아가는 것 정도의 차이가 있을 뿐 아프기는 매한가지였다.

메즈와 브릴은 손을 털고 광장으로 향했다.

"젠장."

성과도 없는데 시비까지 걸렸으니 둘의 기분은 몹시 나빴다.

그때 시청의 종이 울렸다. 시간은 정오인데, 종은 세 번 울리고 멈추었다. 사람들이 여기저기서 한숨과 탄식을 내쉬었다.

상황을 모르는 메즈가 주변을 둘러보고 물었다.

"왜 이러는 겁니까."

"조종(弔鐘)이야."

축하의 종은 다섯 번, 조종은 세 번이다.

시청의 종이 울릴 정도라면, 아주 중요한 인물이 서거한 것이다. 광장 사람들이 하나둘 모자를 벗었다.

할아버지인 국왕 필파니온일까?

나이도 나이거니와, 병 때문에 다들 이제 좀 죽어 줬으면 하는 존재다.

그럼, 이제 아르노가 즉위하게 된다. 왕이 되는 것이다. 그리되면, 이제 다음 여왕은 에스델라다.

"가자."

"확인 안 하실 겁니까?"

"어차피 전령이 올 거야. 할아버지 일일 게 뻔한데, 뭐 하러 확인해."

"브릴 님께 그다지 중요한 분이 아닌가 보군요."

"한 번도 뵌 적이 없어서 아무 생각도 안 들어."

"어떤 분입니까."

"내가 어렸을 때 의회에서 발작을 일으키셨대. 당장 퇴위하시는 게 맞앗지만 사정이 복잡해서 그러지는 못하고 백부님이자 왕세자인 아르노가 섭정공이 되었다는 것만 알아. 할아버지 일로 조종이 울린 거라면, 드디어 편안한 안식에 들어가신 셈이지."

"그렇군요."

"할아버지의 아들딸 중에 진심으로 슬퍼할 사람이 있겠지. 할아버지를 사랑하고 할아버지와 좋은 기억이 있는 사람 말이야. 나는 아니지만."

브릴은 고개를 저은 다음 물었다.

"우리는 우리 일이나 신경 쓰자. 메즈, 그 마법사에 대해 아는 건 없어?"

"말씀드린 대로 얼굴만 좀 기억납니다."

"그날 처음 본 거야?"

"몇 번 왔을 테지만, 제가 본 건 처음입니다."

메즈가 숲으로 들어간 게 4년 전이라 하니, 최근 4년간은 오지 않았단 거다.

메즈에게 그 사람 얼굴을 좀 그려 보라 했지만, 메즈는 이상한 걸 그려 놓았다. 얼굴과 팔다리로 추측 가능한 게 붙어는 있지만, 사람 형체라고 확신하기에는 부족함이 많았다. 브릴은 행여 이 사람과 닮지 않았느냐고 하며 엘리안을 그려 보였다. 메즈는 브릴 님이 그린 건 사람이 아닌데 어떻게 비교하느냐고 했다. 네가 그린 것도 사람이 아니긴 매한가지라고 화냈지만, 메즈는 자기는 똑같이 그렸단다. 결국, 포기했다. 포기하지 않으면 브릴이 메즈에 대한 인내를 포기할 것 같았기 때문이었다.

"라바이는 어떤 아이였어?"

"정령사 중 가장 뛰어난 아이였습니다. 숲에 있는 '미친 정령'은 위험하지만, 자연에 있는 단순한 형태의 정령들은 교감하는 능력이 있으면 다룰 수 있지요. 보통 정령사들은 그것으로 만족하는데, 그 아이는 미친 정령들과도 이야기를 나누고 싶어 했습니다. 다행히 제 안에 있는 미친 정령은 그 아이에게는 경계심을 갖지 않았습니다. 그 덕에 종종 그 아이와 이야기를 나누기도 했고, 라바이가 제 소식을 부모님께 전하기도 했지요."

"친한 사이였구나."

메즈는 고개를 끄덕였다.

"신세를 크게 졌고, 좋은 아이입니다. 물론, 그렇지 않은 아이라 하더라도 잡혀가선 안 되지요. 저는 그 아이를 어떻게든 구하고 싶지만, 브릴 님이 너무 애쓰시지는 마십시오."

"왜?"

"그 마법사, 지금 교차로 교단을 겁에 질리게 하고 있습니다. 그 건방진 자들이 그렇게까지 두려워할 이유가 있는 겁니다. 브릴 님은 여기서 멈추셔도 될 겁니다."

"하지만 라바이는 우리가 애쓰지 않으면 더 위험해질 거야."

"그래도 죄송해서."

"메즈, 내가 남의 일을 걱정하느라 이런 건 아니야. 내 할 일이니 하는 거니까 그런 생각하지 마. 고마워할 일도 아니고, 신세 졌다 싶은 일도 아니니까."

둘은 짐마차에 타고 출발했다. 이제는 시하라 대신 메즈가 말을 몰았다. 메즈는 짐마차 모는 솜씨마저도 훌륭했다.

건조하고 추운 하루라, 황량한 벌판 위로 먼지 자욱한 바람만 피어올랐다. 멀리 자작나무 숲이 보였다.

"잠깐. 저기로 가 보자."

"네."

도시에서 일찍 나와 아직 정오 근방이었으니, 들렀다 가도 저녁 전에는 들어갈 수 있을 것 같았다.

숲이 가까워지자, 브릴은 마차에서 내렸다. 메즈는 말을 멈추어 세운 다음, 말고삐를 붙들어 나무 둥치에 맸다.

브릴은 검을 뽑았다. 칼자루가 바뀐 뒤부터, 이 검은 굉장한 보도(寶刀)로 보였다. 날은 곧고 날카로웠고, 위에는 날개 달린 뱀의 그림이 정교하게 새겨져 있다. 거기에 아름다운 칼자루까지 보태지니, 맨몸으로 들고 다니기 미안할 정도였다.

엘리안은 대체 어떻게 이런 걸 가지고 있던 걸까.

서커스단에서 있을 때부터 가지고 있었던 건 분명하다. 정말 소중하게 간직한 걸로 보아, 가족이나 중요한 사람의 물건이었을 것이다. 그러나 엘리안의 나이를 고려한다면, 기억할 만한 상황은 아니었을 것이다.

가족―

그래, 그 아이에게도 진짜 가족이 있었을 테지. 나 같은 가짜 가족이 아니라.

그런데 브릴이 장난감을 가지듯 그 아이를 데리고 와 멋대로 엄청난 인생을 만들어 버렸다.

내가 그리 만들기 전에 그 아이가 원래 가야 했던 인생은 뭐였을까.

혹시, 그 아이에게 비밀이 있고 그 비밀과 이곳 숲에서의 현상이 연관이 있을까. 그 마법사가 엘리안과 닮은 것이, 또 마법사와 싸움을 벌였던 정령이 엘리안의 검으로 간 것도 분명 관련이 있을 것이다.

거울 너머로 다른 세상을 보는 기분이었다. 닿을 수도 말을 걸 수도 없는. 알아낼 수도 없는데, 보이기만 하는.

"브릴 님?"

"내가 그 정령과 말을 나누거나 할 수는 없는 거야? 정령에게 물어보면 더 잘 알 수 있을 텐데."

"장담은 못 하는데, 기다리셔야 할 겁니다."

"기다려? 익히거나 노력해야 하는 건 아니고?"

"그것과는 좀 다릅니다. 언제든 때가 되어야 하는 거니 실망하지는 마십시오. 인내와 참을성이 필요합니다. 브릴 님 잘못이나 능력이 모자라서가 아닙니다."

"위로해 주는 거야?"

메즈는 놀라 말했다.

"아, 아닙니다. 주제넘었습니다."

"아니야, 위로해 줘도 돼. 응석 부리는 기분이란 거, 나쁘지는 않네."

브릴은 숲으로 들어갔다.

이곳에 오면 늘 들리던 소리들이 다시 들려온다.

속삭이는 소리들이.

하지만 예전처럼 강하지도 않고, 또 브릴은 이제 이 소리가 병의 징후도 아니란 걸 안다.

"우르가나."

곧 붉고 큰 곰이 나타났다.

따뜻한 느낌이다. 연결되는 느낌이기도 했다. 브릴의 살과 피와 닿는 것 같았다.

의문도 초조함도 불안함도 사라졌다. 평화롭다.

곰이 다가와 브릴의 팔에 코를 얹었다. 검은 눈동자가 다정하다. 미친 정령이네 뭐네 해도, 브릴에게는 다정한 친구 곰이다.

네가 누군지는 몰라.

하지만 같이 잘 지냈으면 좋겠다.

거대한 곰이 온화한 눈빛으로 내려다본다.

아, 여자.

몰랐는데 이 곰은 여자 같다.

어머니 생각이 났다.

하지만 어머니는 이렇게 온화하고 너그러운 눈빛으로 날 본 적이 없지.

"너는 참 귀여운 구석이 없다니까."

어머니는 그렇게 말하곤 했었다.

"좀 웃어 주면 안 되니? 엘리안을 봐, 저렇게 웃으면 사람들이 얼마나 좋아하니? 너도 좀 그래 봐."

어머니가 브릴에게 원하는 건 예쁜 웃음과 순종적인 태도, 여자아이에게 어른들이 기대하는 귀여운 애교였다. 그런데 브릴은 그런 일을 억지로 해야 할 이유를 납득할 수 없었다. 어른들이 원한다는 이유만으로 하기 싫은 일을 노동하듯 해 줘야 하는 이유가 뭐지?

그래도 어머니는 브릴에게 그것만 원했다. 어머니 기분을 맞춰 주고, 어머니 기분대로 행동해 주기를. 브릴이 무엇을 좋아하고 무엇을 원하는지, 무슨 말을 해 주길 바라는지, 하나도 관심이 없었다. 어머니가 원하는 대로 웃어야 하고, 자그만 일에도 밝게 웃으며 감사해야 하고, 어머니가 외롭거나 슬플 때는 귀여운 말을 하며 위로해 주어야 했다. 어머니의 하소연도 들어 줘야 하고 어머니의 고통도 이해해야 했다. 어머니도 브릴에게 해 주지 않는 것을 브릴이 해 줄 수 있을 리 없었고, 억지로 한다고 되는 일도 아니었다.

"어머니 기분을 내가 어떻게 다 알아요."

어머니가 또 투정을 한 날, 브릴은 그렇게 말했다.

"어머니 기분은 말 그대로 기분일 뿐이잖아요! 좋다가도 나쁘고, 나쁘다가도 좋은. 하지만 나도 그래요."

어머니는 기가 막혀 한숨을 내쉬었다.

"너를 보면."

어머니가 어이가 없다는 듯 말했다.

"안에 악마가 들어앉은 것 같아. 어쩜 말을 그렇게 하니."

브릴은 어른들이 정말 화를 낼 일이라서 화를 내는 게 아니라 괘씸해서 화를 내는 경우가 더 많다는 걸 알았다. 그러니 상처 받지도 않았고, 어머니의 화를 풀어야 한다는 생각도 들지 않았다.

"귀엽게 말해 봐라. 그러면 어른들이 너를 예뻐할 거란다. 시샘하지 말고. 나도 너를 키우는 보람이 조금이라도 있어야 하는 거 아니겠니."

하지만 태어난 게 내가 책임질 일은 아니잖아. 어머니 말대로라면, 나는 태어나면서 어머니에게 빚진 건가. 태어난 것 자체가 빚이야?

그리고 할아버지의 생신날 열리는 여름 연회에서, 브릴이 고른 드레스를 본 어머니는 또 화를 냈다.

이미 다 차려입고 목에 리본도 맸는데, 어머니는 그렇게 입고 가면 얼마나 초라해 보이겠느냐며 화를 냈다. 브릴은 어머니가 골라 놓은 옷이 싫었다. 브릴과 어울리지도 않는 분홍색인 데다, 프릴과 리본이 주렁주렁 달려 있었다.

소녀답게 보일 거라는데, 싫었다. 그리 보이는 것도, 그리 보이는 시늉을 하는 것도. 브릴은 지금 입은 드레스가 더 좋았다.

"검소하다고 시위라도 할 거니?"

"싼 거 아니에요. 저것보다 비쌀걸요."

고급 비단으로 만들어진 드레스였다. 푸른빛이 감도는 비단은 몸에 착

착 감겨, 푸른 물을 몸에 감은 듯 가볍고 편하다. 게다가 초라하다니. 목을 장식한 리본 목걸이에 박힌 보석은 사파이어다. 팔에는 자수정과 터키석으로 만든 팔찌를 찼다.

충분히 화려한데, 왜. 예쁘다고.

"됐고, 갈아입어."

"싫어요."

어머니가 '또 시작이네.' 하고 중얼거리고는 한숨을 내쉬었다.

"좋아. 네 마음대로 해. 가서 망신을 당하든 말든, 내가 무슨 상관이니. 네가 하고 싶은 대로 다 해야지. 다들 내가 너에게 예법을 가르치지 않아서 미친 원숭이 같다고 욕할 텐데, 참고 들어야지 어쩌겠니. 네가 내 말을 하나도 안 듣는걸."

"그런 말 들어도 상관없어."

브릴의 표정이 점점 사나워지자, 어머니도 지지 않았다.

"그 자리에서 너를 본 사람들이 다 소문을 낼 거다. 제멋대로에다가 건방진 아이라고. 그러면 아무도 너를 신부로 데리고 가지 않을걸. 노처녀로 늙어도, 다 네 탓이야."

"상관없다니까!"

"정말 혼자서 늙을 거니?"

"결혼 안 할 거야!"

"결혼을 안 하는 건 네 마음이지만, 그 때문에 망신을 당하는 건 나와 네 아버지야. 왜 나와 네 아버지가 책임져야 하는 건지 모르겠다. 다 네 멋대로 하는 건데."

어머니는 평소보다 날카로웠다.

보나마나 로버트 숙부가 자기 딸 자랑을 하고 가서 그렇지. 로버트 숙부는 브릴더러 예법 공부 좀 시켜야겠다느니, 애가 모자라 보인다느니,

태도가 너무 비천해서 딱 시골 계집애라느니, 온갖 평가를 다 했다.

브릴은 자신의 행동이 부끄럽지는 않았지만, 그리 평가를 하고 깎아내리는 숙부에게 화가 났다. 하지만 어머니는 브릴에게 화가 났다. 그래서 외양만이라도 에스델라 못지않게 꾸며 보려 하는데, 말을 듣지 않으니 조바심도 나고 신경질도 나는 것이다.

"오늘은 왕족들만 아니라 나라의 귀한 귀족들이 다 와. 공작, 백작, 대공, 심지어…… 하일드의 왕자도 온다고. 알아? 네 숙부들을 다 합쳐도 그 왕자만 못해. 그런 자리에서 어머니를 망신시킬 셈이니?"

"나하고 무슨 상관이라고."

"또!"

하일드의 왕자는 동북부 하일드의 군주다. 당시에는 상륙 시도를 했던 제국군을 물리쳤고, 그 기세를 몰아 시고야까지 점령했다고 들었다.

흥, 그래. 대단해.

하지만 나에게 함대를 이끌 기회를 주면, 나도 할 수 있을지 누가 알아!

"그 왕자와 에스델라의 혼담이 오고 간다더라."

"잘 어울리겠네요. 왕자하고 공주니."

"그래, 그렇겠지. 네 주제에 그 정도 왕자를 넘볼 수는 없겠지. 백작가 정도의 혼담이라도 나오려면 당장 갈아입고 와!"

어머니는 그리 말하곤 나갔다. 치렁치렁 늘어진 어머니의 드레스 뒷자락을 시녀들이 붙들어 올렸다. 목에 걸린 루비 목걸이도 반짝였다. 저것도 에스델라가 얼마나 비싼 보석을 차고 나올지 몰라, 가장 비싼 것으로 주문한 거다.

"그런 표정 짓지 마. 아주 예뻐."

엘리안이 슬쩍 말한다.

브릴은 저도 모르게 웃으며 돌아보았다.

"엘."

금방 기분이 풀어진다.

엘리안에게는 브릴의 기분이 세상에서 제일 중요했다. 브릴 역시, 다른 사람에게는 화가 나도 엘리안만 보면 기분이 좋아졌다. 엘리안에게는 뭐든 다 해 주고 싶었다. 모두에게 심술을 부려도, 엘리안만 보면 항상 웃었다. 보기만 해도 행복해지는데, 웃지 않을 이유가 뭐가 있겠는가.

새하얀 연미복을 입은 엘리안은 브릴이 보기에 요정 나라의 왕자님 같았다.

브릴은 더 기분이 좋아져 엘리안의 볼에 얼른 입을 맞췄다.

"비겁하게. 엘은 너무 근사하잖아. 하지만 이렇게 입고 가면 시집 못 간다고 어머니가 협박하는 거 못 들었어?"

"시집가고 싶은 거야?"

"아니. 시집 못 갈 거라면 오히려 잘된 거지. 나는 싫어. 결혼하는 거. 내가 하고 싶지도 않은 일을 하려고 비굴하게 굴어야 하는 거."

"하지만 마음대로 안 될 수도 있잖아. 그러니까…… 어머니가 원한다면……."

"걱정 마. 다 내게 방법이 있으니까. 어머니가 마음대로 못 하게 만들 수 있는 방법이. 그러니, 나는 그 방법을 쓸 테고, 이 드레스를 입고 갈 거야!"

엘리안이 웃었다.

"그게 뭔데?"

"나는 어머니의 비밀을 알거든."

브릴은 한쪽 눈을 찡긋했다.

"이걸 모두에게 말한다고 하면, 어머니는 다시는 내게 결혼 이야기를 꺼내지 않을 거야."

브릴이 감쪽같이 모르는 척하고 있어, 어머니는 딸이 그 일을 기억 못한다고 믿고 있었다.

그러나 브릴은 그날 일을 똑똑하게 기억하고 있었다. 오히려 어머니보다 잘 기억한다.

브릴은 엘리안의 팔을 낚아채 팔짱을 끼었다.

"어머니의 비밀을 아는 사람이 튀어나와 협박하지 않는 한, 어머니는 내 신랑감을 찾을 수 없을 거야. 그러니 걱정 마. 나는 절대 너하고 안 헤어져."

걱정과는 달리 여름 연회도 재미있었다. 딸의 기분이라면 벌벌 떨며 맞추는 아르노가 에스텔라 취향으로 준비해 둬서, 연회는 아이들이 좋아하는 요리와 행사 중심이었다. 분위기도 자유롭고 가벼웠다. 다른 사촌들보다 나이가 많은 브릴과 엘리안도 멋대로 돌아다니며 놀았다.

예상과는 다른 건 에스텔라는 그다지 주목을 받지 못했다는 것이다. 사람들의 시선은 모두 엘리안을 향했다. 여자아이들은 엘리안의 아름다움에 두려움과 선망을 보였고, 남자들도 마찬가지였다. 그러나 엘리안은 조금도 주변을 보지 않았다. 항상 브릴만 지켜봤다. 브릴의 잔이 비거나 접시의 음식이 없어지면 가져다주었고, 브릴이 어디론가 가려 하면 편히 갈 수 있도록 팔짱을 끼고 데려다주었다. 브릴은 주변 사람들에 대해 완벽하게 잊을 수 있었다. 마주 보고 웃고 떠드느라, 너무 재밌었다.

그때 사람들이 술렁였다.

굉장한 사람이 왔나 보다.

"누가 온 걸까?"

"내가 보고 이야기해 줄게."

엘리안이 고개를 들었고, 잠시 뒤 다가온 얼굴의 미소가 사라졌다.

브릴은 엘리안의 소매를 잡아당겼다.

"왜 그래? 누가 온 거야?"

"아, 아무것도 아니야. 별거 아닌 것…… 같은데. 잘 안 보여."

"내가 볼게."

엘리안은 급히 브릴의 어깨를 잡아당겼다.

"브릴, 이리 와. 잠깐만."

엘리안은 브릴의 볼에 손을 얹어 고개도 돌리지 못하게 한 뒤에, 로버트 쪽을 보며 작게 물었다. 음악 소리 탓에 잘 들리지 않았다. 숙부의 답을 들은 엘리안의 얼굴이 하얗게 굳었다. 볼에 얹힌 엘리안의 손이 떨렸다.

"엘? 왜 그래."

"아무것도 아냐. 몸이 안 좋아서 그래, 브릴. 어머니한테 가자."

"어머니한테는 왜?"

"집에 가자고. 어머니가 안 된다면, 우리 둘만이라도 가자."

"오늘은 재미있었는데. 알았어. 엘이 없으면 나도 재미없는데."

브릴은 엘리안이 눈치채지 못하게 슬쩍 돌아보았다. 검푸른 제복을 입은 등이 보였었다. 키가 아주 크고 체격도 좋았다. 넓은 어깨를 장식한 금빛 술이 찰랑였다.

누구일까.

검은 머리와 목덜미, 제복 아래 팽팽하게 드러난 등의 근육과 팔을 보니 분명 젊다. 남자를 둘러싼 사람들의 태도를 보아 높은 신분이다.

엘리안이 다시 팔을 당겼다. 브릴은 남자를 보는 것을 그만두고 엘리안을 돌아보았다. 얼굴이 여전히 좋지 못했다.

"왜 그래, 엘. 네 심장을 달라는 악마라도 본 얼굴인데."

"아냐. 미안. 속이 정말 안 좋아서."

"그래. 알았어. 얼른 가자. 어머니는?"

"더 있다가 오신대. 가자, 어서."

불길한 그림자는 그때 붙은 것 같다.

힘들게 사는 내내 잊고 있었다.

대체 뭐였을까, 그날 네가 본 것은.

왜 그리 갑자기 두려워했지?

이제는 물어볼 수 없다.

어디에 있니, 엘.

유령이 되어 어딘가를 떠돌고 있니, 아니면 이제는 그마저도 없는 거니.

여름 연회에 느꼈던 불길함이 다시 심장으로 번져 든다.

예상한 대로, 급보는 거의 열흘이 지난 뒤에 왔다.

"전령이 전해 주고 가더군요."

메즈가 봉투를 건넸다. 브릴은 받아, 그 안에 든 종이를 펼쳐 내용을 확인했다.

─에스넬라 필파니아 폰 듀카르니아 공주 서거.

서신을 든 손이 떨렸다. 머리가 싸늘하게 쪼개지는 기분이다.

한숨과 탄식이 나왔다.

맙소사, 뭐라고?

며칠 전 숲에서 느꼈던 불길함이, 과연 그럼 그렇지─라고 속삭인다. 목덜미에 차가운 손이 닿은 것 같다. 언제라도 내 목을 조를 불길한 감촉으로.

"무슨 일입니까."

브릴은 메즈에게 편지를 보여 주었다.

"에스델라였어."

"왕세자 전하의 따님이신, 그 에스델라 공주 말입니까?"

"그래."

"어린 분이지 않습니까."

"열일곱 살이지. 아니, 여덟이었나."

무슨 짓을 했건, 그래도 어린 소녀다.

슬픈 마음보다는 허탈함이 앞선다.

이리 일찍 죽어 버릴 거면 그때 왜 그리 지독하게 했어.

그럼, 대신 오래 살기라도 했어야지. 오래 살아 네 아버지의 뒤를 이어 여왕이 되었어야 했어. 여왕이 가질 즐거움과 영광을 누리고, 그 고통도 다 겪으면서 살았어야지.

그런데 왜 벌써.

고작 이렇게 살려고, 고작 이 정도 살려고 그리 지독하게 굴었던 거니. 그리 못되게 굴었던 거냐고.

"괜찮으십니까."

"허탈해. 슬프지는 않고."

"하지만 괴로워 보입니다."

"그건 맞아. 슬퍼하는 것과는 좀 달라."

누가 왕이 되든, 무슨 상관이랴. 질투한 적도 없고 부러워한 적도 없고 가지고 싶었던 적도 없다.

권력은 얻을 수도 있고 잃을 수도 있다.

그러나.

한번 잃은 목숨은 대체 무엇으로 돌린단 말인가.

나는 엘리안을 잃었는데. 그 아이에게 겪지 말아야 할 고통을 주고 혹독한 시간을 보내게 했는데. 열여섯에 차라리 죽는 게 낫게 만들어 버렸는데, 그런데.

그런데 에스델라마저도 죽었다.

이러려고. 고작 이리 살다 죽으려고.

서커스단에서 엘리안을 데리고 와, 행복하고 즐거웠던 건 브릴이었다. 벚나무 그늘에서, 토끼풀 가득한 푸른 벌판에서, 물고기들이 가득 헤엄치는 냇가에서, 엘리안의 목을 안고 볼에 입 맞추고 손을 잡고 돌아다녔다.

브릴은 자기만의 세상을 꾸미고, 원하는 것으로 가득 채운 작은 왕국을 만들었다. 엘리안은 그 세상에 꼭 필요한 존재였다.

누구든 왕이 될 수 있지만, 엘리안은 엘리안 하나뿐이었다. 브릴의 엘리안도 하나뿐이었다.

"금방 후계자가 정해질 거야. 공식 후계자는 아니라도, 법정 후계자는 지정되겠지. 아마도 큰 숙부일 테고. 큰 숙부님이 안 된다 하더라도, 숙부님은 넷이나 되고 고모님도 셋이니까."

"많군요. 사람이 없어서 난처할 일은 없게."

"너무 많은 게 걱정거리지."

"그렇게 많은데."

메즈는 눈살을 찌푸렸다.

"그렇게 많은 숙부님들과 고모님들 중, 그 누구도 브릴 님을 걱정하지도 찾아오지도 않는군요."

"숙부님이건 고모님이건, 찾아오면 그게 더 난처한 분들이야. 성격이 아주 나쁘거든."

특히나 로버트. 그런데 다음 후계자가 될 가능성이 가장 큰 사람은 역시 로버트다. 아들 둘에 딸 하나를 자식으로 두어, 하자도 없다.

문제라면 로버트가 다른 형제들보다 아르노와의 사이가 더 나쁘다는 것이다. 아르노가 여자 문제로 들들 볶일 때 옆에서 거들었던 것이 로버트다. 엘리안의 문제를 악화시키는 데 아주 큰 공을 세운 것 역시 로버트다. 아르노에게 엘리안이 눈엣가시였다면, 로버트는 발바닥의 가시였다.

"왕족들에게는 단 하나, 정말 단 하나밖에 없거든. 그러니 성격들이 다 뒤틀렸지. 음흉하고 질투도 많아."

왕위를 가지지 못하면 나머지는 연금만 축내며 무의미하게 살아갈 수밖에 없다. 왕이 죽거나 후계자가 죽으면, 그제야 눈을 번들대며 다음 순위가 누구인지 계산한다. 이건 왕족 중 에스텔라의 죽음을 슬퍼할 사람이 아무도 없다는 의미이기도 하다.

신년 분위기가 식기도 전에 대사원에서 조종(弔鐘)이 울렸을 때, 체자 사람들은 현 왕인 필파니온이 승하한 거라 생각했다. 다들, '드디어'라고 중얼거렸다.

금치산자가 공식적인 왕이라는 사실을 반길 국민은 없었다. 그런데 그 예정된 일을 준비하고 있던 사람들에게 전해진 건, 어린 공주 에스텔라의 서거였다.

탄생 때부터 모든 국민이 지켜봐 온 공주였다. 신문마다 공주의 일상이 실렸고, 백화점과 의상실에는 항상 공주가 쓰는 물건들에 대한 카탈로그가 마련되었다. 아름다운 공주는 왕실이 매일매일 보여 주는 동화였다.

그런데, 바로 그 공주가 서거한 것이다.

왕궁의 창에 검은 천이 드리워졌다. 극장이 모두 문을 닫고, 공연도 음악회도 모두 중지되었다. 의회도 휴회했다. 의사당의 입구에는 검은 깃발이 걸렸다.

장례가 끝나고 두 달이 넘은 지금도 사람들은 아직 공주의 죽음을 실감하지 못했다.

건강하던 공주가, 사고도 무엇도 아닌데 너무도 갑작스럽게 서거한 것이다.

분명 '암살'이다. 자연스럽게 죽을 원인은 하나도 없던 공주지만, 원인이 암살이라면 죽을 이유가 엄청나게 많았다. 공주를 죽일 자도 참 많았다. 공화파, 의회의 총리, 제국, 왕자들, 너무 많다 보니 추측도 헛소문도 곰팡이처럼 여기저기서 피어나 번졌다.

상황이 이런데 왕실은 꿈쩍도 하지 않고 가만히 있었다. 왕실의 침묵 탓에 두 달 동안 헛소문은 그야말로 엄청나게 퍼져 나가기 시작했다. 근거 없는 헛소문을 퍼뜨리는 사람들은 대체로 근거가 없는 만큼 자기들 생각이 정답일 거라 굳게 믿었다.

레오닉스가 공주에 대한 급보를 들은 건 자택으로 돌아온 직후였다.

"공주가 서거했다고 합니다."

잘못 들었나 했다.

"어느 공주?"

―하고 되물었을 정도였다. 아르노의 누이동생들도 공주는 공주니까.

"에스델라 공주님입니다."

아르노는 의회와 레오닉스에게는 예측 불허의 섭정공이지만, 그래도 에스델라에게는 호구 같은 아버지였다. 딸이 요구하는 건 뭐든 최고급으로 해 주었다. 원래는 공주가 관리해야 했던 암닉시아 궁도 '너무 낡고 취향이 아니다.'라고 거부하자 강가의 별궁 하나를 새로 짓다시피 해서 개축하고 가구부터 카펫 커튼까지 최고급으로 새로 들여놓은 뒤에 선물로 주었다.

그런 아버지가, 정작 공주가 죽자 이렇게 가만히 있다

이리되면 의회도 레오닉스도 지켜보는 수밖에 없었다. 침묵이 계속되는 가운데, 드디어 아르노가 궁을 떠났다는 소식이 전해졌다. 라드 경을 호위대장으로 하는 근위대를 데리고 출발했다. 왕세자의 대리는 내무장관이 맡게 되었다. 내무장관은 총리 다음가는 왕의 각료라, 왕의 대리도 가능했다.

누구보다 아끼던 딸이 죽었으니, 장례 치르고 잠시 마음의 정리를 하러 간다 하면 다들 이해할 것이다. 아무리 아르노라도 사람은 사람이니까.

다만, 레오닉스는 아르노가 두 달이나 가만히 있었다는 것을 염두에 둬야 했다. 마음의 정리를 위한 거였다면 좀 더 일찍 시작했어야 정상이다. 그럼, 이건 현실의 상황 정리를 위한 움직임이다.

"자네 생각은 어떤가, 브룬델카 경."

보고를 받은 후, 레오닉스는 측근이랄 수 있는 브룬델카 경을 불러 물었다.

"일단, 로버트 왕자는 실각시킬 빌미가 많습니다. 도박 빚과 여자 문제는 그분이 가진 문제점 중 가장 사소한 일이니까요."

"에드거 왕자는?"

"아무것도 안 하니 문제가 없기는 하지요. 하지만 아시잖습니까. 그건 그것대로 문제란 것을."

에드거 왕자는 모범생이라기보다는 일탈을 할 의지도 상상력도 없다고 보는 편이 나았다. 다섯째 왕자인 알프린은 그것만도 문제가 아니다. 바로 위의 형만큼 아둔한데 로버트처럼 욕심까지 많다.

동생들은 어떻게든 형인 아르노의 약점을 물고 늘어져 왕위에 관여하고 싶어 했다. 국가를 위한 일이라 떠들고는 있지만, 염치도 수치도 눈치도 없는 것뿐이다.

엘리안 때도 그랬다. 아르노가 당시 엘리안의 비밀을 몰랐을 리 없다. 아르노는 가만히 앉아 모두가 덫에 걸리길 기다리고 있었다. 의회건, 하일드건, 동생들이건. 이미 로버트가 걸려 있는 상황이었지만, 아르노는 더 걸리길 기다렸다.

엘리안이 죽는 것으로 끝났으나, 당시 그 일은 그렇게 많은 목숨들이 걸린 문제였다.

그런 아르노가 딸의 죽음을 두고 이렇게 가만히 있는 건, 또 덫을 놓고 있기 때문이다.

의용부대 움직임이 그 증거다. 살데니아에 의해 대륙의 여러 나라들이 멸망한 뒤, 많은 망명자들이 울두스 제국과 남쪽의 반란군, 그리고 이곳 듀카르니아로 흘러들어 왔다.

듀카르니아에서는 로버트 왕자가 재단을 만들어 숫자가 제법 되는 망명자로 이루어진 의용대를 모집해 이끌고 있다. 겉으로는 제국에 나라를 잃은 울분에 찬 용사들이지만, 안으로는 왕자들에게 고용된 용병들일 뿐이다. 그들은 제국과 싸우기보다는 이 도시 안에서 의회의 기사들과 싸우고 있다. 그리고 지금, 바로 그들이 움직인다.

레오닉스는 아르노가 후계자를 고르거나 할지 의문이었다. 어제까지 원수처럼 싸우던 동생들이나 그들의 자식 중 하나를 후계자로 고른다는 건, 아르노에게는 불쾌하다 못해 분노할 일이었다.

"왕자님은 어떻게 생각하십니까."

브룬델카 경이 물었다.

"아르노는 후계자를 정하지 않을 거다. 그렇다고 에스델라 공주의 죽음을 슬픈 일로 넘기지도 않을 테고."

"그건 그렇지요."

"그리고 에스델라의 죽음에 책임을 진 자가 아무도 없다는 것도 중요하지."

공주의 호위 기사들은 공주 옆에 놓아둔 장식용 기사님들이었을 뿐이다. 실력이나 책임감과는 상관없이, 풍채 좋고 집안 좋은 남자들로만 채워 넣었다. 별명도 '인형의 기사단'이었다.

공주의 진짜 호위는 아르노의 기사들이 할 일이었다. 그런데 그날 아르노의 근위 기사들은 모두 연회장을 지키고 있었다. 공주의 호위 기사들은 워낙 오랫동안 아무 일도 안 하는 게 습관이 되어서 그날도 아무 일도 안 했다. 대장인 길리온 경은 자기 집에 가 있었고, 부대장인 마르셀 경도 휴가 상태였다. 아르노 성격상, 그들에게라도 화풀이를 해야 했다. 그런데 아무 일도 안 한다.

레오닉스가 아는 아르노는 그렇게 가만히 있을 사람이 아니었다.

아르노는 공주를 죽인 자가 누구인지 알아낼 수 없는 없어도 만들어 낼 수는 있다.

문제는 거기서부터 출발한다.

"브룬델카 경, 제레미 경. 이제 우리도 준비를 시작해야 할 것 같군."

"아르노 전하는 어찌하실 겁니까."

"어차피 지금쯤 자기가 간다고 했던 그 별장에 없을 거다. 아르노가 돌아온다고 말한 곳이 어디인지부터 찾아라. 그리고…… 총리의 측근 중 실종된 사람이 있는지 알아보고, 있으면 총리에게 바로 연락해라. 나와 좀 만나자고."

바로 그 지점에 아르노의 계획이 무엇인지 단서가 있을 것이다. 그 빌어먹을 왕세자 놈은 이번에는 더 크고, 더 대단한 자들을 상대로 한 덫을 놓고 있는 것이다.

엘리안 때 걸려들지 않았던 상대들이 이번에야말로, 반드시 걸려들기를 바라며.

더러운 놈.

딸이 죽어도 저따위다.

❖

그건, 이상한 꿈이었다.

브릴은 숲을 보고 있었다. 느티나무 숲이다. 이제 막 초봄으로 접어들 무렵이라, 나뭇가지에는 모래알처럼 작은 싹이 돋아 있고 공기는 차가웠다. 발에는 서리가 밟혔다.

숲 너머로 흰 대리석 기둥을 높이 세운 오래된 풍의 궁이 보였다. 의회 봉기 전에 유행했던 양식의 건물이다. 당시에는 이렇게 과시적이고 웅장한 건물을 세우곤 했다. 궁전 정면에는 큰 분수대가 있고, 그 주변에도 느티나무가 자라고 있었다. 궁전 옆에는 햇빛이 금빛으로 흩어지는 조용한 호수가 있다.

그 호숫가에 흰 정장을 입은 남자가 서 있었다. 남자의 우아한 몸은 연한 아침노을 빛으로 물들어 있다.

그리고……

링, 링. 링.

오래된 노래가, 그리운 곡조가 들려온다.

엘리안이 종종 부르던 노래다.

작은 새가 왔다 갔어요……

꽁지가 빨간 새였죠…….

남자가 그 노래를 부르고 있었다.

브릴은 눈을 크게 뜨고 싶었다.

가만, 나를 봐.

어서.

남자가 고개를 돌린다. 금빛 머리카락과 흰 목덜미가 보였다.

얼굴을 보고 싶다.

어서 보여 줘. 어서—

"……!"

순간 브릴은 깨어났다.

춥다. 통난로를 켜 두고 잠들었는데 자는 동안 불이 꺼진 것 같았다. 공기가 아주 차다. 두툼한 털을 댄 이불 속에 있는데도 추웠다. 브릴은 대야에 물을 부어 세수를 한 다음 밖으로 나갔다.

아침이었다. 그러나 호숫가에서 안개가 짙게 피어올라, 주변이 보이지 않았다. 사방이 묽은 우윳빛이다.

대체 무슨 꿈을 꾼 걸까. 처음 보는 낯선 궁전인데, 바로 앞에서 보는 듯 너무 생생했다.

게다가 그 남자—

숲에서 본 그 하얀 마법사다, 분명.

"브릴 님."

"아, 시하라."

"일어나셨어요?"

시하라는 부엌문을 열고 아침 준비를 시작하고 있었다. 로들은 일어나 감자를 깎는 중이었다.

반년째 궁금한 거지만, 로들은 대체 왜 아직도 안 가는 건지 모르겠다. 그것도 굳이 메즈와 같은 방을 써 가면서. 자기는 배울 게 더 많아서 그러는 거라 우기지만, 뭘 배운다는 건가. 농사? 집안일? 애초에 아무것도 안 하는데 뭘 배워.

그때 농장 입구에서 말발굽 소리가 들리더니, 메즈가 들어왔다. 한참 돌아다니다 온 듯 말은 숨을 헐떡이고 있었다. 말의 입김이 주변에 허옇게 어렸다.

"아침부터 어딜 다녀온 거야, 메즈."

"자는데, 소리가 들려서 깨어났습니다. 확인하기 위해 나갔습니다."

"소리?"

"상당한 숫자의 말이 이동하는 소리였습니다. 그래서 나가 봤습니다. 야적이나 강도들이면 곤란하니까요."

보통 사람이 이리 말하면 미친 소리라고 하겠지만, 반크족 전사인 메즈가 이런 말을 하면 반드시 신경 써야 할 일이 있다는 뜻이 된다. 같은 반크족 전사인 로들은 바로 옆에서 고함을 질러야 간신히 잠에서 깨어날 정도로 둔하지만, 메즈의 촉은 예민하고 정확하다.

"확인했어?"

"강도나 야적은 아니고, 십여 마리의 말에 탄 기사들이 이곳으로 오는 것을 보고 돌아왔습니다."

"그래?"

근방 요새에서 훈련이라도 나왔나.

브릴은 검을 챙겨 들고 말에 탔다.

"브릴 님?"

"내가 나가 볼게. 여기로 오면 곤란하니까."

"같이 가게 해 주십시오."

"그래. 와."

한참 달리자, 메즈의 말대로 안개 너머에서 상당한 규모의 기마가 이동하는 말발굽 소리가 들렸다. 일사불란하고 묵직했다. 기사가 맞다.

군대는 일반 병사, 전술 장교, 기사들로 나뉜다. 장교와 일반 병사는 계급과 학업, 노력으로 나뉘지만 기사들은 그 개인 능력에 따라 나뉜다. 집안, 전투 능력, 거기에 이능과 훈련 정도까지 헤아려서 일반 기사와 능속 기사로 나누어진다.

브릴은 망명자 기사가 생각났다. 그 남자라면, 아니 최소한 망명자 기사단이라면, 반가워해 줄 수는 있을 것 같다.

발굽 소리가 피부에 닿을 듯 가까워지자, 브릴은 크게 고함을 질렀다.

"멈춰!"

말들이 급히 멈추고 발굽 엉키는 소리가 났다. 말이 화가 나서 푸륵거리는 소리와 말을 달래는 소리가 들렸다.

브릴은 말을 몰아 앞으로 나갔다. 곧 흐린 물에 잠겼던 것이 나오듯 기사들의 모습이 보였다. 기대했던 짙푸른 제복이 아닌, 붉은 제복이었다. 목과 가슴 부분에는 공작 꼬리처럼 화려한 문양을 수놓은 뒤 금단추로 장식했다.

왕실 근위 기사단이다.

"누구야."

브릴이 물었다. 기사들은 괘씸하다는 듯 브릴을 노려보았다. 브릴은 붉은 제복 코트를 걸치고 있었지만, 일반 장교용 코트였다.

제복 코트는 이 지역에서 가장 유용한 옷 중 하나였다. 따뜻하고 가벼우며 질겼다. 장교들이 퇴역하면서 시장에 중고로 내다 파는 일이 많아, 이런 옷을 파는 가게가 누하에 따로 있다. 브릴도 한 번 사서 입은 뒤에 마음에 들어, 그 한 벌이 헤어질 무렵 한 벌 더 사서 입었다. 메즈나 시하라에게도 권했지만 둘 다 거부했다. 시하라는 옷이 못생겨서 싫다 했고, 메즈는 듀카르니아 옷은 가슴이 조여서 못 입는다고 했다. 메즈의 가슴은 일반 기성복을 입기에 너무 두툼했다.

"누군지 물었어."

"보면 모르는가."

"지금 내가 당신들에 대해 알 수 있는 건 당신들 직업뿐이잖아. 왜 여기로 왔는지, 그리고 어디서 온 건지, 하나도 몰라."

"그러는 너는 대체 뭐냐."

선두에 있는 기사가 물었다.

"그걸 왜 내가 답해. 침입자는 당신들이야. 여긴 내 사유지니까."

'사유지'란 말에 다들 의아해했다. 그게 가능하냐는 것이다.

"비켜라."

그 목소리를 듣는 순간, 브릴은 갈고리에 낚아채인 느낌이었다.

설마.

아니, 정말?

기사들이 양옆으로 물러났다.

그들 사이로 칼날 같은 얼굴의 남자가 나타났다.

남자가 빙그레 웃었다.

"오랜만이구나, 셰어브릴."

저 남자가 왜 여기 있어.

브릴은 이마가 뜨끈해졌다.

오늘 아침, 아니 어제 저녁만 해도, 브릴의 머릿속에 든 것이라고는 드디어 봄이 되었으니 봄 농사나 시작하자는 것뿐이었다.

그런데 이게 뭔가.

"어서 오세요, 아르노 전하."

바로, 아르노였다.

왕세자. 섭정공. 에스델라의 아버지.

만나서 기분 좋아지는 사람은 결코 아니다.

아르노의 입술이 올라갔다. 대놓고 가식적인 웃음이다. 자기가 우월하다 믿는 자의 웃음이기도 하고. 조롱받는 건 기분 좋은 일이 아니었다. 특히나 상대가 아르노라면 더더욱.

"제법 컸구나. 수도를 떠날 때만 해도 아직 아이였는데."

"한창 클 나이에 여기로 왔거든요. 공기도 좋고 운동할 곳도 많아, 씩씩하고 튼튼하게 자랐어요."

"아, 그래……?"

익숙한 말투가 아니라, 아르노는 당혹스러웠다. 날이 참 좋구나. 구름이 없으니까요. 춥구나. 저는 안 추워요.

"반누카에게 네 행방을 물어봐야 할 거라 생각했는데, 이렇게 만날 줄은 몰랐구나. 그 여자는 잘 지내느냐?"

"그러리라 믿어요. 사라진 지 꽤 되었거든요."

"어디로 간 거지?"

"몰라요. 어느 날 밤에 갑자기 사라졌으니까."

어느 날 밤에 사라진 것도 맞고, 어떻게 되었는지도 모르는 것도 맞다. 브릴은 다시는 그 여자에 대해 묻지도 않았고, 마을 사람들 역시 한 마디도 하지 않았으니.

그 여자가 한 일을 생각한다면 멀쩡히 죽기는 힘들었을 것이다. 이 지역 사람들은, 때에 따라서는 정말 무시무시하게 잔인해진다. 강도 목을 베어 길에다 꽂아 놓은 것을 보기도 했고, 어린 여자아이를 덮쳤던 남자의 다리를 끊어 매달아 놓은 것도 보았다. 왜 저렇게 해 놓은 거냐고 브릴이 묻자, 메즈는 담담하게 말했다.

"당장 죽어야 하는 죄는 아닌지라, 하늘의 뜻에 맡기기로 했다는군요."

"언제 죽을지 정하는 게 하늘의 몫이란 거군."

이런 곳이니, 그 정도 일을 일으킨 반누카가 사지 보존하고 죽었을 리 없다.

"왜 오신 건가요. 제 얼굴 한번 보자고 여기까지 오신 건 아니겠네요. 가까운 거리도 아니니."

"할 이야기가 있으니, 차 한 잔 정도는 주면 좋겠구나."

"대접할 것은 별로 없어요. 맛없는 차, 맛없는 빵, 그리고 진짜 맛없는 스프가 다지요. 그래도 괜찮나요."

"식사는 상관없다. 정말 차 한 잔만 하고 갈 거다."

"좋아요. 그리고……."

브릴은 낮게 한숨을 내쉰 뒤, 조용히 말했다.

"에스델라의 일은 애도를 표합니다."

아르노의 차가운 얼굴이 흔들렸다. 잠깐이지만 너무나 깊은 슬픔의 표정이다. 저 남자가 저런 연약한 표정을 드러낼 수 있었다니.

"안되었어요, 에스델라는."

아직 왕이 되지 못한 섭정공, 정신병자 왕을 아버지로 둔 왕세자, 탐욕스러운 동생들을 둔 장남, 사랑하는 여자를 지키기 위해 아내를 비참하게 희생시킨 남자.

그런 남자라도 어린 딸을 잃은 아버지다. 뭐든 할 수 있어도, 딸을 되살리는 일만큼은 할 수 없다.

"오세요."

시하라는 기사들을 보자마자 놀라 뒤로 물러났다.

"뭐, 뭐죠?"

"백부님이 놀러 오셨어."

"네, 네? 가만, 브릴 님 백부님이라면, 저기, 네, 음! 맞죠? 그, 그, 뭐더라."

"왕세자."

시하라가 입을 떡 벌렸다.

"저기 뒤에 있는 건 백부님의 친구들이니 긴장하지 마. 차 한 잔만 하고 가신다네. 아, 친구들은 조금도 신경 쓰지 마."

친척분이 데리고 온 친구분들은 자그마치 왕실 근위대 제복을 입고 총과 검으로 무장하고 있었다. 신경이 몹시 쓰였다.

"어, 어떻게 된 거예요!"

"어서 차나 내줘. 구정물을 퍼 와도 상관없고. 아, 오늘 일은 오후부터 시작해. 반나절은 쉬고 있어."

"그게 문제가 아니잖아요! 저기, 그—"

"더 묻지 말고, 어서."

브릴은 시하라의 어깨를 밀어 부엌으로 들여보냈다.

아르노는 고약한 것이라도 본 듯 눈살을 찌푸렸다.

"이런 곳인 줄은 몰랐구나."

"백부님께 익숙한 환경은 아니지요. 오세요."

브릴은 일단 아르노와 함께 성의 홀로 들어갔다. 홀 안에 쌓여 있는 짚과 야채 상자 등을 본 아르노는 기가 막혀 한숨을 내쉬었다. 브릴이 사무를 보는 서재는 2층이었고, 홀이 있는 이 1층은 농번기에는 일꾼들의 숙소로 쓰고 겨울에는 창고로 썼다. 즉, 지금은 창고다.

"거기 앉으세요."

그리고 야채 상자 옆에 있는 의자를 가리켰다.

메즈가 들어와 홀의 입구에 섰다. 아르노가 치우라며 눈치를 주었으나, 브릴은 메즈더러 나가라 하지 않았다.

잠시 뒤 시하라가 차를 내왔다.

아르노는 차향을 한 번 맡은 뒤 잔을 내려놓았다. 분명 시하라는 남들 하는 대로 차를 끓였을 테지만, 시하라는 멀쩡한 재료와 방식으로도 이상한 걸 연성해 내곤 했다.

"무슨 일로 오신 건가요."

"네가 필요해서 왔다. 해 줄 일이 있단다."

"편지를 보내거나 사람을 보내도 될 텐데 직접 오신 건가요?"

"아주 중요한 일이라, 그 어떤 변수도 없어야 하기 때문이지. 내 손으로 해야 했다. 시간도 없고 말이다. 그런데 이렇게 살고 있을 줄은 몰랐구나. 누가 너를 왕족이라 하겠느냐."

오묘한 차향이 점점 진해지자 아르노는 찻잔을 더 멀리 치웠다.

"돌아갈 거라 생각한 적이 없어서 마음 놓고 지냈거든요. 드레스도 코르셋도 보석도 없고, 험담과 뒷소문도 없이 지냈죠."

"그런 것치고는 얼굴색이 좋구나."

"제가 말한 것 중, 그 어디에서도 지내기 나쁘다는 말은 없는데요."

"마음에 들더냐?"

"익숙해졌어요. 그리고 익숙해지니, 마음에도 들더라고요."

"그래 보이기는 하구나. 누가 봐도 농가 아가씨지, 왕족 숙녀는 아니니."

"훌륭한 농부로 국가 발전에 기여하고는 있어요. 자, 이제 제가 잘 살고 있다는 건 확인하셨으니, 제가 필요한 이유가 뭔지나 듣지요."

"서두르는구나."

"오전만 휴가를 줬거든요. 그리고 여기는 하루라도 게으름 피울 수 없는 곳이라서. 얼른 말씀하시고 가세요."

아르노는 기대했던 상황은 아니라, 어색한 표정을 지었다.

브릴은 한심해졌다.

내가 어쩌길 바란 건가. 비참하게 살고 있다가 자기가 나타나자마자 구원자를 만난 듯 붙들고 늘어지며 간청이라도 하길 바란 건가.

브릴은 복장부터 현지 적응을 마친 상태니, 정신 상태는 이미 오래전에 마쳤다. 이제는 아르노를 겁내거나 어려워하지 않았다. 잃을 것도 얻을 것도 없다.

"에스델라 일은 알고 있겠지."

"제가 에스델라가 아직 살아 있는 줄 알고 조의를 표한 건 아닌데요."

아르노는 눈살을 찌푸렸다.

"그, 그래서 지금 후계자 자리를 해결해야 하고, 그것을 위해 네가 필요하다."

"그 자리, 저에게 주시게요?"

대뜸 하는 말에, 아르노의 턱이 굳었다. 빈정대듯 여유롭던 얼굴에 노여움이 보였다.

당장 한 대 칠 듯 주먹을 꽉 쥔다.

건방진.

이런 사람들에게는 부러지듯 화가 치밀어 오르는 순간, 도저히 주체할 수 없는 순간이란 게 있다. 보통은 자기 권위가 손상되는 순간에 온다.

아르노의 얼굴이 딱 그랬다. 감히. 네가 감히 그딴 말을 해?

브릴은 실수했다고는 생각되지 않았다. 아르노의 노여움은 브릴에게 그 어떤 공포도 죄책감도 심어 주지 못했다. 차라리 조금 전처럼 딸 잃은 슬픔을 보여 주었을 때라면 모를까.

"네가 내 딸 대신이 되어 주면 된다."

"제가 뜬금없이 가엾어졌을 리는 없으니, 지정 우선순위를 주겠다는 말씀이군요. 하지만 할 수 없어요. 거부합니다."

"뭐야?"

"거부한다고 했습니다."

당황한 쪽은 오히려 아르노였다. 아르노가 기대한 건, 뭘 해야 하는 건지 설명해 달라는 답이었다. 그 설명을 해 주며 적절한 모멸감을 주고 겁을 먹게 하거나 주눅이 들게 할 계획도 가지고 있었다.

그런데 브릴은 처음부터 예상을 벗어났다. 말 타고 달려와 내가 여기 주인이라고 하질 않나, 그대로 자기 성으로 데리고 와서 할 말 있으면 하라고 하질 않나, 그래서 할 말을 했더니 싫다고 하질 않나.

"에스델라가 없는 지금, 숙부님들과 고모님들이 배제된다는 전제하에, 제가 가장 높기는 하죠. 원칙상으로는. 그런데 원칙상 그렇다는 거지, 법적으로 정해졌다는 의미는 아니죠. 안 그래요? 고작 그런 것에 감사하거나 감동할 수는 없고, 받아들이는 건 더 안 돼요."

지정 순위는 지정만 되어 있을 뿐이란 뜻으로, 법정 순위와는 다르다. 관습법적인 순서라, 가장 먼저 태어난 아이에게 가장 먼저 순위가 돌아간다. 그러나 그뿐, 상황에 따라 얼마든지 무시된다.

"게다가 저를 우선순위에 놓으면, 숙부님들이 잔소리들 꽤 하실 테지요. 그리고 그 잔소리는 제가 고스란히 들어야 할 테고요."

"나는 네 숙부들 중에서 고를 생각은 없다. 그놈들의 능력을 평가하기 위해서는 과장이나 관대함이 아닌 상상력이 필요하지. 아예 없는 걸 만들어 내야 하니."

"그럼, 왜 저부터 고르신 건가요. 조카들은 많았고, 더 많아졌을 텐데."

"일단, 너를 고르지 않으면 나는 로버트의 아들 중 하나를 골라야 한다. 그건 사양하고 싶다. 그 멍청한 놈의 더 멍청한 아들 중 하나와 맞먹는 서열을 가진 건, 그래도 너뿐이지."

"제 서열이 숙부님 장남보다 높던가요."

"실제로는 다 동등하다. 직계 1대에 한하여만 서열이 있을 뿐, 그 외에는 다 동등하다. 너를 가장 위에 둔 지정 순위를 정하겠다는 건, 내 동생들을 배제한다는 의미 이상도 이하도 아니다."

제국처럼 제일 힘센 놈이 잡으면 간편할 텐데.

아르노에게는 힘도 없고, 믿음을 얻을 만한 실적도 없다. 심지어 의회와 하일드와도 척을 지고 있다. 그런데 그런 주제에 욕심만 많으니 문제가 생긴다.

"그러니 지금은, 내가 너를 지정 순위 중 우위에 둔다는 선포만 할 예정이다."

"요란하게 오신 이유가 그거군요."

"요란하다는 건 무슨 의미냐."

"근위 기사단은 잘 움직이지 않지요. 용 기사단이나 망명자 기사단이라면 모를까. 수도 밖으로 산보만 나가도 다 알 텐데, 이 정도를 데리고 오셨으니 다 알겠군요."

"출발한 이후에나 알게 되었을 거다."

"하지만 이런 식으로 오셨으니 소문은 났겠고, 정식 발표보다 소문이 가진 힘이 더 크기도 하죠. 백부님은 지금 그걸 원하시는 거고."

브릴은 백부의 얼굴을 보았다.

"……그래서……."

아르노의 얼굴에 초조함과 분노가 드러냈다.

"그래서 너는 어쩌겠다는 거냐, 셰어브릴."

"이미 싫다고 했습니다."

"……."

"안 갑니다. 여기 있겠어요. 제 사촌 중 하나를 고르세요."

"여기서 평생 썩겠다는 거냐?"

"그곳으로 가면, 그 '평생'이 아주 짧아질 수도 있겠죠. 저는 제 '평생'이 아주 길었으면 좋겠어요. 또 이곳은 그다지 나쁘지 않아요. 조용히 살고 싶은 사람에게는."

아르노가 입술을 물었다. 분노로 턱이 부들부들 떨리고 있었다.

안다, 이 남자가 이런 사람이란 걸.

브릴이 아는 아르노는, 자기 뜻에 어긋나는 것을 조금도 참지 못한다. 왕세자비는 이 남자의 말을 안 들었다는 이유 하나만으로 이혼도 하지 못한 채로 왕실의 모든 건물에 접근 금지 명령을 받고 비참하게 살고 있다.

뭐든 자기 마음대로 하지만, 그 결실이 자신이 뛰어나서가 아니라 아랫사람들의 눈치와 두려움의 산물이란 건 모른다.

"너는 가야 한다. 내일까지 준비해라."

"여태 제가 싫다고 하지 않았나요."

"이제 상관없다. 당장 너를 데리고 갈 수도 있는데 하루를 준 거다."

"그 하루 뒤에는 어떻게 하실 건가요."

"내가 가진 모든 수단을 동원하겠지. 너를 끌어낸 다음 여길 다 태워버릴 수도 있다. 그걸 바라지는 않겠지?"

브릴은 빙긋 웃었다.

"백부님은 야만족 왕처럼 거치시군요. 설득하는 것도 귀찮아서 주먹부터 드시니. 닥치고 오고, 그뿐이란 거죠? 아무 조건도 없고."

아르노는 수치심을 느꼈다.

브릴의 얼굴에 아르노 자신의 얼굴이 고스란히 비치는 것 같았다.

조급하고 겁에 질린 얼굴이.

“내일 아침까지 준비하지 않으면 내가 도와주겠다. 지금 당장 집을 태워 버리면 준비할 것도 없지. 하루 주는 것도 다행으로 여겨라. 지금 네태도를 보자면, 그런 배려도 하고 싶지 않으니까.”

“각하, 저는 여태까지 들에 풀어 둔 짐승처럼 살았어요.”

브릴은 싸늘하고 조용하게 말했다.

“엘리안이 죽은 뒤부터요.”

엘리안이라는 이름을 듣는 순간 아르노의 얼굴은 다시 경직되었다. 저도 모르게 찻잔을 들어 마셨다가 욱, 하고 입술을 오므렸다. 체면상 차마 내뿜지는 못해, 찻잔을 내린 뒤 얼굴을 시뻘겋게 물들이며 입술을 눌렀다.

“내일 다시 오세요.”

“도망치지 마라.”

“안 해요. 그럴 생각이었다면, 그 차에 내일 아침쯤에 죽는 독을 탔을 테죠.”

아르노의 표정을 보니 당장 죽는 독을 마신 것 같지만.

“가세요.”

브릴은 문을 보았다. 문 앞을 지키고 있던 메즈가 일어나 비켜섰다. 말이 좋아 가라는 거지, 쫓아내는 모양이었다.

아르노는 굴욕감을 느꼈다. 문 바로 앞을 메즈가 지키고 있어, 아르노는 덩치 큰 메즈가 그를 내려다보는 동안 그 앞을 지나가야 했다. 아르노의 머리와 어깨가 이민족 전사 앞에 훤히 드러났다. 아르노를 내려다보는 메즈의 눈에 분노가 퍼렇게 드러났다. 목의 문신이 꿈틀거렸다.

“메즈.”

메즈가 돌아보았다. 브릴은 고개를 저었다.

순간 아르노는 이마가 뜨끈한 분노를 느꼈다.

이곳의 왕은 아르노가 아닌, 브릴이었다.

브릴이 통제하고 있고, 브릴의 명령과 의지에 따르고 있었다. 그리고 그 누구도 아르노의 권위와 권력을 인정하지도 않고 두려워하지도 않는다. 이들에게는 브릴이 진짜 권위와 권력을 가지고 있다.

분명 내일 같이 떠날 테고, 브릴에게 이 명령을 거부할 힘이 없다는 건 알고 있었다. 그러나 화가 난 것도 아르노고, 또 모멸적으로 쫓겨나는 것 같은 모양이 된 것도 아르노다. 아르노는 협박을 하고 위협을 하긴 했지만, 통쾌함도 안도감도 느낄 수 없었다.

작은 왕국에 들어갔다 나오는 기분이다. 절대 파괴할 수 없는 단단한 위엄이 지배하는 왕국에.

아르노가 나가자, 메즈는 그의 등 뒤에서 문을 쾅― 하고 닫았다.

"브릴 님을 노예처럼 다루는군요."

"저 남자에게는 모두가 노예야."

"가실 겁니까."

"가지 않을 방도가 없네, 지금은."

"안 가시면 좋겠습니다."

"안 갈 방도는 단 하나, 저 남자 등에 지금 칼을 꽂는 거야. 하지만 그러기엔 내 인생이 아까워. 고작 저 남자 하나 죽이고 끝나는 인생이라니."

브릴은 웃으며 머리를 쓸어 올렸다.

"성 관리는, 일단 시하라가 대신하도록 해. 여태 하던 대로 하면 될 거야. 도착하는 대로 편지를 보낼 테니, 누하의 우편함을 잘 지키고 있어."

"저도 데리고 가십시오."

브릴은 메즈를 올려다보았다. 메즈의 눈빛은 단호했다. 결코 거절하지 못하게 만들겠다는 듯.

"메즈, 지금 내가 가야 하는 곳은 수도 체자야. 여기서는 관리인과 만날 때나 겪는 일을, 그곳에서는 거의 매일 겪어야 해. 굴욕적이고 힘들 거야."

"그날 이후, 저는 브릴 님의 것입니다. 물론 브릴 님이 말하시는 대로 불편할 테지만, 이곳에서 브릴 님 없이 지내는 것보다는 낫습니다."

"떠넘기지 마. 그날은 데일이 메즈를 나한테 버리고 간 거니까. 그것도 공짜로."

메즈는 고개를 저었다.

"지금 제가 하는 말은 농담이 아닙니다. 같이 가겠습니다. 버리고 가시면 따라가겠습니다. 이대로 가면, 브릴 님은 브릴 님 편이 하나도 없는 곳에 혼자서 가는 겁니다. 그건 제가 싫습니다. 게다가…… 브릴 님, 브릴 님이 떠나면 저 역시 혼자가 됩니다."

"가족에게 돌아가면 되잖아."

"부모님과 제 형제들은 저를 맡아 줄 수 없습니다. 저도 압니다. 저는 이제 마을로 돌아갈 수 없는 몸입니다. 브릴 님이 가시면 저는 몸이 없는 미친 정령 하나 불러내 몸에 붙인 다음 다시 숲에서 혼자서 살아야 할 테죠. 지난번에는 곰이었으니, 이번에는 오소리로."

브릴은 저도 모르게 웃었다.

"작은 게 편하긴 하겠네."

"브릴 님, 어차피 제 삶은 숲에 들어간 그날 한 번 끝났습니다. 그러니 데리고 가십시오."

"네가 가면 시하라도 같이 가겠다고 할 거야."

"시하라는 못 데리고 가겠지요?"

"메즈야 덩치가 있어서 함부로 대하지 못하지만 시하라는 아니지. 정말 괴로울 거야. 매번 지켜 줄 수 없고, 잠깐만 실수해도 불행한 일이 벌어지고 말 거야."

"감사합니다."

"뭐가?"

"데리고 가신다고 허락해 주셔서."

메즈의 눈이 웃고 있었다.

브릴을 진 기분이었다. 그게 그런 의미가 되냐.

"은근슬쩍 허락받네. 그 표정으로 그리 말하니 물릴 수도 없고, 네가 잘못 생각한 거라 할 수도 없고."

"그 표정이요?"

"기뻐하는 표정. 실망시킬 수 없는 표정. 내가 그 표정 앞에서 무슨 판단을 할 수 있겠어. 나를 위해 그런 표정을 지어 주는 사람에게."

메즈의 눈이 커졌다. 자기가 그런 표정을 지었다는 것에 당황하는 듯 보였고, 쑥스러운지 볼도 붉어졌다.

브릴은 고개를 저었다.

"메즈, 나는 이곳에서 그 어느 때보다 약했지만…… 외롭지 않았어."

브릴은 다정하게 웃었다. 메즈는 그 표정을 보고 얼굴을 더 붉혔다. 브릴이 보기에, 분명 아주 감동한 기색이었다.

"이곳에 왔을 때, 나는 아무것도 없었어. 내가 가장 사랑했던, 내가 단 하나만 있어도 된다고 생각했던 존재가 죽었으니. 사랑할 것도, 기댈 것도, 좋아할 것도 없었어. 살아남을 이유도, 존엄을 지킬 이유도 없었지. 사실, 나는 아주 슬펐어. 너무나 슬퍼서, 매일매일 나 자신을 잊는 것밖에는 도리가 없었지."

폭동이 일어날 무렵 그냥 도망쳐 버릴까도 생각했다.

실제, 덤불 숲 근처에서 사람들이 이야기하는 것을 들을 때만 해도 이대로 사라지면 괜찮을 거라 생각했다.

이대로 가면—

가만히 생각해 보니, 그리되면 이곳에 군대가 들이닥칠 건 분명했다.

많이 죽을 것이다.

어쩌면, 시하라도.

하늘은 검었고 별은 하얗게 빛났다.

그날 처음 알았다.

하늘이란 게 이렇게 넓다는 것을, 이리도 깊고 이리도 많은 것들을 품고 있다는 것을. 또 별이 많은 하늘 아래 누워 있으면, 별들이 마치 쏟아지는 것처럼 보인다는 것을 그날 알았다.

떠나고 싶지 않아졌다.

이 별을 더 보고 싶었다. 이 숲을, 이 벌판을, 이 마을을 더 보고 싶어졌다.

맞설 수 있을 것 같았고, 맞서 보기로 했다.

그래서 돌아갔다.

돌아가는 순간, 성을 향해 달리는 그 순간 등에 날개가 달린 것 같았다. 발이 가벼웠다. 세상이 환했다. 기뻤다.

"메즈, 여기서 나는 나를 얻었고, 나는 이런 나를 존중해. 그러니 고마워, 모두에게. 내게 기회를 준 것을. 그리고 그 기회를 소중히 여겨 준 것에."

"우리는 동정을 베푼 게 아닙니다."

"도움을 주었지. 내게 필요한 일을 해 주었어."

아버지는 태어나기도 전에 돌아가시고, 어머니는 브릴을 멀리했다. 아무리 부모라도 안 맞을 수는 있다. 둘 사이의 최선은 적당한 거리를 유지하는 것뿐이었다.

그러니 여기서 처음으로 타인과 제대로 관계를 만든 것이다.

추억은 엘리안과 쌓은 것이 더 많은데, 돌이켜 보면 '진짜'라 불릴 만한 것, 누군가와 관계를 맺고 대화를 하고 교류를 하는 것은 이곳에서 다 처음 해 보았다.

예의나 겸손을 배운 건 아니다. 브릴이 진정 배운 건, 타인에게 다정해지는 법이었다. 타인을 진솔하게 바라볼 수 있게 되는 것이며, 자신을 강요하지 않고 타인을 이해하는 것이었다.

항상 원하는 길만 갈 수는 없겠지. 항상 탄탄할 수도 없고, 항상 원만할 수도 없을 테고. 바닥을 봐야 할 때도 있을 거다.

다만, 브릴은 그때만큼 자신이 무력하지 않기를 바란다. 비참하거나 굴욕적이지 않기를, 자신감을 잃고 스스로를 멸시하지 않기를 바랐다.

다시 자유로울 수 있기를 바란다. 누군가를 잃지 않기를, 지킬 수 있기를 바란다.

그리고 그중 가장 지키고 싶은 건, 브릴 자신이었다.

"같이 가 줘서 고마워."

무엇이 있을지 모르지만.

또, 처음이다. 누군가에게 '같이'라고 말하는 것은.

마음의 넓이가 넓어진 기분이다.

브릴이 아는 세상이 커진 느낌이고, 브릴 자체가 강해지고 자라난 기분이었다.

❈ 제 5 장 ❈

망명자들

왕세자 아르노가 돌아온다는 소식이 체자의 왕궁으로 전해졌다.

아르노에게 분노한 왕세자비의 편지가 궁으로 날아왔지만, 그녀의 편지가 도착했을 때 남편인 아르노가 없다 보니 대신 내무장관의 책상에 놓였다. 주군 대신 편지를 읽은 장관은 왕세자비에게 동정을 표했다.

에스델라 덕에 문서상으로나마 왕세자비였던 사람이다. 이제 에스델라가 없으니, 조만간 왕세자비는 증오하는 아내에서 증오하는 전처로 지위가 바뀔 것이다.

에스델라 공주의 호위대장 길리온 안스터빌도 명령을 받았다.

"웨번 숲, 암닉시아 궁으로 가게나. 각하께서 자네들이 지킬 분과 함께 올 테니. 각하께서는 자네들이 먼저 와서 기다리고 있길 바라네."

후계자에 대한 소문은 이미 온 체자에 무성했다.

왕자들이 죄다 머리를 맞대고 싸우고 있는 중이고, 거기에 공주들도 합세에 한마디씩 보탰다. 그런 상황에서, 아르노는 마이언의 딸, 거기에 몇 년 전에 축출된 그 셰어브릴을 데리러 갔다. 이런 형의 예상치 못한 행동에, 동생들은 모두 뒤통수가 얼얼했다.

길리온도 그 소문을 들었다. 공주가 죽었다는 것을 인정하는 것도 불쾌한데, 하필이면 몇 년 전 공주를 분노하게 했던 엘리안의 쌍둥이 누이가 온다는 것에 더 불쾌해졌다. 또, 자기는 윗사람들이 어떻게 처리할지 몰라 주눅 들어 있는데 그 여자는 시골에 처박혀 있다가 왕족이란 이유로 벼락이 치듯 올라오는 것이 마음에 안 들었다.

"혹시, 후계자가 정해진 겁니까."

궁무 장관은 길리온이 그렇게 묻자 눈살을 찌푸렸다.

"그건 각하께서 정하실 바이고, 자네 일은 이에 복종하는 거네. 아무것도 묻지 말고, 아무것도 말하지 말게."

"저 혼자 갑니까?"

"아니, 마르셀 경도 같이 가."

궁무 장관은 길리온의 불만스러운 얼굴을 보았다.

"왜 그러나?"

"혹시 마르셀이 저보다 먼저 명령을 들은 겁니까."

"대장 부대장 순서가 필요한가? 자네보다 가까이 있어서 먼저 왔고, 먼저 왔으니 먼저 들은 거네."

길리온은 자기를 무시하는 거라고 항의하려다 입을 다물었다. 물론, 이 궁무 장관은 길리온이 더 가까이 있었어도 부대장인 마르셀에게 먼저 말했을 것이다. 길리온은 명령도, 명령을 받은 방식도 마음에 안 들었고 가라는 곳도 마음에 안 들었다.

암닉시아 궁이라니. 그곳에 누가 있는지 모르는 사람이 어디 있다고!

"한 달 만의 명령이잖아요."

분통을 터뜨리는 길리온을, 부대장인 마르셀이 달래며 말했다.

길리온은 궁무 장관이 나간 것을 확인한 다음 고함을 질렀다.

"하지만 우리더러 암닉시아 궁으로 가라 하다니. 너무하잖아!"

"암닉시아 궁과 웨번 숲은 말이죠, 왕실의 선조가 지켜 주는 숲이에요. 어찌나 잘 지켜 주셨는지, 혁명 때 왕의 목이 잘리는 동안에 왕자님을 보호해 주었잖아요. 그러니 숲의 영광을 생각하며 가자고요."

그리고 이 이야기의 주인공인 왕자는 아르노의 할아버지이다. 왕자는 아버지가 재판을 받는 동안 탈출해 하일드로 도망쳤고, 몇 년 뒤 왕당파 군과 하일드의 군을 이끌고 수도를 되찾았다. 그러나 깨끗하게 승리하지는 못해, 몇 년간의 지지부진한 내전 끝에 의회를 인정해야 했다.

그래도 왕은 당시 자신을 숨겨 주었던 암닉시아를 잊지 않았다. 돌아오자마자 대대적인 공사를 거쳐 개축하고, 거기에 '명예로운 보호의 궁'이라는 칭호도 내렸다. 무생물 중 최고 공신이었다.

뒤를 이어 왕이 된 필파니온은 이 궁의 내부를 다시 수리한 뒤에 '가장 명예로운 여성의 궁'이라 칭하고 왕비에게 선물로 주었다. 왕비가 서거한 뒤에는 왕세자비가 이 궁을 가져야 했지만 쫓겨났고, 다음 차례였던 에스델라는 궁이 너무 낡았다며 내팽개쳤다.

주인 없이 남겨진 그 궁은 아르노가 원하는 사람에게 주었다. 그 결정에 왕세자비는 어마어마하게 분노했으나, 아르노도 에스델라도 무시했다.

길리온이 분통이 터진 건, 바로 그 지금 주인 때문이었다.

분통 터진 것을 감출 의지가 없던 길리온은 미리 가지 않고 당일 날 출발해 궁 앞에서 아르노를 기다렸다.

아르노는 예고했던 날, 예고한 시간에 맞춰 도착했다.

"어서 오십시오. 아르노 전하."

"오래 기다렸나?"

"아, 아닙니다."

길리온은 정작 아르노 앞에 서니 반항적인 기분이 누그러지며 소심해졌다. 왕당파 중의 왕당파인 길리온이지만, 이 남자가 왕이 되는 것만큼은 싫었다.

아르노는 암닉시아 쪽을 본 다음 물었다.

"궁은 머물 만하던가."

"그, 그게."

답할 수가 없었다. 조금 전에 도착했으니.

아르노가 자기가 지시한 것을 한 톨이라도 어기면 어떻게 하는지 이제 아는 길리온은 그제야 자기 실수를 깨닫고 안절부절못했다. 다행히, 마르셀이 둘러대 주었다.

"주인이 계시지 않는 궁에 먼저 들어가 있는 건 예의가 아닌 것 같아, 밖에서 기다렸습니다."

"아, 그래? 그건 미처 생각하지 못했군."

짜증을 낼 준비를 하던 아르노는 그런 마르셀의 변명을 받아들였다. 벌벌 떨던 길리온은 안심했고, 그렇게 여유가 생기자 소문의 셰어브릴을 찾았다.

여자는 하나뿐이라, 금방 찾을 수 있었다. 그 여자는 체격이 탄탄한 갈색 말에 타고 있었다. 차림새도 괴상했다. 가죽 바지에 제복 코트를 걸치고 있으니.

여자 옆에는 가죽옷을 입은 키 큰 남자가 있었다. 금발 머리에 옅은 녹색 눈을 가진 이민족 청년이었다. 노예인가? 그런데 검을 차고 말까지 타고 있다. 그럼 자유민이거나 하인이란 건데, 감히 기사들과 같은 자리에서 말에 타고 있다니.

"셰어브릴."

아르노가 부르자, 여자의 눈이 길리온을 향했다.

빤히 보던 길리온은 급히 고개를 숙였다.

"길리온 안스터빌 경이다. 에스텔라의 호위대 대장이지. 여기서부터 수도까지, 그리고 그 후에도 너를 호위할 거다."

여자의 눈이 길리온을 살피는데, '저게?' 정도의 하찮다는 시선인 것 같아 기분이 나빴다.

소녀였던 에스텔라와는 달리 어른 아가씨였다. 갸름한 얼굴에, 짙은 흑갈색 머리카락 아래에 침착한 청회색 눈이 보였다. 우아하고 차가운 분위기였고, 빈틈없는 이목구비가 아주 화려했다. 왕족이나 귀족이라기보다는, 여배우나 가수 같은 인상이었다.

"만나 뵙게 되어 영광입니다."

"나 역시."

여자는 관대하게 무관심한 성품인 듯, 약간의 동요도 호기심도 없이 길리온의 인사를 받았다.

"그리고 이쪽은 마르셀 누파사 경입니다."

마르셀은 모자를 가슴에 댄 다음 생긋 웃었다.

"영광입니다. 부대장인 마르셀 누파사 경이랍니다."

이 마르셀로 말할 것 같으면, 응접실 그림에서 튀어나온 듯 예쁜 외모의 청년이었다. 현 해군성 장관인 누파사 장군의 아들이지만, 손자를 유달리 어여뻐하는 이놈 할머니가 공주의 기사단에 넣은 것이다. 집안도 좋은 데다 얼굴도 워낙 예쁘게 잘생겨서, 이런 마르셀이 웃으며 말하면 여자들은 경계심이 사라지고 호기심 어린 눈을 반짝였다.

여자 역시 만족한 듯 웃었다.

"반가워, 마르셀 경."

덕택에 길리온이 원했던 엄숙한 분위기는 엄두도 낼 수 없는 상황이 되었다. 위압적으로 굴려 했지만 오히려 우습게 보이고, 호감은 마르셀이 다 흡수해 가 버렸다.

아르노가 말했다.

"우선 암닉시아 궁으로 가, 사흘 머문 뒤 수도로 들어간다."

"저, 전하."

길리온이 급히 말했다.

자신의 말에 반박하는 것을 몹시 싫어하는 아르노가 싸늘하게 길리온을 보았다.

"불만 있나."

"저, 이대로 왕궁으로 가시는 게 나을 듯해 그렇습니다."

"자네가 조언할 일은 아니지 않나."

닥치란 거다. 다른 기사들도 네까짓 게 뭐 대단하다고 시비냐는 표정들이었다. 아르노는 궁으로 말머리를 돌렸다. 기사들 모두 호위 대열을 잡고 아르노의 뒤를 따랐다. 브릴도 그 뒤를 따르려, 길리온이 오자 기다렸다.

그제야 길리온은 여자의 허리에 매인 검을 발견했다. 검집은 낡았지만 칼자루는 아주 새것이었다. 금방 명가(名家)의 대장간에서 나온 듯 섬세하고 화려하다. 어디서 저런 보도를 들고 온 걸까. 장식용인가? 그러나 아가씨 허리 장식용으론 어울리지 않는다.

"무슨 일이지?"

여자가 물었다.

"옆에 있는 저 남자는 하인입니까."

길리온은 이민족 청년을 엄지로 가리키며 물었다. 브릴의 눈이 가늘어졌다.

"그건 왜 묻는 거지?"

"곧 궁으로 들어가시게 될 텐데, 가르쳐 드려야 할 것 같아서 말씀드립니다. 하인은 궁에 말을 타고 들어갈 수 없습니다."

"입구에서부터 붙잡혀 끌려가나?"

"네?"

"붙잡혀 끌려가는 건지 아닌지, 그걸 묻고 있어."

그걸 어떻게 아나. 암닉시아 궁에 하인이나 근위 기사가 얼마나 있는지도 모르는데.

"그게 아니라면 그가 말에서 내릴 이유가 없고, 만약 그렇다면 나는 궁에 묵지 않고 근처 여관에서나 묵겠다."

"저, 셰어브릴 님."

"내가 물어본 질문에 먼저 답해. 설마, 모르는 건가."

길리온은 말문이 막혔다. 모르는 게 맞으니까.

"그럼 어떤 일이 발생하든 내가 가서 판단하면 되겠군. 가자, 메즈."

브릴은 말의 고삐를 당겨 아르노의 뒤를 따랐다. 메즈라 불린 청년도 길리온을 쏘아보곤 자리를 떴다.

길리온은 당황했다.

뭐, 이런 여자가 다 있나. 말투도 그렇고, 태도도 그렇고, 길리온을 완벽하게 무시한다. 물론, 본인은 부인하지만 애초에 두 마디 이상 말을 섞어 주는 여자 자체가 처음이긴 했다.

보다 못한 마르셀이 길리온을 잡아끌었다.

"길 대장, 왜 벌써 시비예요."

"우리가 호위할 분인데, 물정을 몰라 실수를 하지 않도록 도와 드려야지."

"그건 길리온 경이 할 일이 아니라, 저분이 알아서 할 일이에요."

"모르는 것 같으면 가르쳐 주는 게 도리잖아!"

"자, 가르쳐 드리죠. 하인이건 기사건, 저분의 수행원이면 아무도 상관할 수 없어요. 알겠어요? 저분은 왕족이고요, 궁이라 칭해진 곳에서 자의로 판단하고 행동할 권리가 있어요."

"그런 법이 어디 있어!"

"있어요. 설마하니, 제가 그걸 모르겠어요?"

그리고 마르셸은 눈에 힘을 주고 길리온을 쳐다보았다. 길리온은 말문이 막혔다.

"그, 그렇겠다."

"자, 어서 오기나 해요. 더 이상 시비 걸지 말고요!"

길리온은 기가 죽어 화가 난 마르셸을 따라가야 했다. 아주 부끄러운 일을 해 버린 기분이다.

암닉시아 궁은 사냥철용 별궁이었다.

궁을 둘러싼 울창한 느티나무 숲 때문에 느티나무 궁전이라고도 불리고, 작심하고 들어가야 하는 고립된 구역이기도 했다. 그 덕에 사냥 축제 한철을 제하고는 한적했다.

궁에 도착한 브릴은 시녀의 안내를 받아 배정된 방으로 갔다.

호화로운 건 아니지만 오래된 나무 가구들이 아늑하게 배치되어 몸과 기분이 편안해지는 방이었다. 방으로 들어간 브릴은 테이블 앞 의자에 앉았다. 푹신하고 편한 의자였다. 앉자마자 몸이 녹아내리는 것 같았다.

"후."

실내 장식도 아주 좋다.

짙은 적색 카펫은 기분을 편하게 해 주고, 벽은 우아한 장미와 덩굴무늬의 벽지로 덮여 있었다. 깨끗하게 청소해 가며 공들여 꾸미고 매만진 곳이었다. 겉은 구식 궁이지만, 실내는 우아하고 오래된 가풍의 가문이

꾸려 온 저택 내부 같았다.

여름휴가나 사냥철에만 개방되어 왔다는 성이 이렇게 깨끗하고 고즈넉한 분위기를 풍길 수 없다. 누군가가 계속 거주하며 꾸며 온 것이다.

나이 든 가정부가 식사를 준비하기 시작했다. 살만 저며 구운 닭구이, 버섯 스프, 조린 야채와 부드러운 흰 빵이 놓였다. 먹기 편하고 보기도 좋은 식사였다. 이런 섬세한 배려를 아르노 같은 사람이 했을 리는 없다. 혹시, 성의 '지금 주인'이 정해 둔 걸까. 방도 손님을 맞이할 준비가 되어 있었다. 옷걸이와 솔, 화장대까지, 모두 여자 손님을 위해 세심하게 준비해 둔 것이다. 여자 손님이긴 손님이되, 준비한 것을 전혀 쓰지 않는 사람일 줄은 몰랐겠지만.

식사 준비를 마친 가정부가 말했다.

"하인분은 제가 하인 식당으로 안내하겠습니다."

"아니. 그러지 마. 메즈는 내 하인이 아니니까. 같이 식사하거나, 최소한 옆방에서 식사하도록 해 줘."

그러자 가정부가 머뭇댔다.

"왜 그래?"

"지, 지시를 받을 줄은 몰라서 그렇습니다."

"내 지시를 따르는 게 좋지 않을까. 당신 주인보다는 내 지위가 높을 텐데?"

"그래도 그분은 이곳의 주, 주인이십니다."

"관리하는 중이지, 주인은 아니야. 본인의 마음가짐이 그렇다 하더라도, 내가 따라 줄 이유는 없지 않나?"

브릴이 알기로, '그 여자'는 하급 귀족인 데다 아무런 지위도 없다. 왕자비도 왕세자비도 아니고, 평범한 아내조차 아니다. 반면, 브릴은 분명 왕자의 딸인 왕족이다. 다른 곳이라면 몰라도, 이곳은 왕궁이다. 브릴의 명령과 선택이 최우선이다.

"저, 저기. 그렇긴 하지만."

"우물쭈물하지 말고, 그냥 내 말 들어. 무리한 걸 요구하진 않을 테니, 내 심기를 불편하게 하느니 차라리 그 편이 나을 거야. 그리고 나는 심기 불편해지면 해질수록 무리한 요구를 할 가능성도 높아져."

"알겠습니다."

"전하는 어디로 가셨지?"

"별채로 가셨습니다. 그분의 기사들 역시 그곳으로 가셨습니다."

"그럼 이 궁에 남은 사람은 누구인가?"

"아가씨의 하인…… 아니, 친구분과 기사님들입니다."

공주의 기사들만 여기 남은 건가. 대놓고 차별이네. 브릴은 아르노가 뻔하게 구는 것이 마음에 들지 않았다. 그만큼 우습게 안다는 뜻이니.

"일단 메즈의 식사도 여기로 가지고 와."

"네."

브릴은 앉아서 식사를 시작했다. 맛은 제법 좋았다.

원칙상으로는 아르노와 별거 중인 그의 아내가 이 궁에 있어야 한다. 그러나 아르노는 아내에게 왕실 소유의 모든 건물들에 대한 접근 금지 명령을 내렸다.

그 후 아르노는 이 궁을 다른 여자에게 주었고, 그 결정은 많은 사람들을 기가 막히게 했다.

궁을 선물로 받은 사람은 바로 이사벨 데스트레, 즉 아르노의 정부(情婦)였기 때문이다.

정부라 해도 아내보다 오랫동안 알아온 여인이다. 그 여자를 옆에 두기 위해 아르노가 한 일들을 보면, 아르노는 이사벨을 진짜 아내로 대접하고 왕세자비는 에스델라를 위한 합법적 자궁으로만 취급하고 있었다.

왕세자비는 그런 역할을 순종적으로 할 수 있는 여자가 아니었고, 아르노는 자기가 먼저 잘못했다 하더라도 상대가 항의하면 자기 기분이 나쁘다며 상대를 죄인으로 만드는 사람이었다.

식사를 마친 브릴은 디저트로 나온 셔벗과 달콤한 와인을 삼키고 창밖을 보았다. 노을에 젖은 커다란 호수와 나무가 보인다.

예전에 본 기억이 있다.

아르노가 찾아온 날 아침 꿈에서 봤던 곳이다. 저 숲과 호수, 또 궁의 구식 구조까지. 똑같다.

더 알아보고 싶어, 브릴은 방을 나와 복도 맞은편 창으로 갔다. 궁의 정문이 보였다. 정문과 현관 사이에 있는 분수대를 보니, 확실하다. 이곳이다.

무슨 의미일까. 라바이가 잡혀간 날도 그렇게 꿈을 꾸었는데.

그때 복도 끝 문이 열렸다. 들어온 사람은 길리온 경이었다. 브릴은 창가에서 물러나 길리온을 마주 보았다.

"무슨 일이지?"

"저, 드릴 말씀이 있어서 왔습니다."

길리온 경은 어깨에 힘주고 당당하게 다가왔다.

단둘이 있는 상황에서 키 큰 남자가 이런 식으로 방자하게 가까이 오는 건, 위협적으로 보이려고 그러는 거다. 브릴은 그다지 마음에 들지 않았다.

얼굴은 결코 브릴의 취향이 아니고, 아마 대부분의 여자 취향이 아닐 테지만, 그래도 키 크고 몸은 반듯한 남자였다. 그런 남자가 압박을 주려는 의도가 뻔히 보이게 성큼 다가와 으스대듯 몸을 들이대는 건 대단히 불쾌한 무례였다.

"나하고 이야기할 건 없을 텐데."

"소문으로는 중요한 분이 되실 거라는데요."

"아."

브릴이 후계자가 된다고 소문났다면, 지금쯤 천사의 자리를 가지려는 마녀 비슷한 취급을 받고 있을 것이다. 인기 좋은 에스델라가 죽자마자 튀어나온 망할 계집애라고 욕먹고 있을 테지.

"나는 내가 뭐가 될지 아직도 몰라. 어느 날 갑자기 아르노 각하가 찾아왔고, 바로 다음 날 이렇게 끌려 나온 거니까. 궁금한 게 있으면, 각하와 이야기를 해. 섭정공에다 왕세자 전하시니 후계자가 누가 될지는 나보다 잘 알 테지."

"셰어브릴 님이 데리고 온 그 기사는 뭡니까."

"그는 기사가 아닌데."

'기사'라고 일부러 말하는 건, 비꼬려고 저러는 거다. 아까 들어올 때 받아쳤더니, 그게 불쾌하다고 이런다. '그따위가 감히'라는 어조는 어떻게든 씻어 낼 수가 없다.

브릴은 이 기사가 아주 마음에 들지 않기 시작했다. 성이 안스터빌이니, 안스터빌 백작가 아들이겠다. 에스델라 자존심에 직계가 아닌 남자를 옆에 놓아둘 리가 없으니까. 그러나 아무리 백작가라도, 브릴이 속한 왕가보다는 낮다.

"기사가 아니라면, 혹시 노예입니까? 만약 그렇다면, 되바라졌다고 잔소리 꽤 듣습니다. 미혼 여성이 성인 남성 노예라니."

기사가 아니라고 했더니 바로 노예다.

"이봐, 기사님. 메즈는 자유인이고, 그런 모욕적인 말을 들을 사람은 아니야. 나 역시 그런 말을 들어야 할 만큼 잘못 처신한 기억이 없는데."

"알아 두셔야 합니다. 그럴 만한 빌미를 주셨으니 제가 그리 판단한 거겠지요. 예의란 건, 그리고 왕족의 품격이란 건 자기 자신이 정하는 게 아닙니다. 모두가 정한 걸 따라야 간신히 얻을 수 있는 겁니다."

브릴은 푸— 하고 한숨을 내 쉬었다.

이건 또 뭐 하는 진상이람. 안스터빌 백작가가 명문가이긴 하다만, 후계자도 아닌 아들이 왕족에게 진상 부려도 될 만큼 높은 건 아니다.

"이봐, 기사님. 나는 나를 지켜 주고 돕는 사람을 존중할 의무가 있어. 메즈는 그런 사람이고. 그를 어찌할지는 내가 정하는 거지, 다른 사람 눈이나 험담, 잔소리는 아니야. 그러니 길리온 경, 경이 더 이상 나설 필요 없어."

"도움을 받아야 할 겁니다. 저는 에스델라 공주님을 몇 년간 옆에서 모셔 왔습니다."

"그래서?"

"저만큼 왕족에 대해 잘 아는 사람이 없습니다. 뭘 하셔야 할지, 뭘 하지 말아야 할지. 제가 가장 잘 판단할 수 있을 겁니다. 그러니 이제부터 제 말을 들어 주십시오."

이게 미쳤나. 아까부터 계속 들이대더니, 이제 아예 기어오른다.

"그런 사람이 필요할 것 같으면 내가 알아서 적임자를 찾아보도록 하지. 그러니 기사님은 가."

"네?"

"가라고. 좀 더 강한 말로 해야 듣겠다면, 좋아. 나가, 꺼져, 엉덩이 밑에 있는 게 다리라면 지금 당장 쓰도록 해."

길리온은 경악했다.

"예의가 없으시군요."

"기사님은 버르장머리가 없지."

브릴은 복도의 문을 가리켰다.

"그리고 다음부터는 할 말이 있으면 기사님이 생각하기에도 안전하고 평화롭고 공평한 상황에서, 다른 사람도 있는 자리에서 해."

"무, 무슨 말씀입니까."

"이런 식으로 겁준 다음 말하지 말라는 의미야. 기분 나쁘군. 그리고 나에게 있어 내 기분이 나쁜 건 아주 중요한 문제라서."

"당신이 먼저 상냥하게 말씀하셔야지요. 숙녀분이라면 당연히 기사에게 예의를 지키셔야 합니다. 그리고 기사의 기분은 함부로 상하게 하는 게 아닙니다."

길리온의 손이 칼자루로 향했다.

브릴은 결론을 내렸다.

정말 미쳤구나.

순간 주변이 어두워지더니, 길리온의 얼굴이 하얗게 변했다.

브릴은 길리온의 어깨 너머를 보았다. 메즈의 오른손이 길리온의 목 뒤를 꽉 잡고, 왼손은 손목을 잡아 비틀고 있었다. 길리온의 손이 시뻘겋게 변했다.

"메즈, 놔줘."

"브릴 님을 위협하려 했습니다."

"그다지 위험한 건 아니었어. 그러니 어서 놔. 얼굴 봐. 곧 죽겠다."

메즈가 팔을 놓았다. 길리온이 안도의 한숨을 내쉬는 순간, 브릴은 단숨에 길리온의 무릎 뒤로 발을 넣었다.

"으악!"

길리온의 무릎이 앞으로 굽혀졌다. 브릴은 그의 발목을 노리고 걸어찼다. 길리온이 비명과 함께 넘어졌다. 브릴은 그 순간을 놓치지 않고 길리온의 검을 뽑았다.

"이봐!"

검을 빼앗긴 길리온이 모욕감에 고함을 질렀다. 브릴은 길리온의 어깨를 발로 누르고 목 옆에 검을 휘둘러 꽂아 넣었다. 길리온의 놀란 눈이 날을 향했다. 날은 길리온의 목 바로 옆을 스쳐 지나갔다.

"봐, 이분이 나를 제대로 위협할 만큼 대단한 것도 아니잖아."

브릴은 검을 놓곤 고개를 숙였다. 긴 머리카락이 흘러내렸다.

"앞으로 우리는 아예 말을 하지 말자. 그러는 편이 기사님도 좋고 나도 좋겠어. 그래야 속 터지거나 주먹이 날아가거나 발이 날아갈 일은 없을 테니. 그리고 봐서 알겠지만, 그런 상황이 벌어지면 기사님이 불리해."

길리온이 가만히 있자, 메즈가 길리온의 뒷덜미를 잡아 질질 끌고 갔다. 그리고 복도 끝 문밖으로 내던진 다음 쾅 닫아 버렸다.

"그렇게 쓰레기 치우듯 할 필요는 없는데."

"화나게 하지 않습니까."

"나는 화 안 났어."

"제가 화가 났습니다."

얼굴을 보니, 메즈는 정말 화가 났다. 길리온이 있던 곳을 노려보며 이를 악물고 있었다. 어깨도 숨을 몰아쉬느라 들썩댔다. 메즈가 이렇게 감정적으로 동요한 건 처음 본다.

"앞으로 이런 경우 많을 텐데, 매번 화내다 보면 지칠 거야."

"매번, 새롭게 화가 날 겁니다. 브릴 님의 일이라면, 저는 항상 화가 날 테니까요."

브릴은 피식 웃었다.

"알았어. 들어와. 식사는 어땠어?"

"속이셨더군요."

"응, 왜?"

"맛있었습니다."

"……음?"

"예전에 왕국 요리는 다 맛이 없다고 하셨지 않습니까. 그런데 여기에서 나온 요리는 맛있던데요."

"……."

쓸데없는 거 기억하지 마. 거짓말과 잡소리를 본인 말고 다른 사람이 일일이 기억하는 건 두려운 일이다.

"아, 아마 제국 출신 요리사일 거야."

그리고 제국의 요리라면, 기차 안에서 사 먹는 샌드위치와 닭고기 구이도 천상의 맛이었다. 어렸을 때 먹어 봐서 안다.

"신경 쓰이는 건 없어?"

"……이 궁, 이상합니다."

"뭐가 이상한데."

"너무 조용합니다. 사람이 너무 없어요. 분명 여러 사람이 고용되어 치우고 쓸던 곳일 텐데, 빈집처럼 아무도 없군요."

"이 궁에는 원래 살던 사람이 있지만, 그 사람이 자리를 비운 것 같아. 고용인들도 최소만 남고 물러나 있는 거겠지."

"원래 살던 사람이 누구입니까."

"아르노의 정부(情婦)."

"정부요?"

메즈는 눈살을 찌푸리며 불쾌해했다.

"표정이 왜 그래?"

"그리 까다롭게 굴던 남자가, 아내 말고 다른 여자를 옆에 두는 부도덕한 자라는 것에 화가 나는군요."

"여태 듣던 말과 다른 방향이라 신선하네. 그건 그래. 다들 이사벨 데스트레라는 본명보다는 '전하의 창녀'라고 더 많이 부르다 보니, 진짜 잘못은 아르노에게 있다는 걸 잊지."

아르노는 젊은 나이에 이사벨을 만났다. 그러나 살데니아 출신의, 평민과 다를 바 없는 하급 귀족 과부에게 왕비 자리를 줄 나라는 어디에도 없었다. 아르노도 그 점은 인정하고 포기했지만, 이사벨과 헤어지지도 않았고 결혼을 포기하지도 않았다. 아르노에게는 후계자가, 그것도 적법한 직계 후계자가 있어야 했다.

엘리안이 태어나자, 아르노는 지금의 왕세자비를 아내로 맞이했다. 그러나 결혼한 지 두 달 만에 왕세자비와 엄청나게 싸워 대기 시작해, 결국 마주 보는 것도 싫어서 신문지면으로 비난 성명을 내며 싸웠다. 에스델라가 어떻게 생겼는지는 아직도 의문이다.

"그런데 지금 그 여성분이 없다는 겁니까."

"아르노 성격상, 일부러 나가라 할 리는 없고. 자기 여자가 불편하다고 오지 못하게 했으면 했지, 그 여자에게 나가라고 할 리가 없지."

"그래도 됩니까?"

"아르노는 그러고도 남을 분이라. 엄격한 분인데, 자기 여자들에 관한 한 한없이 너그럽고 후하거든."

원칙상으로야 왕실 여자가 오니 왕세자의 정부 같은 신분의 여자는 나가는 게 맞다. 그런데 아르노는 그런 예의를 지킬 남자가 아니다. 보나마나, 다른 이유가 있다.

"흠."

과연, 아르노에게 다음 후계자가 중요한 걸까. 그것도 이렇게 빨리?

후계 문제를 중심에 놓는다면 브릴을 택할 이유는 어디에도 없다. 브릴을 택했다 하더라도, 그 문제가 급하면 이곳에서 사흘이나 지체할 이유가 없다.

그런 주제에 브릴을 직접 데리고 온 데다 딸의 호위까지 붙여 주었다. 누가 봐도 '이 아이를 몹시 중요하게 여기고 있습니다.' 라는 것이다. 브릴이 보기에, 겉보기만 중요한 행동만 할 뿐 실제 중요한 행동은 하지 않는다. 실속 없는 결정은 빠르게, 진짜 중요한 결정은 어물댄다.

브릴의 눈이 궁의 정원을 향했다.

이 나라는 연방제다. 아르노가 아무리 권력욕이 강해도 마음대로 할 수 없는 게 너무 많다. 이런 상황에서 아르노는 어찌할 건가.

딸의 죽음만 슬퍼하다가 보기 싫은 동생들의 아들 중 하나를 후계자로 삼을 건가. 아니면 이걸 하일드와 의회라는 사자와 용을 다룰 기회로 잡을 것인가.

보나마나 후자다. 그리고 빌어먹을 백부 아르노는 그 후자를 위해 되도 않는 방법을 쓸 것이다.

아르노다운. 아주 되도 않는 방법.

브릴은 궁의 뜰을 노려보았다.

그게 뭘까, 아르노.

❖

"얼굴이 왜 그래요, 대장?"

마르셀이 길리온을 보자마자 물었다.

길리온은 시선을 피했다.

"가, 각하의 기사들은 어디 있지?"

"말 돌리는 걸 보니, 답하기 싫은 거군요. 각하와 함께 별궁으로 갔지요."

"그럼 여길 지키는 건 우리 일인데, 왜 이러고 있는 거야!"

마르셀은 식사 중이었다. 다른 놈들은 벌써 식사를 마치고 파이프 한 대 피우러 나갔다.

"대장. 잠깐만요."

마르셀은 샌드위치를 마저 먹고 와인을 삼킨 다음 말했다. 그동안, 길리온도 늦은 식사를 했다. 마르셀은 길리온의 배가 차고 기분이 안정된 것을 확인한 뒤에 말했다.

"대장, 왜 이리 안절부절못해요?"

"공주님 돌아가신 지 얼마나 되었다고."

"꽤 된 거죠. 저는요, 에스델라 공주님을 좋아했지만 두 달 이상 추모할 정도로 좋아한 건 아니에요. 공주님도 저에게 그토록 추모받을 거라고는 생각하지 않으실 테고 말이죠. 추모는 공주님과 혼담이 오고 갔던 분들의 몫으로 남겨 두자고요. 그분들에게야 슬픔의 문제라기보다는 복통의 문제일 테지만."

"야."

"길 대장, 우리는 다음을 생각해야 해요. 우리가 어떻게 될 것 같아요?"

"무슨 말이야?"

"원래대로라면 저하고 대장은 계급장과 제복은 물론이요, 검도 내놓고 시골로 내려가야 했어요. 그것도 운이 좋아야. 운이 나쁘면, 목숨으로 갚아야 할 수 있었다고요. 그런데 아르노 각하는 한 마디도, 정말 한 마디도 하지 않다가 이렇게 우리를 부르신 거라고요. 이게 과연, 괜찮은 걸까요?"

"……그, 그게 용서받은 걸 수도 있잖아."

마르셀이 허어, 하고 신음을 흘렸다.

"잘 알아 둬요. 우리 각하는 말이죠, 너그럽게 용서하시는 분이 아니에요."

"그럼 왜 우리를 부른 거냐."

"우리, 지금 벌 받는 중일 수도 있어요. 아니면 곧 벌 받을 예정이거나."

"벌…… 뭐?"

"공주님은 암살당한 거예요. 알잖아요."

길리온은 저도 모르게 주변을 둘러보았다.

"야, 이 미친놈아. 그걸 여기서 이야기하면 어떻게 해!"

"그게…… 쉿."

식당 안으로 키 큰 기사가 들어왔다. 근위대 장교 중 하나인 라드 경이었다.

라드 경은 식당 홀이 텅 빈 것을 보고 물었다.

"자네들 말고 다 어디 간 건가?"

마르셀이 답했다.

"쉬러 갔어요. 왜 그러시죠?"

라드 경은 짜증이 난 듯 눈살을 찌푸리고는 한숨을 내쉬었다.

"그럼 그렇지. 다 불러와, 당장."

길리온은 라드 경이 경멸을 숨기지도 않고 신경질적으로 나오자, 화가 났다.

"무슨 일이 있습니까."

"무슨 일이 있어야만 하는 건가? 왕족을 지키는 게 자네들 일 아닌가. 그런데 다 자리를 비워? 지금 당장들 올라가서, 자네들이 경호를 맡았다고 한 다음 제자리 지키게나."

"아, 알겠습니다."

마르셀이 뭐라 하려다, 길리온이 고분고분 답하자 가만히 있었다. 그런데 막상 답한 길리온은 막막해졌다. 방금 전 그 망신을 당했는데 다시 만나라고?

길리온은 얼른 마르셀의 뒷덜미를 잡았다.

"왜요, 길 대장?"

"네가 말해라."

"혹시 시비 걸다가 뺨 맞았어요?"

"아냐!"

"아니긴 뭐가 아니에요. 여기로 오는 내내 그렇게 티를 냈는데 내가 모를까요? 제발 그런 건 형들한테 배우지 말아요. 말 막히면 힘으로 위협하는 거, 윽박지르는 거!"

"여자들은 말로 해선 안 듣는단 말이다."

"그건 길 대장이 말로 할 줄 몰라서 그러는 거죠. 못하면 좀 배워요, 배워! 말이 막힌다고 자기가 유리한 게 분명한 주먹부터 드는 건 야비한 처신이에요."

"위협만 하는 거지, 안 때려! 그러는 너는 얼굴로 끼 부려서 여자들이 말을 들어 주는 거잖아!"

"아뇨, 그건 예의 바른 거죠. 왜 상대를 불쾌하게 만들면서 이야기해요? 제가 예의 바르게 대하면 상대도 예의 바르게 대해 주잖아요."

그러나 길리온은 마르셀의 태도가 예의 바른 게 아니라 얼굴이 예의 바른 거라 우겼다. '안녕하세요.' 한 마디만 해도 세상에서 제일 예의 바른 말이 되는 것 아니냔 것이다.

마르셀은 푸— 하고 한숨을 내쉬며 포기했다.

"이번에는 제가 이야기하죠. 하지만 이번이 마지막이에요. 다음부터는 길 대장이 알아서 해요."

"고맙다!"

"하아."

마르셀은 고개를 가로저으며 한숨을 푹푹 내쉬었지만, 그래도 자신에게 주어진 임무를 훌륭하게 수행했다.

노크를 해 허락을 받고, 문을 열며 활짝 웃었다.

세상을 멸망시킬 준비를 하던 여자도 이 미소를 보면 갑자기 행복해진다.

"안녕하십니까."

브릴은 창가에 서 있었다. 그 옆에는 메즈가 서 있었다. 둘 다, 길리온이 올 줄 알고 노려보다가 마르셀이 먼저 들어오자 얼굴이 활짝 누그러졌다.

"뭐지."

"셰어브릴 님 곁을 지키기 위해 왔습니다. 보다시피, 이곳은 외진 곳이라서. 우리는 공주님의 호위 기사였고, 근위대 소속입니다. 왕족을 지키는 것이 우리의 가장 큰 의무지요."

"어떻게 할 예정인데?"

"셰어브릴 님은 여기 계시고, 우리들은 이 응접실과 복도에 있을 겁니다. 시간이 지나면 교대할 거예요. 불편함 없도록 할 테니, 걱정 마세요."

브릴은 마르셀을 물끄러미 보았다. 길리온과는 달리, 마르셀의 태도는 아주 정중했다. 말투도 상냥하고.

"메즈, 이리 와 봐."

메즈가 앞으로 나서자, 브릴은 메즈를 가리키며 말했다.

"이쪽은 메즈 칸, 내 호위야. 서부에서부터 서로 돕고 살았던 이웃이자 친구지."

길리온은 마르셀 뒤로 피했다. 마르셀은 고개를 저은 다음, 메즈에게 아주 반듯하게 인사를 한 다음 말했다.

"저희하고는 처음 만나는 사이니까 셰어브릴 님이 잘 지시해 주세요."

"브릴."

"네?"

"브릴이라고 불러. 셰어브릴이 내 이름이지만, 그 이름으로는 거의 불리지 않아서. 괜찮아."

"네. 알겠습니다."

"그냥 경호 서는 거라면 이렇게 우르르 올 필요는 없어 보이는데. 진짜 이유가 뭐지?"

브릴은 길리온을 보며 물었다. 길리온은 무척 난감해했지만, 브릴이 길리온을 노린 이유는 간단하다.

브릴이 보기에, 이 마르셀은 보기만 해도 기분이 좋아지는 미남 기사지만 너무 노련하다. 필요한 말, 해야 할 말, 해선 안 되는 말과 감추어야 할 말을 감쪽같이 다룰 사람이다. 말실수를 기대할 수 있는 쪽은 단연 이 길리온이다.

"지금 수도 상황이 어떤지 알고 계십니까."

"범위를 말해 봐."

"네?"

"이 나라가 처한 상황인지, 수도가 처한 상황인지, 왕실이 처한 상황인지. 아니면 이 궁의 상황인지. 위험한 것투성이인데?"

"죄송합니다. 그, 그것까지는 제가……."

"좋아. 우선, 이곳의 여주인이 없다는 건 알아."

"……네?"

"기사님은 몰랐던 건가."

"우리가 알 필요가 없는 일인지라. 또, 그…… 그런 여자의 신변에 대해 궁금해하지 않는 게 예의라…… 숙녀분이 입에 담을 여자가 아닙니다."

"그 사람이 아르노 전하를 만난 건 왕세자비와 결혼하기 전이니까, 억울하게 낀 건 왕세자비고 나쁜 놈은 아르노 각하 아닌가. 나는 그 여자를 욕할 생각은 없어. 내 앞에서 그 이름이 나온다고 불쾌하지도 않고."

"천한 여인입니다."

"조금 전 기사님이 나에게 한 것에 비하면, 그 여자는 내게 아무런 해도 끼치지 않았어. 모르는 사람을 비난할 생각은 없어."

길리온의 얼굴이 시뻘게졌다. 마르셀은 한숨과 함께 손바닥에 얼굴을 묻었다. 역시, 역시.

"조금 전의 무례는 정말 죄송합니다."

브릴에게는, 무례를 저질러서 미안한 게 아니라 브릴에게 당한 망신이 수치스러워서 어떻게든 수습하고 싶어 하는 것으로 보였다.

"무슨 오해를 하는 건지는 모르겠는데, 아르노 전하는 내게 후계자 자리에 대해 말한 적은 없어. 양심이 아니야, 그건. 자존심이지. 에스델라가 어떻게 죽었는지, 거의 두 달이 넘도록 사인도 발표하지 않았지. 아르노 각하는 철저하게 입을 다물어 소문이 무성해지길 기다리고 있어. 어떻게든 범인이 필요한 시점, 즉 범인이 있어야만 하는 상황이 될 때까지."

브릴은 기대고 있는 창문 밖을 가리켰다. 별궁의 불빛이 보였다.

"여기서 내내 생각했어. 에스델라의 죽음이 암살이라면, 지금 아르노는 범인을 잡는 건 포기한 걸까? 아니, 포기하진 않았을 거야. 하지만 당장 잡을 수는 없고, 꽤 오래 걸릴 수도 있거나 아예 잡을 수 없을 가능성도 높지. 그런데 범인이 없다고 이 유리한 상황을 흘려보낼 수는 없겠지."

브릴은 고개를 숙여 창문 아래를 보았다.

"지금, 사람들 눈에는 이렇게 보일 거야. 공주는 암살당했고, 아르노 각하는 암살범을 아직 찾지는 못했지만 나라를 안정시키기 위해 후임을 데리고 온 거라고. 그런데 이러면 어떻게 될까. 공주를 살해한 사악한 자들이 후임도 살해한다면."

"그, 그런 일은 벌어지지 않을 겁니다."

길리온이 황급히 말했다.

"정말 없을 겁니다."

"과연? 만약 그런 일이 벌어지면, 각하가 얻어 갈 명분은 엄청나게 많은데? 일단, 희생자의 아버지니까 무슨 일을 하든 용서받을 거야. 그리고 그런 아버지가 지목하는 자를 얼마든지 범인으로 믿겠지. 그 상대가 지위가 높든 낮든 간에."

"그럴 리가 없습니다."

브릴은 그런 길리온을 보며, 이 기사가 아무것도 모르고 있고 예상도 못 했다는 것을 깨달았다. 부르니까 온 거다. 그래서 이렇게 필사적으로 부인하고 있지.

그러나 마르셀은 침착했다. 저 둘 중 일을 주도하는 쪽은 마르셀인 것 같다. 누파사라고 하니 누파사 제독의 아들일 테고, 대장이 아닌 부대장인 이유는 언제라도 그만두고 나오게 하려고 그리 만든 것이다. 대장일 경우 자리를 옮기기 힘드니까.

"긴장할 거 없어. 그런 일이 벌어지면 길리온 기사님과 마르셀 기사님은 희생양 역이지 범인 역은 아닐 테니. 게다가 내가 앞서 나간 걸 수도 있고. 아무 일도 없으면 없는 대로 다행이지. 또, 혹시 알아? 아르노 각하가 정말 나를 후계자로—"

순간, 브릴은 섬뜩한 감각을 느꼈다.

목덜미가 서늘해진다.

보이지 않는 무언가가, 그러나 힘이 있는 무언가가 브릴의 몸을 잡아 흔드는 것 같다.

[위험해.]

이건…….

[위험하다고!]

손끝이 뜨거워져, 브릴은 검을 보았다.

칼자루와 칼집 사이에서 빛이 나왔다.

메즈가 급히 돌아보며 외쳤다.

"브릴 님!"

메즈가 브릴의 어깨를 잡아 낚아채 안으로 당겼다. 브릴은 그의 가슴쪽으로 머리를 숙였다. 메즈가 팔로 브릴의 머리를 덮었다. 브릴은 검을 뽑았다. 칼날을 타고 불꽃이 휘몰아쳤다. 거의 동시에, 검에서 불꽃이 펑하고 터졌다. 커다란 폭발과 함께 깨진 벽돌이 안으로 쏟아졌다. 유리창이 깨지고 먼지가 자욱하게 피어올랐다.

"셰어브릴— 브릴 님!"

브릴의 검은 바닥에 꽂혀 있었다. 검을 중심으로 검게 그을린 벽돌과 카펫이 드러났다. 메즈는 허리를 숙인 채 기침을 하고 있었다.

"브릴 님. 괜찮으십니까?"

메즈가 물었다.

"일단 괜찮기는 해."

브릴과 메즈를 중심으로 반달 모양으로 벽돌 파편이 늘어져 있었다. 보이지 않는 벽에 부딪힌 듯, 둥글게 늘어진 채 밖으로 튕겨 나가 있었다.

브릴은 검을 뽑았다. 붉은 불꽃이 날을 핥듯이 스치곤 사라졌다.

마르셀이 놀라서 보았다.

"그거, 대체 뭡니까."

"귀신이 붙은 검이야."

그때 큰 폭음이 터졌다. 딛고 있는 바닥이 울렸다. 무너진 벽 너머로 불길이 치솟아 올랐다.

별궁이다.

브릴의 눈이 커졌다.

아르노가 있는 곳이다.

등 뒤에서 길리온이 길게 비명을 질렀다.

"각하아아아아아—?!"

길리온이야말로 이 자리에서 아르노를 안위를 걱정한 유일한 사람이었다.

멀리서 폭음이 들렸을 때, 아르노는 시선도 돌리지 않았다.

속 시원하기도 했다. 오랜만에 만난 조카는 불쾌하고 미웠다. 그 계집 애의 아버지인 마이언은 예의 바른 동생이었고, 어머니 지스티아는 평범 하고 지루한 귀족 여자였는데 그런 부모 밑에서 어떻게 저런 돌연변이가 튀어나온 걸까.

"각하."

옆에 있는 라드 경이 머뭇거리며 말을 꺼냈다.

"왜 그러나."

"마르셀 경과 길리온 경은 좋은 집안 출신의 기사들입니다."

"거의 석 달을 참아 줬으니, 많이 참아 준 거네. 당장 처형해 버리고 싶은 걸 참았다고. 그놈들은 에스델라를 지키지 못했네."

"각하, 각하도 아시지 않습니까. 공주님을 지키는 건 그들의 일이 아니었습니다. 능력도 권한도 없었습니다."

"나도 알아. 그럼에도, 그들은 이 일에 책임이 있는 자들이네."

아르노는 근위대에게 공주의 호위를 맡기고, 저들은 구색만 맞추게 했다. 그러나 공식적으로 정해 두지 않은 채 암묵적인 방식으로 일을 하면 빈틈이 나게 마련이다. 누구 책임이고 권한인지 도저히 정해지지 않기 때문이다.

그러나 딸을 잃은 아르노의 분노를, 누구든 당장 갚아 줘야 했다. 책임이 있든 없든, 그 자리에 있었으니 죽어 줘야 했다.

"오늘 일이 끝나면 나는 에스델라의 사인을 발표할 거네. 암닉시아 궁이 반왕정파에 의해 파괴당했고, 그것을 사주한 자가 에스델라를 살해했다고 말이야."

궁이 파괴된다면 왕실에 대한 반역이고, 반역의 배후를 밝히고 체포하여 처벌하는 것은 아르노의 권리가 될 것이다. 서로 후계자가 되겠다며 아우성치던 동생들은 입을 다무는 법을 배우게 될 테고, 조카들도 제 분수를 알게 될 것이다.

의회도 폐쇄될 것이다. 이 모든 것이 의회와 연이 닿은 강경 공화파의 짓이 될 테니 말이다. 일이 그리되면 레오닉스도 별수 없을 거다.

그때였다.

갑자기 꽝— 소리와 함께 몸이 세차게 밀려 나갔다. 엄청난 힘이 머리와 가슴을 후려쳤다. 몸이 그 힘에 맞아 날아가 내동댕이쳐졌다. 등과 허리가 엄청나게 아팠다. 머리가 따끔하더니, 피가 콸콸 흘러내려 이마와 볼을 뒤덮었다.

"각하!"

아르노는 몸을 뒤덮은 먼지를 떨쳐 내며 일어났다.

현기증이 났다.

"라드 경?"

"여기 있습, 쿨럭! 니다."

라드가 비틀거리며 일어났다. 제복이 찢어져 너덜대고는 있었지만 부상은 없었다. 아르노는 피를 훔치며 주변을 둘러보았다. 기침이 나오고 숨이 막혔다. 벽이 무너지고 연기가 피어오르고 있었다. 바닥에 유리 파편과 벽돌 조각이 가득했다. 바닥은 꺼지고 가구는 불이 붙어 타올랐다.

"나오십시오."

라드는 아르노를 부축해 밖으로 나갔다. 아르노의 기사들이 달려와 아르노를 둘러쌌다.

"무슨 일인가."

"폭탄이 터졌습니다."

"여기서?"

설마 그 머저리들이 터뜨릴 궁을 착각한 건가?

피가 너무 많이 나 눈을 뜨고 있기도 어려웠다.

그때, 라드가 갑자기 돌아서며 칼자루를 잡았다. 연기 너머에서 덩치 큰 그림자가 나타났다. 누구냐고 묻기도 전에, 라드 옆의 기사가 갑자기 박살 났다. 퍽, 소리와 함께 몸이 찢어져 날아올랐다가 바닥으로 떨어졌다. 조각난 몸에서 터진 피가 아르노에게 튀었다.

"으악!"

아르노가 고함을 질렀다.

"각하를 보호해라!"

라드가 앞으로 나서며 아르노를 보호했다. 주변에 몸이 구부정하고 팔다리가 긴 기괴한 형태의 금속 상들이 서 있었다. 표면은 금속판으로 갑옷처럼 덮여 있고, 그 틈에 구리줄과 철사가 들어 있었다.

순간, 그것들의 머리에서 일제히 한 쌍의 불길이 타올랐다. 굶주린 야수 떼가 두 눈동자를 불태우며 나타난 것 같았다.

"뭐, 뭐야."

기사들이 주춤주춤 물러났다. 그리고 갑자기, 신호라도 떨어진 듯 그 철인들이 엄청난 속도로 움직이며 기사들을 죽여 버리기 시작했다. 기사들은 검을 들어 방어했지만, 검이 일격에 부러지고 몸도 날아갔다. 기사의 몸은 철인들의 팔에 맞아 나가떨어지고 머리도 터졌다. 팔다리가 잘려 나가고 피가 튀었다. 끔찍한 소리가 주변에 가득했다.

라드는 아르노를 향해 덤비는 철인을 막았다. 철인의 몸이 뒤틀리더니, 그 반동과 함께 엄청난 가속을 담은 주먹을 내리쳤다. 라드가 만들어 낸 보호막이 그 주먹을 튕겨 냈다. 꽝, 소리와 함께 철인의 몸이 튕겨 올랐다. 보호의 이능, 라드가 가진 이능이었다. 공격이 튕겨 나가자, 철인은 보호막을 연달아 내리쳤다. 집요하면서도 흉포한 힘이었다.

꽝, 꽝. 소리는 끔찍하게 들렸다. 보호막이 쳐진 바닥이 계속 파이더니, 마침내 보호막이 깨졌다. 철인이 모든 힘을 담아 라드를 주먹으로 내리쳤다. 라드는 검으로 막았지만, 압도적인 힘에 날아가 바닥으로 떨어졌다.

"피하십시오!"

라드가 고함을 질렀다.

아르노는 피하고 싶었다. 그러나 피하기도 전에, 아르노를 향해 거대한 주먹이 빠르게 날아왔다.

똑바로 날아온다. 너무 강하고 무시무시해, 너무나 비현실적이었다.

당한다!

눈을 크게 뜬 순간, 붉은빛을 머금은 검이 그 철인의 허리를 꿰뚫었다. 허리가 붉게 물들더니 뚝 끊어지며 몸이 통째로 쓰러졌다. 검은 방향을 바꾸어 다른 철인의 목을 날렸다. 붉은 궤적이 목을 뚫었다. 이어, 검을 뽑더니 다시 철인의 가슴을 꿰뚫었다. 몸통에 붉게 물든 구멍이 뚫린 채 쓰러졌다.

누구냐고 물으려는 순간 아르노의 앞에 보인 것은 희고 갸름한 얼굴이었다. 아르노와 닮은 청회색 눈과 매서운 눈매가 아르노의 앞에 있었다.

눈이 마주치자, 그 눈이 가늘어졌다.

분노와 증오가 얼굴에 드러났다.

"셰어브릴—?"

"아직 무사하시네요. 서둘렀지만 한발 늦기를 기대했는데. 때맞춰 온 꼴이라니."

순간 브릴의 머리 위로 철인의 손바닥이 보였다. 브릴은 돌아섰다. 커다란 손바닥이 브릴의 얼굴을 움켜잡으려는 순간, 철인은 옆에서 날아온 주먹에 나가떨어졌다. 깡— 하는 소리와 함께 기계가 바닥에 짓뭉개지고, 곧 찌그러졌다. 덩치 큰 남자의 몸이 그 목을 짓밟아 떼어 버렸다.

다른 철인이 덤볐지만, 남자는 철인을 잡아 그 팔을 잡아 뽑아 버리고 통째로 휘둘러 다른 철인을 날렸다. 츠캉— 캉, 금속 긁히는 소리가 났다. 브릴은 남자를 잡으려는 철인의 허리를 베었다. 그리고 다리에 힘을 주어 몸을 돌리곤, 다른 철인의 허리를 검으로 꿰뚫은 다음 뽑아 단숨에 머리를 날렸다.

검이 몰아칠 때마다 불길이 치솟았다. 검에 맞은 단면은 용암에라도 맞은 듯 붉게 녹았다. 브릴은 마지막 남은 철인의 다리를 베고, 철인의 몸이 기울자 위에서 아래로 검을 그어 그 목을 날렸다. 긴 머리카락이 흩어졌다.

상황이 정리되자 브릴은 손목 위로 올라간 장갑의 끝을 물어 당겼다. 장갑이 팽팽해졌다.

"이, 이게 어떻게 된 거냐."

"아직 몰라요. 여기에 폭발이 일어나서 와 봤더니, 폭탄이 문제가 아니라 이 철인들이 문제군요. 그리고 누가 백부님을 가장 미워하는지는, 백부님이 잘 알고 계셔야죠. 오늘 처음 여기에 온 저한테 물어보지 마시고요."

브릴은 주변을 둘러보았다.

꿈틀대던 철인들이 일제히 멈추었다.

브릴은 느티나무 숲속을 보았다. 흰 그림자가 언뜻 보였다. 브릴은 그 방향으로 달려갔다.

순간, 핑— 하는 소리가 들리더니 단단한 줄이 브릴의 다리를 휘감았다. 몸이 균형을 잃고 붕 떠올랐다가 바닥으로 내동댕이쳐졌다.

"윽!"

머리가 부딪혔다. 이마가 찢어지며 피가 나왔다. 브릴은 몸을 웅크렸다가, 퉁기듯 몸을 펼치고 검을 휘둘렀다. 다시 검에서 불길이 솟구쳤다. 붉은빛에 주변 모습이 드러났다. 바로 옆에 철인의 금속 면이 보였다. 브릴은 내리쳤다. 날에 단단한 표면이 부딪혔다. 금속과 금속이 부딪혀 긁히며, 그 마찰에 불똥이 튀었다.

브릴은 이를 악물고 밀어붙였다. 칼날이 시뻘겋게 변하며 금속판이 갈라지더니 위로 퉁겨 올랐다. 브릴은 검을 당기고 다리를 들어 걷어찼다. 다리에 아주 단단한 것이 부딪혔다.

"젠장."

더럽게 아팠다. 잠깐 주춤한 순간, 금속 팔이 브릴을 향해 날아왔다. 브릴은 검을 아래에서 위로 밀어 올렸다. 검이 시뻘겋게 달아올랐다. 잘린 팔이 날아올랐다.

"하아!"

그때 강력한 힘이 브릴을 후려쳤다.

몸이 날아올랐다가 나동그라졌다. 브릴은 검은 놓치지 않았다. 바닥에 검을 꽂고 몸을 일으켰다. 그러나 단단한 줄이 허리를 감아 당겨 바닥으로 쓰러뜨렸다. 몸을 일으키려 했지만, 흰 몸이 날아들어 브릴을 덮쳤다.

등이 부딪히고 어깨에도 충격이 왔다. 목이 틀어잡히고 가슴이 눌리며 바닥에 짓눌렸다. 부딪힌 머리가 얼얼했다.

브릴은 몸을 젖히며 자신을 덮치고 누르고 있는 남자를 보았다.

역시나, 바로 그 하얀 연미복의 남자였다. 넓은 어깨와 단단하고 차가운 팔이 보였다. 목을 누르는 손은 돌처럼 차갑고 단단했다. 대리석으로 된 손이 목을 조르는 것 같았다. 상대의 얼굴은 우윳빛 유리로 된 가면으로 덮여 있었다.

브릴은 한눈에 상대가 숲에서 본 그 마법사란 것을 알아보았다.

금빛 머리카락이 보이자, 만져 보고 싶었다. 가면을 벗겨 보고 싶었다. 정말 엘리안과 닮았는지 확인하고 싶다. 브릴은 그를 똑바로 보며 물었다.

"안녕, 하얀 신사. 내 착각인지 아닌지 확인하고 싶어서 그러는데, 우리 다시 만난 사이야?"

그 물음에, 상대는 손에 더 힘을 꾹 주었다. 브릴은 신음이 나왔다.

"그래, 나다. 공주님."

"반갑네. 이렇게 먼 곳에서 아는 얼굴 만나니."

남자가 브릴 쪽으로 몸을 숙였다. 금빛 머리카락이 브릴의 이마에 닿았다.

브릴은 살갗에 냉기를 느꼈다. 아주 차가워. 얼음이 옆에 있는 것 같아.

"여전하군, 차가운 공주님."

"조금 전 내가 서 있던 곳에서 일어난 폭발, 네 짓이야?"

"서운하군. 나는 너를 지킨 쪽에 가까운데. 폭발이 일어나도 네가 무사할 수 있게 손본 건 나야."

"폭발 아예 안 일어나게 할 수는 없었어? 고맙다가도 괘씸해지는군."

브릴은 웃으며 남자를 노려보았다. 하, 하고 남자가 신음을 삼키더니 브릴의 얼굴을 향해 몸을 더 깊이 숙였다. 브릴을 짓누르는 몸에 무게가 실렸다. 답답했다. 꿈쩍도 못하겠다.

브릴이 물었다.

"내가 마음에 드나?"

"지금 상황에서는."

브릴은 주먹을 말아 쥐곤 그대로 얼굴을 후려갈겼다. 남자의 유리 가면이 주먹에 맞아 깨졌다. 유리 파편이 튀어 올랐다.

"그러면 가면 벗고 줄부터 서야, 신사의 도리지!"

"……!"

남자가 놀라 얼굴을 가렸다.

그 순간 틈이 나, 브릴은 몸을 빼고 검을 향해 몸을 날렸다. 검을 움켜 잡는 순간, 갑자기 등 뒤에서 엄청난 소리가 났다. 브릴은 검을 뽑고 돌아보았다.

철인이다. 두꺼운 철판으로 덮인 몸이 브릴을 향해 돌진해 왔다. 나무가 부러지며 위로 퉁겨 올랐다. 나뭇가지가 부딪히고 부러지고 쏟아졌다.

"젠장!"

브릴은 도망쳤다. 그러나 그런 브릴의 팔을 남자가 낚아채 던졌다. 머리를 반대편으로 돌려 내동댕이치니, 얼굴은 볼 수 없었다. 브릴은 남자의 손을 잡았다. 두 다리로 남자의 무릎을 감았고, 힘을 주며 밀어붙였다. 남자가 쓰러져 나동그라졌다. 브릴은 두 다리에 힘을 주어 간신히 몸을 지탱한 다음 엎드린 남자의 뒷덜미를 잡았다.

자, 얼굴을 보여!

바로 그때 철인이 브릴의 머리를 향해 팔을 뻗었다. 피할 틈이 없었다. 남자가 고함을 질렀다.

"하지 마!"

남자가 더 크게 외쳤다.

"하지 말라고!"

브릴을 박살 내려던 손이 멈칫했다.

그 순간, 엄청난 충격음이 들렸다. 귀가 얼얼할 정도로 큰 소리였다. 철인의 몸이 맞은 듯 옆으로 크게 밀려났다. 브릴은 급히 고개를 들었다. 철인의 목에 검이 박혀 있었다. 누군가가 검을 내던져 목에 박은 것이다.

다음, 녹아내리듯 철인의 몸이 순식간에 함몰되기 시작했다. 쇳가루가 되어 쏟아진다. 상반신이 삽시간에 녹아 사라지자, 검이 허공에서 떨어져 박혔다. 절반 넘게 함몰된 철인의 몸이 쓰러졌다. 그리고 하반신도 바닥에 닿기도 전에 모두 먼지가 되어 흩어졌다.

브릴은 급히 마법사를 보았다. 마법사는 이미 브릴의 손에서 벗어나, 한발 떨어진 곳에서 얼굴을 한 손으로 가린 채 노려보고 있었다.

손가락 틈으로 푸른 눈이 보였다. 광채가 날 정도로 푸른 눈이었다.

마법사는 바닥에 박힌 검을 노려보고 있었다. 그때 브릴의 등 뒤에서 발자국 소리가 들렸다. 저벅— 큰 남자다. 묵직한 발자국 소리다. 브릴 앞에 꽂힌 검의 칼자루를, 검은 장갑을 낀 손이 검을 움켜잡아 뽑았다. 그리고 검푸른 제복을 입은 등이 브릴과 마법사 사이를 가로막았다.

"하!"

마법사는 갑자기 웃더니 손을 내렸다. 드디어 얼굴을 확인할 수 있는 그 순간, 남자의 모습이 사라졌다. 남자가 남긴 웃음소리만 역겨운 잔상이 되어 남았다. 비틀리고 기괴하고, 더러운 것이 튀기라도 한 듯 기분 나쁜 웃음이었다.

브릴은 일어났다. 이마와 볼이 따끔했다. 손목으로 상처 난 곳을 훔쳤다. 피가 배어 나왔다.

검푸른 제복을 입은 몸이 브릴을 향해 돌아섰다.

검은 머리카락과 검붉은 눈이 브릴의 눈에 들어왔다. 어깨를 장식한 황금색 술에, 소매를 장식한 독수리의 문장도 보인다.

아.

브릴은 신음을 흘렸다.

그 사람이다. 망명자 기사단의 기사.

그때, 아르노의 목소리가 들렸다.

"레오닉스?"

브릴은 놀라, 자기도 모르게 그 이름을 되물을 뻔했다. 레오닉스라고?

제복은 망명자 기사단의 것이고, 그 안에서 레오닉스란 이름이 둘일 수는 없다.

망명자 기사단주, 발카니아 왕실의 둘째 왕자이자 현 하일드의 군주인 레오닉스 아르칸젤로뿐.

브릴은 멍하니 남자를 보았다.

정말 레오닉스라고, 당신이?

날카롭고 강렬한 남자의 눈빛이 브릴을 바라보고 있었다.

보는 사람의 가슴에 묵직한 것을 박아 넣는 듯 강한 눈빛이었다.

심흑(深黑)에 붉은빛이 스며든 독특한 눈동자 색이었다. 용암이나 피의 붉은빛을 닮았다.

똑바로 보던 레오닉스가 검을 꽂아 넣었다. 철컥, 하는 소리가 들렸다. 브릴은 멈칫했다. 뒤로 물러날 뻔했다. 레오닉스가 브릴에게 성큼 다가왔다. 단숨에 가까워졌다. 그리고 레오닉스는 브릴의 이마와 목덜미를 빠르게 살핀 다음 브릴의 팔을 잡아 올렸다.

"웃."

통증이 느껴져, 브릴은 신음을 흘리며 눈살을 찌푸렸다. 하지만 부러지거나 인대가 늘어난 건 아니었다. 멍든 정도였다. 레오닉스가 손을 놓았다. 그제야 브릴은 레오닉스가 브릴이 늘어뜨린 팔의 상태를 확인한 것임을 깨달았다.

레오닉스는 브릴의 옆을 지나쳐 아르노 앞으로 갔다.

"이런, 각하."

아르노는 엉망이었다. 먼지투성이에, 옷은 찢어지고 이마는 피범벅이었다.

"예상보다 더 난처한 상황이시군요."

"자네, 혼자 온 건가."

"설마 그렇겠습니까."

순간, 우르릉― 하는 소리와 함께 엄청난 기세로 기사단이 돌진해 들어왔다. 검푸른 제복의 기사들이 단숨에 주변을 둘러쌌다.

그들 제복의 소매에는 독수리의 문장이 수놓아져 있었다.

망명자 기사단.

"어떻게 된 건가, 레오닉스."

아르노는 제대로 말을 하려고 애썼지만 통증과 충격 탓에 다리가 후들거리고 혀도 꼬였다. 더 말하기 힘들었다.

레오닉스가 말했다.

"왕실에 위해를 끼치려는 자들이 있다는 말을 듣고, 이렇게 달려왔습니다."

"고작 그 일로 기사단을 다 끌고 온 건가."

"각하."

레오닉스는 아르노를 똑바로 보았다.

"그건 아주 중요한 일입니다."

레오닉스가 손을 들었다. 곧 그들 사이로 목이 하나 굴러 왔다. 레오닉스는 그 목에 발을 얹어 더 굴러가지 않도록 막은 뒤, 발끝으로 얼굴을 뒤집어 아르노에게 보여 주었다.

"그리고 이건 오면서 주웠습니다."

횃불에 잘린 목의 얼굴이 드러났다. 아르노는 흠칫 놀라 입술을 물었다.

"전단에서 자주 보던 얼굴이지만, 저는 필요 없으니 각하가 가지십시오."

이 목의 주인을 찾는 전단에는 이렇게 적혀 있다.

대역적 도당의 수괴.

실제 이들은 귀족들을 위한 자해 공갈 테러단이었다. 이들이 왕실과 귀족들을 대신해 별로 위험하지도 않는 테러를 하면, 정부는 마음에 안 들었던 자들에게 혐의를 씌워 잡아들이면 되었다. 결백하든 말든 상관없었다. 아르노에게 돈을 받는 어용 언론은 총리와 의회를 비난하며 날뛰었고, 아르노는 그 틈에 빈민구제소나 고아원 등에 공주를 보내 왕실의 이미지를 반질반질하게 닦았다. 언론은 아름답고 고귀한 공주와 나이 든 여자인 총리를 비교해 댔다. 유치한 짓인데, 그 유치한 선전전 자체가 지금 왕실의 주요 이벤트 중 하나다.

이번에도 그럴 생각으로 아르노는 이들에게 의뢰했다. 암닉시아 궁을 폭파하라고.

그러나 다른 때와는 달리 죽여 버릴 생각이었다. 골목길이나 작은 건물 현관에서 폭죽놀이 하는 것과 왕실의 유서 깊은 고궁을 날리는 건 격이 다른 일이었다. 놈은 의뢰를 받고, 바로 제국으로 망명 준비를 했으나 이 사실을 아르노 쪽에서 먼저 알아냈다. 궁을 파괴하라는 의뢰를 받았다면, 그건 해도 문제고, 하지 않아도 문제라서 눈치채고 도망치려 한 것이었다.

"이, 이 모든 게 이자의 짓인가."

"부분적으로는."

레오닉스는 머리를 걷어차 아르노 쪽으로 굴렸다.

"각하의 기사들은 상태가 좋지 않으니, 저와 제 기사들이 근방을 지키지요."

"지금 나와 내 궁을 점령하겠다는 말로 들리는군."

"보호입니다."

"물리게."

"그럴 수 없습니다, 각하."

"레오닉스, 물리라고!"

"'하일드의 군사는 듀카르니아 왕국의 안전과 왕족을 우선 보호한다.'"

레오닉스의 기사들이 앞으로 나섰다. 아르노의 부상을 입고 혼란한 상태의 기사들은 그들의 압박에 주춤거리거나 겁을 먹었다.

"그리고 지금이야말로 그런 상황인 것 같군요, 각하. 본궁으로 가십시오. 여기는 제게 맡기시고."

"내게 명령하지 마."

"이건 명령이 아닌 지시입니다. 물러나십시오."

레오닉스가 목소리를 높였다.

"어서!"

근위대 기사들을 다 합쳐도 이 레오닉스 하나를 막을 수 없다. 하물며 기사단을 끌고 온 레오닉스를 상대로는, 이 토끼 떼 같은 근위대는 승산이 없었다. 아르노는 받아들일 수밖에 없었다.

"알……았네."

망명자 기사단은 레오닉스의 명령이 떨어지자마자 순식간에 본궁을 포위하고 아르노의 근위 기사들을 한 명도 빠짐없이 기사 대기실로 쓸어 넣었다. 아르노도 기사 대기실 옆의 방에 가두었다.

아르노는 초조해졌다.

이 상황이 알려지면 가장 먼저 위험해지는 건 이사벨이다.

이사벨이 궁을 비우자마자 이런 일이 벌어졌으니, 동생들 중 한 놈이라도 정신을 차리면 이사벨은 아르노가 돌아가기도 전에 감옥으로 끌려갈 것이다. 그 돌대가리들은 큰형을 모함하고 헐뜯어 댈 때만 천재들이 되고 단결력도 좋아진다.

갇힌 채 반 미칠 무렵, 드디어 레오닉스가 찾아왔다.

아르노는 보자마자 물었다.

"언제 풀어 줄 건가."

"인내심 좀 가지십시오. 이제 세 시간 지났습니다. 그리고 그건 각하와 근방의 안전이 확보된 뒤에 생각해 볼 문제입니다."

"그런 판단은 나도 할 수 있어!"

"저와 다른 판단을 내리셨다면, 그건 접어 두십시오. 안 하시는 게 좋을 겁니다. 각하를 위해서나 나라를 위해서나."

"권한 남용과 반역으로 기소라도 당하고 싶은 건가?"

"걱정할 문제이긴 한데, 일단 제가 반역을 저지를 생각이 있었다면 아까 손이 미끄러진 김에 각하 목도 잘랐을 겁니다."

"뭐?"

"그렇게 좋은 기회를 그냥 보냈는데, 어느 누가 제게 반역 의사가 있다고 생각하겠습니까."

아르노는 이가 갈렸다. 왕자와 왕세자가 아닌, 남자 대 남자로 레오닉스와 싸우고 싶었다. 그러나 그 생각은, 자신이 레오닉스보다 압도적으로 약골이라는 현실적인 이유로 집어치웠다.

"각하, 제가 마음에 안 들지요?"

"……."

"솔직해지셔도 괜찮습니다. 저도 각하가 싫습니다."

아르노는 간신히 참았다. 이 왕자는 무례해도 결정적인 말실수는 절대 없다. 제일 재수 없게 들릴 만할 때 더 재수 없게 말할 뿐이다.

"저 역시 각하 머리 위로 폭탄이 터지든 말든, 길을 가다 암살을 당하시든 말든 하고 싶은 대로 하시고 당할 만큼 당하시라 하고 싶습니다만, 그렇게 속 좁게 굴기에는—"

레오닉스는 붕대로 감은 아르노의 이마와 먼지투성이 옷을 보며 말했다.

"……각하 꼴이 몹시도 가엾어서."

아르노의 기사 몇이 쿨럭, 소리를 냈다.

"그러니 그냥 앉아 계십시오. 제가 최선을 다해 지켜 드리겠습니다."

"이러면 감금과 뭐가 다른가!"

"원래 둘 다 같은 겁니다."

"레오닉스!"

"그래도 계속 화가 나시거든, 오늘 제가 주워 드린 것을 생각하시지요. 좀 더 수월하게 참으실 수 있을 겁니다. 저 혼자 가지고 있다면 별문제가 없을 테지만, 총리까지 구경하시면 좀 복잡해질 겁니다."

"지금 내가 이 궁에 있는 것 말고, 다른 방법은 없나. 자네는 외국 왕자나 다를 바 없으니, 보기 좋지 않네."

"다른 선택이 있기는 합니다. 들어 보시겠습니까?"

"말해 보게."

"마침, 각하를 보호해 드릴 수 있는 분이 근처에 있습니다. 그분이라면 저도 양보할 수 있습니다."

"누구인가."

"총리 각하입니다."

"뭐야? 그 여자가 왜 여기 있어!"

아르노는 화가 치밀어 이를 갈며 노려보았다. 그러나 레오닉스는 아르노를 싸늘하게 내려다보고 있었다.

"우연히도 이 근방에서 용 기사단의 훈련을 참관하고 계셨더군요. 허락하신다면, 그분께 연락해 드리겠습니다. 같이 수도로 돌아가시지요."

더럽게 우연이겠다. 이놈이 총리와 짜고 온 것이다.

오늘 목이 잘린 반역도당 두목의 존재도, 총리는 이미 알고 있을 것이다. 모르는 척하고만 있을 뿐이지.

기동력과 공격이 빠른 망명자 기사단이 일단 왕궁을 접수하고, 아르노의 신병을 확보해 바로 총리에게 넘길 생각이었던 것이다. 반역이나 다를 바 없는 게 아니라 충분히 반역이었다.

"그리고 각하, 오면서 들은 겁니다만 총리께서 사람을 찾고 있다고 하시더군요."

"나하고 무슨 상관인가."

"상관이 있을 수도 있어서 그럽니다."

아르노는 긴장했다.

이놈이 무슨 소리를 하려는 거야.

"누구를 찾는데?"

"가스파르 경이 없어졌더군요."

"누군지도 몰라."

"가스파르 경은 신년 연회 때 총리 각하를 수행했던 기사입니다. 즉, 에스델라가 죽은 그날 총리 각하를 수행했다는 말입니다. 하필이면 바로 그 가스파르 경이 실종되었지요."

아르노는 레오닉스를 노려보았다.

"무슨 말을 하려는 건가, 자넨."

"각하, 에스델라가 죽은 원인을 추적하고 범인을 잡는 건 도와 드릴 수 있지만 그것을 이용하는 건 도와 드릴 수 없습니다."

"자네가 그렇게 양심적이던가."

"양심 이전에 어리석음과 오판의 문제입니다. 이 나라가 왕의 소유물이 아님을 인정하십시오."

"왜 이러는 건가."

"각하의 계획이 지극히 어리석어서입니다. 나라가 망하는 건 한 번으로 족합니다."

"뭐야?"

"그럼, 이만 쉬십시오."

레오닉스는 숨을 몰아쉬는 아르노를 남겨 두고 내실을 나왔다. 홀로 이어지는 복도가 나왔다.

레오닉스는 복도를 걸어가며 생각했다. 아르노가 한 발상은 야비했고, 들키기도 쉬웠다. 아니, 애초에 들키든 말든 상관없었던 것일지도 모른다.

이곳 암닉시아를 폭파시키고, 이미 납치해 둔 가스파르 경을 고문해 거짓 자백을 받아 총리에게 뒤집어씌울 생각이었다니.

한숨이 나게 멍청한 짓인데, 아르노는 그 멍청한 빈틈을 소문과 음해로 밀고 나갈 예정이었다.

미친.

싸워 댈 상대가 따로 있지, 제국의 군대가 듀카르니아를 향해 집결하는 마당에 같은 나라를 상대로 싸우고 있다니. 그것도 자기 외동딸의 죽음을 이용해.

레오닉스는 아르노가 벌일 일이 무엇일지 판단이 서자, 바로 행동에 들어갔다.

다음은 어렵지 않았다. 테러범, 그것도 아무리 수배령이 내려져도 잡아 주는 사람이 없어 부주의하고 방만한 자를 찾아내는 건 쉬운 일이다. 근거지 털어서 멱살 잡고 흔드니 다 자백했다.

그러나 이곳에 왔을 때 그를 기다리는 건, 멍청한 테러범들과 짜증 나는 아르노가 아닌 카니발라였다.

이제 이 일은 아르노가 꾸민 쇼가 아닌 진짜 피습이 되어 버렸다. 듀카르니아 한복판이 전쟁터가 되어 버린 것이다.

빌어먹을 전쟁터. 그리고 더 빌어먹을 카니발의 왕, 카니발라.

고통스러운 희생을 치렀건만, 그래도 너는 살아 있지.

"세 가지 소원."

"세 가지 소원을 말할 수 있는 자, 왕이 들어주고 싶은 세 가지 소원을 말할 수 있는 자를 고른다고요."

"그 소원이 왕의 마음에 들면, 왕은 그 육신을 가지고 다시 살아납니다."

소년은 그 말을 하고 죽었다.

아니, 사라졌다.

장례는커녕, 어디 묻혔는지조차 모르게 감쪽같이 사라졌다.

레오닉스의 형도 그랬다. 포로가 된 뒤 실종되었다는 것만 알려졌을 뿐, 생사를 알 수가 없었다.

황제의 성격상 죽였다면 죽였다고 한 뒤에 시체 써는 과정까지 다 보여 줬을 텐데, 그러지 않았다. 황제가 갑자기 자비로워졌을 리는 없다. 형은 황제의 손에 없는 것이다.

그런데 온 정보통을 다 돌려도 어디로 간 건지 도저히 알아낼 수가 없었다. 포로 수용소에도 없었고, 감옥에도 없었다.

몇 년 뒤 소문이 들리기 시작했다.

"제국에서 큰 왕자님을 보았다는 사람이 있습니다."

"분명 닮았지만, 멀리서 봤습니다. 아직 확신할 수 없습니다."

"왕자님이…… 맞았습니다."

"왕자님 같았어요."

레오닉스는 형의 지인이기도 했던 체자의 교차로 교단 사제에게 의뢰했다.

몇 달 뒤 사제는 연필로 그린 초상화 한 장을 확보해 레오닉스에게 건네주었다.

"큰 왕자님이 맞습니다."

종이에 그려진 것은 분명 형의 얼굴이었다.

"큰 왕자님이 지금 황제를 위해 싸우고 있습니다. 더 알아낼 수는 없습니다. 우리가 치른 희생이 너무 큽니다."

형은 나라를 배신했다.

그러나 레오닉스는 안도했다. 이건 비극적이고 치욕적인 소식이 아닌 희소식이다.

배신했든 말든, 그래도 형은 살아 있다.

충분했다.

왜 배신한 건지는 만나서 물어보면 된다.

살아 있으니.

살아 있는 걸 확인했으니, 이제 되었다.

그리고 시고야의 요새에서 형을 만났다.

형이 아니다. 형의 몸 안에는 처음 만나는 혼이 들어앉아 있었다.

그것은 형이 아니라 형의 시체였다. 그놈, 카니발라가 형의 시체를 모독하고 있었다.

"내가 바로 카니발라."

황제의 마법사, 카니발라.

그리고 그렇게, 레오닉스는 처음으로 진짜 카니발의 왕을 만나게 되었다. 또한 마지막으로 형의 얼굴을 본 날이기도 하다.

"카니발의 왕은 노인네라 들었는데."

"나는 악령이고, 사실상 불멸이지. 몸은 때가 되면 바꿔야 해. 아주 좋은 몸이더군. 젊고 건강하고."

남자는 계단에 앉아 있다가 몸을 털고 일어났다.

깊이 없는 함정에 빠져 추락하는 것 같았다.

어떻게 네가, 카니발의 왕이라 불리는 네가 어떻게 형의 육체를 빼앗은 거지.

왜 형의 껍질을 입고 형의 눈동자로 보고 있지?

그리고 형은, 내 형은 죽은 건가.

"만나서 반가워. 이 몸의 동생인 레오닉스."

레오닉스가 할 수 있는 건 하나였다. 해야 할 일도 하나.

레오닉스는 형의 몸에 검을 찔러 넣었다.

그날 형의 육체는 죽었다.

그리고 레오닉스의 내면도 죽었다.

어디에도 말할 수가 없었다. 제대로 잠도 못 잤고, 숨도 제대로 쉬지

못했다.

숨을 쉴 때마다 가슴이 타들어 가고, 눈을 뜰 때마다 앞이 캄캄했다.

누구에게도 보여 주지도 못하고 알릴 수도 없는 고통이었다.

"세 가지 소원."

형이 빌었던 세 가지 소원은 무엇일까.

대체 무엇을 받고 몸을 내어 준 걸까.

몸을 내어 주어서라도 이루고자 했던 소원이란, 그토록 간절했던 소원

이란 무엇인지.

해가 뜨며 눈이 부셔 온다. 레오닉스는 눈살을 찌푸렸다.

그리고 너, 엘리안.

너는 대체 무슨 소원을 기원했느냐.

에스텔라가 죽고 아르노가 피습당했다. 이 모든 게 우연일 리 없다.

그리고······.

그때 여자가 보였다.

가죽 바지에 제복 상의 차림이었다. 큰 키에 늘씬한 체격이 햇살 속에서도 인상적이었고, 대충 틀어 올린 흑갈색 머리카락은 부드럽고 신선한 느낌을 주었다. 청회색 눈동자는 두려움도 긴장도 없이 레오닉스를 보고 있었다.

꿈이나 환상처럼 느껴지던 그날과는 달리 현실이었다. 더 선명하고 섬세한 모습이기도 하다.

나는 왜 여기로 왔나.

또 '굳이' 하고 있다.

그래야 한다고 생각하니, 그래야 하고 있다.

감추고 있는 게 많다는 게, 그리고 그것이 온전히 레오닉스 본인의 잘못이란 것이, 몸이 굳는 약이라도 마신 듯 그를 압박한다.

어린 소년을 몰아세웠던 것도, 그렇게 절망한 소년이 소녀의 곁을 떠나게 만든 것도 레오닉스 자신이다. 그럼에도, 레오닉스는 브릴이 눈부시다고 생각했다.

이마와 입술과 볼에 깃든 힘이, 눈동자에 서린 화려하고 오만한 아름다움이, 모두 다 눈부시다.

레오닉스는 브릴의 어린 시절, 야만적이기까지 하던 서늘하고 잔인한 눈빛도, 망설임 없고 거침없던 표정도 기억하고 있었다.

당시의 소녀는 발랄하지도 쾌활하지도 않았다. 야만족 전사처럼 매정하고 거칠어 보였다.

지금은, 그때의 잔인하던 눈빛은 옅어지고 대신 차갑고 공정하고 대범해졌다. 어린 무법자가, 지금 고독한 집행자처럼 서 있다.

"레오닉스 왕자."

브릴이 말했다.

목소리를 듣자, 통증이 묵직하게 파고들어 왔다. 이 고통이 레오닉스로 하여금 약자처럼 느껴지게 했다. 상대방에게 원하는 게 있는 탓에, 그것을 얻어 내야 하는 탓에.

"서로 소개해야 하나."

"당신이 내 이름을 안다면 그걸로 끝내요, 레오닉스 왕자."

"알겠다, 셰어브릴."

브릴은 레오닉스의 얼굴을 빤히 보았다.

단숨에 뚫고 들어오는 이런 시선은, 익숙하지 않은 사람에게는 당혹스러울 것이다.

레오닉스는 그런 관찰의 시선에 오히려 호기심이 일었다.

뭘 보고, 뭘 원하는 걸까.

"언제부터 알았나요."

"오래전부터."

"오래전이라면?"

"필파니온 왕의 생일 연회. 보통 '여름 연회'라고 하지. 그때 봤다."

"내가 아는 것보다 오래전에 만난 사이였군요."

그리고 브릴은 레오닉스의 얼굴을 살폈다. 기억이 나는지 돌이키는 것 같다. 그러나 이내 포기했다. 정말 만난 적이 없을 테니.

"아르노 각하는 궁으로 가는 건가요."

"지금은 아니다. 그래서 방에서 이만 갈고 있지. 별수 없지만."

브릴의 눈이 반짝였다. 장난기 보이는 눈빛은 어린 짐승처럼 천진해 보였다. 이때만큼은 잔인하고 양심 없는 어린 야수로 돌아가 있다.

"모양새가 혁명이 일어났을 때와 다르지 않네요. 이대로 공화정이 되어도 나쁘지 않겠어요."

"그대가 가장 먼저 아르노를 구해 놓고 이러나."

"후회 중이에요. 한발 늦을걸, 하고."

무엄한 말이었지만, 레오닉스는 당황하는 대신 눈살을 살짝 찌푸렸다. 웃겼다. 솔직히 말하자면, 아르노가 이런 말을 들으니 속 시원했다.

"다음에는 꼭 그렇게, 실수 없이 한발 늦도록 해야겠네요."

"이제는 아르노가 어떤 일을 당해도 괜찮다는 건가?"

"어떤 꼴을 당하든, 그따위로 살아온 게 잘못이죠. 자, 그래서 나는 내 일을 하고 싶군요. 백부님 일 따위는 젖혀 두고."

브릴은 턱을 들었다. 이제 레오닉스는 브릴이 무의식중에 보이는 버릇 하나를 알게 되었다. 맡겨 놓은 것을 찾듯, 가장 먼저 눈을 바라본다. 그리 바라보며 짓는 미소가, 반짝이는 눈빛과 유쾌한 목소리가 좋았다. 호기심과 기대감을 이끌어 내며, 레오닉스를 기분 좋게 해 준다.

"그 마법사 이야기를 하고 싶어요."

그렇게 말하면서도 브릴은 긴장하지 않았다. 상대의 답을 정해 놓아서 이러는 게 아니라, 이미 알고 있는 것이다.

"서부 숲에서 당신은 그 남자를 찾으려고 왔던 거죠? 지금 나도 그 남자가 필요해요."

"이유를 말해 봐."

"나는 지금, 그 남자가 데리고 간 아이를 찾아요. 라바이 룬이라고."

처음 듣는 이름이었다. '엘리안'이 나올 줄 알고 기다리고 있었던 레오닉스는, 지금의 브릴이 그 이름을 떠올릴 수 없다는 것을 잠시 뒤에야 깨달았다.

"교차로 교단은 그 남자에 관해 이야기하는 것을 거부했어요. 물론 교차로는 당신과 관련된, 망명자들의 기사단에 관해 물었을 때도 거부했지요. 이유는 이제 알겠어요. 상대가 당신이라면 무서울 만하군요."

"그 마법사의 정체를 알고 싶나?"

브릴은 고개를 저었다.

"개인적으로는 전혀 알고 싶지 않아요. 거절하기 곤란한 구애를 하는 노총각 같은 느낌이라. 하지만—"

레오닉스는 입술이 올라갔다. 노총각이라고?

"하지만 내 마음대로 되지는 않겠지요. 그에 대해 알 필요가 있다는 건 알아요. 무엇을 원하고, 왜 이러는 건지."

"그뿐인가."

"지금은."

"이민족 아이의 일은 그대 일이 아니지. 나서지 않는다고 원망받을 일은 아니니까, 가만히 있는 게 안전하다면 나서지 않아도 된다."

"이건 내가 할 수 있는 일이거나 해야 할 일이라서 하는 거예요. 감사받으려고 하는 건 아니고요. 그런 공명심으로 하기에는 너무 위험한 일이죠."

브릴은 머리카락을 뒤로 넘겼다. 청회색 두 눈에 옅은 열기가 감돌았다.

"분명히 말하죠. 그 남자가 내 앞에 있는 이상, 나에게는 라바이를 찾을 의무가 있어요. 위험하지 않으면 좋겠지만, 그리된다 해도 어쩔 수 없지요."

레오닉스는 기분이 누그러졌다. 그 분위기가 브릴에게도 전해진 것 같았다. 브릴이 경계를 푸는 것이 레오닉스의 눈에도 보였다.

"셰어브릴, 나와 그 남자가 관련이 있는 건 맞다. 위험할 정도로 관련이 있고, 악연이다. 지독한, 아주 지독하고 더러운 악연이지. 그러나 지금 할 이야기는 아니다."

"좋아요. 지금 듣지는 않을게요. 대신, 왕족으로서의 부탁이 하나 있으니 들어줘요."

"말해라."

"지켜 줘요."

레오닉스는 엉뚱한 반응을 내보일 수밖에 없었다.

"응?"

"당신 도움을 받고 싶어요."

"무슨 말인가."

"우선, 이 궁은 왕실에서 가장 고귀한 여성의 것이라고 법으로 명시되어 있죠. 원래는 나의 할머니인 엘리아 왕비의 것이었고, 그다음은 제 백모인 왕세자비에게 권리가 있지만 그분은 자격 박탈을 당하셨지요. 다음 순서는 내 사촌 동생인 에스델라였는데, 아시다시피 이제 세상에 없고요."

브릴은 어깨를 으쓱해 보였다.

"내 고모님들은 이미 다 하가한 상태라서 권한이 없고, 숙모들은 이 문제가 나오는 즉시 서로의 머리부터 잡을 테죠. 그러니, 내 순위가 가장 높아요."

"그래서?"

"이 궁은 내가 접수하고, 궁을 지킬 권한을 당신에게 맡기죠. 당신 부관도 옆에 있으니, 증인으로 삼아요. 그리고 당신에게 도움을 청하니 받아들여 주고 궁을 지켜 주세요. 자, 이 정도면 당신에게 도움이 되겠죠?"

브릴은 손가락을 들어 입술에 댔다가 떼고는 말했다.

"지금 내가 가진 건 내 이름 실린 족보뿐이긴 한데, 제법 유용하긴 하군요. 그것으로 이렇게 하는 거예요."

맞는 말이다. 이것으로, 레오닉스는 이 궁에 군을 주둔시킨 뒤에 댈 핑계를 얻은 것이다.

아르노가 나중에 돌아가서 난리를 치든 고발을 하든, 이렇게 허락을 받았다고 하면 된다.

"아르노가 싫어할 텐데."

"어차피 아르노 백부님도 나를 그다지 좋아하지 않아요. 저게 그 증거예요."

브릴은 무너진 벽을 가리켰다. 레오닉스는 그것을 보는 순간 속에서 분노가 번졌다.

"왕자, 나한테는 나뿐이에요."

브릴의 눈에 반짝임이 보였다. 맑고 파란 느낌의 반짝임이다.

"내가 거추장스러우면 나를 쓱싹 없애는 것 정도는 내 백부에게 일도 아니지요. 하지만 지금 나는 더 이용당할 수 없어요. 조금 전에 말한 그 일을 하는 것만도 벅차고, 끝나면 돌아갈 궁리만 하고 있어요. 그러니 지금 내게, 믿을 수 있는 건 당신 정도예요."

"어째서 나를 믿지?"

"아르노는 나를 미워하고, 당신은 아르노를 막아야 하니까. 우리가 같은 편이 될 가능성은 그만큼 높죠. 또 같은 마법사를 찾고 있기도 하고요."

그리 말하다 브릴은 멈칫했다.

레오닉스는 브릴을 골똘히 보고 있었다.

눈은 브릴을 살피고, 몸도 앞으로 기울이고 있어 너무 가까웠다. 또, 살짝 올라간 입술과 흥미로운 눈빛을 보이고 있기도 했다.

"또―"

브릴은 망설이다, 관대해지기로 마음먹고 싱긋 웃었다.

"이 궁이 내 것인 만큼, 근위 기사의 호위를 받을 권리도 한시적이나마 있지요. 그러니 마르셀 경과 길리온 경을 비롯한, 근위 기사는 내 명령에 따를 거예요. 그들이 당신과 싸울 수 있도록 해 주세요."

"아르노의 근위 기사에 넣지 말아 달라는 의미로 들리는데."

"저들은 공주의 기사고, 아르노의 직속은 아니에요. 그리고 지금 그들은, 나와 같은 이유로 어제 죽을 뻔했고."

레오닉스의 눈길이 내려갔다.

그 눈이 향하는 곳이 어디인지 알게 된 브릴이 움찔했다.

브릴은 저도 모르게 목덜미의 상처를 훔쳤다. 그러나 레오닉스의 손은 브릴의 이마를 건드렸다. 그곳 역시 다쳤다. 피를 닦아 내고 거즈도 붙여 두었다. 레오닉스는 바로 그 상처를 건드린 것이다. 손가락이 이마를 스치며 머리카락을 넘겼다. 아주 가볍고 은근하게 스친 거라, 민감하지 않으면 알아채지 못할 접촉이었다.

"그래, 죽을 뻔했지."

"그들을 아르노 전하의 기사들과 함께 대기실에 넣지는 마요. 따로 움직일 수 있게 해 줘요."

"그럼, 저 남자는 뭔가."

레오닉스는 메즈를 가리켰다.

메즈는 멀지 않은 곳에 서서 두 사람을 지켜보고 있었다. 지금 메즈의 표정을 해석하자면, '거기서 조금만 앞으로 나가면 맞는다.' 정도였다.

"메즈는 기사가 아니고, 이 나라 일에 목숨 걸고 끼어들 이유도 없어요. 그는 자신이 원할 때만 싸울 테니, 내 옆에 있을 거예요."

레오닉스의 눈썹이 살짝 올라갔다.

아, 그래. 그렇단 말이지.

"어떤가요."

"그런 것을 궁리하기 전에 할 일이 있어 보이는데."

"뭔가요."

"쉬어라."

"네?"

"잠부터 자라. 밤새 날뛴 덕에 피곤해 죽겠다는 얼굴이군. 그리고 그대의 신병은 내 아래 두도록 하겠다. 그건 받아들이지."

"받아들인다는 건, 어느 정도를 의미하나요."

"그대는 이제 내 보호 아래에 있다. 셰어브릴 폰 듀카르니아. 발카이드 왕족의 명예를 걸고, 하일드의 이름하에 최선을 다해 지키겠고, 아르노가 뭐라 하면 내 이름으로 훼방 놓아 주지. 이 정도면 되겠나?"

"좋아요."

브릴의 얼굴에 경계가 완전히 풀렸다.

안도와 신뢰, 거기에 만족감까지 얼굴에 드러났다.

"일단 지금은 쉬고, 마르셀과 길리온은 내게 보내라."

레오닉스는 브릴의 팔을 잡아 살짝 밀었다.

"자, 어서."

잠깐 가슴과 눈이 같은 높이가 되고, 눈길을 들 틈도 없이 레오닉스는 브릴의 옆을 지나쳐 밖으로 나갔다.

뭐지, 이건?

브릴은 잔상에 취하듯 가만히 있다, 메즈가 가까이 온 것을 알아챘다.

메즈는 불만 어린 표정이었다.

"메즈, 표정이 왜 그래?"

"제 표정이 어때서 그렇습니까."

"암탉 우리 옆에 있는 족제비라도 본 눈인데."

"싫습니다, 저 남자."

브릴은 메즈의 어깨를 친 다음 말했다.

"메즈도 쉬어야겠다. 가자."

"어디로 갑니까."

"일단, 우리에게 폭탄 달린 방을 준 가정부를 찾아 잡아 흔든 다음 안전한 방으로 안내하라 해야지. 하지만 그 전에 마르셸 경과 길리온 경을 만나야 해. 어디 있는지 알아?"

"부상자를 옮긴 뒤 응접실에 있겠다고 했습니다."

"친해졌네. 그런 말도 듣고."

"마르셸 경은 훌륭한 분이더군요. 길리온 경과는 달리, 아주 정중하고 좋은 분이었습니다."

"메즈가 그렇다면 그런 거겠지. 나도 마르셸 경의 얼굴이 보기 좋기는 하더라."

브릴은 창밖을 보았다.

레오닉스는 수하들을 만나 이야기를 하고 있었다. 검푸른 제복을 입은 넓은 등이 보인다.

아르노가 자기 기준밖에는 없는 탐욕스러운 권력자라면, 저 남자는 자기 책임에 따라 움직인다.

믿을 만하다.

저 남자라면 원칙을 지키며 자신을 도와줄 거란 생각이 들었다. 또, 그런 남자이니 나라 잃은 사람들이 저렇게 믿고 따르는 것 아니겠는가.

세상의 망명자들이 손을 잡는 존재다.

나 역시, 지금은 이 나라의 망명자가 아니던가.

돌아갈 곳을 그리워하는, 타지(他地)에 감금된 망명자.

브릴은 메즈와 함께 길리온과 마르셸이 있는 곳으로 갔다.

길리온과 마르셸은 휴게실에 앉아 있다가 얼른 일어났다. 마르셸은 팔팔했고, 길리온이 정말 지쳐 보였다.

"멀미라도 하는 표정인데, 길리온 경은."

"전쟁 멀미 중이에요."

마르셀이 말했다.

"처음 싸워 보는 신참들이 걸리는 병이죠. 꽤 오래가요. 그런데 무슨 일인가요, 셰어브릴 님?"

브릴은 두 기사를 번갈아 본 뒤, 마르셀에게 말했다.

"하일드의 왕자가 제안했어. 이 궁을 방어하는 데 두 기사님의 도움을 받고 싶다고."

그리고 더 말을 하려다, 길리온을 보고 움찔했다.

"왜 그래, 길리온 경?"

"의외라서 그렇습니다."

길리온은 환희의 과자라도 먹은 듯 온몸을 떨고 있었다.

"정말 하일드의 왕자가 저희 둘에게 제안했다는 겁니까?"

"그래. 하지만 판단은 알아서 해. 싫으면 아무것도 하지 않아도 된다는 의미야. 단, 아르노 각하의 눈에 뜨이지 않도록 해. 목숨 부지하고 싶다면 말이야."

길리온은 영문을 몰랐지만, 마르셀은 눈치채고 웃기만 했다.

길리온이 물었다.

"브릴 님은 이제부터 어쩌실 겁니까."

"잘 몰라. 애초에 여기로 온 것부터 백부님이 정한 거니."

감사 인사의 의미로 돌려보내 줄 리도 없고. 백부님은 구해 줬다고 감사할 사람이 아니다. 도움을 준 상대를 미워하면 미워했지. 이런 점은, 형제들끼리 똑같다.

할아버지를 탓해야 하나. 아들들 교육을 엉망으로 시켰다고. 하지만 이제 제정신이 아닌 분이니, 탓하기도 글렀다.

"어떻게 할 거야, 길리온 경."

"하지만 브릴 님도 기사의 경호를 받으셔야 하지 않습니까."

메즈가 옆에서 픽 웃었다. 참으로 도움이 되겠군요? 하고 작게 말하며.

"어차피 나는 기사님들의 호위를 받을 생각은 없어. 내 안전은 내가 알아서 지킬 수 있어."

메즈가 말했다.

"하지만 길리온 경이 있어 준다 해도 아무짝에도 쓸모없을 겁니다."

"메즈."

"애들처럼 소리나 질러 대고."

"메—즈."

길리온이 노려보자, 메즈도 똑바로 보며 말했다.

"굼뜨고, 약하고, 판단력도 떨어집니다."

브릴은 메즈의 허리를 푹 찔렀다. 메즈는 '흥' 하고는 고개를 돌렸다. 메즈의 판단에 달리 할 말이 없는 길리온은 애꿎은 마르셀을 쏘아보았다.

"너 때문이다! 너 때문에 이렇게 된 거야! 왜 그렇게 침착했던 거야!"

"대장, 대장은 졸업하자마자 공주님 근위대가 되었지만, 저는 사관학교 졸업한 다음 아르데나 군도에서 3년간 복무했어요. 해적들 목 동강동강 자르면서. 당연히 침착해야죠. 전쟁터에 몇 년을 있었는데."

"……."

"그리고 길 대장, 제가 사관학교 졸업 선배예요."

나이는 비슷하지만, 졸업은 마르셀이 먼저 했다. 다른 동기보다 2년 일찍 졸업하고 마르셀이 간 아르데나는 제국에 의해 나라가 멸망하는 바람에 해군에서 해적이 된 자들로 가득하다. 마르셀은 그곳에서 3년 복무하고, 그때 받은 훈장만 두 개다. 마르셀이야말로 '인형의 기사단'에 섞여 있는 사탄의 인형이었다.

"우선, 저는 좋은데 길 대장은 어쩌겠어요?"

"가자. 망명자 기사단이 지…… 직접 청한 건데, 가야지."

마르셀은 웃으며 말했다.

"그럼, 셰어브릴 님. 저희들은 레오닉스 왕자님을 만나러 가겠습니다. 뵙게 되어 영광이었습니다."

"나도 즐거웠어. 나중에 나와 메즈가 서부로 돌아가면, 마르셀 경도 한번 놀러 와."

"서부의 검술이라도 배우는 건가요?"

"아니. 그건 본인들 연병장에서 하고, 우리 집에 오면 메즈와 연어 낚시나 해."

"흥미로운 제안이군요. 반드시 그리할게요. 자, 그럼 가죠, 대장."

마르셀은 주춤주춤하는 길리온을 소 몰듯 밖으로 내보냈다.

메즈가 작게 말했다.

"저더러 저 둘을 접대하라고요?"

"내가 할 수는 없잖아."

"싫으신 거겠지요."

"길리온 경은 내가 봐도 난처하지만, 마르셀 경은 좋은 사람이라며. 친절해서 나쁠 건 없잖아."

"브릴 님. 그러지 마세요."

"경박해 보이나?"

"아니, 그냥 제가 기분이 나쁩니다."

"왜."

"브릴 님이 저들에게 친절할 이유가 없다고 생각하거든요."

"불친절할 이유도 없잖아."

"브릴 님은 다정한 분입니다. 그리고 브릴 님의 친절은, 브릴 님을 존중하는 사람에게만 해도 충분합니다."

"뭐?"

놀란 브릴에게 메즈는 진지하게 말했다.

"정말입니다."

"그런 말은 처음 들어 봐서 부끄러운걸. 내가 서부에서는 개과천선하고 착실하게 살았나."

"브릴 님에게 불친절하다고, 다정하지 않다고 말하는 사람들은 아마도 브릴 님의 친절을 받을 자격이 없는 사람이었을 겁니다."

"내가 그다지 친절하게 말하지 않는데도?"

"다정한 말이나 웃음, 기분 좋게 해 주는 아첨은 누구나 할 수 있습니다. 그게 진짜인지 가짜인지도 모르지요. 그러나 선택이나 행동은 다릅니다. 그거야말로 진심이고, 그거야말로 진짜지요……. 뭘 했는지, 뭘 견뎌 왔는지, 뭘 참아 주지 않았는지, 그것으로 사람을 판단해야 한다고 생각합니다."

메즈는 고개를 저었다.

"저는 브릴 님이 그런 사람이라 옆에 남은 겁니다. 그런 사람을 다시는 못 만난다는 것을 알기에 남은 것이고, 제 최선을 다하는 겁니다."

"네 인생을 너무 막 던지는 거 아닌가."

"어차피 제 마음입니다. 원하는 곳에 인생을 던지는 것 역시."

아침이 되어 밖은 환했고, 망명자 기사단의 푸른 제복은 아침 빛 아래에서 겨울 바다색으로 보였다. 창밖으로 길리온이 나가는 것이 보였다. 길리온은 서두르지 않는 듯 보이려 애쓰며 레오닉스에게 갔다.

수하들과 이야기를 나누고 있던 레오닉스는 길리온이 나오자 돌아보았다.

길리온은 헛기침을 한 다음 가슴에 손을 얹어 인사를 했다.

"도움을 요청하셨다고 들었습니다."

"그랬지."

레오닉스의 답은 차가웠다.

주변 기사들의 얼굴들로 '흠칫'의 신호가 흘러갔다.

애가 뭐래? 헛소리를 한 듯?

"하지만 셰어브릴 님은 우리들의 주군이 아니니, 도움을 요청하려면 제게 말씀하셨어야 합니다."

레오닉스의 눈썹이 살짝 올라갔다. 주변 기사들의 얼굴 위로, 다시 한 번 '흠칫'의 신호가 흘러갔다.

"그렇게 말한 적 없지만, 비슷하긴 하군. 그래, 나는 경의 힘이 필요하다."

길리온는 환희에 차올랐다.

이제 주변 기사들의 얼굴에 나타난 신호는 '기가 참'이었다.

"나는 완벽한 게 좋다, 길리온 경."

레오닉스는 손을 들어, 엄지와 검지를 맞대 보였다.

"그런데 내가 급하게 준비하다 보니—"

레오닉스는 엄지와 검지 거리를 완두콩 알만 하게 벌렸다.

"딱 요만큼 모자라더군."

"……"

"그리고 딱 요만큼을 해 줄 수 있는 사람이 필요한데, 마침 길리온 경이 있더군."

레오닉스의 얼굴에는 비웃음조차 없었다. 너무 완벽하게 냉정해서, 기사들조차 길리온을 비웃지 못했다.

"저, 그, 마, 마르셀은 왜 요청하신 겁니까!"

레오닉스는 손을 핀 다음, 엄지와 약지를 남기고 말아 쥐었다. 한 뼘 정도 되는 길이가 되었다.

"마르셀 경은 그래도 이만큼은 되지."

"……."

"그리고 그에게는 내가 공식적으로 도움을 요청하는 거다. 기사단의 단주로서, 근위 기사단의 일원인 마르셀 경에게."

"저는?"

"있으면 괜찮고 없으면 다른 사람이 조금 애쓰면 되는 정도다."

"……제가 싫죠?"

"그리 느꼈다면—"

레오닉스는 냉담하게 말했다.

"착각이다."

브릴은 집중하긴 했지만 대화는 들을 수 없었다. 길리온 경은 처음에는 웃다가 그다음에는 무표정해지고 마지막에는 울 것 같았다. 잘된 거야, 아닌 거야? 같이 지켜보던 메즈는 괴상하게 웃기 시작했다.

"들려?"

"네."

"뭐라는 건데."

"별거 아닙니다."

"그럼 너는 왜 그렇게 신났어?"

"별거 아니라서."

"……?"

레오닉스는 울 것 같은 길리온을 버려 두고 떠났다. 이제 메즈는 건드리면 목을 뒤로 젖히며 넘어갈 것 같았지만, 브릴은 그 모습을 보고 싶지는 않았다.

"이리 오기나 해."

"네."

브릴은 메즈를 데리고 찬실로 가 종을 흔들었다. 그런데 기다려도 아무도 오지 않았다. 브릴은 메즈를 데리고 직접 부엌으로 내려갔다. 부엌에 있던 가정부가 놀라서 일어났다.

"무, 무슨 일입니까."

"다행이네. 침착해 보여서. 이불 속에 숨어 울고 있는 줄 알았지 뭐야. 아니면 기절했거나, 최악은 그대로 도망치는 거고."

가정부는 허둥지둥 둘러대기 시작했다.

"어제는 분명 마님을 노린 놈들일 겁니다. 저는 아무것도 모릅니다. 마님도 모르시고요. 정말입니다. 마님은 결백하십니다."

브릴의 얼굴이 엄격해지자, 가정부는 자신이 이사벨을 두고 '마님'이라 말했단 것을 깨닫고 창백해졌다. 상대는 왕자의 딸이다. 왕세자의 정부 따위에게 마님이란 존칭을 붙여선 안 된다.

"죄송합니다."

"호칭은 상관없어. 당신 주인이 치를 전쟁은 험담과 헛소문이지 폭탄과 총검이 아니라는 건 나도 알아. 그러니, 네 주인을 의심한 적은 없다. 내가 하고 싶은 말은 다른 거야."

"죄송합니다. 주제넘었습니다."

"누가 그 방을 내게 주라고 했지? 깨끗하게 준비된 걸로 보아, 미리 명령받아 둔 것 같은데."

"아르노 각하십니다."

"당신이 정한 건 아니라는 거군. 그럼, 방 준비는?"

"마님, 아니 저의 주인이 지시하고 가셨습니다."

즉, 방을 지정한 건 아르노고, 아르노의 정부는 손님을 위해 방을 정돈해 놓으라는 명령만 내리고 갔다는 것이다.

그렇다면 아르노의 정부는 아무것도 몰랐을 것 같다. 아르노 성격에, 알게 하지도 않았을 것이다. 아는 것 자체가 위험한 일일 테니.

"좋아, 잘 들어. 오늘부터 이 궁은 내 것이야."

"무슨, 무슨 말씀이신가요."

"법에 따르면 이 궁은 내 것이고, 그에 따르란 말이야."

가정부는 뭐라 하려다, 브릴의 눈빛에 겁먹고 고개를 조아렸다.

"알겠습니다. 말씀하십시오."

"여태 하던 대로 알아서 해. 수선 피우지도 말고, 도망치지도 마. 겁이 난다고 시끄럽게 하지 말라는 거야."

가정부는 얼른 그러겠다고 답했다.

"내가 잘 침실이나 준비해 둬. 아르노 각하가 있는 건물의 좌익에서 최대한 가까운 곳으로. 그 근처에 메즈를 위한 잠자리도 마련해 주고."

"분부대로 하겠습니다."

가정부는 방 하나를 정리한 다음 브릴에게 내주었다. 그리고 메즈는 근처의 방으로 데리고 갔다. 메즈를 보낸 뒤 혼자 남게 된 브릴은 검을 검집째 쥔 채 침대에 벌렁 누웠다.

잠이 밀려든다. 피곤하긴 피곤했던 듯하다.

잠들기 전, 브릴은 고개를 돌려 검을 보았다.

우르가나는 아직 이 검에 있다. 그 지역을 떠나왔어도.

브릴은 눈을 감았다.

"고마워. 옆에 머물러 줘서."

혼자인 게 어떤 것인지는 안다.

혼자가 아닌 지금은 그날 겪었던 혹독한 아픔도 서러움도 없다.

"서부를 떠나오니 나의 일부가 이것저것 사라진 느낌이었어. 그리고 나니, 메즈가 옆에 있어서 정말 다행이란 생각이 들었지. 나 혼자 있어도 된다는 거, 나 혼자 다 해결할 수 있다고 했던 거, 다 허세였어. 쪼그라든 느낌이더라."

누가 공포와 고통이, 고난이 사람을 강하게 만든다고 했던가.

그것들은 사람 안에 텅 빈 곳을 만들어 낸다.

채워지지 않는, 채울 수도 없는.

고통의 기억은 상처를 만들고 아픔을 되새기게 하며 항상 두려움을 느끼게 만든다.

고통을 알면 사람들은 그렇게 다 약해진다.

어떤 고통은 사람을 강하게 만드는 듯 보이긴 하지만, 그런 건 차라리 겪지 않는 게 낫다. 강해지는 게 아니라, 행복과 평화, 안도를 느끼는 감정의 일부가 망가진 것뿐이니까.

"쉬어."

그 한 마디가 마음을 매만져 준다. 흐트러졌던 것을 가다듬게 해 주고, 흔들리던 것을 잡아 준다.

누군가가 지켜봐 준다.

빈틈이 나면 지켜 줄 것이고, 비틀거리면 도와줄 것이다.

강하게 부딪히고 극복하는 것보다 약할 때 기댈 곳을 보태 주는 것이 더 깊이 와닿는다.

빈틈으로 스며들어 그대로 그 자리를 차지해 버린다.

브릴은 잠들었다.

푸근하다. 붉은 곰이 보인 것 같은 착각이 일었다. 거대한 곰은 브릴의 이마를 위로하듯 건드리더니 자기 몸을 붙였다.

따스하다.

"고마워."

브릴은 다시 말했다. 네가 있어서 다행이야. 나의 친구, 나의 일부. 나의 결실.

❖

브릴이 잠에서 깬 것은 늦은 오후였다. 햇살이 금빛으로 젖어 있는 것으로 보아 오후다. 브릴은 전날의 난리가 꿈처럼 생각되었다.

잠시 더 누워 있다가, 이제 피로는 풀렸다 생각되자 일어나 상처를 살피고 세수를 한 다음 나갔다.

메즈는 문 앞 의자에 기대자고 있었다.

"편히 자라고 했더니."

아무리 야생 생활을 몇 년 했다지만, 이렇게 자는 건 피곤할 텐데. 브릴은 안에서 담요를 가져와 메즈를 덮어 준 뒤 방을 나섰다.

암닉시아는 그리 크지 않은 규모의 궁이라, 본성 하나와 별채 하나만 있었다. 그러나 정원은 아주 넓었고, 앞에는 커다란 호수가 있어 숲과 어우러졌다.

상층의 시야가 훤한 곳으로 가자 숲도 호수도 참 잘 보였다. 아직 겨울이라, 공기는 유리처럼 맑고 차가웠다. 브릴은 창턱에 올라 앉아 찬물처럼 상쾌하고 달콤한 공기를 마셨다. 그리고 고개를 돌렸고, 순간 앞에 있는 남자를 보고 놀라 뒤로 물러났다. 남자가 브릴의 팔을 잡았다.

레오닉스였다. 기겁한 얼굴이다. 그는 브릴의 팔을 잡은 큰 손에 힘을 주었다가 아차— 하며 놓았다. 난처하다는 표정이 레오닉스의 얼굴에 나타났다.

"왜 혼자 있지?"

"메즈가 자고 있어서요."

"뭐?"

"신사 숙녀답게 옆에 항상 수행원을 끌고 다니지 않아도 되는 곳 아닌가요. 그래서 혼자 있는 게 이유를 물어볼 만한 일이 될 줄은 몰랐군요."

브릴은 창턱에서 내려온 다음, 목덜미를 감싸듯 잡았다. 흑갈색 머리카락은 묶어 말아 올리고, 옷은 여전히 제복 코트 차림이었다. 이런 꼴로 돌아다니면, 대체 누가 중요한 사람으로 여기겠나. 뭐, 중요한 사람도 아니지만.

"지금 상황으로 보면, 요주의 안전이 필요한 사람은 내 백부님과 당신이잖아요. 백부님은 한 오십 명 정도 되는 기사 속에 계시는 반면 당신은 혼자군요."

"나를 살피는 내 수하들은 이 주변에 가득하다. 안 보인다고 그들이 나를 지켜보지 않는 건 아니야."

브릴은 좀 더 세심히 주변을 살폈다. 곧 정원수 그늘 아래, 복도 구석, 그리고 창문이 보이는 거리에서 망명자 기사단의 푸른 제복을 발견할 수 있었다.

"푹 쉬었으니 이제 물어봐도 되겠네요. 그 마법사는 대체 누구인가요."

"보자마자 그것부터 묻나."

"우리가 날씨 이야기나 가족 안부 물어볼 사이는 아니잖아요. 오늘따라 근사해 보인다고 할 만큼 본격적인 사이도 아니고."

레오닉스는 창가에 머리를 기댔다. 체구가 크고 신분도 높은 남자를 앞에 두고 있으니, 브릴은 흥미가 일었다. 이런 종류의 남자는 브릴도 처음이다.

브릴은 자신의 신분에 대해 겸손한 자세를 취해 본 적이 없었다. 메즈처럼 브릴이 왕족이든 아니든 아예 상관을 안 하는 사람이라면 모를까.

대부분의 남자들은 브릴보다 신분이 낮았다. 높은 사람들은 숙부들이나 아르노처럼 나이 많은 친척들이었다.

레오닉스는 브릴이 만난 남자 중, 거의 유일하게 신분은 더 높고 나이는 젊었다. 마르셀처럼 높은 신분을 누리며 잘 자란 남자가 보여 주는 안전한 느낌도 없다. 오히려 오만하고 위협적인 느낌, 마모되지 않은 거칠고 위압적인 분위기를 풍겼다. 하지만 자신의 권위와 힘을 믿는 유형이라, 안정적이긴 하다. 아르노처럼 행여나 자기가 무시당할까 봐 성질부터 부리는 사람이 아니다.

"'카니발의 왕'이라고 아나."

"제국과 발카니아 지방의 전설이죠. 트릭스터. 온갖 모습으로 나타나는 악당. 잘생긴 청년의 모습으로도 나타나고, 사악한 노인의 모습으로도 나타나고, 그렇게 항상 모습을 바꾸고 나타나 사람들을 파멸시키는 악마. 이 정도면 정답 인정될 만큼은 되나요?"

"일반적인 의미지."

"비일반적인 의미는 뭔가요."

"'카니발의 왕'은 황제의 마법사이기도 하다. 카니발라, 라고도 불리지. 그리고 지금 황제가 황위에 오르는 데, 아마도 큰 역할을 했을 거다."

지금 살데니아 황제는 황족이 아니라 제국의 총사령관이었다. 그러나 황자들 간의 내전으로 제국이 엉망이 되고, 그 황자들과 측근이 저지르는 부패와 약탈이 워낙 극심하게 이루어지던 와중에 반란을 일으켜 황제가 되었다.

"그리고 나와도 각별하지. 내 나라를 멸망시켰으니."

"같은 마법사란 건가요?"

"그래."

"그럼, 황제의 측근이 대체 왜 서부로 왔던 건가요."

"필요한 게 있어서겠지."

브릴은 피식 웃었다.

"너무 뻔하잖아요."

"그렇긴 한데, 그 외에는 없어."

좀 피곤한 어조다. 브릴은 시선을 들어 레오닉스를 보았다. 레오닉스는 뜰을 보고 있었다. 검은 속눈썹 아래 검붉은 눈동자는 그림자가 드리워져 검은색으로 보였다. 브릴은 남자의 날카로운 코와 턱으로 시선을 내렸다가, 그의 제복 단추를 보았다. 좀 엉망이다. 옷을 걸치고만 있었다. 필요해서 입고는 있지만 윤곽 유지를 위해 최소한만 단추를 채웠다. 브릴의 시선을 느낀 듯 레오닉스가 먼저 말했다.

"합의하에 서로를 유혹해 보는 것을 고려하겠다면 오늘은 그만두는 것을 권하겠다."

"내가 유혹이랍시고 할 줄 아는 건 셔츠를 찢는 것뿐이라, 유혹하기도 전에 추행 죄에 걸리겠죠."

브릴은 레오닉스의 제복 옷깃을 잡았다.

"이대로 벗길 생각은 아니니, 그냥 답해 줘요. 그 마법사의 능력은 어느 정도인가요."

"우선, 염력. 거대한 배나 바위 등을 움직일 수 있지. 그다음, 자갈이나 유리 파편 등을 제 뜻대로 사용할 수 있다. 하지만 파괴시키는 능력은 없어서 이미 파괴된 것을 이용하더군."

"그리고?"

"심장을 얼린다. 그러나 이 경우는, 사람 한둘 정도는 확실하게 죽일수 있지만 다른 능력에 비해 범위가 넓지도 않고 힘도 들여야 하는 것 같더군. 자주 사용하지 않는 걸 보니."

브릴은 에스델라의 급사가 신경 쓰였다. 아르노가 저럴 정도라면, 에스텔라는 감쪽같은 방식으로 죽었을 것이다. 그런데 심장을 얼리는 거라면……. 브릴은 고개를 저었다. 이건 너무 나간 것 같다.

"다른 건요."

"영혼."

"영혼?"

브릴은 흔들렸다.

긴장이 얼굴에 드러났을 것 같다. 레오닉스의 눈이 그런 브릴의 표정을 살피는 게 느껴졌다.

"기계로 된 인형— 인조인간이라 보는 편이 낫지. 그 안에 혼을 불어넣어 움직이게 한다. 그래서 인형사라는 별명도 있어. 재질 자체를 변하게 할 수는 없으니 최대한 인간이나 짐승과 비슷한 구조로 만들어 움직이기 편하게 만들더군."

"그건 서부에서 봤어요. 여기서도 봤고."

"박살 났고."

"어디다 넣어 올까요."

"모르지. 하여간 밝혀진 건 그 정도다."

"그날 내가 무사히 살아남은 건 운이 좋았던 것 같군요. 아니면 죽일 생각이 애초에 없었던가."

브릴은 목덜미를 주무르고는 말했다.

"당신은 지속적으로 그자와 관련될 테니, 그자에 대해 알아낸 게 있다면…… 당신 판단에 따라, 내가 원하는 것과 관련되어 있다면 알려 줘요."

"조건은?"

브릴은 고개를 저었다.

"우선, 이건 부탁이에요. 나는 당신에게 뭐가 필요한지 몰라요. 만약 나에게 필요한 것이나 요구할 게 있다면 해요. 할 수 있는 일이라면 해 드리죠. 지금은 없다면, 나중에라도."

"가진 것도 없이 거래를 시작하는 건가."

"나는 당신에게 무엇이 없는지 모르니까요. 우리는 어제 제대로 만났고, 대화도 이제 시작했어요. 나는 당신을 쫓아다니는 사람들과는 달라요."

달라요, 라는 말에 레오닉스의 눈에 흥미가 보였다. 눈이 반짝인 것 같다. 착시인지, 웃는 얼굴로도 보였다.

"그대가 가진 건 뭔가."

"신분과 미모?"

레오닉스가 어처구니가 없는 듯 웃었다. 이번엔 정말 웃는 얼굴이었다.

"그게 당당하게 자랑할 만한 것이었던가."

"일단, 신분은 객관적으로 높아요. 왕족이니까. 미모라면, 이건 취향 문제니 당신 보기에 별로라면 넘어갈게요."

"왜 그게 내게 필요할 거라 생각하지?"

"모르지요. 하지만 일단 내가 가진 건 그거라는 거예요. 필요 없다면, 아쉽네요. 내가 가진 것 중 가장 자랑할 만한 건데."

"예전에 아르노가 내게 그의 딸을 제안한 적이 있었다."

"소문은 들었어요."

"하지만 그는 내게 자기 딸을 줄 생각이 조금도 없었다. 아니, 어느 남자에게도 줄 생각이 없었지. 아르노가 원한 건 희망을 미끼 삼아 부릴 수 있는 노예들이었으니. 솔직히 말하자면, 에스텔라도 남편을 고르는 것에 그다지 적극적이지 않았다."

"지금은요?"

"에스델라라는 상어가 사라져서, 온갖 잡어들이 나에게 죄다 몰려들 거다. 즉, 내 주변에 몰려들 왕족 여자들은 아주 많아."

"로버트 숙부님이 제일 적극적으로 구애할 것 같네요. 그분 딸인 마리 록시는 에스델라와 동갑이니."

"결혼 가능한 나이니 제일 귀찮지. 미친놈 취급만 하면 되는 에드거 왕 자와는 달리."

에드거 왕자의 딸은 올해 열두 살이다. 스물아홉인 레오닉스 입장에서 는 소름 끼치는 제안이다.

"그중 누군가 골라잡을 생각이 있나요."

"전혀."

레오닉스의 목소리는 단호했다. 취향에 안 맞아 질색하는 것도 있지 만, 수도사의 수련처럼 금욕적인 이유 같아 보였다.

세상과의 단절, 그래, 단절.

이 남자는 단절을 원하고 있다.

브릴은 손가락을 펴고 레오닉스의 옷자락을 놓았다.

"내 장점을 말하자면, 아르노 각하는 나를 아주 싫어해요. 그리고 로버 트 숙부님은 내가 자기 딸이 가지지 못하는 걸 가진다면 미쳐 날뛸 테고 요."

레오닉스의 입술에 다시 웃음이 보였다. 브릴은 기분이 편해졌다.

"당돌하군."

"당신 보기에 그럴 테죠. 지금 그 모든 제안이 혐오스럽다면, 나라는 존재는 그 제안을 죄다 당신과 멀어지게 할 수 있어요."

"무슨 말인가."

"내가 당신 옆에 있으면, 그 귀찮은 상황이 꽤 정리될 거란 거죠. 백부 님이나 숙부님들이나, 나를 욕하느라 정신들이 없을 테니 당신에 대해서는 잊을 거예요."

"내가 당사자란 사실은 잊는 건가."

"적어도, 그분들 머릿속에는 없어요. 자, 이제 내가 당신에게 줄 수 있는 게 생겼네요."

브릴은 조금 빼기듯 고개를 들었다. 마주한 레오닉스의 얼굴은 경계심이라곤 하나도 없어 보였다. 브릴의 말에 귀를 기울이고 얼굴을 살펴보고 있어서 그렇다.

새 우는 소리가 들려왔다. 해가 저물며 귀환하는 새들의 소리다. 떼 지어 붉은 하늘로 날아오르며 일제히 울어 댔다.

"요란하군요."

"이곳은 겨울이든 여름이든 항상 시끄럽지."

"서부는 풀로 된 바다처럼 고요하죠. 새소리가 없는 건 아닌데, 요란하다는 생각은 안 들어요. 바닷가에서 파도 소리가 들리듯 당연하게 들릴 뿐."

"그립나."

"일주일 전에 떠나와서 아직은 집 떠나서 신나 있는 정도예요. 곧 그리워질 테지요. 어느 정도 지나면 사무쳐질 때도 있을 테고……."

"내 고향은 시끄러운 곳이었다. 매일 새벽시장이 열리고, 항구와 기차역은 장사꾼들과 선원들이 모여들어 항상 붐볐지."

"발카니아?"

"가 본 적 있나."

"한 번."

레오닉스의 눈이 내리깔렸다. 조용해지고, 동시에 그가 가진 위협적일 만큼 거친 분위기가 오히려 두드러졌다. 조용하면 할수록 상대방이 압박감을 느끼게 되는 사람이다.

무엇을 생각하는 걸까. 고향 생각일까. 아니면, 가족 생각일까.

"레오닉스 공."

"그래."

"나는 내 사촌들 중 왕좌에서 가장 먼 왕족일 거예요."

"누구나 그 정도로 멀다."

"나는 내 운명이 비극이 아니기만 바라는 거예요. 영광도 권좌도 그다음 문제일 뿐. 하지만 비극으로 끝나지 않으려면, 그 모든 것과는 최대한 멀어져야죠. 물론 멀어진다고 비극이 안 될 거란 보장은 없지만. 세상에서 딱 하나 있는 자리를 놓고 겨루면, 그 확률은 더 높아지겠지요. 그러니—"

"그러니?"

레오닉스는 다시 물었다.

"……그다음은 없나."

"다음?"

"왕좌에 욕심이 없다는 건 이해하겠다. 권력을 얻고자 하는 마음이 없다는 것도 이해한다. 그대의 사촌과 숙부들 싸움에 끼어들 생각이 없다는 것 역시, 이해한다. 이권에 대한 것도, 사사로운 이득에 대해서도 관심이 없다는 것도 이해해. 그러니 내가 묻는 건, 그다음이다. 그 난장판에서 멀어질 수 있다면, 상관없이 지낼 수 있다면 원하는 것이 있는지."

브릴은 조금 전의 서글픈 쓸쓸함이 위로받는 기분이었다.

신분 높은 남자라도 부담 없이 대하는 건 브릴의 성격 탓이긴 한데, 이 남자에게서는 부드럽고 상냥한 느낌이 들었다. 이런 남자면 두려움과 압박감을 느껴야 정상이다. 그런데 브릴은 보살핌을 받는 느낌이었다.

"먼 미래는 아직 생각하지 않지만, 그래도 당장 하고 싶은 일은 있어요."

"뭐지."

"오페라."

"오페라?"

"수도로 가면, 마음에 드는 모자를 사서 쓴 뒤 극장으로 가서."

브릴은 레오닉스에게 다가갔다. 레오닉스의 눈이 브릴을 보았다. 브릴은 레오닉스의 제복 코트 옷깃을 잡아당긴 다음, 단추를 채웠다. 드러난 셔츠가 가려졌다.

"아주 즐겁게 웃을 수 있는 것을 볼 거예요. 거기서 낄낄대다 보면 시간 가는 줄 모를걸요."

순간 브릴은 레오닉스의 손이 팔에 닿는 것을, 마치 우연인 듯 귓가와 이마 언저리를 스치고 건드린 것을 느꼈다.

착각일까? 하지만, 정말 닿았다.

불쾌한 접촉은 아니다. 그것은 조심스러웠고, 들키지 않기를 바라는 것이었다.

그만큼 긴장과…… 갈망이 느껴졌다.

"하지만 당신은 많은 것을 해야겠지요. 누가 왕이 될지, 당신에게는 아주 큰 문제겠지요. 내게는 돌아가야 할 고향이지만, 당신에게는 되찾아야 할 고향이니…… 당신이 싸우는 이유는 그것이겠지요. 이 나라의 왕위도, 권력도, 다른 이야기일 뿐. 발카니아를 위해 지금 당신이 가진 하일드를 지키고, 당신을 따르는 망명자와 싸우는 것. 이 나라를 지켜야 살데니아와 싸울 수 있고, 살데니아를 이겨야 당신의 조국을 찾을 수 있을 테니……."

브릴의 눈은 레오닉스의 제복을 향했다.

청색이다. 아주 짙은 청색.

바다와 강철의 색이다.

차갑고 거친 색이고, 또한 무자비한 색이기도 하다.

"셰어브릴."

레오닉스가 말하자, 브릴은 남자의 제복에서 눈길을 떼고 레오닉스를 보았다.

"지금 번거롭다, 아주. 그런데 내가, 나 스스로가 더 번거로워지는 것을 자청하기도 하지."

레오닉스는 브릴의 눈과 마주했다. 그 순간, 브릴은 그의 눈에서 고개를 돌릴 수가 없었다. 그의 눈빛, 표정, 모든 것을 빨아들여 삼킬 듯 바라보며 기다리고 있었다.

"굳이, 기어코 가서 자청하지. 원한다는 이유 하나만으로."

레오닉스는 조용히 말했다.

"같이 보러 가지."

"무슨—"

"국상으로 거의 다 취소되긴 했다만, 몇 놈 두들기면 아주 좋은 자리로 나올 거다. 그러니 같이 보는 것도 괜찮을 거다."

"오페라 말하는 건가요."

"그래."

브릴의 눈이 커졌다. 이제 레오닉스의 웃음은 좀 장난스러워 보였다. 가볍다는 말이다. 그리고 이 역시 의도한 표정이 아니었다. 의도하지 않았단 건 솔직한 표정이란 뜻이다.

"제안을 받아들인다. 카니발의 왕과 관련된 이야기는 다 그대와 공유하겠다."

그러자 브릴도 웃을 수 있었다. 만족스러웠다. 이것이야말로 여기로 온 이래 최초로 얻은 결실이다. 그리고 브릴의 그런 웃음은 브릴을 완전히 달라 보이게 했다. 무정한 요정 같은 얼굴이 풍기는 차가움이, 환하게 웃는 순간 사라진다.

"기다릴게요."

브릴은 레오닉스의 옷자락을 다시 잡았다. 상당히 키가 큰 남자라, 그렇게 당겨야 그녀가 원하는 대로 가까이 붙들 수 있었다.

레오닉스가 끌리듯 고개를 숙이자, 브릴은 낮아진 그의 볼에 입을 맞추었다. 손을 내린 다음 더욱 활짝 웃었다. 어린 시절에 누군가를 골리다가 터뜨리던 웃음처럼.

레오닉스의 얼굴이 굳은 것도, 어깨가 뻣뻣해진 것도 브릴은 몰랐다. 브릴은 레오닉스의 옷자락을 놓고는 말했다.

"고마워요. 그리고 다행이에요."

"……."

이제 레오닉스는 그 소년의 마음이 이해가 될 것 같다.

왜 그렇게 울부짖었는지, 왜 그렇게 절망했는지, 왜 그렇게 화를 냈던 건지.

대체 누가 보내고 싶어 하겠는가. 대체 누가 자신 외의 존재가 알기를 바라겠는가.

이 웃음을 안다면, 누구라도 총애받는 시동(侍童)처럼 옆에 붙어 나만 바라보라고 속삭이겠지.

그녀가 원하는 것은 무엇이든 가지고 와 만족시켜 주고 싶은 욕망과, 오로지 자신만이 그녀가 원하는 일을 해내길 바라는 소망에 들썩댈 테지.

서부에서 다시 만났을 때, 레오닉스는 이것이 우연도 운명도 아님을 알았다.

굳이 기어들어 가, 기어코 찾아낸 거니까.

확인할 수 있는 기회가 되자마자 굳이 간 거다.

숲에서 만나지 않았다면 그는 분명 굳이 이유를 만들어 성채로 갔을 것이고, 그다음은 굳이 이유를 만들어 이민족 마을까지 갔을 것이다.

이렇게 얼굴을 마주하며 레오닉스는 확신할 수밖에 없었다.

이번에도 나는 너를 찾아온 거다.

굳이. 구태여.

끝없이 이러겠지.

아마도, 굳이.

브릴이 돌아오니 메즈가 브릴을 기다리고 있었다.

안절부절못하던 메즈는, 브릴의 얼굴을 보자마자 고개를 숙이며 부끄러워했다.

"늦잠 자서 죄송합니다."

"쉬고 나니 얼굴이 좋아 보이네. 괜찮아."

"아무 일도 없었습니까?"

브릴은 고개를 저었다.

"어제와는 달리 지금은 전문가들이 지키고 있으니 걱정 마. 메즈가 다시 침대로 가서 내일모레까지 자도 아무 일 없을 거야."

"아르노 전하가 데리고 있는 기사들은 문제가 있어 보이더군요."

메즈의 입술이 올라갔다. 메즈가 잘하는 웃음, '비웃음'이다.

"뭐, 자초한 거지."

아르노는 자기 의견이 있는 사람을 좋아하지 않는다. 항상 감시하게 하고 닦달하고 인색하게 군다. 기사들에게도 별다를 바 없었을 테고, 그것이 바로 어제 한 시간도 되지 않아 망명자 기사단에게 제압당한 이유다.

에스델라가 죽은 것만 해도 그렇지 않은가.

암살인데, 범인도 잡지 못하고 책임지는 사람도 없거니와 아르노는 엉뚱한 일만 하고 있다.

아르노 본인은 자기가 냉정한 책략가라 착각하지만, 브릴이 보기에는 너무 속 보여서 치졸할 정도의 잔머리만 굴려 댄다. 그런 식으로 야트막하게 머리만 굴리는 것이 영리한 거라 생각하는 걸까. 대체 언제부터 비열하고 알량한 협잡이 영리한 계책이 된 걸까.

이런 점은, 아르노나 에스델라나 참 많이 닮았단 생각이 든다. 본인들은 영리하다고 생각하지만, 주변의 아첨꾼들과 비굴하게 구는 측근들이 그 계책 자체의 문제점을 제시하지 않으니 그렇게 믿게 된 것뿐이다. 오오, 영리한 계책입니다. 역시 머리가 좋으세요. 버릇 나빠지고 지능 퇴화되기 딱 좋지. 하아.

"브릴 님?"

"아, 그래. 메즈. 그 마법사의 얼굴, 봤었지?"

"네."

"다시 보면 알아볼 수 있지?"

"분명 그럴 수 있을 겁니다."

"조만간 다시 나타날 수 있어."

브릴은 창밖을 보았다. 초봄의 겨울 느티나무 숲은 습하고 춥기만 했다.

어렸을 때 이 숲에 대해 들었다. 그러나 지겨운 이야기라 건성으로 듣다 말았다. 물론, 그 정도만 들어도 어지간한 사람보다는 자세히 아는 걸 테지만.

"나는 이만 들어갈게. 단, 이 앞에서 지키고 있지는 마."

"그냥 제가 좋아서 하는 겁니다."

브릴은 피식 웃었다. 하지 말라고 해도 하겠지.

방 안에는 가정부가 가스램프를 밝히고 갔다. 숲 그늘로부터 저녁의 어둠이 번져 올라온다. 하늘에는 어느새 먹구름이 껴 있었다. 오후만 해도 날씨가 괜찮더니, 역시 봄이라 날씨가 변덕이다. 어둠도 빨리 왔다. 공기가 차가워 눈이 내릴 것만 같다.

테라스의 문도 활짝 열려 있었다. 난간 너머로 숲이 보였다. 브릴은 문을 닫으려고 테라스로 갔다. 그런데 난간 위에 인형 몇 개가 놓여 있었다. 브릴의 다리 길이 정도 되는 큰 인형들인데, 모양이 아주 정교했다. 하나는 농부고 다른 하나는 목동이었다. 인형의 밀짚모자와 푸른 바지는 진짜처럼 보였다. 브릴은 인형을 만져 보았다. 몸은 금속으로 되어 있었다.

그때 테라스 끝에서 그림자가 비쳤다.

브릴은 인형을 놓고 고개를 들었다.

테라스에 놓인 의자에 남자가 앉아 있었다.

브릴은 천천히 허리로 손을 가져갔다. 칼자루가 잡혔다. 주변이 너무나 조용해 꿈속에 앉아 있는 기분이지만, 손바닥에 잡히는 칼자루의 느낌은 진짜다.

흰 연미복을 입은 남자가 천천히 일어났다. 늘씬한 몸에서 옅은 장미 향이 풍겨 왔다. 방 안에 있는 램프 빛이 연미복을 적시니, 마치 남자의 몸에서 희미한 빛이 나는 듯 보였다.

얼굴은 오늘도 가면에 덮여 있다. 흰 가죽 가면이었다.

"걱정 마. 해치지 않아, 차가운 밤의 공주님. 공단처럼 부드럽게 대할 테니, 검을 쥔 손은 놓아."

"달콤한 말을 늘어놓기에는 늦은 시간 아닌가."

"남자의 방문에 관대해지는 시간이 아니고?"

"나는 관대해지기보다는 경계심이 강해지는 시간이라."

남자는 장갑을 낀 손을 들었다. 흰 장갑에 덮인 손바닥이 브릴을 향했다.

"봐, 밤은 조용하고, 숲은 고요히 노래를 부르지……."

남자가 나른히 말한다.

"링, 링, 링—"

브릴은 가슴이 출렁이는 기분이었다.

브릴이 내쉬는 한숨을 따라 입 주변으로 하얀 입김이 번졌다.

맙소사, 그 노래를 네가 어떻게 알아.

"작은 새가 왔다 갔어요."

노래를 부르는 남자의 목소리는 달콤했다.

주문이라도 걸린 것 같아, 브릴은 천천히 남자에게 다가갔다.

남자의 입술에 미소가 번지며 고개를 숙였다. 금빛 머리가 브릴의 이마까지 드리워졌다. 다시 장미 향이 풍겨 왔다. 향수를 뿌려 만든 인위적인 향이 아니다. 체취가 머금은 향이다. 은은하고 향긋하다.

애무를 기다리는 고양이처럼 남자의 눈은 기대와 허락의 의미로 가늘어졌다. 브릴은 남자의 양 볼에 손을 얹었다. 남자가 고개를 더 깊이 숙였다.

얼굴이 더 가까워지지만, 눈빛은 더 지독해진다. 독이 든 달콤한 차를 권하는 위험한 신사 같았다.

브릴은 가면의 양 끝을 잡고 벗겨 냈다. 가면이 쉽게 벗겨지며 얼굴이 드러났다. 갸름하고 매끈한 얼굴이다. 이목구비는 얇은 펜으로 그린 듯 선명하고 아름답다. 우아하게 뻗은 눈썹에 희고 아름다운 코는 완벽했고, 짙은 갈색 속눈썹이 아름답고 푸른 눈동자를 장식했다. 달콤한 미소가 매끈한 입술에 있다. 속눈썹이 길고 섬세한 눈에도 미소가 스며들며 가늘어졌다.

"어때?"

남자의 대리석처럼 차가운 피부가 이마에 닿았다. 브릴은 움직일 수 없었다. 눈을 크게 뜬 채 바라만 보다, 멍하니 중얼거렸다.

"엘리안?"

닮은 게 아니다.

이건 같은 얼굴이라 봐도 되었다.

엘리안이 그대로 살아 나이를 먹었다면 꼭 이 얼굴이었을 것이다.

그런데 같은 사람일 리 없다.

브릴이 아는 엘리안은 소년 시절에 죽었다.

앞에 있는 남자는 청년이다. 눈썹은 짙어지고 턱으로는 옅게 구레나룻이 번졌다. 턱과 이마의 선도 강해졌다. 엘리안이 스무 살이 된다면 이런 얼굴이었을 테지만, 어쩌겠는가. 엘리안은 죽었는걸.

"아름다운 얼굴이라 신경 써서 관리했는데. 여전히 아름다워 보이면 좋겠어."

브릴은 꿈에서 깬 것 같았다. 목소리는 같지만 어조는 다르다.

엘리안의 목소리는 쾌활하면서도 상냥했다. 그러나 이 남자의 목소리는 너무 달콤하게 다듬었다.

요정의 왕자 같던 소년이, 지금은 악마의 공자(公子)처럼 변해 있다.

"엘, 살아…… 있었어?"

브릴은 자신이 말할 수 있는 것 중 가장 희망적인 질문을 했다.

죽은 척하고 도망쳤을 수도 있다.

당시 엘리안은 심장이 멈추고 숨도 쉬지 않았지만, 그런 상태를 만들 수 있는 약이 없는 것도 아니잖은가. 말투? 살다 보면 성격이 나빠질 수도 있는 거지.

혹시, 어머니가 엘리안의 죽음을 위장하고 엘리안과 같이 도망친 것이 아닐까. 만약 그런 거라면, 브릴은 어머니에게 천만 번쯤 감사할 수 있었다. 그건 어머니가 했던 일 중 가장 책임감 있고 용기 있는 행동이 되었을 테니.

제발, 그런 거라고 말해 줘.

남자가 웃으며 말했다.

"살아 있다?"

"그래."

"아니, 나는 죽지 않아, 공주님. 영원히. 때론 어둠 속을 헤매지만, 언제라도 날아올 수 있어……. 언제라도."

남자는 브릴의 손을 잡아 들고 손목 안쪽에 입을 맞추었다. 남자의 긴 속눈썹 아래 푸른 눈이 광채를 머금고 빛을 흘렸다. 매혹적인 요기(妖氣)였다.

"그러니 내가 만든 꿈으로 들어오지 않겠어, 밤의 공주님? 초대하지. 네 머리에 별빛의 관을 씌우고 신부의 베일을 드리워 줄게. 그곳에서 영원히, 영원히 아름다운 공주님으로 살 수 있게 해 주겠어."

남자가 내쉬는 한숨이 손목에 닿고, 남자의 손에 힘이 들어가며 입술과 손목은 더 바짝 닿았다.

"복잡한 것은 다 잊고 와. 그저 웃고 떠들기만 하면 되는 카니발을…… 특별한, 아주 특별한 축제를 열 테니."

초봄, 아직 겨울이 물러나지 않아 차갑고 습하다 봄밤이다. 하늘은 먹구름에 덮여 있으니, 곧 소금처럼 조그만 눈발이 흩어져 이마에 닿았다.

"정말 엘인 거야?"

"어여쁘고 귀여운 엘리안은 항상 내 안에 항상 있어."

그리고 이제, 남자는 엘리안의 눈으로 브릴을 보고 있었다.

장미처럼 화려한, 암사자처럼 강한, 그리고 황금처럼 고귀한.

서커스단의 소년이 본 소녀는 작은 여신이나 다를 바 없었다. 천박하고 잔인한 자들에게 맞고 학대받던 아이에게 나타난 어린 소녀는 세상의 모든 아름다움과 달콤함을 가진 존재였다. 소녀는 소년을 구원해, 쌍둥이 형제의 이름을 주어 살게 해 주었다.

엘, 너는 엘이야.

그것으로 충분했다.

소년은 소녀와 같이 있고 싶어서 신사가 되었다. 소녀가 좋아하면 좋겠다고 생각해 배우고, 익히고, 다시 배우고, 익히고 살았다. 세 가지 소원에 포함되지 않음에도, 카니발라는 이 여자란 존재도 같이 떠맡은 기분이었다.

아, 이 여자는 소년이 결코 완수하지 못할 사랑이 아니던가.

제국의 노예 출신 소년이 왕족 소녀와의 사랑을 이룰 수 있을 리는 없다.

그렇다고 열정이 없어진 건 아니다. 잔향처럼, 잔열처럼 남아 있다.

아, 그래.

기억난다.

붉은 개양귀비가 핀 뜰, 수련이 피어난 맑은 연못. 구름처럼 하얗게 피는 벚꽃 동산.

펄럭이는 얇은 커튼을 잡고 있으면, 귓가로 소녀가 다가와 말했었지.

"놀자, 엘."

그때마다 벽장 너머에 있다는 다른 세상으로 가면 좋겠다고 생각했었지.

어린 소녀는 아름다웠고, 좀 더 크자 더 아름다워졌지.

달콤한 기대를 하고 욕심을 꿈꿀 무렵에는 볼 때마다 심장에 칼이 박히는 듯 눈부셨어. 너의 이마에 입 맞추고, 너의 볼에 손을 얹고, 너의 머리카락에 얼굴을 묻고 싶어.

그런데 가질 수 없어.

누구보다 가까웠지만, 그랬기에 절대로 넘을 수 없는 선이 있었다.

그래도 볼 때마다 너의 가슴은 뛰었지.

소녀가 관심을 가지는 그 모든 것이 사랑스러웠고, 소녀가 너를 보지 않으면 소녀가 관심을 가진 모든 것이 미웠어. 가까이 있으면 좋다가도, 다른 곳을 보기만 해도 불안해졌어.

브릴, 너에게 내가 필요 없는 순간이 없었으면 좋겠어.

남자는 엘리안의 마음을 느끼며 비웃었다.

엘리안은 분명 사랑에 빠져 있었다. 소녀는 세상 전체와 대등하거나 더한 무게를 가진 것이었다.

어리석은 엘리안, 소녀의 이마에 입 맞추는 것 말고 다른 걸 했어야지. 상냥한 사랑의 말 말고, 다른 것을 했어야 했어.

언제고 소녀가 너를 남자로 보아 줄 거라고, 광대인 너의 모자를 벗겨 주고 왕자님으로 만들어 줄 거라 기대하고만 있어선 안 되었어.

엘리안, 너는 광대 옷을 입은 소년일 뿐이야.

네가 바라던 날은 영원히 오지 않아. 한번 광대는 영원한 광대니까.

세상에는 진짜 왕자가 있잖아. 강력한 군대와 영토, 거기에 권력까지 갖춘 젊은 왕자가.

그 왕자가 명령하면 너는 당장 무대에서 내려가야 해. 너는 아무것도 없거든. 지킬 수도 없고, 머물 수도 없어.

명령을 받은 네가 할 수 있는 일이라곤, 제발 기적이 일어나길 바라며

맹약의 독을 삼키는 것뿐.

여자의 눈동자를 보는 카니발라는 들뜨고 즐거워졌다.

입 맞추고 뭐든 허튼 고백을 해 버리고 싶은 순간이다. 각인이라 된 듯 심장이 뛰고 몸이 뜨거워진다.

달콤한 고통이다.

여자가 눈살을 찌푸리더니, 카니발라의 허벅지를 걷어찼다.

"윽!"

놀란 카니발라는 그대로 몸을 숙였다. 브릴은 다시 정강이를 걷어차고, 그가 비틀거리자 그 안으로 발을 밀어 넣어 걸어 넘어뜨렸다. 카니발라는 멍청하게 내동댕이쳐졌다.

"아…… 뭐야!"

브릴은 카니발라에게 덤벼들었다. 사자처럼 빠르고 날렵한 몸이 가슴을 덮쳤다. 여자의 머리카락이 흘러내려 남자의 이마에 닿았다. 카니발라가 몸을 뒤틀자 브릴은 허벅지에 힘을 꽉 주었다. 카니발라는 꿈쩍도 할 수 없었다. 손목도 같이 짓눌려, 팔도 휘두를 수 없었다.

브릴이 말했다.

"너, 엘이 아니지?"

브릴은 더 힘을 주었다.

"얼굴은 똑같지만, 대체 무슨 수를 써서 이렇게 똑같은지 모르겠지만, 그래도 너는 엘이 아니야. 그래도 눈은 참 예쁘네. 엘의 눈도 예뻤지. 하지만……!"

교차한 다리가 가슴을 세게 눌렀다. 딱 아픈 부분을 골라 누르며 하중을 가하니 엄청나게 아팠다.

거기에, 브릴이 너무 가깝다. 머리도, 가슴도 어깨도 얼굴도.

카니발라는 끓는 듯 반응하는 자신의 심장에 당황했다. 뜨거운 손이 심장을 움켜쥐는 것 같았다. 뛰고, 다시 뛰고, 심장이 달아오르게 하여 뜨거워진 피가 느껴지며 입안이 마른다. 어마어마한 북소리 같은 심장의 고동이 가슴을 치고 울린다.

브릴이 으르렁거리듯 고함을 질렀다.

"나를 놀릴 생각이었다면, 차라리 나를 욕해! 엘의 이름을 가지고 오는 게 아니라!"

순간, 브릴은 머리 위로 그림자가 번지는 것을 느꼈다.

브릴은 급히 고개를 들고 검을 뽑았다. 브릴의 머리가 있던 곳을 스쳐 지나간 주먹이 난간을 박살 내 날려 버렸다. 구부러진 난간이 날아가 떨어졌다. 브릴은 잡아 뜯긴 테라스를 보고 신음을 삼켰다. 납덩이처럼 구부러져 있었다.

"뭐야, 이게."

자유로워진 카니발라가 말했다.

"온갖 생을 다 가져 봤건만, 이런 건 처음이네, 공주님."

"나는 공주가 아니야."

브릴은 검으로 남자를 겨누었다.

"그만 놀려!

카니발라의 얼굴로 웃음이 번졌다.

"아, 그래. 알았어."

"너, 무슨 짓을 하려는 거지?"

"축제."

우르릉, 소리가 울렸다.

디디고 있는 바닥이 흔들렸다.

브릴은 경악해, 남자가 있다는 것을 잊고 맞은편 문으로 달려가 열어젖혔다.

그때 복도 창밖으로 보이는 궁의 우익이 좌르릉— 소리를 내며 무너져 내렸다.

맙소사.

브릴은 할 말을 잃고 그 광경을 보았다.

휘몰아치기 시작하는 눈보라 속에서 궁이 붕괴하고 있었다. 터진 게 아니다. 바닥이 푹 꺼지며 주저앉고 있었다. 바닥 아래에서 폭발이 일어난 것이다. 건물이 연달아 붕괴했다. 무너진 벽과 기둥에서 먼지가 터졌다. 창문이 깨지고 벽이 박살 났다. 건물이 땅에 먹히는 것 같았다. 엄청난 소리에 귀가 얼얼했다.

그때, 강한 힘이 브릴의 몸을 낚아채 당겼다.

"메—"

메즈라 생각했지만, 상대는 예상 밖이었다. 검푸른 제복이 브릴의 앞을 막았다. 레오닉스의 팔이 브릴을 안아 자신의 가슴에 붙였다. 그리고 허리를 숙이게 하고 가슴과 팔로 브릴을 보호했다. 제복 자락 너머에서, 쿵쿵 뛰어오르는 심장이 볼에 닿을 듯 느껴졌다.

"하루를 못 버티고 기어 나오는군, 카니발라."

먼지에 숨이 막힐 것 같았다. 무너진 벽이 브릴과 레오닉스를 덮쳤지만, 그것들이 둥근 돔을 그리며 지워졌다. 투명한 돔이 만들어져 둘을 보호하고 있었고, 그 너머로 쏟아지는 바위나 돌, 유리는 죄다 먼지가 되어 지워지고 있었다. 실제로는, 그 돔을 경계로 해서 그 안으로 들어오는 것이 죄 갈리고 있는 것이지만.

무너져 덮치는 건물 조각이 모두 사라지고 조용해지자, 레오닉스는 브릴을 놓았다.

브릴은 숨을 몰아쉬며 고개를 숙였다가, 아직도 쥐고 있는 검을 당기곤 레오닉스를 올려다보았다. 레오닉스는 브릴을 지켜보고 있었다. 그의 등 뒤에 남은 건 새카만 모래더미뿐이었다.

그리고 생각났다.

"메즈."

망연히 중얼거리다, 다급하게 크게 외쳤다.

"메즈, 무사하면 답해!"

답이 없다. 브릴은 검을 쥔 손을 보았다.

우르가나, 답해!

브릴은 메즈에게 무슨 일이 생겼을까 봐 겁이 났다. 두려워하는 그녀의 얼굴을 보고, 레오닉스가 말했다.

"일단, 내 힘은 인간은 파괴하지 못한다. 즉, 내 힘에 휘말렸다면 오히려 무사할 거다. 그를 다치게 할 만한 것이 사라졌을 테니 말이다."

"아."

레오닉스는 주변을 둘러보았다.

"우선 여기 있어라. 가만히."

"레오닉—"

레오닉스는 브릴의 어깨를 잡아 누른 뒤, 앞으로 달려 나갔다. 브릴은 같이 가려 했지만, 갑자기 엄청난 소리가 들리며 눈앞이 돌과 유리로 뒤덮였다. 갈려 나갈 뻔했으나, 브릴이 폭풍에 휘말리기 직전에 어깨가 잡혀 뒤로 당겨졌다.

브릴은 돌아보았다. 메즈였다.

"메즈!"

"브릴 님."

"메즈? 괜찮아?"

"네. 보시다시피."

브릴은 메즈의 얼굴을 빤히 보다, 갑자기 검을 들이밀었다.

"왜 그러십니까."

"잠깐 몸을 빌려줄 수 있겠어? 저 남자, 그러니까 마법사를 어떻게든 잡아야 해!"

메즈는 무슨 의미인지 알고 고개를 끄덕였다.

"해 보지요."

브릴은 검을 꽉 잡았다.

"우르가나. 메즈의 몸으로 가! 어서!"

레오닉스 앞에는 흰 연미복 차림의 남자가 서 있다.

옷장에 흰옷만 골라서 넣어 놓나, 왜 나올 때마다 저런 옷인가.

주변으로 돌과 유리의 폭풍이 휘몰아쳤다. 닿기만 해도 죄다 갈려 나갈 파괴적인 벽이었다. 없애려 하면 없앨 수 있으나, 레오닉스는 지금은 이 덕에 그들 사이에 아무도 끼지 못하게 할 수 있으니 내버려 두기로 했다.

"안녕."

카니발라가 먼저 인사를 했다.

"이런 짓을 해 놓고 안부를 묻는 거라면 양심도 없는 거지."

"그건 그러네, 레오닉스."

레오닉스는 청년의 얼굴을 보며 확신했다.

엘리안이 맞다.

그러나 소년의 인상은 가면이 바뀐 듯 변해 버렸다.

당시에는 아기 고양이 같은 얼굴이었다. 천진하고 잘 놀라는.

그런데 지금, 저 얼굴에 깃든 것은 사악하고 못돼 처먹은 악령이다. 그리고 그 악령의 얼굴은 엘리안의 얼굴에 고스란히 드러나고 있다.

황제의 마법사이자, 트릭스터 카니발라.

"세 가지 소원."

더럽게 얽힌 운명이지 않은가.

카니발의 왕. 그의 나라를 멸망시키고, 아버지를 죽게 하고, 형의 몸을 훔쳤던 놈이 이제 그의 앞에 있다.

엘리안, 레오닉스를 증오했던 소년의 모습으로 바뀌어서.

재수가 더럽게 없는데, 또 자업자득이기도 했다.

"네가 에스텔라를 죽였나?"

"너를 엿 먹이려고 죽인 건 아니야. 이 몸의 소원이었으니까 들어준 거지. 이 몸의 주인도 세 가지 소원을 빌었거든."

레오닉스는 카니발라의 얼굴과 어깨, 가슴을 보았다. 형의 모습은 그대로였지만, 엘리안은 계약을 했을 때 아직 어린 소년이었으니 몇 년간 청년으로 자라나며 달라졌다.

카니발라는 손가락으로 딱— 소리를 냈다.

"그 아이는 지스티아가, 양모가 더 이상 아무 일도 하지 못하기를 바랐어. 몸을 차지하고 나니, 그 소원을 이루어 주기 위해 할 수 있는 하나밖에 없더라. 그래서 아무 일도, 정말 아무 일도 못 하게 해 주었지."

카니발라는 손날로 자신의 목을 살짝 치곤, 싱긋 웃었다.

"이렇게 말이야."

지스티아가 레오닉스와 직접 협상할 경우, 지스티아는 숨 쉬는 시간보다 짧은 시간 안에 자기 딸을 팔아 치웠을 것이다.

엘리안이 가장 걱정한 것은 그것이었을 테지.

어떻게든 어머니가 아무것도 못 하게 해 줘요.

그러자 카니발라는 자기 방식대로 간편하게 해결했다.

"자, 그다음은……."

아르노.

에스델라는 아니다.

엘리안은 에스델라를 잘 알지도 못했으니.

카니발라의 눈이 가늘어졌다. 푸른 눈이 빛났다.

"네가 예상하고 있는 게 맞아. 아르노. 그 남자의 절망과 고통."

아르노에게 불행, 절망, 고통이 주어지길. 그 이기적인 남자를 그리 만
들려면, 가장 간단한 방법은 딸이자 권력의 미래였던 에스델라를 죽이는
것이다.

아르노에 대한 소원은 끝을 전제하지 않는다. 고통과 절망은 지속되어
야 한다.

자식의 죽음만큼 지속되는 고통이 어디 있겠으며, 후계자의 죽음만큼
그를 지속적으로 절망하게 만들 것은 또 어디에 있겠는가.

"마지막은 뭐던가."

"그건……."

카니발라가 다가왔다.

깃털 같은 걸음걸이였다.

남자는 레오닉스 앞에 서, 속삭였다.

"당연히 너지."

"나는 그 꼬마에게 해결책을 제시한 유일한 사람이다."

"하지만 대가는 있었지. 엘리안이 결코 줄 수 없는 것을."

"내게 엘리안에게 자비를 베풀 이유는 없지."

"그럼 잘못이 없다는 건가?"

"잘못은 맞다. 그런데 왜 네가 나에게 따지는 건가. 너에게 사과라도 할까? 네가 당사자도 아닌데?"

"……."

엘리안이 아닌 브릴에게 말했으면 어찌 되었을까. 똑같이 어린 나이였어도 브릴은 달리 행동했을 것이다. 또, 어찌 보면 그게 더 합리적이고 올바르다. 브릴은 모르지 않았다. 들키면 어찌 될지도 안다. 자신이 공범이기도 한 그 일을 해결하기 위해 그런 일을 해야 한다면, 했을 것이다.

그러나 엘리안은 아니다.

엘리안은 문제의 당사자였으나, 레오닉스가 제시한 해결책의 당사자는 브릴이었다. 엘리안을 희생시키는 게 아니라, 브릴이 희생되어야 했다. 자기 때문에 일이 벌어지려는데, 자기가 할 수 있는 일은 아무것도 없고 대신 가장 소중한 존재가 희생해야 한다니.

카니발라의 얼굴이 일그러졌다가, 웃음을 터뜨렸다. 웃겨서 웃는 게 아니다. 상처 받은 자존심이 일으킨 분노였다.

"레오닉스, 네 형의 소원이 뭐였는지 알아?"

레오닉스는 저 악령의 미소가 형의 육체에 떠올랐던 때를 기억하고 있었다.

다시 봐도 정말 지독하다.

더럽고.

"네 아버지는 아주 끔찍하게 죽었어."

알아, 이 자식아. 주변에서 하도 떠들어 대서 너무 잘 안다.

"황제는 네 아버지의 목을 썰게 했지. 톱으로. 생판 남이 봐도 끔찍한 장면인데, 아들이 보기에는 정말 지독했을 거야. 네 아버지는 톱에 목이 썰리면서…… 엄청난 고통에 발버둥 치며 죽어 갔어. 사람의 죽음이 그리도 역겨울 수 있다니!"

카니발라는 자신의 목에 손을 얹었다.

"바로 여기부터 천천히 썰렸지. 그건 네 아버지가 황제의 자존심을 건드렸기 때문이야. 그런데 그 모습을 보는 고통은 고스란히 네 형의 몫이었어. 자, 그리고!"

카니발의 왕은 손을 들었다. 그 손가락에 감긴 얇은 사슬에는 수정 병이 매달려 있었다.

"이건 내가 포로로 잡혀 있던 네 형에게 준 거야. 세 가지 소원에 대해 말하면서 말이야. 그 이야기를 듣자, 맙소사! 큰 남자가 펑펑 울었지. 가엾게도 어찌나 서럽게 울던지!"

레오닉스는 이를 맞물렸다.

닥쳐, 이 자식아.

눈에 열기가 돌았다.

닥치라고!

레오닉스는 모든 것이 사라지는 기분이었다.

머리 위도, 발밑도, 죄다.

세상이 삽시간에 진공의 어딘가로 빨려 들어가 사라지는 것 같았다.

이 자식아.

이 더러운 자식아.

닥치라고.

레오닉스의 눈에 분노가 고여 갔다.

힘이 들어간 턱에서 이 갈리는 소리가 났다.

"질질 짜던 왕자님은 덜덜 떨며 독을 삼키더군. 그리고 네 형이 빈 소원은……!"

카니발의 왕은 활짝 웃었다.

"정말 마음에 들었어!"

남자는 병을 손바닥으로 말아 쥔 다음 손가락 하나를 들었다.

"하나는 내 동생 레오닉스의 목숨."

"……."

"그래서 너는 그 궁에서 살아 도망칠 수 있었지. 자, 그다음은……."

남자는 손가락 하나를 더 펴며 말했다.

"내 동생 레오닉스의 목숨."

레오닉스는 이마가 뜨거워졌다.

검을 뽑아야 했지만, 손에 힘이 들어가지 않았다.

"그리고 마지막 소원은……."

세 번째 손가락이 천천히 펴졌다.

"내 동생 레오닉스의 목숨."

모두 다, 레오닉스의 목숨.

레오닉스에게서 고함이 터졌다.

"이 자식아!"

심장이 검게 얼어붙고, 모든 것이 확 얼어붙어 정지하더니, 산산이 무너진다.

"모든 소원이 다, 네 목숨이었지."

카니발라의 눈이 가늘어졌다.

자신이 일으킨 변화에 만족하듯 어조는 썩은 꽃의 향기처럼 달콤해졌다.

"황제의 멸망도, 아버지를 되살리는 것도, 나라를 되찾는 것도, 자유의 몸이 되는 것도 아닌, 첫째도 둘째도 셋째도 네 목숨……! 그래서 시고야에서 나는 너에게 아무것도 하지 못했지. 네 칼에 썰려 나가면서도 나는 너를 살려 줘야 했지. 왜냐면, 왜냐면, 네 목숨이 소원이었으니!"

이제 레오닉스는 자신이 무슨 표정을 짓고 있는지조차 알 수 없었다.

"마음 아픈가 보네? 이럴 수가. 너는 고통받을 일이 결코 없을 거라, 단한 치도 망설임 없이 밀고 나갈 거라 생각했는데! 아주 좋아. 이렇게 다시돌아온 보람이, 이 몸을 택한 보람이 있어!"

다리 힘이 풀린다.

형, 왜 그따위 소원을 빈 거야.

차라리 살려 달라고 하지. 목숨을 구걸하지. 치욕이든 수치든, 그냥 감수하고 엎드려 빌었어야지. 살려만 달라고.

살려만…… 살려만 달라고!

형이 살아만 있었다면, 나는 무슨 대가든 치렀을 텐데.

복수를 하든 말든 나라를 되찾든 말든, 아무 상관 없어.

형은 그저 살아만 있으면 되는 거였는데.

우리는 그저 평범한 가족이라 살아만 있으면 되는 거였다고.

황제의 지하 감옥에 평생 살아 있어도, 그래도 살아만 있었으면 된다. 명예도 치욕도, 그따위 것들이 무슨 상관이라고.

형을 죽인 뒤, 그제야 깨달았다.

그래도 싸웠던 건, 그래도 형은 살아 있다는 이유 탓이었다는 것을.

열네 살 이후 한 번도 청산되지 못한 고통, 슬픔, 상실, 그 모든 것이 '형은 살아 있으니까'로 보류되었다는 것을.

고통이 안에서 울부짖고 있었다.

그때 주변이 시뻘겋게 물들었다. 불길이 돌과 유리의 폭풍을 집어삼키고 사방을 덮더니, 그것들을 모두 녹여 버리고 흰 눈이 날리는 밤하늘을 토해 냈다.

"레오닉스!"

브릴이 보였다. 브릴은 거대한 곰의 허리를 붙잡고 있었다. 불길이 곰의 몸으로 빨려들어 갔다. 브릴은 곰을 놓고 몸을 날렸다. 뽑아 든 검으로 불길이 빨려 들어가고, 곰은 청년의 몸으로 변했다. 청년이 어지러운지 머리를 감싸 잡고 엎드렸다.

브릴은 검을 내리쳤다.

불길이 나선형으로 치솟고 사방이 불로 뒤덮였다. 엄청난 열기였다. 불이 핥고 지나갈 때마다 카니발라가 불러일으킨 암석의 폭풍이 사라져 바닥으로 뚝뚝 쏟아졌다.

브릴은 불기둥 사이로 달렸다. 불이 바닥으로 푹푹 꺼져 사라지며 브릴이 발 디딜 곳을 만들었다. 브릴은 단숨에 달려 바닥을 박차고, 바로 카니발라의 몸을 향해 달려들었다. 카니발라는 목이 낚아채이며 바닥으로 나동그라졌다. 일어나려 했지만, 브릴의 다리가 카니발라의 목을 눌렀다.

카니발라는 브릴을 노려보았다. 그 순간, 핑— 하는 소리가 들리더니, 채찍이 브릴의 목을 휘감아 당겼다. 브릴의 몸이 낚여 날아갔다. 채찍이 풀려 허공으로 치솟았다가, 다시 브릴의 허벅지를 휘감아 당겼다. 몸이 뒤로 밀려나며 무릎이 부딪히고 통증이 밀려 올라왔다. 온몸이 깨질 듯 아팠다. 신음을 삼키며 몸을 웅크렸다. 다시 채찍이 풀리며 허공으로 치솟았다. 카니발라가 그 채찍을 허공에서 낚아챘다.

젠장. 브릴은 피를 훔쳤다.

여기저기 타박상이 났다. 얼굴도 긁혔다. 피가 뜨끔하게 이마와 볼을 타고 흘러내렸다.

브릴은 일어나려 했지만, 차갑고 단단한 손이 브릴의 목을 꽉 조였다.

"밤의 심장은 달이고, 별은 눈이라."

카니발라가 말했다.

"윽!"

브릴은 신음을 삼켰다.

남자와 브릴의 눈이 마주쳤다. 카니발라가 움켜잡은 목의 살이 차가워졌다. 피로 얼음이 들어오는 것 같았다.

죽을 것 같았다. 정말로.

"이제 너도 영원한 겨울밤의 죄수가 될 테지. 네 사촌 여동생처럼."

목을 조이는 손에 힘이 들어가며 냉기가 퍼졌다.

차갑다. 심장이 무거워.

죽을 거야. 숨이 차. 심장 대신 얼음덩어리가 들어가 있는 것 같다. 뛸 때마다 고통스럽다.

브릴은 이를 악물며 생각했다.

정말 죽을 거라고.

순간, 남자의 눈이 변했다. 갑자기 흐려지더니, 브릴의 목을 놓고 자신의 얼굴을 감싸 쥐었다.

"아!"

남자의 목에서 신음이 터졌다.

브릴은 풀려나자마자 목을 잡고 고개를 들었다.

남자가 손을 내렸다. 너무나 충격을 받아 멍하니 브릴을 보고 있었다. 그건 믿을 수 없는 것을 본 자의 눈이었으며, 있어선 안 되는 것을 본 자의 눈이기도 했다.

공포와 놀라움에 당황하다가, 너무나 충격을 받은 눈으로 브릴을 보았다.

남자는 떨리는 손으로 브릴의 이마에 손을 얹었다. 이마는 다시 상처가 터져 피범벅이었다. 목에는 손자국도 시뻘겋게 남아 있었다.

남자의 눈이 허벅지를 향했다.

붉게 긁힌 맨살을 본 남자의 눈이 흔들렸다.

"다쳤……잖아."

어쩔 줄 몰라 하며, 남자는 두 손을 들어 브릴의 볼을 건드렸다. 손이 와들와들 떨렸다. 눈에 눈물이 맺혔다.

"네가 다치게 했다고!"

남자는 브릴의 상처를 더듬고 머리카락을 쓸어 넘겼다.

"다쳤잖아. 어, 어떻게 해."

그리고 고개를 세차게 저었다.

"미안. 내가 한 게 아니야. 하지만…… 미안. 다치게 해서! 아프지? 어떻게 해. 피가 나는데!"

남자의 얼굴에서는 조금 전의 서늘한 잔인함은 씻은 듯 사라졌다. 난폭함도 광기도 분노도 사라졌다.

심장에 박힌 얼음 조각이 빠지고 영혼을 되찾은 듯, 브릴의 앞에 원래의 사람으로 돌아와 서 있다.

"엘?"

저도 모르게 그렇게 중얼거렸다. 그럴 리 없다고 생각하면서도, 행여나 하며.

남자가 활짝 웃었다.

브릴이 아는 소년의 미소였다.

"그래, 나야."

브릴의 심장에 뜨거운 촛농이 한 방울 떨어진 것 같았다.

기쁜가?

아니, 그것조차 모를 만큼 고통스러웠다.

"이제 안심해. 나야."

"어떻게……!"

짧은 순간이었다.

남자의 눈이 순식간에 차가워졌다.

이가 맞물렸다. 분노에 찬 고함이 터졌다.

"그만!"

남자는 급히 손을 거두고 물러났다.

"그만! 이럴 수는 없어!"

원래의 그 눈으로 돌아가 있었다.

남자가 경악하며 얼굴을 감쌌다. 창백한 얼굴은 진짜 겁에 질려 떨고 있었다. 남자는 급히 자신의 얼굴을 쓸어 올렸다. 머리카락이 이마 위로 올라가며 놀란 얼굴이 드러났다.

"어떻게 된 거야. 이럴 수 없는 거야! 어, 어떻게! 빌어먹을, 빌어먹을, 대체 어떻게!"

숨을 몰아쉬며, 분노와 공포에 찬 눈으로 브릴을 보다, 이를 다시 갈아 붙였다.

브릴은 아무것도 할 수 없었다. 조금 전에 벌어진 일이 믿을 수 없어서. 그런데 거대한 금속 팔이 남자의 몸을 감쌌다.

기계 거인이 나타나 남자를 보호하고 브릴을 경계했다. 투구 같은 머리 아래로 붉은 눈이 번득이더니, 주인을 보호하던 팔을 들었다.

브릴은 방어할 생각도 들지 않았다.

비켜, 조금 전에 엘을 봤어.

거추장스럽게 그곳에 있지 마.

봐야겠어.

그러나 거인의 목이 베어져 날아갔다. 잘린 목이 허공으로 날아올랐다가 떨어졌다. 동시에 거인의 몸이 검은 모래가 되어 허물어졌다.

레오닉스의 힘이다.

큰 손이 브릴을 잡았다. 이마 위에서 들리는 레오닉스의 숨소리가 거칠었다. 심장이 뛰는 소리가 들려오는 것 같았다.

맙소사, 하고 그가 안도의 숨을 내쉬고는 브릴의 볼을 감쌌다, 그리고 이를 갈아붙이며 눈보라 너머를 노려보았다.

그곳에 카니발라가 있었다. 카니빌라의 놀란 얼굴에는 공포가 보였다. 태어나서 처음 겪어 보는 일에, 카니발라조차도 겁에 질린 것이다.

눈이 서서히 감기더니, 츠캉— 하는 소리와 함께 그의 몸이 잘린 듯 사라졌다.

안 돼.

안 된다고!

브릴은 목이 잠겨 목소리가 나오지 않았다.

눈보라가 더 거세어졌다.

브릴은 떨리는 숨을 내쉬었다. 탄식을 토해 내며 무릎을 꿇으며 쓰러졌다.

아르노를 다시 봤을 때도, 에스델라가 죽었다는 소식을 들었을 때도 아무 감정도 들지 않았다.

그런데 지금 몸이 와들와들 떨렸다. 울음이 터질 것 같았다.

목 안이, 피가, 심장이, 휘몰아치고 긁혀 나가고 끓어오르고 뒤집히고 쓰러지고 깨어진다.

세상이 다시 무너지고 있었다. 절망과 슬픔이 모두 되돌아와, 브릴을 무너지게 하고 있었다.

엘, 엘이 저기에 있었어.

잃어버렸던 엘이, 영원히 내 옆에 오지 않을 거라 생각했던 엘이.

신이여.

내 모든 것을 빼앗아 간다 하더라도, 그래도 의지와 용기만은 남겨 줘. 내 영혼이 숨 쉴 수 있게.

뜨거운 손이 다가와 엉망으로 흐트러진 머리카락을 걷어 내고 브릴의 얼굴을 드러냈다.

슬픔과 분노에 찬 브릴의 얼굴을 보자 레오닉스의 손이 멎었다.

레오닉스의 눈이 이제 검은색으로 보였다. 슬프고 고통스러워 보였다.

그제야 생각난다. 조금 전 이 남자의 얼굴, 지옥처럼 참담한 것을 본 고통의 얼굴이.

보는 사람조차 시려졌다.

지금 역시, 그의 검어진 눈에는 그때의 슬픔과 고통이 남아 있었다.

"괜찮다."

레오닉스는 브릴의 머리를 감싸 안아 당겼다. 떨렸다. 묵직한 손이 위로하듯 브릴을 쓸어내렸다. 자신의 고통은 인내하면서도 브릴의 충격을 위로하고 있었다.

"끝났어. 괜찮아."

당신도 세상 끝을 본 눈을 가졌으면서. 세상이 모두 무너진 것을 본 눈, 피와 상처를 본 눈이면서, 왜.

떨리던 몸이 가라앉았다. 오한이라도 이는 듯 부딪히며 딱딱 소리를 내던 턱도 가라앉는다.

멀리서 말발굽 소리가 들려온다. 눈보라가 잦아들고, 희고 얇은 눈으로 덮인 세상이 드러났다. 새벽이 오며 세상이 온통 푸른빛이다. 차가운 빛이 눈에 얇게 덮인 세상으로 찾아온다.

기사들이 달려오는 것이 보였다.

레오닉스가 브릴을 놓고 돌아섰다. 달려온 자들은 망명자 기사단의 검푸른 제복도, 왕실 근위 기사단의 화려한 붉은 제복도 아니었다. 까마귀처럼 검은 제복이었다.

선두의 기사가 말을 멈춘 후 내려왔다. 나이 든 여자였다. 은빛 머리카락은 귀 옆에서 짧게 잘려 있고, 갈색 눈은 깊고 맑았다.

여자를 본 레오닉스가 말했다.

"총리 각하."

브릴은 놀라서 여자를 보았다. 아르노 따위보다 더 놀라운 상대였다.

총리, 율리아 칸토르카다.

"엉망이군."

총리가 웃으며 말했다.

❖ 제 6 장 ❖

간격

아르노가 여태 살아오며 익힌, 상황을 나쁘지 않게 만드는 태도 중 하나가 일단 참아 주는 것이었다.

아버지가 사람들이 다 보는 자리에서 발작을 일으켰을 때도, 일단 참고 아버지를 끌고 나갔다. 온 국민이 동정과 비웃음을 담아 왕가의 수치를 구경했다. 아내는 2년이나 참아 줬고, 그 아내가 이사벨을 죽이려 했을 때도 참고 쫓아만 냈다. 동생들이 엘리안을 가지고 설칠 때도 일단 참아 줬다.

그래서 지금도 일단 참기로 했다.

"도움에 감사드리오."

마지못해 하는 아르노의 감사 인사에 총리가 웃었다.

"각하의 표정이 그러신데, 제가 어떻게 뿌듯해합니까."

아르노는 다시 참기로 했다.

어머니보다 나이 많은 여자, 거기다 한 팔이 없는 불구의 여인이자 평민이, 사십 년 전만 해도 그의 앞에 오지도 못할 신분의 여자가, 지금 아르노와 어깨높이 비슷한 권력자가 되어 건방 떨고 있다.

수도를 떠날 때만 해도 이런 상황이 벌어질 줄 정말 몰랐다. 드디어 지겹게 발목을 잡아 대던 저 평민 여자를 치울 수 있게 되었다고 생각했는데, 아르노는 실패했다. 저 여자는 그 실패를 빙글빙글 비웃으며 앞에 있는 것이다.

저 여자는 얼굴만 늙지, 몸은 오히려 더 튼튼해지는 것 같다. 아버지는 이보다 훨씬 젊은 나이에 미치고 어머니는 쓰러졌는데, 저 여자가 건강하단 것이 불합리하게 느껴졌다.

"궁이 다 날아갔으니 수리하려면 돈 꽤 들겠군요. 아깝습니다. 드물게 오래된 궁 중 하나인데."

총리가 말했다.

"그래, 애석한 일이지."

"그 덕에 이 암닉시아 궁은 나라에서 가장 중요한 곳이 되었군요. 왕세자 전하, 하일드의 왕자, 그리고 저. 이렇게 모두 모여 있으니."

웃으며 하는 말이건만, 아르노는 웃으며 답할 수 없었다. 추궁이다. 이렇게 한자리에 모이게 만든 상황의 주범이 아르노라는.

"내가 오라고 하진 않았네. 아마 총리 당신이 하일드의 왕자와 모의를 한 것 같은데. 대체 뭔가."

"하일드와 손잡고 혁명을 일으켜 전하를 폐위시킬 생각입니다. 그리고 제 입맛에 맞는 왕을 내세워 이 나라를 손에 넣을 겁니다."

아르노의 이마에 핏줄이 올라왔다.

"할 말이 있고, 하지 않을 말이 있네."

"할 일이 있고 하지 말아야 할 일이 있지요."

아르노는 노려보았지만, 총리는 아이를 혼내듯 아르노를 내려다보고 있었다. 애초에 둘 사이에서 기 싸움이 일어나면 아르노는 이겨 본 적이 없다.

"의견은 맞지 않을 수 있습니다. 서로 미울 수도 있지요. 어차피 전하와 저는, 태생부터 다르고 살아온 길은 더더욱 다릅니다. 의견도 입장도 시야도 다를 수밖에 없으니, 결국 싸우게 되는 겁니다."

"알고 있으니 다행이군."

"하지만, 그럼에도 불구하고 해서는 안 되는 일이 있습니다. 우리가 아무리 서로를 미워도 우리는 같은 나라 사람입니다."

"이기는 자가 모든 것이지."

"그런 일이 없도록 만드는 게 제 의무입니다, 전하. 전하는 태어나면서부터 이긴 분입니다. 태어나자마자 왕의 장자였고, 별문제 없이 왕세자 전하가 되셨지요. 제가 할 일은 그런 전하가 다 이기는 것을, 이겨서 모든 것이 되는 것을 막는 겁니다."

아르노는 비위가 뒤틀렸다.

평민이 이따위 말을 지껄일 수 있는 나라는 이 나라뿐일 것이다. 왕의 목을 자른 대역도당이 얼굴 들고 다니며 권력자 행세를 하는 것도 이 나라뿐이다. 왕에게 바락바락 대드는 것이 권리라도 되는 듯 으스대는 것도 이 나라뿐일 것이고.

"태어나면서부터 다른 걸 어쩌겠나. 신이 정한 것을."

"권력이 가장 먼저 배워야 하는 건 '하지 말아야 할 것'입니다. 권력은 권한이 아닙니다. 전하께서도 이건 지키셔야 합니다."

"나더러? 권력자가 순수하고 정직하면 결코 원하는 걸 얻을 수 없네."

"정직하게 얻을 수 없는 것이라면, 애초에 원해서도 안 되는 겁니다."

"학생 가르치는 것 같군."

"사람은 평생 배워야 합니다."

아르노는 치미는 분노를 겨우 참아 낸 뒤에 말했다.

"그래서 정말 나를 고발할 건가."

"아직은 파국을 만난 게 아니니, 해결책은 있습니다. 이 모든 일은 제국이 한 일이 될 터이고, 전하께서 사주하셨던 반역자들은 제국의 사주를 받은 자들이 될 것입니다. 공주님의 죽음도 그렇게 처리하십시오. 단, 언제고 진범을 찾아내기는 해야 합니다. 그러지 않으면 위험합니다. 전하도, 전하의 뒤를 이어 왕이 될 사람도."

"……결론이 뭔가."

"이번은 봐 드리겠다는 말입니다."

힘이 빠진다. 솔직히 말하자면, 총리의 말에 안도했다. 덮어 두고 가겠단 말에, 자신이 가장 좋아하고 있다.

"일이 이렇게 된 건 내 탓만은 아니야. 당신이 아버지의 퇴위를 막고 나를 섭정공으로 눌러앉혀 뒀으니, 내 자리가 안정되지 않잖은가. 우리는 항상 적이야! 자네와 의회는 항상 나를 훼방 놓지! 그런 상황에서 나더러 뭘 하라는 건가."

"전례를 만들어선 안 되는 일이란 게 있습니다."

"아버지 상태 자체가 전무후무한 일이란 건 모르나."

"그렇기에 더더욱, 쉽게 처리할 수 없습니다."

"그놈의 법, 법, 법! 이 나라의 주인은 그놈의 법이군."

"왕도, 왕자도, 여왕도, 공주도, 모두 언제고 그 통치가 끝나고 세상을 떠납니다. 총리인 저도 언제고 물러나 다음 세대가 이 나라를 이어 가겠지요. 그리 변해도, 법은 남습니다. 통치하던 자들이 만들고 보완하고 남긴, 바로 그 법."

"지겹군."

"그런데 왜 그리 자주 잊어 먹는 겁니까."

"총리!"

일국의 왕세자였지만, 아르노가 처음으로 배운 건 제왕학이 아닌 법학이었다. 익혀야 했던 건 통치(統治)가 아닌 법리(法理)였다. 왕이건만, 아르노는 선조가 누렸던 그 어떤 권력도 누릴 수 없었다. 그것이 아르노를 항상 분노하게 했다.

제국의 황제는 모든 것을 누리는데, 심지어 하일드의 왕자조차도 제 나라에서는 마음껏 권력을 누리건만, 아르노만 할 수 없다. 이게 말이 되느냐 말이다. 왕인데, 왕으로 태어났는데, 왜.

"허나, 지금 폐하께서 통치 불가능하다는 의학적 소견과 증명을 한 뒤에 대리자인 전하께서 퇴위를 요청하실 수 있고, 제가 그것을 승인할 수는 있습니다. 원래는 왕비전하께서 하실 일이지만, 안타깝게도 비전하께서 먼저 서거하셨지요."

"이러면 그대들도 조건을 제시하겠지. 뭔가."

"후계자 문제입니다."

이럴 줄 알았다. 아르노가 왕위에 오른다 하더라도, 후계자가 이자들 입맛대로 결정된다면 손해 보는 장사는 아니니 저러는 거다.

아르노는 딸을 죽인 정체도 모르는 범인이 이 총리인 것 같았다. 그만큼 미웠다.

"다음 왕은 자네들 입맛에 맞는 왕을 고르겠다는 거겠지? 내 동생들 중 누가 자네들과 거래한 건가."

"각하 동생들의 성품은 각하가 가장 잘 알지 않습니까. 왕자님들 중 저와 타협하고 거래할 분은 한 분도 없습니다."

"그럼, 대체 누구를 후계자로 추천하는 건가."

"조카들 중 한 분이겠지요. 그중 한 분을 고르시면, 전하의 동생들은 자동으로 승계권이 박탈됩니다."

"이러면 그놈들이 난리 나겠군."

"나이 든 왕만 다섯을 섬길 수는 없지 않습니까."

동생들 중 하나를 고르라면, 자연스럽게 다음 동생인 로버트를 골라야 한다. 그리되면 다른 동생들이 잠자코 있을 리 없다. 서로 자기가 왕이 될 수 있다며 줄을 설 테지.

이러면, 조카들 중 하나를 골라야 한다.

여기에 문제가 있는데, 셰어브릴을 아르노가 직접 데리고 오고 그 셰어브릴이 레오닉스와 아르노의 대립을 완충시킬 목적으로 암닉시아 궁을 자기 관할이라 선언했다는 것이다. 사소한 일이나, 이것이 공식 문서화된다면, 브릴은 한 번이라도 '최상위'로 기록된다.

아르노는 그것이 거슬렸다.

이놈의 나라는 그 모든 부스러기 같은 문서들이 근거가 된다. 한 번이라도 인정을 받으면, 특히나 지금처럼 모든 것이 불분명한 상황에서 인정받으면, 그것 자체가 상당한 위력을 발휘하게 된다.

"신하가 다음 왕을 정하다니, 어느 나라에 이런 법이 있다던가. 신하들이 멋대로 왕을 갈아치우고, 이래라저래라. 왕은 신이 정하는 거야."

"전하, 왕을 정하는 건 신이 아닌, 법입니다. 그러지 않고서야, 국왕이 반역의 죄로 처형될 수는 없지 않습니까."

아르노는 이 점을 이해할 수가 없었다. 왕은 왕이다. 신이 정한 권력의 정점이 왕이고, 강력한 왕권이야말로 왕의 본질이다. 권력을 나눈다는 것은 곧 혼란을 의미한다.

그런데 이 평민 놈들은 국가니 법이니, 국왕은 그 아래니 뭐니 헛소리를 한다. 건방지게.

"돌아가면 다시 보도록 하지."

"후계자 인준은 빨리하셔야 합니다."

"내가 왜?"

"제국의 집결 소식이 계속 오고 있습니다. 수도 아데안 남부와 발카니아 항구지요."

"바다를 건너오려는 건가."

"네. 바다가 훨씬 빠르고 안전하지요. 남쪽은 육로이긴 하지만 멀리 돌아가야 하고, 중간에 반란군이 점령한 지역을 거쳐야 하는 데다 일단 국경을 통과한 뒤의 상황도 좋지 않습니다. 우리의 반격을 거치면서 수도까지 와야 하니 힘들지요."

"알고 있네."

"이런 상황이니 최대한 협조하시길 바랍니다."

"그래서 자네들은 지금 하일드 편을 드는 건가?"

"하일드의 왕자는 전하의 나라를 지키는 중입니다. 그런 상황에서 이렇게 뒤에서 엉뚱한 일을 벌이시면 안 되지요."

"잘 알아들었네."

"그리고 각하, 이건 개인적인, 아주 지극히 개인적인 질문입니다."

"말해 보게."

"가스파르 경은 어디에 있습니까."

"모르네."

그러며 아르노는 총리의 얼굴을 살폈지만, 그다지 실망한 것 같지는 않았다.

"좋습니다. 제가 찾지요. 저는 사람 찾아내는 재주가 나쁜 편은 아니고, 각하는 사람 숨기는 재주가 좋은 편은 아니시니."

"무슨 말이지?"

총리가 돌아서며 말했다.

"들여보내."

내실 문이 열리며 총리의 여기사들이 모습을 드러냈다. 그들 사이에 있는 사람을 본 순간 아르노는 벌떡 일어나야 했다. 검은 머리카락을 베일로 덮은 여자가 굳은 표정으로 서 있었다. 여기사들은 여자를 두고 뒤로 물러났다.

총리가 말했다.

"그래서 각하께서 숨겨 둔 이분도 아주 쉽게 찾아냈지 뭡니까."

이사벨이었다. 아르노는 온몸이 꽉 조이는 기분이었다. 이사벨은 궁에서 나간 뒤 안전한 곳에 숨게 했다. 동생들이건 동생들의 수하들이건 찾을 수 없는 곳이었다.

"가스파르와 교환하자는 건가."

"그건 아닙니다. 잘못도 없는 사람을 인질로 잡고 거래를 하고 싶지는 않으니. 저는 각하의 상황이 돌이킬 수 없게 되는 것을 막기 위해 저 숙녀분을 찾은 겁니다."

이사벨이 아르노에게 다가왔다. 가까워지자마자 아르노는 이사벨의 팔을 잡아 안으로 당겼다. 다행히 총리도 여자고, 이사벨을 데리고 온 사람들도 여기사들이다. 험한 일은 당하지 않았을 것이다.

"그런데 우리보다 먼저 전하의 동생이 보낸 자들이 도착했고, 우리는 저분을 구한 것뿐입니다. 저분을 인질로 삼으려던 건 전하의 동생이고, 저는 그 왕자분과 전하가 거래를 해 이 나라를 망치는 건 두고 볼 수가 없었을 뿐입니다."

"누구인가."

"……."

"어느 놈이냐고! 로버트인가, 에드거인가! 아니면 그 여자야? 어떻게 알아낸 거야!"

"적이 왜 그리도 많으십니까. 순식간에 세 명이 나오네요."

"누군지 말해! 어서."

"전하, 이렇게 전하의 적은 우리들만도, 하일드의 왕자만도 아닙니다. 그리고 전하의 적이 우리들처럼 정직하고 기분 나쁘게 싸울 거라고는 생각하지 마십시오."

"나더러 어쩌라고."

"협조하십시오. 도우십시오. 우리 역시 그럴 테니. 그러면 전하의 싸움도 아주 수월해질 겁니다."

아르노는 훈계받는 기분이었다.

익숙한 구도다. 어릴 때부터 지금까지, 총리는 끝없이 이야기하고 간섭하고 반대하거나 수정을 했다. 총리와 여태 나누어 온 이야기를 합치면, 친어머니보다 많을 것이다.

"이번 주 일요일."

아르노가 말했다.

"일요일 아침까지는 가스파르 경이 돌아가게 해 주지. 그 이상은 양보 못 해."

총리은 부드러운 미소를 보였다.

"기다리고 있지요. 결정에 감사드립니다."

"그리고 후계자 문제는 가서 이야기하지."

"알겠습니다. 전하가 드디어 폐하가 되는 것을, 미리 축하드립니다."

이것으로 승자는 완벽하게 총리가 되었다. 그걸 깨닫자, 아르노는 분통이 터졌다.

고생은 아르노 혼자 다 했고, 궁도 날려 먹었다. 그런데 저 총리가 한 일이라곤 다 끝난 다음 와서 구경한 것뿐인데, 이겼다.

이제 아르노는 후계자를 지정할 권한을 잃고 총리와 하일드에 감사하면서 왕위에 올라야 할 처지가 되었다.

아르노는 허탈하면서도, 브릴이 살아 있다는 것에는 분노를 느꼈다.

역시 그 계집애만 나타나면 항상 이렇게 일이 벌어진다. 그리고 항상 불쾌하다.

아무것도 얻는 게 없어서.

❖

브릴은 침대에 누운 메즈를 지켜보았다. 겨울잠이라도 자는 듯 푹 잠들어 있다. 브릴은 이런 메즈를 옮기는 데 수고해 준 길리온과 마르셀에게 감사했다. 메즈는 길리온 경이 자기 몸에 손댔다는 사실을 알면 당장 펄펄 뛸 테지만.

메즈는 정오가 지나서야 눈을 떴다.

"괜찮아?"

"괜찮습니다. 정령은 제 몸을 다치게 하지는 않으니까요."

메즈가 일어나 앉으려고 하자 브릴은 두 손을 들어 말렸다.

"괜찮으니까 그냥 누워 있어."

"아닙니다. 제가 잠든 동안 아무 일 없었습니까?"

"일은 많았는데, 메즈가 깨어 있었더라도 가만히 있는 것 외에는 달리 할 일이 없었어. 편하게 기절해 있는 편이 나았어."

메즈가 기절해 있는 동안, 총리의 수하들은 아르노의 기사들과는 비교도 안 되게 빠르게 움직였다. 그들은 기민하게 궁을 정리하고 주변의 안전을 점검했다.

레오닉스는 총리의 최측근 중 하나로 보이는 어느 여기사와 의견을 나눈 뒤, 정오도 되기 전에 궁을 완벽하게 넘겼다. 그렇게 일을 마무리한 레오닉스는 수하들에게 덴 강으로 가 그곳에서 대기하고 있는 전함 아퀼라 나이젤호에 승선하라 명령했다. 지금 망명자 기사단은 궁의 호숫가에서 인원을 점검하며 출발 준비를 하고 있다.

메즈는 자신이 할 수 있는 일이 정말 없었단 것을 알게 되자, 자존심 상해했다. 자기를 옮겨다 준 사람이 누구인지 궁금해하기도 했지만, 브릴은 눈치를 채고도 모르는 척했다.

"브릴 님은 얼굴을 다시 다친 것 같은데요. 그 마법사 짓입니까."

브릴은 이마를 가렸다.

"흉터 남을 정도는 아니고, 흉터가 남아도 괜찮아. 용맹해 보이지 않을까?"

"브릴 님, 제발. 어디를 다치든, 다치는 건 좋지 않습니다. 그 마법사, 브릴 님이 아는 사람이었습니까?"

"아는 사람은 아니야."

"그럼 그렇게 다치시면서까지 빈틈을 보이신 이유가 뭡니까."

"그런데 몸은 아는 사람의 것이었어. 엘리안이었으니까."

메즈의 눈이 커졌다.

"네?"

"몸은 엘리안의 몸인데, 그 안에 들어 있는 것은 나도 모르는 악귀였어. 그러니 다른 사람이라 봐야지."

"어떻게 된 일인지 아십니까?"

"내내 궁리해 봤는데, 메즈가 우르가나에게 몸을 빼앗겼을 때와 비슷한 게 아닐까 해. 그 마법사가 매번 다른 사람 몸으로 나타난 것도 그 이유일 거야. 여태까지 사람의 몸을 빼앗아 사용해 온 거지. 이번에는 엘리안이 그 마법사에게 몸을 빼앗긴 거고."

브릴은 의자에 거꾸로 앉아 의자 등받이에 팔을 얹고 턱을 대고 있었다. 예법 엄격한 사람이 보면 경악할 만한 자세였지만, 브릴은 남들이 보기 좋은 자세 취하지 않은 지 너무 오래되었다. 메즈도 그런 브릴만 봐 와서, 조금도 주의를 주지 않았다.

"어제 일 때문에 아주 궁금한 것이 생겼습니다."

"물어봐."

"우르가나는 브릴 님을 돕는 겁니까, 아니면 명령을 듣는 겁니까."

"왜 그런 생각이 들었지?"

"어제 제 몸에 들어왔을 때의 우르가나가 예전과는 달라서 그렇습니다. 그때보다 제 영혼을 약하게 억눌렀습니다. 저는 내내 제정신이었고요. 예전에 우르가나가 제 몸을 완전히 장악할 때와 다르더군요. 그때는 초고속으로 달리는 마차 위에 묶여 있는 기분이었는데, 어제는 제 의지로 달리는 기분까지 들었습니다. 지난번에 우르가나가 떠난 뒤로는 거의 한 달을 앓았는데, 지금은 반나절 만에 가뿐해지기도 했고요."

브릴은 검을 흔들었다.

"일단, 이 검에 깃들어 있는 건 맞고, 내가 말하면 들어줘. 음, 뭐랄까. 나와 우르가나가 같은 몸이 되는 기분이라고 해야 할까."

메즈의 얼굴에 긴장감이 보였다.

"아, 메즈와는 달라. 몸도 정신도 거의 그대로야. 다만, 그런 상태가 되면 시야가 넓어지고 감각이 확장되는 기분이 들어. 불길을 일으키고 파괴하는 것 자체가 팔을 움직이고 달리는 것처럼 자연스러워지지. 즉, 내 의지대로 움직여."

그리고 브릴은 검을 뽑았다. 붉은빛이 날 위로 번졌다 사그라지었다. 날에 그려진 날개 달린 뱀의 문양이 루비색으로 빛났다.

"언제부터 그랬습니까."

"처음부터. 자작나무 숲에 있는 다른 정령들도 비슷했어. 그들이 속삭이는 단어는 하나인데, 그 하나를 말하면 이 우르가나처럼 내게 속해 나의 일부가 될 것 같았지. 하지만 우르가나의 이름을 가장 먼저 말하니, 나머지는 다 조용해졌어. 그 후로는 없어."

"'이름'."

"이름?"

"네, 정령사들도 그런 것을 '이름'이라 부릅니다. 달리 칭할 게 없어서 그리 부른다는데, 인간들 사이의 이름과는 다른 겁니다. 정령사들이 부리는 단순한 정령들보다 상위의, 즉 우르가나나…… 그 마법사의 원형 같은 자들도 그렇게 이름을 불리면 이름을 부른 자에게 속하게 된다 합니다. 일종의 교류를 시작하는 거지요."

"교류라니. 너무 평화적으로 들리네."

"지배나 소유는 불가능한 말이기에 그리 표현한 것뿐입니다. 그러니 교류를 통한 공존이라고 해야지요."

"혹시나 해서 물어보는 건데, 네가 해방되었듯 엘리안을 되찾을 수는 있어?"

"그건 잘 모르겠습니다. 그 우르가나가 제 몸을 떠난 건 브릴 님 덕인 것 같아서요."

"알아볼 곳 있으면 좋겠는데……."

엘리안이 살아 있다.

이건 분명하다.

또, 엘리안은 정체불명의 악령에게 몸을 빼앗겼다.

이것 역시 분명하지.

어떻게 하면 엘리안을 되찾아 올 수 있을까.

엘리안의 죽음을 받아들이고 새로 시작했고, 그래서 간신히 정착했다 믿었는데. 그런데…….

희망을 가져야 하는데, 막막하기만 하다. 일단 엘리안이 살아 있으니 안심해야 하는 건지, 그럼에도 불구하고 구할 방법이 없으니 참담해야 하는 건지.

"메즈, 나는 희망을 가지고 싶어. 엘리안이 다시 돌아올 거라는 희망."

브릴은 눈을 감고 이마를 쓸어 올렸다.

그런 브릴을 안쓰럽게 지켜보던 메즈가 갑자기 허리를 뻣뻣하게 세우며 긴장했다.

브릴도 의자 등받이에서 몸을 젖히고 입구를 돌아보았다.

레오닉스였다.

브릴은 얼른 돌아앉았다. 너무 황급히 움직이는 바람에 의자와 함께 뒤로 넘어갈 뻔했지만, 메즈가 급히 잡아 주었다.

"레오닉스 왕자."

브릴은 긴장했다.

이 남자는 엘리안을 봤다. 카니발라를 쫓아왔으니, 그의 정체가 뭔지도 알 것이다. 어쩌면 이 남자는 엘리안이 카니발라에게 몸을 빼앗겼다는 것을 이미 알거나 짐작하고 있었을지도 모른다.

"무슨 일인가요."

"감사해야 할 것 같아서."

뭐가 감사할 일이지?

도와준 것? 하지만 도움받은 게 먼저다. 브릴은 당연한 보은을 한 것뿐이었다.

"메즈도 도와줬어요. 나 혼자 감사 인사 받기는 죄책감이 드는데. 또 먼저 신세 졌잖아요. 그 상황에서 나 편하자고 도망치면 안 될 일이지요."

"저 전사는 그대가 없었으면 내가 어떻게 되든 아무 상관도 안 했겠지. 그러니 감사 인사는 그대에게만 하면 된다."

뭐지, 이 은근한 배척이 담긴 언사는.

레오닉스는 브릴의 상처를 보았다. 이마 상처는 다시 터졌고, 허벅지는 옷이 찢어진 채 맨살이 드러났다. 다행히 이곳은 살이 찢기진 않아, 붉게 물들어만 있다.

"앞으로는 그렇게 먼저 덤비지 마라."

브릴은 좀 부끄러웠다. 성급하게 덤볐다가 허점을 보인 대가였다.

"당신이 할 말은 아니지 않나요."

"나는 언제든 나서야 한다. 우두머리고 주인이고 지도자니까. 그러니 내가 다치는 건 상관없다."

"내가 다치는 건 상관있고요?"

브릴은 말은 그리해도 말투가 퉁명스럽게 나오지는 않았다.

"나도 내 할 일이라서 한 거예요. 내 싸움이라서. 여기서 다치든 구르든, 이건 내가 감수할 일이니 다친 것이 후회가 되지는 않아요. 아프고, 그래서 잘할 걸 그랬다는 아쉬움은 있지만요. 레오닉스, 당신에게 나를 지킬 권리가 있는 건 아니에요."

그렇게 말한 브릴은 레오닉스의 얼굴에 나타난 표정에 놀랐다. 브릴의 태도는 건방지다면 상당히 건방지다고 할 수 있는 태도인데, 레오닉스는 화를 내는 게 아니라 살짝 상처 받은 표정이었다.

그 표정이 강하고 거친 인상의 남자를 사람 같아 보이게 하고, 부드럽게 보이게도 했다.

"익숙하지 않아서 모른다."

레오닉스가 말했다.

"내가 책임지거나 지킬 의무가 없는 존재가 있다는 것에."

"모든 게 다 당신 책임인 건 아니죠."

"하지만 안전하길 바라는 상대는 있지. 지키려 하는 건, 다치거나 위험해지면 내 마음이 아파서고."

브릴이 놀랄 차례였다. 정말 놀라, 턱을 당기고 바라만 봤다. 눈도 크게 뜨고. 메즈가 그런 브릴의 표정을 몹시 신기하다는 듯 보았다. 브릴 님이 그런 표정을 지을 줄도 아는군요.

"셰어브릴, 여자라서도, 왕족이라서도 아니다. 그대니까, 그대이기 때문에 다치지 않기를 바란다."

"왜죠?"

"여태 우리 사이의 일을 생각한다면, 다치길 바라는 게 더 이상한 거 아닌가."

"……."

할 말이 없다.

브릴은 약해졌다. 이런 상대들을 만나면, 브릴은 항상 누그러지고 마음도 약해졌다.

레오닉스는 브릴에게서 시선을 내리며 말했다.

"곧 의사가 올 거다. 의사로서의 실력은 장담하기 어렵지만, 상처는 봐줄 테지."

"놔두면 나아요."

"곱게 낫지는 않잖아."

"……."

노크 소리가 들렸다.

레오닉스가 먼저 말했다.

"들어오십시오."

브릴도 놀랐고 메즈도 놀랐다. 이 남자가 자그마치 존댓말을 쓸 수 있는 상대는 이 나라에 몇 없으니.

문이 열리며 검은 제복 차림의 여자가 안으로 들어왔다. 역시, 총리였다.

총리는 안을 둘러본 다음 말했다.

"방해한 거라면 양해해 주게나. 공적인 일이라서."

"그런 상황 아닙니다."

레오닉스가 짜증 난다는 듯 말했다.

"그렇다면 내 말은 잊게. 정식으로 내 소개를 소개하지. 율리아 칸토르카, 의회의 수장이네."

"셰어브릴…… 듀카르니아입니다."

브릴은 자기도 모르게 긴장했다.

총리, 율리아.

굴러들어 온 왕위를 가질 예정인 아르노와는 달리, 이 율리아는 그야말로 살아 있는 전설이다.

듀카르니아 내전 때 선봉에서 싸웠고, 왕이 끌어들인 외국 군대와도 싸워 승리했다. 남쪽으로 밀려났던 의회파가 수성을 해내고, 내전이 의회파의 패배가 아닌 휴전으로 끝나는 데 가장 큰 공을 세운 사람 중 하나가 이 총리다.

당시 내전에서 싸웠던 왕당파 총사령관은 이 율리아와 만나게 되자 아주 크게 충격을 받았다. 적의 지휘관이, 그것도 왕당파군을 산악전에서 궤멸시킨 지휘관이 자그마치 열아홉 살짜리, 그것도 팔 하나가 없는 여자란 것에.

"이런, 이런. 다쳤군."

총리은 브릴의 상처를 보았다. 총리가 보기에 브릴의 상처는 중상은 아니지만, 가만히 앉아서 저절로 낫게 놓아두라 할 만한 상처도 아니었다.

"왕자, 자네 기사단 의사는 왜 안 부른 건가?"

"남자라서."

"의사야, 의사. 그런데 의사를 두고 성별을 따지나."

"셰어브릴이 왕족이니까 그렇습니다."

"그럼 자네도 이제부터 여자 의사 만나지 말게. 그리고 환자 맡길 거면, 당장 비켜. 자네는 환자 보호자도 가족도 아닌 그냥 남자가 아닌가."

총리는 브릴의 찢어진 옷 아래에 있는 벌겋게 된 살을 보고, 얼굴과 목에 난 상처를 살폈다. 누가 봐도 거하게 두들겨 맞은 꼴이었다.

"난폭하게 당했군. 남자가 한 짓이라면 아주 나쁜 놈이야. 그래, 여기는 뭐에 맞은 건가."

총리는 브릴의 허벅지를 가리켰다.

"채찍이었습니다."

"그런 것치고는 상처가 가볍군. 그나마 다행이네. 상대가 자네를 크게 다치게 할 생각은 없었던 것 같아. 곧 의무관을 보내겠네. 그 사람이 상처 소독하고 치료하고 붕대까지 감아 줄 거야."

총리는 긴장해 있는 브릴에게 웃으며 말했다.

"이런 표정이라니. 내가 왕족을 만나기만 하면 목 따는 사람은 아니네. 그건 유행이 지났어."

그리 말하며 웃는 총리의 얼굴은 너무나 다정하고 관대해 보였다. 총리가 뭘 하고 다니는지 아는 레오닉스가 보기에는 가증스러울 뿐이지만.

"더 필요한 게 있으면 옆에 있는 남자에게 다 해 달라고 하게. 왕자에, 부자야. 신사다운 예의도 교양도 없긴 하지만 잘생겼으니 봐주게나."

"각하—"

레오닉스가 짜증을 냈다. 그러나 총리는 무시하고, 브릴 옆에 있는 메즈를 보았다.

"자네는 데일과 많이 닮았군. 한눈에 알아보겠어."

설마 자기 이야기를 할 줄은 몰랐던 메즈는 뒤로 훅 물러났다.

"네?"

"아, 아. 놀라지 마. 데일이 아들을 잘 챙겨 달라고 편지를 다섯 통이나 보냈거든. 얼마나 연약한 젊은이라 그리 걱정하나 했더니……."

"아버지가 편지를 보내시다니요!"

브릴은 메즈가 이렇게 큰 목소리를 내는 건 처음 보았다.

"그래, 데일 칸. 자네 아버지. 데일이 다 큰 아들을 보내면서도 팬티와 양말을 요일별 색깔별로 챙겨 가방에 넣어 줄 남자긴 하네만, 이건 정말 심하군. 이 정도 덩치의 아들을 밖으로 내보내면, 나라면 사고치지 않을까 걱정할 텐데."

공식 석상에 나와서는 안 되는 단어를 듣고 만 메즈의 얼굴이 충격으로 벌겋게 굳었다.

팬티란다.

옆의 레오닉스는 못 들은 척했다.

"아, 아버지와는 어떻게 아십니까."

"꽤 오래전부터 알아왔네. 내 수하 중 하나였고, 고향으로 돌아간 뒤에도 주기적으로 보고하고 있어."

"아버지가…… 그, 그런 일을 하신단 말입니까?"

"자네 아버지 과거에 대해 하나도 모르나 보군? 데일은 한때 내 밑에서 일했고, 서부의 일을 도맡아 하겠다며 돌아갔네."

"결혼 전에 듀카르니아……와 일하셨다는 건 알았지만. 그, 그런 일이 었을 줄은 몰랐습니다."

브릴은 그제야 데일이 왜 그렇게 서부의 세세한 사정을 파악하고 사는 지 깨달았다. 게다가 데일은 변호사 자격증도 있다. 이민족 출신이 법학 공부를 하려면 유력인사의 도움 없이는 힘들었을 것이다. 도움을 준 유력

인사가 그냥 유력인사도 아닌 총리 각하시라면 의문이 다 해결된다.

반누카 부인을 고발했을 때, 의회에서 빠르게 대응할 수 있었던 이유도 이제 알겠다. 운이 좋았다고 생각했는데, 도와주는 사람이 있었던 것이다.

"데일을 봐서라도 내가 잘 돌봐 줄 테니, 둘 다 나를 믿고 편히 쉬게. 수도에 가면 내 선에서 최선을 다해 도와주겠네."

그리고 총리는 레오닉스에게 말했다.

"자네는 나하고 이야기 좀 나눌 수 있을까."

"하십시오."

레오닉스가 일어나지도 않고 앉아서 하는 말에, 총리는 불편한 표정을 지어 보였다.

"둘이서 해야 하는 이야기네. 지난번에는 내가 양보했으니, 이번에는 자네가 양보하게."

"그때도 제가 가지 않았습니까."

"아, 그래? 그럼 셰어브릴과 메즈 군을 내보내겠네. 신사라면 이런 상황에서 스스로 양보해야 하는 것 아닌가."

"치사하시군요."

"협상이네, 협상. 자, 일어나."

레오닉스는 귀찮아하면서도 일어났다.

총리가 나간 뒤에도 메즈는 한참이나 제정신으로 돌아오지 못했고, 브릴은 그가 '아아아아!' 외의 말을 할 수 있게 될 때까지 꽤 오래 기다려야 했다.

그동안 용 기사단의 의사가 와서 브릴의 이마 상처를 꿰매 주고 약도 발라 주고 붕대도 감아 주었다.

총리는 레오닉스와 회의실로 향했다. 말이 회의실이지, 자기들끼리 술 마시고 노는 용도로 많이 쓰이던 장소였다.

"내가 수도까지 섭정공과 동행할 거네. 도착 즉시 왕의 퇴위와 아르노의 즉위에 대한 논의가 오고 갈 거야."

"이제 아르노가 왕이 되는 겁니까."

"그렇지."

"대단하군요. 이런 일을 하고도 왕위를 얻다니."

어제 일이 아르노가 기획한 대로 끝났다면, 절대왕정으로 복귀하는 게 아니라 혼란과 대립으로 이어졌을 것이다. 다행인지 당연한 일인지 아르노 뜻대로 되지도 않았거니와, 아르노 자신이 죽을 뻔했다. 그런 아르노를 수고스럽게 구하고, 이 일을 무마하기 위해 아르노를 왕위에 올릴 생각을 하니 레오닉스의 비위가 뒤틀리는 건 당연했다.

"딸 잃은 아버지가 슬퍼할 겨를도 없다는 건 안타까운 일이지만, 어쨌건 그는 왕세자니까."

"슬픔에만 집중했다면, 이런 일도 없었을 겁니다. 좀 더 고생하게 놓아 둘 걸 그랬군요."

"동감하네, 충분히 고생한 건 아니지. 그런데 우리 왕자님들이 너무 빨리 들썩대서, 어서어서 해치워야겠더군."

그 왕자들은 누가 후계자가 되느냐고, 현기증 나니 어서 답하라고 졸라 대고들 있다.

왕세자는 대형 폭탄이고 왕자들은 소형 불량 폭탄들이었다. 왕세자는 터질 가능성이 크기나 하지, 왕자들은 누가 터지고 누가 불발탄인지 구분도 되지 않았다.

"그 시끄러운 왕자님들을 다스리려면 어쨌건 아르노가 왕이 되긴 해야 해. 벌써 내가 에스델라를 암살했다는 소문이 돌더군. 아름답고 어린 공주를 질투한 마녀가 공주를 살해했다고."

"웃으라고 하시는 말입니까."

"오, 난 재밌었어. 젊고 아름다운 공주와 늙고 추한 마녀. 마녀가 아름다운 공주를 질투해 죽이다."

"공주를 진짜 질투한 건 그 숙부들 아닙니까."

"어차피 그들은 거지조차 질투할 자들이네."

그 왕자들은 다 큰 어른들이 어린 공주가 왕이 된다는 사실 하나만으로 질투로 미쳐 갔다. 물론, 그 누구도 인정하지 않는다. 다 나라를 생각해서 하는 거란다. 나라를 생각하면 자기들이 왕이 될 궁리를 하는 게 아니라, 죄다 시골로 내려가는 게 낫다.

"무슨 득이 있다고."

"자신이 어리석지 않다는 믿음을 위해 사람들이 얼마나 많은 바보짓들을 하는지 알면 놀랄 거네. 그런 자들에게 필요한 건 진실이 아니라 응원과 동의뿐이지. 자기가 믿는 건 항상 사실이어야 해. 자기들은 '영리한 자들'이 되어야 하니까."

"그렇다고 그 바보짓을 하게 놓아둘 겁니까."

"설득이 불가능한 상대를 설득할 수는 없네. 그들 꼴을 우습고 멍청하게 만들어 무력화시키는 것 외에는 별 방법이 없지."

이거야말로 규모가 너무 큰 가정교육 실패 사례다. 첫째 왕자부터 막내 왕자까지, 왜 다들 이 모양인가.

레오닉스는 벌써 피곤해지는 것을 느끼며 말했다.

"우선, 저는 기사단을 끌고 요새로 퇴각할 겁니다. 아르노가 즉위하고 제가 출정할 때까지는 수도에 머물 예정입니다."

"궁을 점거한 명분은 해결되었나?"

"이 궁은 왕실의 것입니다. 관리인은 이 왕실에서 가장 높은 여성. 그에 합당한 자격을 갖춘 사람이 저에게 이곳을 점거할 권리를 넘겼으니, 그것으로 해결되었습니다."

"어라, 그건 누가 해 준 건가?"

"셰어브릴 듀카르니아."

총리는 눈을 가늘게 뜨고 감탄했다.

"어린 아가씨가 꽤 당돌하군."

"이미 성년입니다. 어린 아가씨는 아니지요."

"어른이란 건 인정하네. 꼬마 에스디와는 달리. 그래, 그러니…… 해결된 거란 말이군. 좋아. 다행이군."

레오닉스는 이제 이야기 끝난 거라 생각하는데, 총리가 레오닉스의 얼굴을 물끄러미 보기 시작했다. 레오닉스는 무슨 일이냐는 듯 마주 보았다.

"하실 말씀 있으면 하십시오."

"이렇게 직접 나선 이유가 뭔가."

"제가 할 일이지 않습니까."

"아니. 자네에게는 이 일을 할 수 있는 수하들이 많아. 또, 지휘할 수 있는 장교들도 많고. 그런데 직접, 눈에 뜨이는 것을 감수하면서 온 이유가 뭔가."

"그게—"

레오닉스는 잠시 생각하다, 곧 솔직해지기로 했다. 어차피 총리도 카니발의 왕에 대해 알고 있으니.

"여기에 카니발의 왕이 왔습니다."

"확인한 건가."

"그렇습니다. 맞습니다, 카니발의 왕이."

"그럼, 그때 죽지 않은 건가?"

"그는 육체를 바꾸어 살아날 수 있는 존재입니다. 또한, 진짜 '마법사' 입니다. 우리들과는 다른 종족이라고 보는 편이 낫습니다. 서부의 반크족과 야하크라족이 일컫는 대로 '정령'일 수 있고, 학자들 몇이 주장하는 대로 '마령'이나 '마인'일 수도 있겠지요. 바로 그런 존재가 사람의 육체를 빼앗는 겁니다. 그렇게 장악한 육체가 죽으면 다른 육체로 옮겨 가면 되는 거지요."

"이번 몸은 어찌 생긴 몸이던가."

"각하도 아는 사람의 몸입니다."

"누구?"

"엘리안."

총리의 얼굴이 흐려졌다.

"카니발라가 그 소년의 몸을 가져갔습니다."

"어린아이 아니었나."

"그런 것을 따지는 자가 아니지요."

"운명이라 하자니, 정말 빌어먹을 일이군. 고작 열일곱…… 아니, 열여섯이던가. 정말 어린아이였는데."

그리고 그 어린 소년을 몰아세운 건 레오닉스다.

이 일을 과연 해결할 수 있을지 모르겠다.

레오닉스도, 듀카르니아 왕국도, 셰어브릴도, 모두가 악마의 수레바퀴에 휘말렸다.

지난번처럼 죽이는 건 소용없다. 그 악마는 다른 사람의 몸을 차지하면 되고, 엘리안만 진짜 죽게 된다.

"셰어브릴은 알고 있나?"

"아마 알아봤을 겁니다."

"그에 대해 이야기해 본 건가?"

"아니요. 제가 먼저 말하지는 않았고, 그녀가 먼저 카니발라에 관해 물어 왔습니다. 정말 아는 게 없는 겁니다."

"그뿐인가."

"이제는 정말로 더 없습니다."

"아니, 내가 궁금한 건 자네 자신에 대한 거네."

"저에 대해서는 뭐가 궁금합니까."

"자네가 서부로 갔던 건 그럴 만한 일이어서 그리한 거라 알겠네. 카니발라가 그곳에 있다는 정황도 증거도 충분했고, 자네가 직접 확인할 만한 일이기도 했지."

레오닉스는 짜증이 났다. 역시나, 이 능구렁이 할망구는 아주 세세히 보고를 받고 있었다. 대체 모르는 게 뭔가. 이 할망구를 상대하려면, 뭘 알고 뭘 모르고 있는지부터 파악해야 하는데 항상 다 알고 있다.

오늘 나온 '데일'이라는 이름이 많은 것을 설명해 준다.

그날 숲에 있던 사람 중 대체 누가 데일인지는 모르겠다만, 반크족 일행 중에 섞여 있다가 레오닉스를 알아보고 보고했을 것이다.

그 이민족들이 총리를 돕는 이유는 뻔하다. 자기들 권리를 위해서다. 레오닉스는 자기 할 일을 다 하면 그 대가로 권리를 얻는다고 생각하는 사람은 아니었다. 권리란 으르렁대고 싸우고 항의하고 내놓으라고 해야 간신히 얻을 수 있는 것이다. 그 누구도, 그 어떤 역사에서도, 평화적인 방법과 온화한 설득으로 권리를 얻은 자는 없다. 권리는 보상이 아니라 전리품이다.

"하지만 이번 일은 이상해."

총리가 말했다.

"뭐가 말입니까."

"자네는 이곳에 와서야 카니발의 왕이 있다는 걸 알았네. 미리 알았다면 자네가 데리고 온 기사들의 명단이 바뀌었을 테니까."

레오닉스를 수행해 따라온 기사들은 제레미를 제하곤 모두 전술 기사들이었다. 아르노의 기사들 역시 마찬가지. 라드 경을 제한 다른 기사들은 다 전술 기사다.

즉 둘 다, 마법사의 개입을 조금도 생각하지 않고 여기로 온 것이다.

"무슨 생각을 하시는 겁니까."

"대놓고 말하자면, 자네가 여기로 직접 온 건 상당히 바보짓으로 보이네. 카니발의 왕이 있다는 걸 알고 그리 왔다면 바보짓이고, 여기 와서 알았다면…… 애초에 직접 온 것 자체가 바보짓이지."

"아르노를 상대하는 일입니다."

"그렇다면 더더욱 가서는 안 되지. 내 생각으론, 자네는 수도에 남아 수도를 장악하는 편이 나았어. 물론, 카니발의 왕이 없었다면 말이야. 다행히 자네는 와서 해결을 했지. 자네가 없을 때 카니발의 왕이 아르노 앞에 나타났다면 우리는 지금쯤 국장 준비하고 있었겠지. 하지만, 그렇게 운이 좋게 끝났음에도 불구하고!"

"……."

"자네가 한 일이 바보짓이라는 건 변함없네."

뭐?

이제 레오닉스는 총리의 얼굴에서 눈도 못 떼고 있었다.

무슨 소리를 하는 거야, 이 할망구가.

"바보이던 남자가 바보짓을 하면 그러려니 하겠는데, 자네 같은 남자가 갑자기 바보짓을 하면 이유는 하나지. 아르노가 젊은 시절 엄청난 바보짓을 시작한 계기도 딱 그거였거든. 말 안 듣던 놈이 더럽게 말 안 듣는 놈이 되었지."

"무슨."

아르노와 비교하다니. 아주 불쾌해진다.

"무슨 말씀이신지."

"젊은 남자가 반하는 거야 항상 있는 일이니 이해한다는 거네. 자네 같은 남자라 할지라도 말이야."

순간 레오닉스는 벌떡 일어나 아무거나 걷어찰 뻔했다. 오해라고 하자니 바보 같고, 정답이라고 하면 진짜 바보가 된다.

눈을 부릅뜨고 입술을 문 채 실실 웃는 총리를 노려보는 수밖에는 없었다.

그렇게 총리는 건방지기 그지없는 왕자의 놀라운 변화를 보았다.

앞에서 무슨 일이 벌어지든 눈썹 하나 까딱하는 게 고작인 레오닉스가 지금 당황한 얼굴로 말도 못 하고 있다.

"……각하."

"다 늙은 남자가 어린 여자 보고 반한 것도 아니고, 자넨 서른도 안 된 젊은 남자가 아닌가. 매너도 없고 요령도 없고 나아질 가망도 없으니, 얼굴로 밀고 나가. 모자라는 건 돈과 권력으로 때우고. 그 방면에 있어, 이 나라에서 자네를 능가할 남자는 없네."

레오닉스는 이를 뿌득 간 다음 다시 노려보았다.

"지금 각하가—"

"그래. 레오닉스 아르칸젤로 왕자를 놀리는 거네."

레오닉스의 손이 정처 없이 배회하다 의자 모서리를 잡아 눌렀다.

빠각, 하고 의자 손잡이에 금이 갔다.

"아무 일도 없었습니다."

"아무 일도 아니란 말은 못 하는군?"

암살해 버린다, 이 빌어먹을 총리.

"이 나라 유일의 미혼 왕자인데 자신감 가지게. 결혼이라도 한다면, 듀카르니아 왕실과 하일드 왕실의 경사가 아닌가. 자그마치 왕족 간 통혼이야."

내일 암살한다.

"그만합시다."

"하지만 차이면 모르는 척해 줄게."

⋯⋯당장 암살이다.

"자, 그럼 여기서 이별하지. 잘해 보게나."

영영 이별해 버리고 싶다.

꺼져 버려.

총리는 끌끌 웃으며 나갔다.

총리를 기다리고 있던 여기사들이 그 표정에 고개를 갸웃했다.

"각하, 안에서 무슨 일이 있었습니까?"

"아, 그게 말이지⋯⋯ 이리 와, 사랑스러운 달리아, 로즈. 재미있는 일이 있었지 뭔가."

총리는 여기사들의 어깨를 양팔로 잡고 뭐라 말했다. 이야기를 듣던 여기사들은 입술을 꾹 물더니 웃음을 참았다.

레오닉스는 진짜 불안해졌다.

무슨 이야기하는 건가.

내 이야기?

설마, 아닐 거다. 아니, 그럴 수도.

당장 달려가 무슨 말 했느냐고 묻고 싶었지만, 저 할멈은 왕세자도 말안 듣는 어린애처럼 다루는 사람이다. 레오닉스 정도는 털도 안 뽑고 굴릴 수 있다. 듀카르니아 왕실의 아르노나 하일드 왕실의 레오닉스나, 양

왕가를 대표하는 두 남자건만 저 앞에서는 애다. 반응으로 나누자면, 아르노는 끝도 없이 반박하고 떠들어 대는 쪽이고 레오닉스는 입술 물고 노려보는 쪽이었다.

제레미가 들어왔다.

"이야기 끝난 것 같아서 왔습니다만…… 총리 각하 표정이 좀 이상하시군요?"

"신경 쓰지 마."

"아주 신경 쓰이는데요. 그리고 신경 쓰지 말라 하시는 걸 보니, 신경 쓸 일이 아닌 게 아니라 신경 쓰지 않기를 간절히 바라시는 것 같습니다."

"제레미."

"네."

"총리와는 달리, 자네는 약점이 많아."

알아서 입 닥치라는 거다.

제레미는 알아서 입을 닥치기로 했다.

"그럼, 이제 끝난 겁니까."

"아르노는 총리가 데리고 갈 거고, 이 궁도 총리의 용 기사단이 처리할 거다. 남은 건 에스턴 경에게 위임하고, 나머지 기사들은 모두 아퀼라 나 이젤호에 탄다. 수도의 요새까지, 오늘 안으로 모두 복귀한다."

"드디어 퇴각이군요. 반역이 목적은 아니었으니 안심입니다만."

"아쉽나."

"무서운 소리 하지 마십시오. 아무리 우리들이라도, 지금 반역을 일으켜 듀카르니아를 집어삼키는 건 무리입니다. 우리 숫자가 더 적거든요."

"반역은 없다."

레오닉스가 말했다.

"돌아가면 아르노가 즉위할 것이다. 이 일은 제국이 저지른 명백한 공격이고, 그런 상황에서 왕위를 계속 비워 둘 수는 없으니."

"그 짓을 했는데도 왕위를 계승한다니."

"목을 잘라 버릴 수는 없잖은가. 그리고 아르노가 없으면 로버트가 다음 계승자인데, 그건 더 나쁘지."

"필파니온 왕과 엘리아 왕비를 원망하고 싶군요. 애들 교육을 왜 저리 시켰냐고."

"내가 보기에는 자발적으로 엉망으로 자란 거다. 부모가 책임질 나이는 지났어."

"더 할 말은 없고요?"

"그리고 셰어브릴 듀카르니아에게 물어봐라. 수도로 갈 것인지, 그렇다면 우리와 함께 갈 것인지."

제레미가 놀라서 눈을 크게 떴다.

"—네? 안 돌아가요?"

"돌아간다면, 돌아가는 길을 수행할 자들을 따로 뽑아야지."

제레미가 어이가 없어서 레오닉스를 보았다.

"아무리 왕족이라도, 왕자님이 그 정도로 해 줄 필요가 있습니까?"

"하지만 돌아가지는 않을 테고, 아퀼라 나이젤호에 같이 타고 귀환하게 될 거다."

브릴은 돌아가지 않는다.

엘리안을 봤고, 어떻게 된 건지도 알았다.

이대로 돌아가 엄청난 것을 봤다며 흔들의자에 앉아 있지는 않을 테지.

그 여자는 원하면 기어코 해낼 사람으로 보였다.

"인형의 기사들도 우리하고 같이 가는 겁니까."

"그 역시, 그들이 원한다면."

"그런데 그거, 경우에 따라서는 왕실 모독이 될 수 있다는 거 아닙니까."

"상관 마라."

"주제넘은 충고이지만 들어 주십시오, 왕자님. 왕족 여자는 가까이하지 않으시는 게 좋습니다. 시끄러워진다고요. 지금은 저 수도에 있는 늙은 왕자들부터 엄청나게 떠들어 댈 거라고요."

"아르노의 동생들은 그 일에 대해 한가하게 떠들기보다는, 당장 자기 큰형에게 아부하느라 바쁠 거다. 한동안은 걱정 마. 로버트 왕자는 예외가 되겠지만."

제레미는 기대된다는 듯 웃다가 애매한 표정으로 바뀌었다.

"설마 왕자님도 이 나라의 후계자 전쟁에 끼어드실 겁니까."

"아니. 전혀. 나는 공식적으로는 외국 왕자, 즉 다른 왕실이다. 내가 할 일은 이 나라의 왕을 만드는 게 아닌, 혼선을 줄여 주는 역할 정도다. 그것으로 충분해. 살데니아와 전쟁을 시작해야 하는데, 그러기도 전에 이 나라가 망하는 건 사절이야. 나라 망하는 건 한 번 보는 것으로 족하다."

"그건 저도 같은 생각입니다."

나라를 잃는다는 건, 나라만 잃는 게 아니다.

많은 소중한 것을 잃고, 존엄을 잃는다는 뜻이 된다.

그리고……

"레오닉스의 목숨."

그 상황에서 형이 한 선택은, 존엄을 잃어버릴 동생에 대한 절박함 때문이었을 것이다.

어떻게든 살리고자, 어떻게든 아버지와 같은 절망적인 죽음은 막고자.

그래서 세 번 다, 레오닉스의 목숨인 것이다.

한 번으로도 부족하고 두 번으로도 부족해, 세 번이었다.

"제레미, 도착하는 대로 네가 알아볼 게 있다. 내 주변에서 그런 쪽에 관심이 있는 건 너뿐이니."

"아, 말씀하세요."

"오페라 표, 두 장. 박스석으로 구해 와."

"네?"

제레미는 황제 목이라도 가지고 오란 명령을 들은 기분이었다.

이 왕자님이 뭐래?

"표가 두 장이란 것도 의아하지만, 대체 어떻게 지금 박스석을 구합니까. 국상 중이라 공연이 거의 없어서 어렵단 말입니다."

"그건 네가 알아서 할 문제지."

"아, 네. 대령만 하라는 의미군요. 고생을 하든 말든 그건 제 사정이고요?"

"그래."

"······왕자님!"

제레미는 책상을 치고 싶었다. 정말 치고 싶은 것은 저 남자의 우아하게 태평한 얼굴이었으나 아홉 살 때 그 짓을 했다가 어떻게 되는지 경험했기에 참았다.

"누구하고 보실 거죠?"

"내 마음이다."

누구하고 볼지는 뻔하다. 최근에 만난 여자는 하나뿐이니까.

"조금 전, 왕위에 관여 안 하신다고 했잖아요! 왕족들하고 안 얽힐 거라고!"

"역시, 내 마음이다."

"젠장, 조금 전 제가 말한 거 다 안 들으신 거죠? 왕족 여자와 얽히지 말라는 거!"

"들었지."

"그런데 왜 이러세요!"

"무시하는 거지."

"……!"

제레미는 고함을 칠 뻔했다.

아니, 왕족 여자라면 마리 록시와 에스델라도 얼굴을 구분 못 해서 머리에 얹은 걸로 이름을 알아내던 분 아닌가.

그런데 지금, 왕족 여자와 약속을 잡으시겠단다.

제레미도 어이가 없는데, 브룬델카 경이 안다면 경악할 것이다.

브릴에 대해 평가를 좀 해 보자면, 정확히는 할 수 없다. 드레스 차림도 아니거니와 자신의 미를 과시하기 위한 그 어떤 시도도 하지 않았으니. 얼굴 자체가 아주 사치스러운 분위기를 풍긴다는 건 알겠다. 당사자인 브릴도 자신의 그런 점을 숨기지도 않는다. 청순하거나 얌전하거나 순진한 것과는 거리가 먼 인상이란 뜻이고, 요 며칠 하는 일로 보건대 인상만으로 끝나지도 않는다.

하아, 그런가.

우리 왕자님이 이런 취향이셨나.

"왕족 여자에게 수작 부리고 싶으시다면 그만두십시오. 연회장이나 연주회장, 극장, 아무 데나 가도 넘치는 게 코르티잔일 텐데 재미 보고 싶으시면 그런 여자 중 고르시라고요."

"불쾌한 제안이군."

"남자라면 말입니다, 왕자님. 여자를 구분해야 해요. 즐길 여자와 아내가 될 여자를. 그런 분위기가 있는 분이란 건 인정하지만, 왕족은 가볍게 지분거리기에는 복잡한 신분이라고요."

레오닉스는 잠자코 들었다. 그리고 제레미는 레오닉스가 잠자코 있을 때가 가장 화가 나 있을 때란 사실을, 한 박자 늦게 기억해 내고 말았다.

"'그런 분위기'란 건 뭔가."

"어, 음. 좀 화려하달까. 얌전하거나 맑은 분위기는 아니잖아요."

"일단, 그 자체가 건방진 말이란 건 치워 두고— 제레미, 혹시 테이 앞에서도 그런 말을 하나?"

"여기서 테이 경이 왜 나와요."

테이는 여기사고, 기사단 내 가장 촉망받는 기사 중 하나이기도 했다. 그리고 그런 여기사가 다 그렇듯 제레미를 아주 혐오했다.

"여기로 오기 전, 테이 경이 인사과의 델타스 경에게 항의했다. 델타스 경이 말하길, 테이 경뿐만 아니라 여기사들 모두 자네에 대해 항의한다고 그러더군."

"뭐라고 항의하는데요."

"항상 '여자'라는 말을 입에 담아서 불쾌하다고."

"여자를 여자라고 하는 게 뭐가 문제입니까."

"거기에 모욕적인 언사가 항상 따라온다고 하던데. 너는 남자를 남자라고 하면서도 그런 식으로 말하나? 내 기억으로는 없는데."

"아뇨. 아, 안 하죠."

제레미는 긴장했다. 망명자 기사단이니 이 정도지, 의회의 용 기사단에서 이런 항의가 나오면 '협업이 힘든 인격의 소유자'라고 도장 찍힌 다음 한직으로 쫓겨난다.

"지금 제 문제를 꺼내시는 이유를 모르겠군요."

"닥치라고."

"저기, 저는 시간 보낼 젊은 여자가 필요한 거면, 간편하고 안전한 방법이 있다는 충고를 한 겁니다."

"닥치라고 했다."

"왕자님, 그러니까."

"닥쳐."

젊고 아름다운 코르티잔을 거느리며 과시하는 것은 귀족 남자들의 취미 중 하나다. 최상급 코르티잔들은 후견인을 직접 택할 수 있고, 그것은 여자에게 주는 돈과 보석에 따라 결정된다. 독점하려면 돈도 많이 지불하고 선물도 많이 주어야 한다. 남자가 유명한 코르티잔을 거느린다는 건, 그만큼 돈이 많다는 증거가 된다. 그러나 레오닉스는 자신의 남성성을 그렇게 구질구질하게 증명할 필요가 없는 남자였다.

"이럴 거면 에스델라 공주와는 왜 혼담을 걷어찬 겁니까. 제일 예쁜 공주도 싫다 하셔서, 저는 왕자님이 왕족 여자는 다 싫어하는 줄 알았잖아요."

"특정 개인이 싫다고 그 개인이 속한 모든 것을 싫어할 이유는 없다. 반대의 경우도 마찬가지고. 또, 그걸 하필이면 너에게서 듣고 싶지도 않은데."

"친구로서 묻겠습니다, 왕자님."

"제레미, 우리는 친구가 아니야. 과거도, 현재도, 그리고 확신컨대 미래까지."

"그럼 뭡니까."

"부관, 하인, 비서, 시종, 호구. 적당한 것으로 골라 봐."

"……."

단숨에 나오는 걸 보니, 항상 생각하던 거다.

그런데 하나같이 다 적당하다.

"오늘은 제가 대체 뭘 잘못한 겁니까."

"불쾌하고 모독적인 권유를 했지."

"젠장, 잘못했어요. 두 장 구해 오겠습니다. 기대는 하지 마세요. 나중에 시끄러워져도 저는 모르는 일입니다!"

"그건 내가 기대할 문제가 아닌, 네가 각오할 문제인데."

제레미가 못 해내면, 레오닉스는 실망을 하는 게 아니라 제레미를 조질 거란 뜻이다.

"……."

"일단 구해 와. 여기에는 그 어떤 타협점도 없고, 네가 이미 불쾌한 말을 한 상태이니 더더욱 없어."

제레미는 생각했다.

항명할까?

맞는다.

그냥 하지 않는 방법도 있지만, 이 남자는 수하의 게으름을 너그러이 넘어가 주는 남자가 아니다.

제레미는 뜨겁게 한숨을 내쉬었다.

어서 전쟁이 일어났으면 좋겠다. 최소한 바빠지기는 할 테니.

"미리 말합니다. 그리고 마지막입니다. 다른 상대 찾는 게 나을 겁니다."

"걱정하는 건가?"

"우려가 된다는 거죠, 우려가. 눈길만 줘도 온갖 정치적 해석이 다 들러붙을 겁니다."

"어쩔 수 없지."

"귀찮아질 텐데요."

"언제는 안 귀찮았나."

"귀찮아도 상관없다는 겁니까, 감수하겠다는 겁니까."

"일단은 상관없고, 그래도 계속 귀찮게 하면 안 귀찮게 만들면 되지."

"제발, 왕자님! 이유가, 진짜 이유는 뭐예요?"

"내가 뭘 원하는 것 같나."

"우선, 듀카르니아의 왕위."

"에스델라와 나는 아무 일도 없었다."

"에스델라 공주는 왕자님께 왕위를 줄 상대는 아니었죠. 오히려 별다른 영향력이나 실권이 없는 왕족이 더 유리하지요."

"나는 이 나라의 왕이 될 수 없고, 원하지도 않아. 그리고 내가 그런 것까지 다 할 수 있을 정도로 여유롭지도 않고."

"믿어도 돼요?"

"나는 발카니아를 짊어진 것으로 충분하다."

제레미의 표정이 누그러졌다.

그 역시 망명자 처지이다 보니, 고향 발카니아 이야기가 나오면 항상 울적해진다.

"되찾⋯⋯을 수 있을 거라 생각하십니까."

"그건 모르지. 하지만 발카니아 왕실에서 나 혼자 살아남았다. 그리 살아남은 이상, 나는 내가 태어난 왕가를 짊어질 의무가 있지. 듀카르니아의 왕위까지 욕심을 내는 건 무리다."

"평생 그러실 겁니까."

"내 의무다. 살아남은 의무."

"레오닉스의 목숨"

그렇게 세 번 빚진 목숨이니까.

그래서 세 번의 소원이 모두 레오닉스의 목숨.

삶이 이렇게 짐처럼 느껴지다니.

고맙고 감사한 게 아니다.

레오닉스는 자신의 목숨이 형의 목숨과 바꿀 만한 가치가 있는지 의문이었다.

적어도, 레오닉스 자신에게는 아니었다.

"지금은 그것만 생각한다. 발카니아를 되찾고, 황제를 꺾는 것. 그 외에는 생각하지 않아."

"정말 그것……만입니까."

"그래. 이건 오래 걸리고 힘든 일이 될 거다, 제레미. 그것만 해도 내 인생의 절반은 쓸 것 같아. 그래도 남은 절반은 내 마음대로 써도 되겠지. 그러니 가끔은 웃고 싶을 때도 있는 거야."

레오닉스가 말했다.

"시간 가는 줄 모르게, 그렇게 웃으며, 가끔은 잊고 싶다."

"그럼, 저기, 이건 그런 경우란 거죠?"

"그래. 왕위도, 정치적 이유도, 그 어떤 것도 아니다. 나는 그저 누군가를 즐겁게 해 주고 싶고, 또 그 사람이 즐거우면 나도 기분이 괜찮아질 거라서 구해 오라고 하는 거야. 그뿐— 나머지는 귀찮든 번거롭든, 내가 알아서 하겠다."

악마는 다시 올 것이다.

더러운 악연의 수레바퀴를 돌릴 테지.

열두 개의 바큇살이 모두 악연이다.

또 그 악마는 너를 찾아갈 거다, 셰어브릴.

너는 앞으로 몇 번이나 그 악마를 마주할 것이고, 악마는 골리듯 네 인생을 움직이려 할 것이다.

죽일 수 없는 악신(惡神).

카니발라는 바로 그런 존재다.

죽이려 하면 악연으로 보답하는 악신이다.

싸움은 힘겹다. 하나만 잘못 해도 끝장이다. 끝을 걸고 싸울 수밖에 없다. 언제고 하나는 완전히 끝나 버리겠지.

카니발라이든, 레오닉스이든.

지금 상황에서는 공멸이 최선이 될 가능성이 높다.

그런데 지금, 레오닉스는 고작 스물아홉이다. 스물아홉에 이렇게 끝을 준비하고 있다.

하지만 뭐가 있나. 내가·지킬 것이, 내가 되찾고 싶은 것이, 내가 보고 싶은 것이, 내가 그리워하는 것이.

시고야에서 돌아와 부상이 회복될 무렵 알았다.

이제 형은 없다는 것을. 이 세상은 여전히 하찮고 천박하고 요란하고 번잡스러운데, 그런데 형은 없다.

정갈하고 평화롭고 우아하던 형이, 이런 세상이지만 어딘가에는 살아 있을 거라 믿었던 형이, 그래서 이런 세상이라도 견딜 수 있게 해 주었던 형이 없다.

그제야 자신이 고작 스물넷이란 것을 깨달았었다.

단 하나가 있어서 버텼는데, 그 하나가 어찌 되었는지를 알게 된 스물넷이었다. 그에게 아무것도 남은 게 없다는 걸 알게 된 것이, 고향도 가족도 없이 영원한 망명자가 되었다는 것을 알게 된 것이 스물넷인 것이다.

처음 발카니아의 해군을 끌고 이 듀카르니아로 왔을 때 아르노는 책임이 있음에도 한 달간 레오닉스를 만나 주지도 않았다. 전령이 갈 때마다 아르노가 늘어놓는 핑계는 늘어났다.

그 한 달간, 레오닉스는 항구에서 하선도 하지 못하고 버텨야 했다. 당시 권력자가 되어 가던 아르노는 연습 삼아 길들일 대상으로 하일드의 어린 왕자를 택했던 것이다. 그들의 관계는 이렇게 싹부터 누랬다.

그래도 인내했다.

견뎠다.

형은 살아 있으니까.

하지만.

"내 동생 레오닉스의 목숨."

그렇게 세 번.

차라리 레오닉스 자신이 했으면 했지 형이 하길 바라지 않았던.

그러나 그건 형도 마찬가지였나 보다. 형은 희생해야 하는 순서라 희생했고, 레오닉스는 감당해야 할 순서라서 감당했다.

그렇게 형은 희생자의 망각을, 레오닉스는 산자의 고통을 얻었다.

열넷에 세상이 무너졌고, 스물넷에 그토록 되찾고 싶었던 존재가 세상에서 영영 사라졌다는 것을 알았다.

지금, 스물아홉에 그를 살리기 위해 형이 어떤 대가를 치렀는지 알게 되었다.

그렇게 레오닉스는 사랑하는 사람을 잃으며 가장 증오하는 자를 얻었고, 증오하는 자를 없애야 한다는 사실도 알았다.

또, 그자를 없앨 방도가 없다는 사실 역시 알게 되었다.

운명의 수레바퀴는, 적어도 그가 끼어든 수레바퀴는 가는 방향도 모르고 멈추게 할 방법도 없는 수레바퀴인 것이다.

왜 이렇게 된 걸까.

그날, 몇 년 만에 처음으로 끌렸기 때문인가.

그러지 않고서야 그런 제안을 했을 리 없지.

아무 끌림도 없었다면, 항상 그렇듯 무관심했다면, 레오닉스의 제안은 달랐을 것이다.

여름 연회, 무채색 얼룩으로만 가득하던 세상에서, 소녀는 잔인하지만 매혹적이고 강렬했다.

그 색은 붉은빛이고, 흑색이고, 날카로운 흰색이기도 했다.

잔인한 여왕이 될 수도 있고, 공정하고 담대한 여왕이 될 수도 있다.

그래서 끌렸다.

이제, 그때의 작은 야수가 자라나 젊은 야수가 되어 있다. 아직은 발톱과 송곳니에 피 맛을 보지 않은 야수가.

흔들리지 않는 위엄이 있고, 더럽힐 수 없는 힘이 있다. 공포를 모르는 용기가 있고, 자신을 잃지 않는 강인함도 있다.

그렇기에, 레오닉스는 아무 이유가 없어도 브릴을 지켜보고 지킬 수 있었다.

어제는 그리도 처참해도, 오늘은 내일을 생각할 수 있었다.

마주 보면, 너를 보면 웃을 수도 있다. 기분이 좋아지기도 하고, 또 만족스럽기도 하고.

끝을 알면서도, 그래도 지금은 웃고 싶고, 그래서 살고 싶다.

네가 잿더미 같은 세상을 헤치고 날아오르는 것을 보고 싶다.

낙인처럼, 운명처럼, 과업처럼.

그를 혼란스럽게 하지만 그럼에도 불구하고 경도되고 끌린다.

덫에 걸린 듯, 아니면 끊을 수 없는 운명에 잡힌 듯.

너를 보면, 악마가 정한 숙명인 듯 심장이 뛴다.

묵직하고 아프게, 그러나 불덩이처럼 뜨겁게 뛴다.

『2권에 계속…』